Iselin was bijna thuis

Ørjan Karlsson

Iselin was bijna thuis

Vertaald uit het Noors door Neeltje Wiersma

Thriller

uitgeverij marmer

Voor Eilif.

Welkom!

Hij verliet de E6 een halfuur ten noorden van Göteborg, passeerde een wegrestaurant. Zweedse, Noorse en Deense vlaggetjes versierden het hek aan de bovenkant. Hij stopte bij een afrit een eindje verderop, pakte het boek met de routekaarten en opende het bij de bladzijde die hij gemarkeerd had.

Hij was hier nog nooit eerder geweest. Niet op deze manier.

Nadat hij zich ervan verzekerd had dat dit de goede plek was, reed hij verder over een smalle asfaltweg met zachte bermen. Al snel lag de kust open voor hem, de lichten van Denemarken duidelijk zichtbaar in de schemering boven het Kattegat. Helder lichtende parels. Elk stipje een huis.

Een huis.

Een gezin.

De westkust van Zweden was een populair vakantiegebied, maar langs deze weg lagen stenige inhammen, plaatsen met brak water en weerbarstig, geel stro dat zowel zout water als vorst verdroeg. Drassig gebied op de grens van moeras, waar kopergroene libellen boven pikzwarte waterpoelen zweefden.

Zijn type landschap.

Op weg naar de kleine baai schuurden takken tegen de auto. Er was nauwelijks plaats om te keren, maar dat was hij gewend. Hij kon het voertuig tot op de centimeter navigeren zonder een scherpe steen of iets anders wat krassen in de lak zou maken, te raken. De afdrukken die de autobanden in de harde, droge grond maakten, zouden in de loop van een paar dagen verdwijnen, als de regen ze al niet eerder had weggespoeld. Het zomerweer in Scandinavië was niet stabiel.

Het kostte hem een paar minuten om de auto met de neus naar de weg te parkeren. Hij klikte de veiligheidsriem los, zette de motor uit en trok de handrem aan. Toen leunde hij achterover in de stoel en bleef zo zitten met het raampje naar beneden gedraaid tot het getik van de afkoelende motor verstomde, en het enige wat hij nu nog hoorde waren klotsende golfjes en het zwakke briesje door de boomtoppen.

Hij stapte uit en maakte twee plastic twintiglitercontainers los die achter op de auto bevestigd zaten, nam de containers mee naar de waterkant, liep terug en haalde de warmtekijker. Hij had die op de zwarte markt in Warschau gekocht. Een Duits model. Zwaar en solide.

Hij hield de lenzen voor zijn ogen. De passagiersveerboot van Göteborg naar Frederikshavn lichtte op in zijn gezichtsveld. In de kijker verloor de veerboot zijn scherpe contouren. Werd een vage rode en oranje rechthoek, alsof het vaartuig in brand stond.

Hij stopte de kijker terug in het etui en vulde de twee containers met zeewater. Terug bij de auto zette hij ze ernaast en trok de schuifdeur open. Die gleed geluidloos naar achteren op geoliede rails en onthulde de ruimte achterin. Die was aan het zicht onttrokken door een dunne wand voor degenen die zich voor in de cabine bevonden.

Normaal gesproken zou het eruitzien als een van de verblijfsruimten in een willekeurige camper met een keukenhoek en een klein tafeltje waaraan het gezin kon eten of 's avonds een spelletje doen. Nu zag het er behoorlijk anders uit.

De avond daarvoor had hij het interieur gedemonteerd, de meubels in elkaar geklapt en in de bagagekist op het dak opgeborgen. Het vloerkleed opgerold. Het groene vilt verborg nog steeds de in de fabriek lichtgroen gespoten vloer – verf die reiniging met een hogedrukspuit verdroeg. Het laatste wat hij deed was het monteren van de roestvrijstalen werktafel. Hij schroefde het geraamte met stevige bouten vast aan de carrosserie van de auto. Het had hem een klein uurtje gekost.

Hij tilde de containers achter in de auto, klauterde zelf naar binnen en trok de deur dicht, deed de batterijlamp aan het plafond aan en zette de monitor aan die aan de dunne wand achter de cabine bevestigd was. Het scherm was gekoppeld aan een videocamera gericht op het uitzicht vanaf de voorruit. Als er iemand over de steenslagweg kwam, zou hij die zien.

Hij tilde een container op en goot het water over in het reservoir aan het eind van de roestvrijstalen werktafel. Hij moest een beetje water uit de tweede container gebruiken om de tank helemaal te vullen, wist uit ervaring dat hij onderweg weer moest bijvullen.

De dikke rubberen schort hing aan een haak bij de achterdeur. Hij kleedde zich uit tot op zijn onderbroek. Vouwde elk kledingstuk op en deed de kleren in een doorzichtige plastic tas, trok een haarnetje over zijn hoofd, deed aan elke voet een schoenhoesje en hing de rubberen schort om zijn nek, en trok de riem om zijn middel stevig aan.

De hele tijd hield hij de gedaante onder het witte laken op de tafel nauwlettend in de gaten, constateerde dat de borstkas rustig op en neer ging.

Tot slot trok hij de rubberen handschoenen aan; gewone, gele huishoudhandschoenen. Hij pakte met duim en wijsvinger de ene hoek van het laken vast en trok het weg. Onthulde het naakte, vastgebonden lichaam eronder.

Uit de zak op de voorkant van de schort viste hij de haarspeld. De blauwe topaas in het midden van de speld glinsterde in het licht van de batterijlamp. Hij schoof haar zwarte haar opzij en klemde de speld over haar rechteroor.

Haar oogleden trilden.

Ze zou zo wakker worden.

1

Jakob Weber

Jakob Weber maakte de riem van Garm los en liet de hond door het hek het kerkhof van Bodø op gaan. De jackrussellterriër keek vragend naar hem op, het lijf trillend van opgehoopte energie.

'Ga naar moeders.'

Garm schoot ervandoor. Slalomde als een wervelwind tussen bomen en grafstenen. Bleef af en toe staan om zich ervan te vergewissen of Jakob hem volgde.

Zo vroeg in de ochtend was er nog niemand op het kerkhof. De vlakke, bijna karakterloze begraafplaats lag ingeklemd tussen de Olav V gate en het vliegveld van Bodø. Ze had grapjes gemaakt dat er geen gebrek aan vervoermiddelen zou zijn als ze deze wereld ging verlaten. Jakob zette de kraag van zijn jas op. De bladeren langs de smalle allee ritselden in de westenwind, koel voor de tijd van het jaar.

Hij bezocht het kerkhof het liefst op deze tijd van de dag. Voelde dat hij Lise dan een beetje voor hem alleen had. Haar graf lag in een van de nieuwe rijen bij de omheining.

Hij hurkte voor de eenvoudige grafsteen van grijs graniet. LISE ALVDAL WEBER, stond er met koperen letters, ingelegd in het graniet, gevolgd door de geboorte- en sterfdatum. Een absurde rekensom met een verschil dat altijd te klein was: 41 jaar.

Hij verwijderde de resten van uitgebloeide bloemen uit de vaas. Zette er een nieuw boeket verse, rode rozen in. Haalde een doekje uit zijn jaszak en veegde over de bovenkant van de steen. Deed een stap terug, keek omhoog. Vond de Børvasstindan aan de horizon, grijs gebergte met witte vlekken onder de Breitind en Rundtind.

Dertien toppen. Een discipel te veel. Eentje over. Zoals hij. Na Lise. Zes maanden nu en nog steeds niet te bevatten.

Garm duwde zijn snuit tegen zijn been. Jakob boog zich naar hem toe en kroelde de hond achter zijn oor. De mouw van zijn overhemd kroop op en zijn horloge werd zichtbaar. Niet zo vreemd dat de hond ongeduldig was. Hij had twintig minuten bij het graf gestaan, verzonken in gedachten die alweer vergeten waren.

Op weg terug naar de auto zag hij een passagiersvliegtuig boven de Saltfjorden. Uit de koers van het vliegtuig maakte hij op dat de piloot van plan was over de stad te vliegen om dan met een boog vanuit het oosten te landen. Het vliegtuig zou maar een paar honderd meter van het graf van Lise vandaan landen. Hij had nog steeds voldoende tijd, zou nog een kop koffie kunnen kopen voordat de passagiers in de aankomsthal waren.

Hij opende het achterportier van de Outlander. Garm sprong naar binnen zonder op een commando te wachten, ging op de deken in de bench liggen met de ogen strak op zijn baasje gericht. Hij wilde de bevestiging dat hij er snel weer uit mocht. Jakob gaf de hond een snoepje. Hij kocht elke week een kiloverpakking gehaktballetjes. Gaf Garm twee, drie stuks na een wandeling of een langer verblijf in de auto. Hij hoorde Lise tegen hem fluisteren met een glimlach in haar stem: 'Je bent een softie geworden.'

Het eerste wat Jakob opviel toen hij voor het terminalgebouw parkeerde, was de wit-met-blauwe bestelauto met het logo van NRK Nordland. Een tv-ploeg stond buiten bij de draaideur van de aankomsthal. Drie stuks: cameraman, geluidsman en een verslaggever. En ook niet zomaar een verslaggever, maar Sigrid Malmsten: de journalist die vorig jaar de SKUP-prijs had gekregen voor het blootleggen van de nauwe banden tussen de wethouder van de gemeente Bodø en centrale figuren van het bedrijfsleven in de stad.

De schoonmaakoperatie na de rechtszaak resulteerde in een tekort van één woordvoerder bij de gemeente, en voor de politie in een na verloop van tijd geseponeerde corruptiezaak tegen twee personen op de toptienlijst van Bodø's vermogenden. Jakob veronderstelde dat alles terug was bij normaal. Mensen met geld hadden hun eigen regels; beweerden, uiteraard nooit openlijk, dat ze recht hadden op een speciale behandeling. Tenslotte waren zij het die het 'gewone volk' aan werk hielpen. Jakob had genoeg van dit soort mensen ontmoet om in te zien dat ze geloofden wat ze zeiden.

'Wat gebeurt hier?' vroeg hij Sigrid.

'Strikt genomen is dat mijn zin', antwoordde de journalist scherp. Alleen de uitdrukking in haar groene ogen vertelde Jakob dat het antwoord als grapje was bedoeld. Een van de agenten op het bureau had Sigrid beschreven als 'een vrouw met de mimiek van een muur'. Hoewel, de agent had vast niet 'vrouw' gezegd.

Sigrid veegde een blonde lok uit haar gezicht. Ze was ietsje kleiner dan zijn één meter negenenzeventig, en goedgetraind. Een vervaagd litteken liep van het linkeroor schuin naar de kin. De zichtbare schade na een klimongeluk.

Een paar weken geleden had ze hem erover verteld, toen ze elkaar in City Nord tegenkwamen, het winkelcentrum buiten het centrum. Sigrid had gevraagd of hij zin had in koffie. Jakob had de uitnodiging aangenomen, ja, ook al verwachtte hij journalistenvragen van haar. Hij was positief verrast geweest. Ze hadden het vooral over dagelijkse dingen gehad: het nieuwe vliegveld, de militaire oefening in het noorden en Bodø/Glimt. Toen het gesprek wat persoonlijker werd, vertelde Sigrid hem over het ongeluk, en Jakob had een beetje over Lise verteld. Het was fijn geweest.

'Ik ben hier om een collega op te halen', antwoordde Jakob. 'En jullie?'

'BN'er-alarm', antwoordde Sigrid. 'Marte Moi, beter bekend als NaturDama, heeft besloten om de Lofoten aan haar volgers te laten zien. De eerste stop is Bodø; daarna gaat ze naar Røst en Værøy en vervolgens maakt ze een roadtrip op de Lofoten. Je kent het wel:

Svolværgeita, walvissafari, Henningsvær, bootvissen. De hele toeristenmikmak.'

'En daarvoor komt een tv-ploeg opdraven?'

Sigrid keek schuin omhoog naar Jakob. 'Je weet niet wie NaturDama is?'

'Zou dat moeten?'

'Hangt ervan af. Zit je op Instagram of TikTok?'

'Zit amper op Facebook.'

Sigrid pakte haar mobieltje. 'Kijk.' Ze opende het profiel van NaturDama op Instagram. Swipete met haar wijsvinger over het scherm en tientallen foto's en filmpjes vlogen te snel voorbij om meer te kunnen zien dan dat de meeste posts kleurrijke landschappen toonden met de poserende hoofdpersoon midden in het beeld.

'Dit is het laatste wat ze postte.'

Sigrid drukte op een foto waarop een meisje aan boord van een vliegtuig te zien was. Ze was ergens tussen de vijfentwintig en dertig met opvallende, rode lippen, bruine ogen en zwart haar dat met een koperkleurige haarspeld was opgestoken. Over de ene schouder hing een vlecht. Dwars over de hele foto stond de tekst: 'Crossing the Arctic Circle! Stay tuned for my northern adventure!'

'Niet bepaald Lars Monsen', merkte Jakob droogjes op.

'Nee, daar heb je gelijk in. Monsen heeft rond de 140.000 volgers op Instagram. NaturDama heeft...' Sigrid hield het mobieltje voor zijn neus.

'1,3 miljoen?!' riep Jakob uit.

'Klopt. Ze behoort tot de bekendste influencers in het noorden. Combineert natuurbeleving met eten, muziek, mode, wellness, en alles wat op een bepaald moment haar volgers interesseert. Ze heeft een goede neus, zoveel is zeker.'

'Een goede neus en een goede manager', voegde de cameraman eraan toe.

'En nu maakt ze toevallig een reisje naar Bodø en de Lofoten?' vroeg Jakob.

'Niets wat NaturDama doet, is toevallig. De reis is gesponsord door Visit Norway.'

Sigrids telefoon liet een zachte pling horen. Ze bekeek het bericht. 'Ik moet rennen. Ze is onderweg naar de bagageband. Doeg.'

Samen met de camera- en geluidsman verdween ze door de draaideur – om onmiddellijk daarna weer naar buiten te komen met een dunne pocket in haar hand. Gaf die aan Jakob. 'Ik heb hem gister uitgelezen', zei ze. 'Neem jij 'm maar. Het wordt een beetje gênant als NaturDama denkt dat ik een fan-girl ben. Het is niet zo beroerd, zeker het eerste hoofdstuk niet.'

Jakob pakte het boek. Op het kaft Marte Moi, NaturDama, staande op de trap van een zomerboerderij. Achter haar staken spitse bergen gaten in de hemel. De titel van het boek luidde *Mijn reis*, en tussen haakjes eronder *Ga mee!*

'Veel plezier.' Sigrid knipoogde naar hem en liep snel terug de aankomsthal in.

Jakob legde het boek op de achterbank. Hij hield van lezen, maar de laatste maanden kon hij zich moeilijk concentreren. Als hij een roman pakte, gleden zijn ogen over de bladzijden zonder dat hij houvast vond in een woord of een zin. Zijn collega Armann had een dochter van zestien. Zij kende vast en zeker NaturDama. Armann mocht het boek wel van hem hebben en het aan haar doorgeven. Wat papacredits oogsten.

Binnen in de terminal kocht hij een kop machinekoffie in de Narvesen-kiosk. Hij bekeek een voor een de reizigers die de trap af kwamen van de eerste verdieping en zag dat Sigrid haar interviewobject al had gevonden. De journalist verdween bijna in de drom nieuwsgierige toeschouwers die haar en de influencer omringde.

Het spektakel liet er geen twijfel over bestaan dat Marte Moi echt een beroemdheid was. Jakob ving een korte glimp van haar op toen ze voor de camera stond te praten en te gesticuleren. De koperkleurige haarspeld schitterde in het flitslicht van de mobieltjes. Ze maakte een energieke indruk. Gekunsteld. Aan het werk. Toch had hij moeite om het concept te begrijpen. Marte Moi deed niets anders dan foto's van haarzelf posten, poseerde voor natuurschoon en bezienswaardigheden waar iedereen naartoe kon reizen.

Allemachtig. Als Lise hem zoiets had horen zeggen, zou ze hem een tik op het achterhoofd hebben gegeven en hem een verzuurde, oude brompot hebben genoemd. Hij moest oppassen dat hij niet zo werd als de oudgedienden op het politiebureau die meenden dat vroeger alles veel beter was. Zoals Rolf Kvist, zijn inmiddels gepensioneerde partner. Hij had gezworen bij een ouderwetse typemachine met correctietoets, totdat de hr-chef die persoonlijk van zijn bureau weghaalde. Dat was drie jaar geleden.

'Jakob Weber?'

'Hm?' Hij draaide zich om. De vrouw achter hem stond al met uitgestoken hand, een militairgroene rolkoffer op de grond naast haar. Hij had haar portretfoto op intranet gezien. Ze was groter dan hij had verwacht. Bredere schouders. De rechercheur in hem ordende de indrukken: ongeveer één meter vijfenzeventig, Aziatische trekken. Donker, steil, schouderlang haar. Bruine ogen. Rechte neus met sproeten op de neusrug. Een lichte toets van bordeauxrode lippenstift. Linkerhoektand een tikkeltje scheef. Gympen, blauwe spijkerbroek en een wit topje onder een zwart leren jasje.

Stevige handdruk.

Politie.

2

Noora Yun Sande

Hij was anders dan ze zich had voorgesteld. Een beetje ineengedoken. Maar zijn handdruk was stevig, en zijn stem was diep en warm met de Noord-Noorse muzikaliteit.

'Jakob Weber. Welkom in Bodø.'

'Noora Sande. Fijn dat je me ophaalt.'

'Dat spreekt vanzelf.'

Hij liet haar hand los. Duidelijk verlegen over hoe verder. Zijn onzekerheid verraste haar. Jakob Weber was een rechercheur over wie men in Oslo positief sprak. Een analyticus van de oude school. Iemand die 'leefde voor zijn werk', zoals men dat bij Kripos noemde. Een subtiele omschrijving van een monomane persoonlijkheid. Een einzelgänger. Maar hier moest Jakob toch anders zijn. De mensen die met hem hadden samengewerkt, beschreven Jakob als sociaal en gemakkelijk in de omgang. Een leider die vooropliep en de weg wees. Nu leek hij onzeker.

Noora wist dat Kripos geprobeerd had om hem naar het zuiden te halen, maar Jakob had het afgeslagen – wegens familieomstandigheden. Afgaande op de ring aan zijn vinger nam Noora aan dat dat 'vrouw en kinderen' betekende.

Slechts een paar mensen wisten dat ze eigenlijk niet naar Bodø wilde. Ze had het naar haar zin bij Kripos. Was op weg omhoog. Rising star. Jong en veelbelovend.

Wat zou Jakob over haar hebben gedacht als ze elkaar een jaar geleden bij Kripos hadden ontmoet?

Zoals zij het nu zag, was samenwerken met Jakob een bonus. Een geluk bij een ongeluk. Twee, drie jaar in Bodø, en ze kon terug naar

Oslo. Misschien nog een ster op haar schouder en een grotere verantwoordelijkheid bij de rechercheafdeling van Kripos.

Misschien.

Dat ene woord dat haar leven samenvatte.

'Al eerder in het noorden geweest?' vroeg Jakob toen ze naar een pas gewassen Mitsubishi Outlander liepen.

'Na de middelbare school heb ik een jaar op de volkshogeschool in Kabelvåg gezeten.' Noora ademde diep in. Vulde haar longen. Ze was vergeten hoe zuiver de lucht hier was. Koel en zout.

'Afstudeerrichting buitensport met supertochten en surfen', ging ze verder. 'Meer dan veertig dagen in de tent. 's Winters stervenskoud, en geweldig.'

Jakob draaide zich om. Glimlachte. 'Dan ken je de Lofoten beter dan ik. Dat kan handig zijn. Soms gaan we daarnaartoe om de plaatselijke politie te helpen met het onderzoek. Hoe noemen ze dat ook alweer op de politieacademie? Aanvullende vaardigheden?'

'Zoiets.'

Hij opende de kofferbak, en Noora schoof haar trolley erin. Deinsde geschrokken terug toen er een scherpe blaf klonk.

'Garm!' riep Jakob voordat hij zich naar haar omdraaide. De lichte onzekerheid was terug op zijn gezicht. 'Je bent toch niet bang voor honden? Garm gaat af en toe met me mee, maar hij is niet zo gewend aan andere mensen sinds...' De rest van de zin ebde weg.

'Helemaal niet', antwoordde Noora. 'Thuis hadden we koningspoedels. Mijn moeder deed aan hondendressuur toen ik klein was. Ik denk dat ik de binnenkant van elke sporthal in Østlandet wel ken. Ik was er gewoon niet op voorbereid.'

Jakobs gezicht verzachtte. 'Garm is een ouwe lobbes, wat mij betreft misschien een beetje bezitterig. Dat is gauw voorbij als hij aan je gewend is.'

Hij ging achter het stuur zitten. 'Brengen we je bagage eerst naar je flat, of rijden we rechtstreeks naar het bureau?'

'Naar het bureau', antwoordde Noora. 'Ik heb nog geen flat. Tot ik iets gevonden heb, kampeer ik bij een vriendin die ik op de volkshogeschool heb leren kennen. Ze woont in de buurt van het politiebureau.' Noora opende de berichtenapp op haar telefoon. 'Het adres is Nordlysbuen 9D.'

'In Østbyen', antwoordde Jakob. 'Je bent in vijf minuten op het bureau.'

Ze verlieten het vliegveld en draaiden links de eerste rotonde op. Rechts zag ze een voetbalveld met in elke hoek van het veld een schijnwerper.

'Bodø/Glimt?'

'Klopt. Glimts voetbalveld, Aspmyra. Ik heb jarenlang een seizoenskaart gehad, maar het werk gooide altijd roet in het eten. Nu bekijk ik de wedstrijden op de tv, ook al woon ik er minder dan een kilometer vandaan. Ik hoorde vanaf de veranda het gejuich van de toeschouwers toen ze Roma met 6-1 versloegen.'

Het was maar een ritje van vijf, zes minuten vanaf het vliegveld tot waar Jakob parkeerde voor het politiebureau Bodø, een modern, uit steen opgetrokken gebouw van drie verdiepingen. Hij zette de twee achterraampjes op een kier zodat Garm frisse lucht kreeg.

Noora keek om zich heen. Het bureau lag naast een grote rotonde. Aan de horizon ontwaarde ze een blauwe bergformatie tussen de laag boven de zee hangende bewolking.

'Landegode', zei Jakob. 'Als je een ansichtkaart van Bodø in de middernachtzon hebt gezien, dan heb je die berg gezien.'

'Voor de Lofoten is die te dichtbij toch?'

'Klopt. Achter Landegode ligt de Vestjorden helemaal open tot aan de Lofoten. Maar op heldere dagen kun je vanaf de top van de Keiservarden Lofotveggen zien.'

'Keiservarden?'

'Ik begrijp dat je in het jaar dat je naar de volkshogeschool ging, de meeste tijd in Kabelvåg hebt gezeten. De topografieles doen we wel een andere keer. Maar geen paniek. Het is niet moeilijk om je te oriënteren in Bodø. De stad ligt op de uiterste punt van een schiereiland. We zijn voornamelijk omringd door water.'

Ze liep achter Jakob en Garm aan, door de hoofdingang, een luchtige, lichte foyer in die zich helemaal uitstrekte tot aan het dak.

'We werken bij de Gemeenschappelijke eenheid voor inlichtingen, preventie en onderzoek. Een hele mondvol, maar de officiële afkorting is niet bepaald beter', ging Jakob verder.

'GIPO?'

'Klopt. We zeggen gewoon "Onderzoek". Dat past het best bij onze taak. Sinds bureau Bodø de hoofdvestiging is van politiedistrict Nordland, assisteren we vaak de posten in het district. Hetzij door ernaartoe te reizen, hetzij via video-overleg.'

Jakob hield de sleutelkaart voor een deur rechts van de foyer. Daarachter een lift en een trap. 'De kantoren van de eenheid zijn op de eerste verdieping. Kraai stond erop om je te zien zodra je er was. Je kunt het ook maar beter meteen achter de rug hebben.'

'En Kraai is...?'

'Konrad Råkstad, onze chef.'

'Ah. Dan ga ik ervan uit dat we de bijnaam...'

'... alleen achter zijn rug om gebruiken.'

'Goed om te weten.'

Op de tweede verdieping nam Jakob haar mee naar een lichte en prettige gemeenschappelijke ruimte. Drie kantoorunits met elk twee werkplekken bevonden zich bij de buitenmuur. Ze keken allemaal uit op een park. Helemaal achter in de ruimte zag ze een groter kantoor. Het kantoor van Kraai, nam Noora aan.

'We zijn momenteel met vier rechercheurs inclusief jij en ik', informeerde Jakob. 'Ik stel je later aan de twee anderen voor. Nu moet je eerst kennismaken met hoofdinspecteur Råkstad. Daarna regelen we de formaliteiten zoals toegangspasje, dienstauto en zo. Ik wacht in ons kantoor.' Jakob knikte naar de verst van Råkstads kantoor verwijderde kantoorunit.

'Tips?'

'Glimlachen, knikken en mond houden.'

De luxaflex achter het raam naast de deur was naar beneden. Noora stond voor de deur, voelde dat haar hartslag versnelde. Zag een andere kantoordeur voor zich. Nog niet zo lang geleden. Stelde zich zijn contouren voor die haar hadden opgewacht toen ze de deur opende. Zijn hand om haar nek.

'Binnen!'

Noora staarde verbaasd naar haar eigen vuist die tegen de deur lag. Ze kon zich niet herinneren dat ze had aangeklopt. Door de gevoeligheid in de knokkels merkte ze dat ze hard had geklopt.

Het kantoor deed denken aan een modelkamer in een nieuw kantoorgebouw. Råkstad zat achter een langwerpig bureau van glas en chroom. De onbedekte delen van het oppervlak glansden vaag in het licht van de plafondlampen. Behalve een computerscherm, toetsenbord en muis stond er niets anders op het bureau dan een glas mineraalwater. Noora zag nergens ook maar een velletje papier.

Råkstad leunde achterover in de stoel. Bestudeerde Noora over het montuur van de vierkante stalen bril. Zijn blonde, dunne haar was al grijs aan de zijkanten van zijn voorhoofd, zijn ogen leisteengrijs, zijn gezicht net zo vierkant als de bril. Uitstekende jukbeenderen, en de neusrug liep als de rug van een vis naar de mond. Maar zijn lippen weken af, vol, bijna sensueel.

'Rechercheur Noora Yun Sande', zei hij ten slotte. Zijn dialect, als je het al zo kon noemen, was Østlands. Bokmål. Råkstad sprak haar naam op één toonhoogte uit.

'Dat klopt.'

'Het was geen vraag, Sande', antwoordde Råkstad, en hij ging verder. 'Eindexamen politieacademie als nummer drie van haar jaargang. Een bachelor in botanica van de universiteit van Oslo. In haar jeugd talentvol op het snowboard, maar niet goed genoeg om Noorwegen te vertegenwoordigen.'

Råkstad bracht het glas naar zijn mond. Hij dronk geluidloos, zette het glas weer neer midden op het blaadje en legde zijn handen gevouwen voor zich op het glazen bureau. Niets aan te merken op zijn manicure, dacht Noora.

'Ik eis twee dingen van de mensen die voor me werken', ging Råkstad verder. 'Absolute eerlijkheid, en absolute loyaliteit.'

Noora bleef staan. Verborg het onbehagen dat ze voelde. Ze had een dergelijke les eerder gehoord. Wist uit ervaring dat degene die absolute loyaliteit eiste, zelden in gelijke mate eerlijkheid wilde. Verwachtte Råkstad een antwoord van haar? Een militair 'Ja, baas!'?

Ze herinnerde zich Jakobs advies en hield haar mond.

'Allereerst: welkom in Bodø. Je hebt de beste referenties van Kripos. Dat is een goede start.' Råkstad pauzeerde even. Het werd zo stil in het kantoor dat Noora het suizen van de airco aan het plafond hoorde. 'Ik wil beginnen met een goed voorbeeld wat eerlijkheid betreft', vervolgde Råkstad eindelijk. 'Jij was niet mijn eerste keus voor deze positie. Ik heb een andere kandidaat voorgesteld voor deze baan. Iemand met meer praktische ervaring dan jij hebt. Maar politiechef Telle heeft mij overruled. Dat moet ik gewoon accepteren. Zoals jij je moet realiseren dat ik nu grote verwachtingen van je heb.'

Råkstad ontmoette haar blik. Ze bespeurde een klein geel vlekje in het linkeroog. 'Ik wil niet gaan speculeren over de vraag of je vanwege het quotum of anderszins een voordeel hebt gehad tijdens de sollicitatieprocedure, die ik verder niet ken. Je werkt nu voor mij en van nu af aan word je beoordeeld op basis van je prestaties. Begrijpen wij elkaar?'

Noora knikte. Verbrak het oogcontact. Het leek haar een goed idee om Råkstad deze staarwedstrijd te laten winnen.

'Wat is er verdorie met de Noord-Noorse gastvrijheid gebeurd?' Noora ging schuin tegenover Jakob zitten.

'Hij heette je welkom in Bodø', antwoordde Jakob droogjes.

'Op zo'n manier dat ik het tegenovergestelde voelde.'

'Vat het niet persoonlijk op. De filosofie achter Kraais stijl van leidinggeven is net als zijn bril en kapsel, uit de jaren vijftig. Maar het is geen toeval dat hij chef van de afdeling is. Zijn hersenen zijn minstens zo scherp als zijn tong. Sinds hij hier als chef het roer overnam, is het oplossingspercentage aanzienlijk gestegen. De concurrentie voor deze positie was groot, jij bent het geworden. Dat alleen vertelt me alles wat ik over je kwalificaties hoef te weten.'

Noora slikte. Keek uit het raam. Net als Råkstad wist ook Jakob niet wat er achter de schermen was gebeurd toen ze de baan kreeg. Hier in Bodø wist alleen politiechef Vigdis Telle van de zaak, maar zelfs zij kende niet alle details.

Verdorie, Noora. Haal jezelf niet zo naar beneden. Je bent goed genoeg voor deze baan.

'Ben je klaar voor de ronde?'

'De ronde?'

'Nieuwe collega's begroeten. Half slapend brandinstructie krijgen. Ingewijd worden in de interne routines en plannen. Toegangspasje voor het gebouw en sleutels van de dienstauto in ontvangst nemen. Namen van gezichten net zo snel weer vergeten als je ze te horen kreeg. Dat soort dingen.'

'Als je het zo beschrijft, kan ik moeilijk nee zeggen.'

De administratieve rompslomp waar Noora doorheen moest om zich rechercheur op het politiebureau Bodø te mogen noemen, duurde ruim drie uur. De meesten die Noora ontmoette, waren aardig; alleen de plaatselijk leider van de beveiligingsdienst van de politie, Ivar Kjellemo, leek wat gereserveerd.

'Ivar is een beetje nostalgisch', legde Jakob uit na Kjellemo's korte veiligheidsbriefing.

'Hoezo?'

'Ik denk dat hij droomt van werken bij de veiligheidsdienst tijdens de Koude Oorlog. Een tijd waarin er minder grijstinten waren en er een duidelijke vijand was. Tegenwoordig is het wat chaotischer. Naast de onberekenbaarheid van de Russen moet hij zich verhouden tot internationale cybercriminaliteit, hybride dreigingen en verdachte Chinese aankopen.'

'De oude Koude Oorlog was beter dan de nieuwe?'

'Dat denkt hij.'

Jakobs glimlach veranderde in een grimas toen hij op de klok keek beneden in de foyer.

'Allemachtig. Ik ben Garm helemaal vergeten. Hij moet nodig uitgelaten worden. Zin om mee te gaan?'

Noora schudde haar hoofd. 'Ik kijk liever of mijn gebruikersnaam en wachtwoord die de IT-afdeling me heeft gegeven, inderdaad werken.'

'Goed. Zien we elkaar over een halfuurtje.'

3

Armann Femris

'De plaats delict ligt beneden bij de zee. Aan de andere kant van de top', vertelde Ronald Janook, de chef van de technische recherche van het politiedistrict Nordland. Hij draaide zich om en wenkte Armann om mee te komen, een smal pad op. Ronald droeg stevige rubberlaarzen. De witte wegwerpoverall die de technisch rechercheurs dragen op een plaats delict, was opgerold tot aan de knieën.

Armann keek met een sceptische blik naar zijn halfhoge boots en zwarte spijkerbroek. Niet bepaald wandelkleding. Normaal gesproken zou hij op het bureau geschiktere kleding aangetrokken hebben, maar hij zat in de auto toen de dienstdoende agent hem belde. Die had hem gevraagd om rechtstreeks naar Bremnes-fort bij Løp, het oude Duitse fort aan de kust ten noorden van het centrum van Bodø, te rijden. Fine, zijn partner, moest haar dochter naar de kleuterschool brengen en zou pas over twintig, dertig minuten hier zijn. Armann haalde een hand door zijn schouderlange, zwarte haar. De binnenkant van zijn hand werd vochtig. Op deze junidag was de lucht zowel vochtig als koud. Typisch Bodø-weer.

'Bang dat je rock-laarsjes vies worden?' Ronald was al halverwege de steile en glibberige helling. Armann slikte een antwoord in. Ronald gedroeg zich in zijn functie als chef technische recherche af en toe alsof hij koning was, maar Armann wist dat het niet slim was om het met hem aan de stok te krijgen.

Zijn zolen waren glad, dus moest Armann zich vastgrijpen aan de takken van de berkenbomen langs het pad om niet naar beneden te glijden. Nog voordat hij de top had bereikt, waren zijn schoenen vuil en de onderkant van de broekspijpen nat.

'Ze is door een wandelaar gevonden', verklaarde Ronald zonder zich om te draaien. 'Een van die Tweede Wereldoorlog-fantasten. Hij vertelde me dat hij een exacte kopie van de kanonstelling in zijn kelderkamer had.'

'Vrijgezel?'

'Wat denk je?' vroeg Ronald en hij lachte met zijn karakteristieke, lage bas. 'De uniformen hebben zijn naam en telefoonnummer, voor het geval je later met hem wil praten.'

Armann knikte ongezien achter Ronalds rug. Hij moest de zaak met Jakob bespreken als Fine en hij terug waren op het bureau.

Het Bremnes-fort, tijdens de oorlog een deel van de Duitse Atlantische verdedigingslinie, bestond uit verschillende kanonstellingen, bunkers en een ondergrondse opslagruimte voor munitie. De meeste inwoners van Bodø kenden het fort goed. Nadat defensie het complex in 1994 had gesloten, was het omgevormd tot een krijgshistorisch wandelgebied. Maar het was ook een plek waar jongeren naartoe gingen om te feesten, en de laatste tien jaar was het in enkele tragische gevallen ook een plek om een eind aan je leven te maken.

Ronald bleef staan om de modder van zijn schoenen af te vegen langs een met mos bedekt hoopje aarde. Landegode ging schuil achter donkergrijze, regenzwangere wolken. Toch kon Armann de aanwezigheid van de berg door de wolkenlaag heen voelen. Een gewicht dat op zijn bewustzijn drukte.

'Ze werd gevonden in de bunker van kanonstelling elf.' Ronalds stem kwam uit het bos ergens voor hem. Armann liep snel achter hem aan.

'Zijn die bunkers niet afgezet?' vroeg hij zodra hij de witte overall zag.

Ronald haalde zijn schouders op. 'Dat zal wel, maar het is niet ongewoon dat de bunkers worden opengebroken. Een paar jaar voor covid organiseerden eindexamenkandidaten nog een rave-feest in een van de grote bunkers. Sleepten er een aggregaat en verlichting naartoe. Om ongetwijfeld te creperen aan koolmonoxidevergiftiging.'

Kanonstelling nummer elf lag op de scheiding tussen het bos en het gladde rotsplateau. Het geel-witte afzetlint was aan de buitenkant van de borstwering gespannen. Een agent stond met een peuk tussen zijn vingers met zijn rug naar het afzetlint.

'Allemachtig', barstte Ronald uit. 'Weet je niks beters dan hier te staan roken?' De agent schrok op en schoot de sigaret weg naar de berg voor zich.

'Pak op', beval Ronald met neutrale stem.

De agent gehoorzaamde.

Ronald hield het afzetlint omhoog voor Armann en wees naar een plastic box met daarin handschoenen, haarnetjes en schoenhoesjes. Hij trok ze aan voordat hij naar Ronald liep, die nu bij de stalen deur van de bunker stond.

Nu pas viel Armann een zwakke, zurige lucht op. Die hem deed denken aan kimchi, het Koreaanse gerecht van gefermenteerde groenten en garnalen. Een blik kimchi dat te lang open had gestaan in een warme kamer.

'De ingang van deze bunker was afgesloten met een plaat fineer. Ze moet die weer achter zich hebben dichtgeschoven. Ze zal daardoor hier wel zo lang onopgemerkt hebben kunnen liggen.'

De bunker was een grauwe, cirkelvormige ruimte van grijs beton. Armann moest zijn hoofd iets buigen om zich niet aan het dak te stoten. Het felle licht van twee ledlampschijnwerpers op batterijen zorgde ervoor dat elk detail zichtbaar was.

De vrouw lag tegen de muur recht tegenover de deur. Hoewel, als Armann niet had geweten dat er sprake was van een vrouw, zou het geslacht moeilijk te bepalen zijn geweest. Ze had een spijkerbroek aan die bij de naden gedeeltelijk gescheurd was. Een nu kleurloos T-shirt was gedeeltelijk vergaan en een deel van het geleiachtige, gele bovenlichaam geworden. Een paar letters op het T-shirt waren nog zichtbaar. Op sommige delen van de schedel zaten nog huidresten en donkerblonde plukken haar. De lippen waren verdwenen. De regelmatige tanden waren geelwit.

Armann hurkte bij het lichaam, pakte zijn zaklantaarn en scheen op de letters. Hij herkende de twee opvallende J's meteen: een bandlogo.

'Ze droeg een T-shirt van de band Jinjer. Het is een Oekraïense rockband.'

Ronald hurkte naast hem. 'Wie had dat gedacht, dat jouw merkwaardige muzieksmaak nog eens van nut zou zijn!' riep hij uit, en deze keer was er noch ironie noch sarcasme in de stem van de technisch rechercheur te bespeuren.

'Dat klopt met de ID-kaart die we in een van haar zakken hebben gevonden. De naam op de kaart is Galyna Ivanova. Ik heb bij vermiste personen gekeken, en het blijkt dat er in maart een Oekraïense vrouw met die naam is verdwenen.'

Armann knikte. 'Galyna, een jongere broer en hun moeder hoorden bij de eerste Oekraïense vluchtelingen die naar Bodø kwamen. Ze waren ongetwijfeld uit Marioepol gevlucht. In de media vertelde de moeder dat ze met oorlogstrauma's worstelde. Galyna zou ingestort zijn toen de burgerbescherming het waarschuwingssysteem testte.'

Ronald stond op en bleef roerloos staan met een bedachtzame uitdrukking op zijn gezicht.

'Wat denk je dat er met haar gebeurd is?' vroeg Armann.

Ronald haalde een zipzakje tevoorschijn. In het zakje zat een pillendoosje. 'Flunitrazepam. Angstdempend en slaapopwekkend. Je hebt er heel wat van nodig wil je eraan doodgaan, maar ik sluit niet uit dat ze de pillen met alcohol heeft ingenomen. Dat verandert de zaak.'

'Je hebt geen fles gevonden?'

'Nee. Maar die kan ze buiten de bunker hebben leeggedronken en in zee hebben gegooid voordat ze hier binnen ging liggen.'

Armann boog voorover naar het lijk. Hij pakte zijn pen en wees naar een inkeping die dwars over de deels ontbonden keel van de vrouw liep. 'Wat denk je waar dit van komt?'

'Ik dacht eerst dat het een litteken van wurging was', antwoordde Ronald. 'Maar toen vond ik dit op de grond naast haar.' De technisch rechercheur haalde een ander zipzakje tevoorschijn; hierin lag een houten kruis aan een koordje van getwijnd garen of touw.

'Toen het lichaam door het ontbindingsproces opzwol, spande het koord zich om de keel tot de knoop losraakte.' Ronald stopte het zakje terug in zijn zak. 'Er moet natuurlijk sectie op haar worden verricht, maar mijn voorlopige conclusie is zelfmoord.'

'Is de familie gewaarschuwd?' vroeg Armann.

'Nee, dat is toch jouw taak?'

'Jemig, wat een begin van de dag.'

'Laat het een troost zijn dat het eerst erger moet worden voordat het beter wordt.'

'Je bent altijd al zo'n vermaledijd zonnestraaltje geweest.'

Op weg terug naar de auto belde Armann Fine, die vertelde dat ze haar dochter op school had afgeleverd en onderweg was naar Løp. Armann vroeg haar om naar het bureau te komen.

Na dit korte gesprek bleef hij een paar minuten bij de auto staan, had er spijt van dat hij geen sigaret bij de agent had gebietst. Het was jaren geleden dat hij was gestopt. Nu zou hij met genoegen een trekje hebben genomen om de smaak van beschimmelde kimchi uit zijn mond te krijgen. Hij vond Jinjer op een van de streamingdiensten en speelde het nummer *Hello Death* zo hard af dat de intense rockmuziek zijn gedachten overstemde.

4

Noora

Nadat Jakob was weggegaan om Garm uit te laten, liep Noora terug naar het kantoor van de recherche-unit.

De drie kantoorunits waren onbemand. Er brandde geen licht in Råkstads kantoor en de luxaflex voor het raam naar de centrale ruimte was opgetrokken. Noora ving in het halfduister een glimp van zijn kantoorstoel op. Ze stelde zich voor dat Råkstad daar zat en haar volgde terwijl de gele vlekken in zijn oog fonkelden als juweeltjes.

Ze zette de pc aan en logde in. Kwam meteen binnen in de algemene gebruikersomgeving van de politie. Van hieruit had ze toegang tot alle databases en registers. Nou ja, niet alle databases. De gegevens over haar zaak, het rapport dat er de oorzaak van was dat ze nu in een kantoor in Bodø zat, stonden op een afgeschermde server bij Kripos.

'Het ene woord tegen het andere', zei de jurist van de Kripos-leiding over de zaak. 'Een duidelijk geval van seksuele intimidatie en machtsmisbruik', antwoordde de vakbondsadvocaat die Noora was toegewezen.

De advocaat adviseerde Noora om met haar zaak naar de pers te gaan en gaf haar de naam van een journalist bij VG. Noora had geweigerd. Ze wilde geen klokkenluider zijn met alle druk die dat met zich meebracht. Ze wist dat ze daarna binnen het politieapparaat als een melaatse behandeld zou worden.

Ze verdacht de vakbondsadvocaat ervan dat hij toch bij de leiding van Kripos had laten vallen dat Noora overwoog contact te zoeken met de pers. Want de volgende dag al kwam de 'Bodø-oplossing' op tafel. Noora was akkoord gegaan onder één voorwaarde: 'Vertel hem niet waar ik ben.' Natuurlijk kwam hij er uiteindelijk toch wel achter.

Maar voorlopig was haar naam alleen vindbaar voor degenen die in het politiedistrict Nordland werkten.

Het wordt beter. Uiteindelijk komt alles goed.

Ze was nu in Bodø, niet in Oslo. Dat was het enige wat ertoe deed. Noora opende STRASAK, het digitale strafregister – en beperkte de zoekopdracht geografisch tot politiedistrict Nordland.

Dronkenschap, vandalisme, drugs, geweld, inbraak, verduistering en smokkel. Een statistische doorsnee van elk willekeurig politiedistrict in Noorwegen. Maar het viel Noora op dat er hier veel minder bendecriminaliteit was dan in Østlandet. Ze bekeek snel de koppen van de nieuwste zaken in het register, en zag dat een delict steeds weer terugkwam: vissmokkel.

Ze opende de nieuwste zaak. Na anonieme tips waren er drie Duitse campers op een camping buiten Bodø doorzocht. In de vriezers van twee van de drie voertuigen lag meer dan driehonderd kilo schoongemaakte vis. De maximaal toegestane hoeveelheid die een toerist mee het land uit mocht nemen was achttien kilo.

De boete werd bepaald op 97.000 kronen.

97 000! Noora onderdrukte een proestbui.

'Ik zie dat je doodzonde nummer één hier in het noorden hebt ontdekt.'

Noora draaide haar stoel rond. De man die gesproken had, stond in de deuropening van haar kantoor. Hij leunde tegen de deurpost. Leek precies een van die Dressmann-modellen: opvallende jukbeenderen, schouderlang zwart haar, blauwe ogen, peper-en-zoutkleurig baardje van drie dagen, antracietkleurig colbert over een T-shirt met het logo van The Ramones.

Leeftijd ongeveer veertig.

Alleen de schoenen bedierven het verder zo piekfijne uiterlijk: zwarte met modder bevuilde enkellaarzen.

'En jij bent...?'

De man keek over zijn schouder en zei: 'Ze is hier nog maar een halve dag, maar gedraagt zich al alsof het kantoor van haar is.'

'Dan is ze hier precies op haar plek', antwoordde een vrouw die, zoals Noora nu ontdekte, bij het koffiezetapparaat aan de andere kant van de ruimte stond. Ze droeg een eenvoudig, maar smaakvol zwart pak met bijpassende zwarte gympen. Haar haar was platinablond en gemillimeterd.

De man stak zijn hand uit naar Noora. 'Armann Femris. De koffieslaaf heet Josefine Skog.'

'"Fine" volstaat', zei de vrouw. Ze kwam met een koffiemok naar hen toe lopen, schudde Noora's hand. 'En jij moet Noora Sunde zijn, het zuiderlingenalibi van de eenheid.'

'Dat klopt.'

'Welkom bij het team! En trek je maar niks aan van Armann. Hij overcompenseert een rotbegin van de dag.'

'Hoe gaat het met jou en Jakob?' onderbrak Armann haar. 'De golflengte, energie, emotie gevonden?'

'Par... pardon?' stamelde Noora.

'Je hoeft je niet te verontschuldigen', grijnsde Armann. 'Jakob is een dolk in een fluwelen schede. Een charlatan verkleed als een charmeur.'

'Allemachtig, Armann, had je haar niet een paar minuten aan je kunnen laten wennen voordat je losbarst?' Jakob kwam binnen door de deur naar de gemeenschappelijke ruimte. Achter hem dribbelde Garm.

Hij keek verontschuldigend naar Noora. 'Armann is een goede rechercheur en tamelijk oké. Het probleem is dat hij nooit weet wanneer hij zijn mond moet houden.'

'Tamelijk oké?' riep Armann en hij spreidde theatraal zijn armen. 'Van zo'n kniesoor als jij moet dat opgevat worden als een compliment.'

'Durf je Garm mee het kantoor in te nemen?' vroeg Fine.

'Kraais auto stond niet op de parkeerplaats, dus heb ik het erop gewaagd.'

'Hij zal het doorhebben als hij begint te niezen, met zijn allergie', waarschuwde Fine.

'Hoop het', antwoordde Jakob, en de twee anderen lachten.

'Op weg naar boven heb ik even met Ronald gesproken', ging Jakob verder op een wat serieuzere toon. 'Hij vertelde me over de vrouw in de bunker.'

'Waarschijnlijk zelfmoord', antwoordde Armann met een knikje. 'Fine en ik gaan naar de familie zodra we zeker zijn van de identiteit van de vrouw.'

'Goed. Trouwens, binnenkort de kwartaalrapportage van opgeloste zaken. Telle is niet iemand die tijdslimieten opschuift.'

'In tegenstelling tot Kraai', antwoordde Fine op zo'n toon dat Noora begreep dat het ironisch bedoeld was.

Noora bestudeerde haar drie nieuwe collega's. Zag hoe ontspannen ze leken in elkaars gezelschap. Ze voelde hoe iets in haar tot rust kwam. De onrust die daar had liggen smeulen, leek verminderd. Vergeleken met Kripos was het rechercheursmilieu in Bodø klein. Maar kleine verhoudingen betekende niet onbeduidende zaken. In de districten was de rechercheur meer een generalist dan in de gebieden, waar verschillende specialismen binnen enkele minuten bereikbaar waren.

Haar 'andere' mobieltje liet een zachte pling horen. Noora aarzelde even voor ze de kleine Nokia uit haar jaszak haalde. Het mobieltje had geen apps of internettoegang. Was de tegenpool van de moderne smartphone. Het scherm toonde het icoontje van een sms'je.

In de ruimte voor haar deur ging het goedmoedige plagen door, maar ze hoorde niet langer wat er gezegd werd. Haar aandacht was bij de telefoon. Noora wilde het bericht liever niet openen. Wist dat ze het niet kon laten. Gaf toe.

Je weet dat ik je nooit laat gaan?

5

Iselin Hanssen

Ze was een stap dichter bij haar doel. Iselin slaakte een vreugdekreet. Voelde zich tegelijk belachelijk en uitgelaten. Las de onderwerpregel in het mailtje nog een keer.

'We roepen je hierbij op voor de conditietesten voor toelating tot de politieacademie.'

De politieacademie!

Ze had de eerste hindernis genomen.

Wat een opluchting. Het gevoel was sterker dan ze had verwacht. Ze had zin om Casper te bellen en het nieuws meteen met hem te delen. Toch aarzelde ze toen haar gedachten teruggingen naar haar hardloopronde een week geleden.

Het was die dag echt vies rotweer geweest. De ene laaghangende regenbui volgde na de andere en zorgde voor een grijs, schijnbaar ondoordringbaar landschap. Toch was ze gaan hardlopen. Iselin wist dat zolang ze in beweging was, ze het niet koud had. Maar na haar ronde, op de bijna lege parkeerplaats van het wandelgebied Maskinisten, had ze beschutting gezocht onder een eik om haar rek- en strekoefeningen te doen.

Aanvankelijk had ze geen notitie genomen van de blauwe Volvo die een paar meter verderop geparkeerd stond. Meestal waren er veel wandelaars in Maskinisten. Mensen reden hier na hun werk naartoe voor een korte wandeling voor het eten. Maar niet op dit soort dagen.

Pas toen ze zich omdraaide met de rug naar de stam om de achterkant van haar bovenbenen te strekken, zag ze de twee mannen op de achterbank van de auto. Ze zaten naar elkaar toe gekeerd en liefkoosden elkaars gezicht. Wisselden snelle kussen uit die overgingen in tedere, lange omhelzingen.

Het regenwater dat langs het raampje stroomde, vervormde het tafereel aan de binnenkant. Het deed Iselin denken aan een zwart-witfilm. Toen draaide de figuur aan haar kant zijn hoofd, en zijn karakteristieke profiel was onmiskenbaar: hoge haargrens, rechte neus en markante kin. Caspers vader.

Iselin herinnerde zich hoe ze bleef staan, niet in staat om zich los te rukken van wat ze zag. Er zat iets intens persoonlijks, bijna wanhopigs, in wat zich daar op de achterbank van de auto afspeelde. Twee volwassen mannen die zich als jongeren verstopten op een eerste date.

Met wie was Otto Jahrberg daar? Iselin kwam onbewust dichterbij. Het gebeurde gewoon. Haar beweging ving de aandacht van de onbekende gedaante. De man keek op. Staarde recht naar Iselin, die besefte dat ze ook wist wie hij was: een van de twee politieagenten die een praatje hadden gehouden voor haar klas op de politieacademie een paar maanden geleden.

Ze had zich omgedraaid en was weggerend en had niet omgekeken. In de hoop dat Otto haar van achteren niet herkende. De politieman zou zich haar niet meer herinneren, toch? Hij hield vast elk jaar zulke praatjes voor honderden leerlingen. Maar Iselin had hem een paar vragen gesteld. Was een van de meest actieve mensen in de klas geweest.

Daarom had ze nerveus op het antwoord van de politieacademie gewacht. Zich voorgesteld dat de politieagent iets had ondernomen om te verhinderen dat zij een oproep zou krijgen. Iselin besefte nu hoe krankzinnig haar gedachte was geweest. Een knettergekke samenzweringstheorie.

Maar dat loste het probleem met Otto Jahrberg niet op. Iselin had hem met een ander, een man, gezien. Maar was het haar probleem eigenlijk wel? Het was aan Otto om Casper en Julia, Caspers moeder, over zijn verhouding te vertellen, als hij dat wilde. En toch, ze wist iets wat Casper niet wist. Een geheim dat het leven van de familie Jahrberg volledig op zijn kop zou zetten als het uitkwam.

Maar misschien was er een andere oplossing? Casper was niet bijzonder enthousiast geweest over Iselins plannen om in Oslo te gaan studeren.

Die andere kant was een vervelende, repeterende grammofoonplaat geworden. 'Je weet dat er in Bodø ook een politieacademie is?' In elk geval tot gisteren. Toen stelde Casper plotseling voor dat, als ze werd aangenomen op de academie, ze samen naar Oslo konden gaan. Samen woonruimte in Grünerløkka zoeken.

Iselin was zo overdonderd geweest over deze gemoedsverandering dat ze had geantwoord dat ze dat wel konden doen. De twijfel kwam later op de avond toen Casper naar huis was gegaan. Wilde ze eigenlijk wel met Casper samen naar Oslo? Had ze niet ja gezegd omdat ze een slecht geweten had door Casper niets over Otto te vertellen?

Eén ding wist Iselin zeker. Ze moest weg. Iets nieuws ervaren. Nieuwe mensen leren kennen. Er was niets mis met Bodø, maar soms voelde de stad een beetje... benauwd. Net als de relatie met Casper. Ze was negentien; hij was drie jaar ouder dan zij, en gedroeg zich al alsof ze binnenkort zouden trouwen.

Tijd voor een pauze, misschien? Ze zou het er morgen met hem over hebben. En als ze wegging uit Bodø, nam ze het geheim van Caspers vader mee.

Iselin logde uit en trok haar trainingskleren aan. Zag een beetje op tegen het rondje hardlopen. Hetzelfde als de dag dat ze Otto en de politieagent had gezien. Dertien kilometer vanaf de voordeur, de steenslagweg op naar de noordkant van Vågøyvannet. Daarvandaan volgde ze bospaden helemaal tot aan de top van de Keiservarden en terug. Van 10 meter boven de zeespiegel naar 366. Zwaar, maar dit soort training had ervoor gezorgd dat ze nu een kans had om aangenomen te worden op de politieacademie.

Sinds Pasen had ze dit traject steevast elke woensdag na school gerend, in sneeuw, regen en nattesneeuwsmurrie. De eerste keren was haar vader mee geweest. Nu niet meer... Nu bedankte hij vriendelijk. Beweerde dat hij haar niet meer kon bijhouden. Zijn manier van een compliment geven.

Iselin begon in een rustig tempo en versnelde haar pas niet voor ze de steile hellinkjes had genomen naar het plateau waar paden en wildpaadjes over de weelderige Bodø-vlakte kronkelden. Ze liep het pad op langs Vågøyvannet. De grond was zacht na de regen van vannacht. Druppels water van de blaadjes van de berkenbomen langs de loipe vielen op haar neer. Koelden haar af. Iselin vulde haar longen. Voelde haar hoofd helder worden en de gedachten over Casper en de relatie verdwijnen.

'Van rennen krijg je nooit spijt', zei haar vader altijd. Ze begreep wat hij bedoelde. Op sommige dagen was het begin moeilijk, maar endorfine was als magie. Zodra die door haar lichaam begon te stromen, vergat ze haar zorgen en hoe moe ze was. Alleen het hier en nu betekende nog iets.

Aan de noordkant van Vågøyvannet lag een klein moerasgebied met een beek als een diepe goot in de groene rus. Iselin stak de beek altijd over via een omgevallen boom, maar vandaag was de grond tot aan de donkere stam te nat en modderig om daar te kunnen komen zonder dat haar schoenen vol zouden lopen met stinkend moeraswater.

Ze nam een slok uit haar drinkfles, keerde om en begon langs dezelfde weg als ze was gekomen, terug te rennen. Ze stopte en zag iets bewegen in het groen tussen de witte berkenstammen wat verderop.

Iselin sloeg met haar hand om de knutjes en muggen uit haar gezicht te houden. Dit was een populair wandelgebied; het was dus niet ongewoon dat ze iemand tegenkwam. Maar was er niet iets vreemds aan de manier waarop de persoon liep? Voorovergebogen. Alsof hij zich met opzet klein maakte.

Iselin stopte de drinkfles in de riem en liep naar de twee witte berken waar de ander langs gelopen was.

De voetafdrukken in de zachte grond waren duidelijk. Ze liepen in dezelfde richting als zijzelf moest. Iselin luisterde. Hoorde niets anders dan het ruisen van haar bloed in haar oren.

Ze begon te rennen, maar de rust van daarvoor was weg. Ze ademde onregelmatig. Ze raakte uit de pas met zichzelf. Zag plotseling de plekken langs het pad waar iemand zich kon schuilhouden: de schaduw onder een boom, achter het dichte gebladerte van een struik, aan de andere kant van een rotskammetje.

Hou op, concentreer je!

Algauw kwam het pad uit op een gravelweg waar het spoor van de andere renner doodliep. Het landschap werd weer overzichtelijker, en toen Iselin een kwartier later de top van de Keiservarden bereikte, kon ze alleen maar het hoofd schudden over zichzelf.

Gedachtespel en fantasie. Dat was niets voor haar. Maar ze had de laatste tijd slecht geslapen. De aanmelding voor de politieacademie, Otto in de auto samen met de politieagent, de relatie met Casper, drie jaar uit Bodø en weg van haar vader, misschien wel langer – besluiten en beslissingen. Alles liep in elkaar over. Bracht haar aan het twijfelen over de keuzes die ze moest maken. Maar niet hier: hier buiten onder de uitgestrekte hemel leek alles zo eenvoudig. Ze wist wat ze moest doen. Had het eigenlijk de hele tijd geweten.

Zodra ze thuiskwam, zou ze Casper bellen. Hem vertellen dat ze een pauze in hun relatie nodig had. Dat een beetje afstand van elkaar hun beiden goed zou doen.

Al was het maar dat haar vader blij zou zijn. Iselin wist immers dat hij sceptisch was over de relatie. Niet vanwege Casper, maar vanwege zijn vader, Otto Jahrberg. Haar vader was niet iemand die over het verleden praatte, maar Iselin wist wel dat Otto en Bjørn geen goede maatjes waren geweest in hun jeugd.

Ze at een halve energiechocoladereep en ging boven op het grote stuk leisteen staan dat de Keiservarden markeerde. Keek naar beneden in de richting van het centrum van Bodø. De natte start- en landingsbaan van het vliegveld glom als een verzilverde streep. Iselin draaide negentig graden en keek naar Landegode en de wolkenrij aan de horizon die de bergketen Lofotveggen aan de andere kant van de Vestfjord markeerde. Op het hoogste punt van Bodø, met een verkoelende westenwind in haar gezicht, begreep ze dat dit altijd bij haar zou zijn. Ook al vertrok ze hiervandaan, het landschap droeg ze met zich mee.

Wild. Wonderschoon. Weerbestendig.

Een deel van haar persoonlijkheid.

Een stille kracht.

De terugweg liep via Kretjønna. Het meertje lag in een laagte in het terrein, beschut tegen de wind. Iselin koos een pad aan de overkant van het water. Het was stenig en oneffen, dus moest ze het eerste stuk wandelen. Ze wilde zich niet forceren zo kort voor de conditietesten.

Aan de andere oever zat een groepje wandelaars bij een van de picknicktafels koffie te drinken. Een van hen zwaaide naar haar en Iselin wuifde terug, voor ze het tempo opvoerde langs het pad dat zich nu tussen de laaggroeiende berken en de grijze rotsheuveltjes slingerde.

Voor haar vlogen twee raven op terwijl ze hese, geïrriteerde kreten uitstootten. Ze cirkelden boven de boom waar ze in hadden gezeten, voordat ze in Iselins richting kwamen. Ze hoorde het suizen van de wind door hun veren toen ze over haar heen vlogen.

Waren de raven opgeschrikt door een ree? Een wandelaar met hond, misschien? Honden moest hier aan de lijn, maar sommige wandelaars trokken zich daar niets van aan. Iselin verlaagde haar tempo. Ze wilde niet een loslopende hond aan het schrikken maken. Maar het pad voor haar bleef leeg, en door het ruisen van de wind in de boomtoppen was het moeilijk om andere geluiden op te vangen.

Een paar minuten later stond ze tegen een rijzige lijsterbes naast het pad. Ze leunde tegen de gladde stam en strekte de achterkant van haar beide benen voor het laatste stukje naar huis. Voornamelijk bergafwaarts, en dan gebruikte ze haar spieren op een andere manier.

Opnieuw gingen haar gedachten naar Casper. Voordat ze geliefden werden, waren ze vrienden geweest. Iselin miste die kant van hem. Maatje Casper. Toen waren ze op een andere manier samen. Meer ontspannen, vond Iselin. Nu stond er opeens zoveel op het spel. Veel nieuwe, vaak onuitgesproken verwachtingen.

Ze zou hem bellen zodra ze thuiskwam. Het achter de rug hebben. Daarna de mobiel uitzetten, want Casper zou zeker terugbellen zodra hij over de eerste schok heen was. Bellen, mailen, tientallen berichten sturen. Hij zou niet ophouden, en dan konden ze beter praten als hij gekalmeerd was.

6

Peder Skarvheim

Hij haalde drie sneetjes brood uit de zak. Roosterde er twee tweeënhalve minuut, het laatste een minuut. Precies lang genoeg voor goudgeel brood. Zijn moeder was een pietje-precies. Stuurde hem terug naar de keuken als het brood te donker of te zacht was.

Hij smeerde roomboter op de boterham voor zijn moeder, op de twee andere margarine van Brelett en op alle drie sinaasappelmarmelade. Draaide de warmwaterkraan bij de gootsteen open en wachtte tot het zo heet was dat hij zijn wijsvinger niet onder de straal kon houden. Vulde beide theekoppen met water. Prince of Wales voor zijn moeder, rozenbottelthee voor hemzelf.

'Peder?'

Hij keek langs de smalle trap naar de bovenverdieping. 'Ik kom eraan, moeder.'

Hij zette de borden op het dienblad. Dat had hij haar voor haar tachtigste verjaardag gegeven. Het blad had een porseleinen bodem. Op de plaat was een *sjark* op weg naar open zee afgebeeld; een vlucht meeuwen hing als de letter M boven de boot. De afbeelding deed Peder denken aan zijn vader. De dag dat hij naar zee vertrok, om nooit meer thuis te komen.

'Peder!'

'Kom zo!' riep hij terug. 's Morgens was ze altijd een beetje ongeduldig. Zodra ze haar eten kreeg werd haar humeur beter.

Hij liep voorzichtig de trap op. Herinnerde zich die keer dat hij gestruikeld was. De scheldkanonnade van zijn moeder daarna. De uren die hij nodig had om de kleverige jam en de gemorste thee van de traptreden en de witte muren te verwijderen.

Peder opende de deur van zijn moeders slaapkamer. Ze zat in de stoel bij het raam, de gele ochtendjas over haar nachtjapon geknoopt – de krullers in haar haar zichtbaar door het dunne haarnetje waar ze altijd mee sliep.

Hij zette het blad op de tafel voor het raam en trok de verduisteringsgordijnen open. De zee glinsterde wit in de scherpe ochtendzon, alsof die elektrisch was. Peder keek op de klok en boog naar het raam toe. Hij ontdekte het Widerøe-toestel boven Vedøya. Het groen-witte vliegtuig zwenkte terwijl de piloot afkoerste op landingsbaan noord op Røst.

'Hij is op tijd vandaag', stelde hij vast.

Zijn moeder antwoordde niet, maar hij kon zien dat ze tevreden was. Ze stelde het zeer op prijs dat alles naar behoren verliep. Dat de veerboot volgens dienstregeling aanmeerde en vertrok. Dat de vliegtuigen op het juiste tijdstip landden en opstegen. Dat het ontbijt elke dag op hetzelfde tijdstip bij haar werd gebracht.

'Het is de taak van de mensen om orde in de wereld te scheppen', bracht ze hem altijd in herinnering. Ze had nog steeds het kruis en de prent van Jezus aan de muur boven haar bed hangen. De zoon van God stond met gevouwen handen en tuurde schuin omhoog naar de hemel, zijn gezicht badend in een mild licht. Wachtend op een teken. Een signaal van boven.

Peder wist hoe het voelde om te wachten. Hij had zowel het kruis als de afbeelding uit zijn eigen kamer verwijderd drie weken nadat zijn vader was verdwenen. Had nooit meer het kerkhof bezocht na de dag dat de lege kist in de schrale grond werd neergelaten.

Ze woonden aan het eind van een steenslagweg op Røst. Vanuit zijn eigen slaapkamerraam had Peder uitzicht op de haven en op de Joker-winkel aan de overkant van de zeestraat. Vanuit zijn moeders raam keek je uit op Simon Michalsens huis.

Die rottige Simon Michalsen!

Peder gluurde nerveus naar zijn moeder, bang dat hij het te luid had gezegd. Ze reageerde gelukkig niet. Volgde ook niet wat er buiten voor haar raam gebeurde.

Terwijl Peders vader had gevist als pachter op de licentie van iemand anders, had Simon zowel de sjark als het quotum van zijn eigen vader geërfd. Een quotum dat hij slechts een paar jaar later had doorverkocht voor een astronomisch bedrag. Nu deed hij niets anders dan feesten en zo hard muziek maken dat Peder niet kon slapen. Af en toe schoot hij midden in de nacht op schietschijven met zijn salongeweer. Peder nam contact op met de *lensmann*, of de 'chef van het politiebureau' zoals dat tegenwoordig vast heette, maar als de oude Thorsen zich eindelijk deze kant op had getreuzeld, was het altijd stil bij Simon. In deze tijd van het jaar was het gelukkig rustiger. Zodra het voorjaar werd, ging Simon op vakantie. Dan verdween hij in zijn grote camper om wekenlang weg te blijven, soms een paar maanden.

'Heb je genoeg gehad?'

'Ja, bedankt, Peder. Je bent een goeie jongen.' De lof verwarmde Peders hart. Hij zette de kopjes en het bord terug op het dienblad en liep naar beneden naar de keuken, waar hij broodkruimels in de gft-bak deed en het bord en de glazen afwaste.

Daarna haalde hij een blikje cola uit de koelkast, pakte het boek dat op de keukentafel lag en ging op het trapje in de zon zitten. Zijn moeder hield er niet van dat hij meer dan een blikje per dag dronk, en meestal bewaarde hij dat voor 's avonds bij *Dagsrevyen*. Maar vandaag was hij in zo'n goed humeur dat hij zich nu ook wel een blikje kon veroorloven.

Hij opende de beduimelde pocket en legde die op zijn bovenbeen. Peder had het boek minstens twintig keer gelezen. Kende de inhoud bijna uit zijn hoofd. Maar Marte schreef zo levendig over haar jeugd en alle reizen die ze maakte, dat Peder het gevoel had dat ze samen die reizen maakten. Daarom stond er ook met groene letters onder de titel *Ga mee!* Hij miste het reizen. Maar wie moest er voor zijn moeder zorgen als hij wegging van het eiland?

Peder had overwogen om een smartphone te kopen, alleen om NaturDama op Instagram te volgen. Hij had zijn moeder nog niet durven vragen of hij daarvoor geld van hun gemeenschappelijke rekening kon gebruiken. Misschien kon hij het haar vandaag vragen?

Hij dronk zijn cola op terwijl hij hoofdstuk vier las, waarin Marte eerlijk vertelde over hoe ontevreden ze in haar jeugd met haar eigen lichaam was geweest. Net als hij. Ze leken zo op elkaar. Peder was daarom ook niet verbaasd geweest toen hij een paar dagen geleden in het plaatselijk nieuws hoorde dat Marte Røst zou bezoeken. Het was bijna alsof ze wist dat hij hier woonde. Begreep hoeveel ze met elkaar gemeen hadden. Marte en hij.

Het was lang geleden dat hij zich zo gevoeld had.

Peder sloeg het boek dicht en stopte het in zijn binnenzak. Hij pakte de krukken en hing de foto van zijn moeder in de hal goed voor hij naar buiten ging.

De brommobiel die hij via de hulpmiddelencentrale in Bodø had gekregen, stond in de schuur geparkeerd. Het vervoermiddel dat die hufter van een Simon 'rolstoel met handvaten' noemde. Maar nu was Simon er niet om zijn goede humeur te verpesten.

Peder opende de achterklep en legde zijn krukken erin. Hij had de ruimte achter de voorbank uitgebreid door een stalen plaat aan een console te bevestigen, die hij had vastgelast aan de achteras van de brommobiel. Nu kon hij in één keer zes zakken hout vervoeren als hij ze netjes opstapelde. Toen Thorsen bij een gelegenheid de provisorische bagageruimte ontdekte, had de politieman iets gemompeld over 'ongeoorloofde aanpassing van een gemotoriseerd voertuig', maar hij ondernam geen actie. Een eenvoudige samenvatting van Thorsens carrière als vertegenwoordiger van de wet op Røst, vond Peder. Ongeïnteresseerd en onverschillig.

Op de automatische piloot naar het bestaan van gepensioneerde.

Hij duwde de schuurdeur open en klom achter het stuur. Drukte de startknop in. Wegrijdend over het erf zwaaide hij naar het slaapkamerraam van zijn moeder.

Hij reed om de kniediepe kuilen in de weg bij de brievenbus heen. Nog iets dat hij zijn moeder had beloofd om te repareren. Hij besloot om eerst langs de kade te rijden voor hij naar de winkel ging. Misschien wisten ze iets meer over wanneer Marte naar Røst kwam.

7

Jakob

Vijf jaar nadat Jakob zijn studie aan de politieacademie had afgerond, accepteerde hij een tijdelijke baan als lensmann in Beiarn, een kleine, landelijke gemeente met een inwonertal van iets meer dan duizend zielen. Beiarn was een natuurparel die in het noorden aan Bodø grensde en in het zuiden aan Saltfjellet. Door de zalmvisserij verdubbelde het inwoneraantal bijna. Maar het was niet vanwege de natuur of de mogelijkheden om te vissen dat Jakob de baan accepteerde. Het was een persoonlijke keuze.

Op zijn eerste dag als lensmann belde hij onaangekondigd aan bij een woonhuis van een boerderij die op een heuvel even buiten Moldjord, het centrum van de gemeente van Beiarn, lag. Toen Manfred Weber de deur opendeed, en zijn zoon voor het eerst sinds dertien jaar weer zag, leek hij totaal onaangedaan. Voor Jakob was dat anders. Hij herinnerde zich nog steeds de lichamelijke reactie bij het zien van zijn vader, de steken in zijn borst. De hartkloppingen. Het totaal onverwachte onbehagen dat hem bijna uit zijn evenwicht bracht.

'Manfred.'

'Jakob.'

Manfred zei niets meer. Hoopte vast dat de pijnlijke stilte Jakob zou dwingen iets te zeggen. Dat hij stotterend iets onsamenhangends zou uitbrengen, net als toen hij klein was.

Maar deze keer niet. Jakob bleef staan. Hield Manfreds blik vast, ook al had hij het gevoel dat zijn borstkas samentrok en op zijn hart drukte.

'Kom binnen, Jakob.'

De tegenzin in zijn vaders stem was onmiskenbaar. De oude baas wilde hem niet binnen hebben, en Jakob begreep waarom toen hij Yvonne zag.

In Jakobs ogen was Yvonne jong, misschien maar tien jaar ouder dan hij. Ze was dun, met een bleke huid en ogen die voortdurend houvast zochten zonder dat te vinden. Toen ze Jakob begroette, trok ze haar hand terug nog voordat hij die had kunnen schudden. Yvonne strengelde haar vingers in elkaar, alsof ze ongerust was dat haar handen iets zouden doen wat ze niet wilde.

Jakob herkende de tekens. Hij had ze eerder gezien. De manier waarop ze zich kleiner maakte, tot ze onzichtbaar werd in haar eigen huis. Yvonne Tollås Weber gedroeg zich exact als Jakobs moeder voordat zij de moed bij elkaar raapte om zijn vader te verlaten. Jakob kreeg het gevoel dat hij was teruggereisd in de tijd. Het steken in zijn borst ging niet weg, en het koude zweet stond in zijn oksels.

Jakob had zich geëxcuseerd voordat de koekjes op tafel kwamen, had naar zijn mobiel gewezen en uitgelegd dat hij iets moest regelen. Verzekerde dat hij natuurlijk bij gelegenheid weer langs zou komen. Hij las in zijn vaders besmuikte glimlach dat hij hem doorzag. Toen hij de voordeur uit stapte, voelde hij een hand op zijn schouder. 'Je bent net zo'n zwakkeling als Bente, je moeder.'

Hij had zich om moeten draaien en die oude daar ter plekke een mep moeten verkopen.

Jakob kwam zijn belofte niet na. Hij ging niet terug, en langzaamaan bouwde het schuldgevoel zich in hem op. Hij was lensmann in het dorp. Als hij Manfred er niet van weerhield Yvonne kapot te maken, wie zou het dan doen? Maar Manfred sloeg nooit met zijn vuisten. Hij kwam steeds weer met een of ander indirect dreigement, en zelden kwam er een onverwachte mep met de vlakke hand. Leven met Manfred Weber was als je begeven op onbetrouwbaar terrein. In een kamer met de deurkruk aan de buitenkant.

Jakob fantaseerde vaak dat hij was uitgerukt naar het huis van zijn vader. Dat Manfred voor een keer zijn zelfbeheersing had verloren en Yvonne in elkaar had geslagen. Jakob zag voor zich hoe hij de armen van zijn vader op zijn rug draaide en zijn smoel tegen de muur duwde. Telkens weer.

Maar er kwam geen telefoontje over huiselijk geweld, en de zeldzame keren dat hij Yvonne tegen het lijf liep, ontweek ze zijn blik. Schaamte ontmoette schuld. Dat was niet om uit te houden.

Het aanhoudende schuldgevoel maakte Jakob onrustig. Hij had moeite zich te concentreren op zijn werk, en 's nachts sliep hij korte periodes die afgewisseld werden met uren naar het plafond staren. Tot hij er op een nacht genoeg van had en opstond. De tijd tussen één en drie werd van hem.

Deze wake werd na verloop van tijd een gewoonte.

In het begin liep hij in het donker wat door zijn huurhuis, een voormalige pastorie. Voelde de afgesleten vloerplanken onder zijn voeten. Luisterde naar de stilte. Hoorde alles wat hem overdag ontging, zoals de verschillende werking- en kraakgeluiden, het zachte geklik van de oude elektriciteitsmeter en het wisselende gesuis van de wind in het gebarsten voorkamerraam. Het kwam voor dat hij zich merkwaardig vrij voelde, alsof deze onaangeroerde kamer in de fluweelzachte nachtelijke uren zijn eigen wetten had.

Op een nacht liep hij naakt het balkon op. Hij kreeg kippenvel toen hij de koude lucht inademde die door het rivierdal stroomde vanaf de sneeuwvlaktes van Saltfjellet. Hij volgde een paar eenzame koplampen op de hoofdweg. Stelde zich voor dat hijzelf achter het stuur zat, op weg hiervandaan.

Een maand later werd zijn fantasie werkelijkheid. De recherche van het politiebureau Bodø zocht een junior rechercheur. Ook dat was een tijdelijke baan, maar met de mogelijkheid tot verlenging. Jakob toonde nog diezelfde dinsdag zijn belangstelling, had op vrijdag een kort telefonisch sollicitatiegesprek met het hoofd van de dienst en gebruikte het weekend om zijn spullen te pakken. Hij vertrok net zo onaangekondigd uit Beiarn als hij was gekomen.

Jakob herinnerde zich de opluchting die hij voelde toen hij de bergpas passeerde en het dal achter zich liet. Een opluchting vermengd met zelfverachting. Hij had iets voor Yvonne moeten doen. Op zijn minst haar moeten vertellen hoe Manfred Jakobs moeder had behandeld. Maar Jakob dacht niet dat het ook maar enig verschil zou hebben gemaakt. Dat was in elk geval wat hij zichzelf voorhield. Een paar jaar later belde de gemeentelijke arts van Beiarn en deelde mee dat Manfred in de schuur was gevallen tijdens het bijeenharken van het hooi voor de koeien. 'Hij was al minstens een uur dood toen ik arriveerde', beëindigde de arts het gesprek. Na het telefoontje opende Jakob een fles whisky. De eerste toost was voor Yvonne. Wanneer had ze doorgehad dat haar man onwel was geworden? Hoelang had ze gewacht met de dokter te bellen?

De volgende dag werd hij wakker met een enorme kater en geen greintje spijt. Manfred Weber was uit zijn leven. Voorgoed. Toen hij zijn moeder belde en haar het nieuws vertelde, hoorde hij slechts een lichte zucht voordat ze ophing. Ze gingen niet naar de begrafenis.

Jakob dacht aan zijn verblijf in Beiarn als een duister hoofdstuk in zijn leven, maar in de loop van die maanden die hij in het dorp doorbracht, werd de wake een deel van hem. Als kersverse rechercheur in Bodø ging hij om tien uur 's avonds naar bed en werd uit zichzelf rond één uur wakker. Nu gebruikte hij de nachtelijke uren om zich te verdiepen in de complexere zaken.

Rond drie uur ging hij voor de tweede keer naar bed. Als de wekkerradio om halfzeven afliep, voelde hij zich uitgeruster dan die keren dat hij de hele nacht doorsliep.

Toen hij Lise leerde kennen, viel voor Jakob alles op zijn plaats. Misschien was het ook het deel van de nacht dat hem verliet. Hij werkte nog steeds veel, maar had niet langer het gevoel dat hij tegen de stroom in leefde. Hij werkte liever in de weekenden een paar uur op het bureau dan dat hij Lise 's nachts alleen liet.

Ze gaven elkaar veel ruimte, Lise en hij. Zij was de eerste, en de enige, die hij over zijn relatie met zijn vader vertelde. Samen overwonnen ze de moeilijkheden die het leven voor hen in petto had – zoals de beginnende dementie van zijn moeder en hun onvrijwillige kinderloosheid.

Toen er bij Lise kanker werd geconstateerd, hadden ze al een verzoek bij de kinderbescherming ingediend om een pleeggezin te zijn.

'Wanneer je weer beter bent, nemen we weer contact met ze op', verzekerde Jakob haar. Hij herinnerde zich hoe Lise zijn hand stevig omklemd had. Ze had toen al geaccepteerd wat hij weigerde tot zich door te laten dringen.

Na het overlijden van Lise zocht hij weer zijn toevlucht tot de doorwaakte nachturen. Keerde terug naar een plek waar hij zijn masker af kon zetten. Zichzelf kon zijn. Openlijk huilen. Vloeken en met zijn vuisten op de bokszak beuken tot het stuc van het plafond viel.

Als hij weer rustig was, probeerde hij zijn herinneringen te scheiden van het verdriet. En zoals bij iedereen voor hem, lukte hem dat niet. Hij leerde dat rouw het verleden kleurde. Het beste waar hij op kon hopen, was een mate van acceptatie.

En misschien had hij dat bijna bereikt? De afgelopen maand had hij veel en intensief gewerkt aan een coldcasezaak: de moord op een ongeïdentificeerde vrouw op de Lofoten negenentwintig jaar geleden. Haar lichaam was door de eigenaar gevonden op een perceel met jonge aanplant; delen van het lichaam waren al opgegraven en opgegeten door vossen en kraaien.

Dat wat begonnen was als een afleiding om het verdriet op afstand te houden, nam hem steeds meer in beslag. De reconstructiefoto van de vrouw staarde hem aan vanaf het kurken bord aan de muur, smeekte hem om niet op te geven.

Bruine ogen, vaal zwart haar. Rechte, ietwat brede neus. Ze was één meter zestig en volgens de forensisch patholoog die de sectie verrichte, goedgetraind. Betekende dat dat ze een lange doodsstrijd had gehad? Jakob hoopte van niet. Want ook al was het lichaam gedeeltelijk aangevreten toen het werd gevonden, het vertoonde duidelijk tekenen van marteling.

De waterkoker liet een klik horen. Jakob goot het hete water over de theebladeren. Een nieuwe regenbui kletterde tegen het dakraam, waarvoor een verduisteringsgordijn hing. Zonder kunstlicht was het net zo donker als in december, zowel in de slaapkamer, de werkkamer als in de badkamer. Op zijn werkkamer had hij een plafondlamp die hij kon dimmen.

Jakob blies in zijn thee, nam een slok en leunde achterover in zijn stoel. Er was een reden dat deze zaak zo lang onaangeroerd was blijven liggen. Er waren geen getuigen, geen biologische sporen, en er was evenmin een plaats delict. Waarschijnlijk was de vrouw ergens anders vermoord en daarna in het perceel met net aangeplant bos begraven.

Het enige wat op een aanknopingspunt leek, was een geobserveerd onbekend voertuig in het gebied rond het tijdstip waarop volgens de berekening van de patholoog het lichaam was begraven. De getuige, een oude vrouw die jaren geleden was overleden, had het voertuig beschreven als een bestelauto of -bus. Donkere lak, misschien blauw of groen. De vrouw meende dat de eerste letter van het nummerbord een Y was. Misschien ook wel een T. Dat was te weinig informatie om mee te werken en de observatie was slechts oppervlakkig nagetrokken.

Jakob pakte een vel papier uit de dossiermap met daarop eenentwintig kolommen die allemaal met de letter Y begonnen. Met uitzondering van Nordland hadden ook Troms en Trøndelag elk een gebied waar de eerste letter van het kenteken een Y was. Bodø kende de combinatie YE.

Hij pakte zijn mobiel en maakte een foto van het papier. Voegde de foto bij een sms en schreef: *Hoi Rolf. Hoe bevalt het leven als gepensioneerde? Ik vroeg me af of je voor mij naar een zaak zou kunnen kijken?*

Jakob legde gedetailleerd uit wat hij nodig had, en stuurde het bericht naar Rolf Kvist. Zijn oude partner zou vast blij zijn dat hij iets te doen kreeg. Er was een maximum aan het aantal keren dat je je huis kon verven en je auto wassen.

Hij wilde net een verse kop thee maken toen zijn telefoon op de tafel voor hem oplichtte. *Dienstdoende politiedistrict*, stond er op het scherm. Je had niet veel ervaring nodig om te begrijpen dat een oproep even voor drie uur 's nachts zelden goed nieuws was.

8

Noora

Ellen was niet veel veranderd. Misschien was ze een tikkeltje ronder bij haar taille, maar de lach was nog hetzelfde. De jongensverhalen.

Na een knuffel in de deuropening van Ellens driekamerflat, die stond in wat Jakob Østbyen had genoemd, trok haar vriendin een fles wijn open en vertelde uitvoerig over haar avonturen van het laatste weekeinde. Voor Noora voelde het alsof er zeven dagen, geen zeven jaren, waren verstreken nadat ze afscheid van elkaar hadden genomen die zomerdag op de volkshogeschool in Kabelvåg.

'Hij was duidelijk erg tevreden met zichzelf', zei Ellen terwijl ze de glazen genereus vol wijn schonk. Noora wist dat ze had moeten bedanken. Ze kon niet het risico nemen om met een kater op haar eerste echte werkdag te verschijnen. Maar tegen Ellen zei je geen nee. Acht jaar geleden niet. Vandaag niet.

'... Hij zat op een barkruk met zijn overhemd opengeknoopt tot aan zijn navel. Weidde uit over hoeveel hij de laatste tijd met bitcoins had verdiend. Ik kon er niets aan doen, maar ik bleef maar staren naar zijn borsten.' Ellen draaide haar glas. Maakte een lokale maalstroom. 'Begrijp me niet verkeerd. Dit waren geen borstspieren om mee te spotten. Maar het type slappe mannenborst waar een melkhongerige baby naar gegrepen zou hebben.'

'Eh... walgelijk', zei Noora en ze kon nog net voorkomen dat ze rode wijn in haar neus kreeg.

'Ja, en toen?' vroeg ze.

'Ik ging met hem mee naar huis, natuurlijk.'

'Je... wat?'

Ellen leunde achterover in de stoel en lachte haar diepe whiskylach.

Ze rookte niet en dronk geen sterke drank. 'Jeetje, Noora. Je bent nog net zo gemakkelijk voor de gek te houden als toen we elkaar leerden kennen. Hoe is het je ooit gelukt om aangenomen te worden op de politieacademie?'

'Immigratiequotum', antwoordde Noora met een ernstig gezicht. Ze wist haar gezicht lang genoeg in de plooi te houden tot ze een zweempje onzekerheid in Ellens gezicht bespeurde.

'*Good one!*' Ellen leegde haar glas. Verdeelde de rest van de fles tussen hen, waardoor Noora de volgende slok vanaf de rand naar binnen moest slurpen.

'Hoe gaat het met jou? Ik weet niet eens waar je werkt nadat je de hogeschool voor architectuur hebt afgerond.'

'Wat de meeste pas afgestudeerde architecten doen in het begin', antwoordde Ellen.

'En dat is...?'

'Achter de bar staan.'

'Dure opleiding voor zulk werk.'

'Het duurde gelukkig niet lang. Kreeg een tijdelijke baan op de afdeling stadsplanologie in Fauske voordat ik solliciteerde bij Flamme Architecten, een nieuw bureau hier in Bodø. Over het algemeen jonge mensen. Hartstikke leuke omgeving. De baas is een jarenzeventigmodel, maar vertoont gelukkig beginnende tekenen van een midlifecrisis.'

'Wat goed!' Noora boog over de tafel heen. Proostte met haar vriendin.

'En op het mannenfront? Afgezien van de lubberborstman?'

'Niet de moeite waard. Vooral oude vrijgezellen en mannen op zoek naar ronde twee. En jij dan?'

Na deze onschuldige vraag streek Noora met haar hand over de broekzak met de Nokia. Ze had niet meer op haar mobiel gekeken sinds het bericht op het politiebureau. 'Hetzelfde', antwoordde ze snel. 'Het is een markt. Te groot aanbod van blufpiemels.'

'Blufpiemels?' proestte Ellen.

'Mannelijke opgeilers. Kerels die niet in staat zijn waar te maken wat ze beloven.'

'Niet in staat zijn waar te maken wat ze beloven.' Ellen tikte met haar nagel tegen het wijnglas. Er klonk een zachte pling.

'Ik denk waarachtig dat het ons zal lukken een goede Noord-Noorse van je te maken.'

Noora werd wakker in het halfduister. De regen kletterde tegen het raam, terwijl grauw licht naar binnen kwam langs de randen van het rolgordijn. Zelfs als het regende, was het 's nachts licht in het noorden. Ze was vergeten hoelang ze er de vorige keer over had gedaan om aan de middernachtzon te wennen.

Het sporthorloge op het nachtkastje gaf 03.11 aan. Noora had een zwaar hoofd. Was blij dat ze Ellen had weten te overreden om de volgende fles voor het weekend te bewaren.

Ze legde haar handen achter haar hoofd. Staarde naar het plafond. Luisterde naar de regen. Probeerde aan niets te denken. De gedachten te verhinderen terug te gaan naar wat ze wilde ontwijken. Maar als ze het wilde ontwijken, waarom had ze dan niet haar Nokia in Oslo achtergelaten? De andere telefoon, die ze dagelijks gebruikte, had een geheim nummer en was niet te traceren. Ze zou zich daarmee moeten kunnen redden. Toch had ze een extra mobiel met haar oude simkaart meegenomen naar Bodø. Ze deed het om controle over hem te hebben, wist ook dat ze vrij van hem was zolang ze de berichten bleef lezen.

'Wij tweeën tegen de rest van de wereld', zei hij altijd wanneer ze samen in bed lagen, en ze zich als de heldin in een Hollywoodfilm voelde. Dan streek hij haar over het haar en fluisterde: 'Je bent van mij, vergeet dat nooit.'

Haar broek hing over het voeteneind van het bed. Noora wist heel goed in welke zak de Nokia zat. Ze wist dat ze het niet moest doen, maar kon het niet laten om te lezen wat hij schreef.

Sorry. Vergeet het laatste bericht. Ik word gewoon zo pissig als je niet reageert.

Bel me, alsjeblieft...

De ogenschijnlijke kwetsbaarheid in zijn bericht maakte Noora banger dan zijn bedreigingen.

Ze vroeg zich af wat er gebeurd zou zijn als ze deze kant van hem eerder had gezien. Zou het haar dan gelukt zijn om zich van hem los te maken?

Ze schrok op van een scherpe zoemtoon. Het duurde een paar seconden voor Noora begreep dat het haar andere telefoon was, de werktelefoon. Ze zette haar mobiel meestal op stil, maar de dienstnummers, telefoonnummers van de mensen met wie ze werkte, stonden op trillen.

Jakob Weber, stond er op het scherm.

'Hallo?'

'Sorry dat ik je wakker maak', begon Jakob. 'Maar we zijn geïnformeerd over een mogelijk ernstige zaak.'

'Wat dan?' Noora had de telefoon al op de speaker gezet terwijl ze zich begon aan te kleden.

'De negentienjarige Iselin Hanssen is gisteren tijdens het hardlopen verdwenen. Teams van het Rode Kruis, Norsk Folkehjelp en de Reddingshonden hebben naar haar gezocht sinds kort voor middernacht. Een reddingshelikopter met een warmtecamera vliegt ook boven het gebied. We kunnen een misdrijf niet uitsluiten.'

'Zien we elkaar op het bureau?'

'Ik haal je op bij je vriendin. Ben er over drie minuten.'

9

Østerdalen, ja, het hele traject van Lillehammer tot Trondheim, was een risicozone. Verkeerscontroles. Overvolle picknickplaatsen. Netwerk van houtkapwegen die niet op de kaarten in het kaartenboek stonden aangegeven en waar je zou kunnen verdwalen.

Net zoals vorig jaar sloeg hij af bij het tankstation van Kvikne, en daar zag hij haar. Ze zat op de bank bij het winkeltje met sedumdak. At een softijs met de rugzak naast haar op de bank. Iets aan haar wat hij niet onder woorden kon brengen, vervulde hem met verlangen. Hij zag zijn hand al haar donkere haar opzij schuiven. Een onschuldig beeld. Toch begon het van zijn vingertoppen tot aan zijn schedel te kriebelen.

Hij trok de klep van zijn pet naar beneden. Vulde de tank met diesel. Betaalde contant en reed een eindje van de pompen vandaan. Schonk zich een kop koffie in uit de thermoskan. Opende de zijdeur en ging op het uitschuifbare opstapje zitten. Het gaf vrij zicht op het goedverzorgde interieur van de auto. De koningsblauwe bekleding van de bank. Het gepolijste tafelblad. Het kastdeurtje met foto's van vrouw en kinderen. Niet die van hem, natuurlijk. Maar hij kende hun verhaal zo goed alsof ze van hem waren.

Zijn zoon, Alex, woonde bij hem in Bodø. Hij was net zeven jaar geworden. Deze zomer bracht hij een paar weken door bij Lillian, zijn tante. Lillian was goed met kinderen. Ze werkte als kleuterjuf.

'Waar is zijn moeder?' vroegen de meesten en ze keken naar de foto's. 'Is ze niet met je mee?'

Hij antwoordde door moeilijk te slikken. Klemde zijn vingers extra stevig om het stuur. 'Kanker.' Hij fluisterde het bijna. 'Ze... Theresa stierf negen maanden geleden. Ik ben aan deze reis begonnen om me al het moois dat wij samen hadden, te blijven herinneren. Probeer al het pijnlijke achter me te laten zodat ik de best mogelijke vader voor Alex kan zijn.'

De meesten ontspanden dan. Kregen een zorgzame blik, hoe jong ze ook waren.

Vanuit zijn ooghoek zag hij de vrouw op de bank opstaan en haar rugzak dichtsnoeren. Ze leek bekend op dezelfde manier als een vreemde in een droom dat heel soms is.

Ze keek even in zijn richting toen ze langs zijn auto liep naar het benzinestation. Haar donkere ogen. Onzeker en vragend.

Hij wist dat het een risico was om iemand op zo'n plek als deze op te pikken. Daarom had hij zijn auto zo geparkeerd dat die onzichtbaar was voor het personeel van het tankstation. Toch bleef het risico dat hij door een toevallige reiziger gefotografeerd werd. Toeristen die vakantiekiekjes namen waarop hij en zijn auto toevallig op de achtergrond opdoken.

In het begin had hij zich hierover ongerust gemaakt, maar na verloop van tijd verdween de onrust.

Zijn meisjes werden niet gezocht. Ze werden afgeschreven als vermist. Persoonlijke tragedies of iemand die alles achterliet om ergens anders opnieuw te beginnen. Geen materiaal voor de voorpagina's van de kranten. In het beste geval een of twee alinea's onder de kop 'plaatselijk nieuws'.

Hij stond op. Duwde het trapje terug. Schoof de deur dicht en liep een rondje om de auto om te controleren of alles nog was zoals zou moeten. Wachtte.

'*Excuse me?*' Ze sprak Engels met een duidelijk accent. Nederlands? Duits misschien?

Hij gokte het eerste.

Hij draaide zich om. 'Ja?'

'Gaat u verder naar het noorden?'

Hij knikte. 'Dat klopt. Naar Trondheim.'

Ze lachte. Was mooi op een bescheiden manier. Bruine ogen. Zwart, schouderlang haar. Stevig, maar moeilijk te bepalen of ze mollig of goedgetraind was in het ietwat te grote windjack.

'Moet jij ook naar Trondheim?'

'Tromsø', antwoordde ze. Hij knikte bedenkelijk. 'Normaal gesproken neem ik geen lifters mee...' Hij stond op. Rekte de tijd. Leunde tegen de carrosserie. Trok een grimas toen hij zijn rug strekte. Had alle houdingen voor een spiegel geoefend tot ze zo natuurlijk werden dat hij er zelf in geloofde.

'Maar ik kan natuurlijk een uitzondering maken', zei hij ten slotte met een zachte grom. 'Het is een lange rit naar Trondheim, en een beetje gezelschap zou voor een keer wel aardig zijn.'

'Fijn! Ik heet Marijeke.'

'Jan', antwoordde hij. 'Leuk je te ontmoeten. Je kunt je rugzak wel achterin leggen.' Hij opende de achterdeur, waar de twee jerrycans vastgesnoerd zaten aan de fietsdrager.

Marijeke zette de rugzak neer. Haalde er een draagnetje uit met bovenin een pocket. Op de kaft stond een vrouw in een zomergele jurk die naar het strand liep terwijl ze over haar schouder keek. Ze trok haar windjack uit en propte dat onder de sluitklep van de rugzak. Onder het jack droeg ze alleen een T-shirt. Marijeke was atletisch, niet mollig, constateerde hij. Zo had hij ze het liefst. De zichtbare spieren onder de huid. De manier waarop hij die ongecontroleerd kon laten trillen.

'Volgende stop Trondheim', zei hij. Ze glimlachte. Had een smal spleetje tussen haar bovenste voortanden. Hij voelde hoe de druk in hem toenam. Alsof zijn lichaam te klein was om ruimte te bieden aan de verwachtingen.

Alsof hij gauw uit zijn voegen zou barsten.

10

Jakob

Jakob stopte voor Nordlysbuen 9D. Noora stond al onder het afdak boven het trapje te wachten. De middernachtzon was verscholen achter het dikke wolkendek en dat zorgde voor een schemerdonkere nacht. In het grijze licht zag Noora's huid er bleek uit.

Ze ging op de passagiersstoel zitten. Onderdrukte een geeuw.

'Slecht geslapen?'

Ze knikte. 'Het is de middernachtzon. Die rotzooit met mijn hoofd.'

Jakob zag rodewijnvlekken op haar lippen. Maakte er geen opmerking over. 'Probeer een slaapmasker', stelde hij voor. 'Zo eentje als je in het vliegtuig krijgt. Mijn broer woont in Denemarken. Hij moet altijd een slaapmasker gebruiken de eerste week dat hij op bezoek is.'

Noora knikte. Veranderde van onderwerp. 'Wat weten we over de zaak?'

Jakob reed langs het politiebureau en draaide de rotonde op. Reed verder naar het noorden. Zette de ruitenwissers op automatisch. De regen was minder geworden. Slechts een lichte miezer die het asfalt donkerder kleurde.

'De vermiste heet Iselin Hanssen en is negentien jaar', begon hij. 'Ze zit in het laatste jaar van de middelbare school en woont thuis bij haar vader, Bjørn Hanssen. Iselins moeder verhuisde negen jaar geleden naar Stjørdal. Hertrouwd, twee kinderen.' Het viel Jakob op dat Noora haar notitieboekje had gepakt. Hij begreep geen woord van wat ze daar opschreef.

'Steno', antwoordde Noora op zijn onuitgesproken vraag. 'Ik

leerde het Melin-systeem van een Zweedse professor toen ik daar op de universiteit zat.'

'Imponerend.'

'Nerdy', antwoordde ze. 'Maar voor een rechercheur is het een voordeel om net zo snel te kunnen schrijven als iemand praat. Waar gaan we naartoe trouwens?'

'Maskinisten', lichtte Jakob toe. 'Dat is de naam van het plaatselijke wandelgebied. De poort naar het Bodø-gebied, zou je kunnen zeggen.'

Jakob stopte achter een Mazda-stationwagen. Hij maakte van de gelegenheid gebruik om zijn notitieboekje uit zijn binnenzak te halen. Keek of hij zich de details van de zaak tot nu toe herinnerde.

'Bjørn Hanssen meldde de vermissing van zijn dochter om negen uur. Ze zouden om vijf uur eten. Hij vertelde dat zijn dochter elke woensdag een vaste route hardloopt. De route loopt vanaf het huis waar ze wonen omhoog naar bij de Keiservarden en terug. Bjørn was bang dat ze een ongeluk had gehad. Dat ze was gevallen en zich bezeerd had.'

De Mazda sloeg linksaf. Jakob trapte het gaspedaal in en reed rechtdoor.

'Klinkt logisch', antwoordde Noora.

'Dat dacht de dienstdoende agent ook. Daarom nam hij contact op met de reddingscentrale. Het lukte hem een zoekactie te organiseren. De leider van de operatie ontdekte dat Iselin van een eerdere hardloopronde haar route op Facebook had gepost. Dus concentreerden ze zich op dit gebied. De eerste patrouille werd om halftwaalf op pad gestuurd.'

'En?'

'Geen spoor van haar. Niet op het pad zelf en evenmin binnen vijf meter aan weerskanten van de route. Bovendien heeft de regen de meeste sporen uitgewist.'

'Ze liep alleen?'

'Ja, voor zover we weten. Er is ook een routineonderzoek in ons databestand gedaan naar andere informatie. Daaruit bleek dat Iselin was opgeroepen voor een conditietest bij de politieacademie. Verder hebben we niets over haar.'

'De politieacademie. Dan is het bijna alsof ze een van ons is.'

'Armann en Fine reageerden net zo', zei Jakob. 'De Bodø-politie bezoekt elk jaar de middelbare school en geeft de leerlingen voorlichting over de politieopleiding. Meestal doet iemand van onze afdeling daaraan mee. Iselin is ongetwijfeld aanwezig geweest in een van deze klassen.'

'Dat weten we allemaal niet zeker...' zei Noora voor zich uit.

'Ja, daar zeg je wat.' Jakob trommelde met zijn vingers tegen het stuurwiel. 'Fine en Armann praten nu met de vader. Hij is helemaal van de kaart. Verwijt zichzelf dat hij zo lang gewacht heeft met de politie te bellen. Hij wist niet dat zijn dochter zich had aangemeld. Fines oordeel op dit moment is dat hij de waarheid vertelt. Dat hij niet weet wat er met Iselin is gebeurd.'

Noora keek op van het notitieboekje. De vermoeidheid die Jakob eerder nog op haar gezicht had gezien, was weg. Ze zag er geconcentreerd uit. Alert. 'Heeft Iselin iemand? Speciale vrienden?'

Jakob knikte. 'Een paar vallen op. Iselin is al sinds het begin van de tweede klas van de bovenbouw samen met Casper Jahrberg. Hij is drie jaar ouder. Caspers vader, Otto Jahrberg, is een van de bobo's in Bodø. De familie bezat tot in de jaren zeventig een aanzienlijk aandeel in de mijnbouw in Sulitjelma. Otto zat in de vishandel. Heette in de volksmond Mini-Røkke.'

'Wordt dat een probleem?'

'Wat?'

'Dat Caspers vader een van de alfamannetjes in Bodø is?'

'Denk het niet', antwoordde Jakob. Voelde zich minder zeker dan hij liet voorkomen.

De corruptiezaak met de gemeente Bodø een tijdje geleden had voor veel rechercheurs een bittere nasmaak, ook bij hemzelf.

'Andere vrienden van belang?' vroeg Noora. Ze sloeg een bladzijde om in het notitieboekje.

'Een vriendin. Mona Straumsnes. Die twee hebben massa's foto's van elkaar op Instagram. Hun vriendschap gaat terug naar het laatste jaar op de kleuterschool.'

'Meisjes van die leeftijd nemen elkaar vaak in vertrouwen. We moeten met Mona praten over Iselins relatie met Casper.'

'Dat heb ik ook gedacht', antwoordde Jakob. En bedacht tegelijk hoe anders Noora als partner was vergeleken met de gepensioneerde Rolf Kvist. Anders, maar op een goede manier. Tot nu toe in elk geval.

Een vrouw van rond de zestig wachtte op hen bij het begin van de Natoveien, de vier kilometer lange steenslagweg die van Maskinisten door het wandelgebied omhoog naar de Keiservarden liep. Jakob vertelde Noora dat de vrouw contact had opgenomen met de politie zodra het nieuws over de zoekactie op de website van *Avisa Nordland* verscheen. De vrouw beweerde dat ze een meisje had geobserveerd van wie zij dacht dat het Iselin kon zijn, bij de Keiservarden. Ook al was het midden in de nacht, ze bood aan om met de politie te spreken.

Jakob parkeerde en opende het portier. 'Gudrun Hemnes?'

De vrouw knikte. Wreef nerveus in haar handen. Ze had een gele regenjas aan met een bijpassende regenbroek. Haar grijze haar piepte onder een dunne, blauwe gebreide muts uit.

'Stap in, dan rijden we naar boven. Dit is mijn collega Noora. We zijn allebei rechercheurs van politiebureau Bodø.'

Gudrun deed zoals gevraagd. Maakte de veiligheidsriem vast. Keek naar Noora voor haar blik naar Jakob ging. 'Wat vreselijk met dat jonge meisje. Wat kan er gebeurd zijn? Stel je voor dat ze ergens gewond daar in het bos ligt. Of erger nog...' Gudrun keek verwachtingsvol naar Jakob, die zich concentreerde op de bochtige weg. Noora nam het over. Draaide zich in haar stoel om.

'We waarderen het dat u met ons wilt spreken', begon ze.

'Je bent een zuiderling?'

Jakob deed zijn best om een glimlach te onderdrukken.

'Dat klopt. Ik kom uit Oslo.'

'Oslo, ja. Mijn kleinzoon woont daar. Zou voor arts studeren, maar kwam een meisje tegen. Nu hebben ze het erover om een klein boerderijtje te kopen in Telemark. Ecologisch gaan boeren. Ik begrijp niet wat...'

'Iselin Hanssen...' onderbrak Noora haar vriendelijk, maar beslist. 'Wat kunt u ons over haar vertellen?'

'Sorry.' In de achteruitkijkspiegel zag Jakob dat de vrouw op haar lippen beet en haar ogen neersloeg. Probeerde zeker haar gedachten te verzamelen. De oudere generatie werd altijd wat nerveus van de politie.

'Wij zijn een vriendinnengroep die vaak samen gaat wandelen', begon Gudrun. 'Soms nemen we ook een duik. Kretjønna is een van onze favoriete plekken. Het is het gemakkelijkst als ik jullie de plek laat zien wanneer we er zijn.'

Boven op de Keiservarden parkeerde Jakob aan de achterkant van een kleine blokhut. De *varden* zelf, afgebeeld op een oriënteringskaart waarop de afstand van de berg naar verschillende plaatsen in de provincie Nordland aangegeven was, lag op een met steenslag bedekt plateau.

Gudrun was als eerste uit de auto, duidelijk happig om te helpen. Ze liep langs de oriënteringskaart in de richting van het sherpapad, de voor wandelaars gebruikelijkste route naar de Keiservarden.

Jakob bleef staan en draaide zich om toen hij besefte dat Noora niet volgde. Ze stond nog steeds bij de auto, met een arm rustend op de rand van het open portier, ogenschijnlijk overweldigd door het uitzicht.

Hij probeerde het landschap door haar ogen te bekijken. Hoe Landegode opsteeg uit de zee. Blauw gebergte gehuld in zware regenbuien. Hier en daar braken zonnestralen door het wolkendek waardoor de natgeregende berg schitterde. In het lichtspel leek Landegode zowel dichtbij als ver weg. Een buitenaardse luchtspiegeling die kon verdwijnen als hij een keer met de ogen knipperde.

'Kom je?'

Noora schrok op, en Jakob kreeg het idee dat ze aan iets heel anders had gedacht dan aan het landschap.

Ze sloot het portier en volgde hem. Vóór hen was Gudrun al onderaan de eerste helling.

11

Noora

Het was opgehouden met regenen, en in de koele lucht was de geur van bos en gras bijna overweldigend. Het nachtlicht deed ook iets met Noora. Het was alsof het dwars door haar heen scheen. De kater verdween en de inhoud van de berichten op de telefoon verflauwde.

Vóór hen marcheerde Gudrun ervandoor met een armzwaai die Noora vertelde dat de vrouw nordic walking beoefende.

Gudrun hield halt bij een kleine rots met overzicht over een meertje dat in een soort kom in het terrein lag.

'Omtrent hier', zei ze.

'Omtrent hier wat?' vroeg Noora.

'Ongeveer hier waar ik nu sta, stond het meisje dat op Iselin leek.' Gudrun wees. 'We zaten aan de overkant van het water, mijn vriendinnen en ik.' Noora schatte de afstand op ongeveer driehonderd meter. Op zo'n afstand vervaagden de gelaatstrekken, iets wat het moeilijk maakte om geslacht en leeftijd te bepalen.

'U bent er heel zeker van dat het Iselin was?' vroeg Noora. 'Jullie zaten er immers een behoorlijk eind vandaan.'

'Heel zeker', antwoordde Gudrun, en ze kruiste haar armen over haar borst.

'Is dat een verrekijker daar om uw nek?' vroeg Noora.

Gudrun knikte, trok de rits van het regenjack naar beneden en haalde de verrekijker tevoorschijn. Een moderne Zeiss. Noora had een van die goedkopere compacte verrekijkers voor wandelaars verwacht. Dit was iets heel anders. Ze wist niet veel van kijkers, maar dit Zeiss-model moest vele duizenden kronen hebben gekost.

'Cadeau van de kleinkinderen toen ik zestig werd', legde Gudrun trots uit.

'Mag ik hem even?' vroeg Noora.

Gudruns blik ging eerst naar Jakob, alsof ze graag eerst een bevestiging wilde hebben dat het goed was.

'Natuurlijk.' Ze haalde de draagriem over haar hoofd en gaf de verrekijker aan Noora.

'Waar zaten jullie?' vroeg Noora.

'Bij de bank die je daar verderop op de rots ziet.' Nu pas zag Noora de picknicktafel die bijna één werd met de grijze rots waarop hij stond.

Ze hing de kijker om haar nek en zette de lenzen voor haar ogen.

De tafel sprong haar tegemoet, kristalhelder zonder dat het beeld in de kijker donkerder werd. Noora kon zelfs de krassen en de knoesten in het hout zien. Het verpakkingspapiertje van een New Energy-chocoladereep was in een spleet tussen de tafelplanken gepropt. Nu begreep ze waarom Gudrun er zo zeker van kon zijn dat het Iselin was die ze had gezien.

'Imponerende kwaliteit.' Noora gaf de verrekijker terug aan Gudrun, die hem weer om haar nek hing en de rits van het regenjack weer omhoogtrok.

'Is u verder nog iets opgevallen?' vroeg Jakob.

Gudrun schudde haar hoofd. 'Ik geloof het niet. Ik zwaaide naar haar, en het meisje zwaaide terug. U weet wel, zoals mensen doen die elkaar tegenkomen of zien tijdens een wandeling.'

'Pakte u de kijker toen u Iselin zag, of zat u al te kijken?' vroeg Noora.

'Ik keek al', antwoordde Gudrun. 'Er is een ravenpaartje dat zich bij het water ophoudt. Ze keren elk jaar weer naar dezelfde plek terug. Ik heb ze de laatste drie jaar gevolgd. Toen Iselin uit het zicht verdween, was dat in de richting van het ravennest. Dat weet ik, omdat beide raven vlak daarna opvlogen.'

'Nog iets anders?' vroeg Noora. 'Voordat u Iselin zag?'

Gudrun schoof haar gebreide muts omhoog en krabde zich achter het oor. 'Er zijn hier boven altijd veel wandelaars en hardlopers. Vooral op zo'n mooie dag als gisteren.'

'Jaha?' Noora probeerde Gudrun aan te sporen om meer te vertellen.

'Misschien twee, drie minuten voordat ik Iselin zag, ontdekte ik een figuur in het bos hier recht tegenover. Dit herinner ik me omdat die persoon een groen trainingsjack droeg en een muts of pet op had met een muggennet dat het gezicht bedekte. Zo een die vissers gebruiken wanneer ze lang stilstaan. Door dat net was het onmogelijk te zeggen of het een vrouw of een man was.'

Gudrun wees naar de plek. 'Daar verderop loopt een smal pad, vol wortels die glibberig worden als het regent. Er zijn niet veel mensen die dat pad kennen. Zelf heb ik het een paar keer gebruikt als het zo uitkwam. Ik... Sorry', stamelde ze. 'Meer weet ik niet.'

Jakob legde zijn hand op haar schouder. 'U bent ons erg behulpzaam geweest. We zullen u naar huis brengen zodat u nog wat slaap krijgt. Het is midden in de nacht. U zult wel moe zijn.'

Gudrun onderdrukte een geeuw. 'Nu u het zegt.'

'Jakob?' Noora wenkte hem.

'Ja?'

Ze wachtte tot Gudrun buiten gehoorsafstand was. 'Terwijl jij Gudrun naar huis brengt, volg ik de route die Iselin volgens ons genomen heeft.'

'Zeker weten?' vroeg Jakob. 'De zoekactiemensen zijn het pad meerdere keren op en neer gelopen zonder haar te vinden...'

Noora knikte. 'Daar gaat het niet om. Ik wil me graag een beeld van de omgeving vormen. Als we ervan uitgaan dat Gudrun echt Iselin in haar verrekijker heeft gezien, dan moet er iets met haar zijn gebeurd op het laatste derde deel van haar route.'

'Tot zover ben ik het met je eens', zei Jakob.

'Als Iselin werkelijk het slachtoffer is van een misdrijf, betekent dat dat ze in dit gebied de dader tegenkwam. Als ik deze route volg, doe ik dat niet als Iselin, maar als iemand die haar kwaad wilde doen. Wil ik me een beeld vormen van wat de beste plek zou zijn om haar te overvallen.'

Daar ben ik goed in, had ze er bijna aan toegevoegd.

'Goed idee', antwoordde Jakob. 'Ga je gang.'

12

Jakob

Sigrid Malmsten wachtte op de parkeerplaats bij het wandelgebied. De NRK-journalist stond midden op de open, lege parkeerplaats. Ze had geen camera- of geluidsman bij zich. Het was ongewoon om haar zo te zien, vond Jakob. Als een dirigent zonder orkest.

Hij stopte en opende het raampje. 'Is ze gevonden?' vroeg Sigrid.

'Ook goedemorgen', antwoordde Jakob. Op de achterbank deed Gudrun haar best om niet nieuwsgierig te lijken. Het effect was het tegenovergestelde.

'Als Iselin niet snel gevonden wordt, geef ik je op een briefje dat het een waar mediacircus wordt. Hebben jij en ik een open lijn?'

'Ben je hierheen gelopen?' vroeg Jakob.

'De auto staat iets verderop op de weg.'

'Ik heb haar gezien', flapte Gudrun eruit.

'Iselin?' vroeg Sigrid. Ze kreeg meteen de eropaf-blik.

'Ja, boven bij Kretjønna.'

'Nu denk ik niet...'

'Heb je haar gevraagd niet met de pers te praten?'

'Niet direct.'

'Ook niet indirect', deelde Gudrun mee en bracht daarmee Jakob in het nauw in zijn eigen auto.

'Waar woont u?' vroeg Sigrid. 'Ik kan u wel even naar huis rijden. Jakob heeft vast belangrijkere dingen te doen.'

'Stap in!' zei Jakob, scherper dan zijn bedoeling was.

Sigrid keek hem vragend aan. Zo'n uitnodiging had ze niet verwacht. Of reageerde ze op zijn toon? Hij voelde zich onbeholpen.

'Ga maar achterin zitten', zei hij verzoenend. 'Dan kunnen jij en

Gudrun praten terwijl ik haar thuisbreng. Daarna bakenen wij tweeën ons territorium af.'

Gudrun woonde op een woonerf tegenover de Bodinkazerne – de militaire kazerne die officieren en soldaten van het operationele hoofdkwartier defensie in Reitan huisvestte.

Tijdens de luttele minuten die nodig waren om daarheen te rijden, lukte het Sigrid de meeste informatie los te krijgen van de praatgrage Gudrun. Alleen het deel over de andere wandelaar of jogger, de persoon in het groen, werd weggelaten. Waarschijnlijk omdat Gudrun niet op het idee kwam om het te noemen.

'Als u nog iets meer te binnen schiet, hoeft u me maar te bellen', zei Sigrid en ze overhandigde Gudrun een visitekaartje op hetzelfde moment dat Jakob voor een blauwgeverfde, gelijkvloerse woning stopte.

'Natuurlijk', zei Gudrun monter. Jakob voelde zich net een taxichauffeur. Onzichtbaar en onbelangrijk. Gudruns gezichtsuitdrukking vertelde hem dat hier de pers het won van de politie. Gudrun had goed in de gaten dat ze dicht bij haar '*fifteen minutes of fame*' was.

Jakob wachtte tot zij halverwege het autoportier was voor hij het woord nam. 'Ik zou het zeer op prijs stellen als u op dit moment met niemand anders over Iselin praat', zei hij vriendelijk. 'In deze fase van het onderzoek is het moeilijk te weten welke informatie nog niet officieel bekendgemaakt moet worden.'

Gudrun gluurde naar Sigrid voor ze zich op Jakob concentreerde, haar lippen bezig het woord te vormen. 'Maar...' Jakob verlaagde de toonhoogte van zijn stem. Hij sprak zacht en in een rustig tempo. 'Denk aan Iselins ouders. Ze zullen alles doen om hun meisje weer terug te krijgen. Zoeken naar het kleinste sprankje hoop. U zult ongetwijfeld toch niet willen dat er informatie naar buiten komt die het onderzoek kan schaden.'

Gudrun deed haar gebreide muts af. Stond ermee in haar handen voor Jakob alsof hij een dominee was. Het grijze haar vochtig en dof op het hoofd. 'Na... natuurlijk niet', stamelde ze.

'Bedankt. Ik wist dat wij elkaar begrijpen. Ik neem nog wel contact met u op.'

Sigrid ging voorin op Gudruns plaats zitten. 'Smooth', zei ze en ze maakte de veiligheidsriem vast. 'Heb je weleens een carrière in de media overwogen?'

'Te veel stress', antwoordde hij. Vanuit zijn ooghoek zag hij een ragfijn net van lachrimpeltjes. Het maakte haar gezicht opener. Jakob dacht dat dit Sigrid was zoals ze privé was. Onder vrienden.

Hij hield van haar glimlach.

Jakob stopte achter een blauw-en-witte Volkswagen-personenauto met het NRK-logo op de achterklep. De auto stond een paar honderd meter van de parkeerplaats van het wandelgebied Maskinisten. Hij wendde zich tot Sigrid. 'Je hebt gelijk', zei hij.

'Waarmee?'

'Dat het een circus wordt als blijkt dat deze zaak iets anders is dan dat Iselin een ongeluk heeft gehad. We kunnen niet uitsluiten dat ze besloten heeft een einde aan haar leven te maken. Ik hoop dus dat je de informatie die je van Gudrun hebt gekregen, in elk geval nu nog niet, hoe onschuldig die misschien ook lijkt, naar buiten brengt.'

Sigrid zei niets. Maakte gebruik van dezelfde techniek die hijzelf tijdens verhoren gebruikte – liet de stilte duren tot de verdachte de leegte met zijn eigen geklets vulde. 'Jij hebt een groot netwerk in Bodø', ging Jakob verder. 'Op sommige terreinen beter dan wij van de politie. We kunnen elkaar helpen. Ik beloof je dat ik je op de hoogte zal houden voordat ik het nieuws aan de pers geef.'

'En daar staat tegenover...?'

'Daartegenover staat dat jij mij informeert als er iets aan jouw kant opduikt dat van belang kan zijn voor de zaak.'

Sigrid knikte. 'Dat is reëel. Maar namen van informanten krijg je niet.'

'Dat had ik ook niet verwacht', antwoordde Jakob.

'Goed.' Sigrid opende het portier. Stapte nog niet uit. 'Ik mag je graag, Jakob. Maar belazer me niet. Ik verwacht dat je je aan je belofte houdt.'

De dubbele boodschap verraste hem. Zowel persoonlijk als professioneel. Sigrid had nog nooit zo tegen hem gesproken. Hij kreeg ook het gevoel dat hij haar op de een of andere manier teleurgesteld had. Dat gevoel verwarde hem.

'Ik hou me aan mijn woord', beloofde hij, een tikkeltje defensief.

'Mooi. Ik geef er de voorkeur aan eerst naar jou te gaan.'

'Wat bedoel je daarmee?'

'Jij bent de rechercheur, Jakob. Daar kom je vast wel achter.' Sigrid glimlachte, maar het was niet dezelfde glimlach als eerder. Deze glimlach hoorde bij de professionele journalist.

Hij bleef in de auto zitten tot Sigrid voorbijreed, terug naar het centrum. Ze zwaaide naar hem toen ze passeerde.

Ik geef er de voorkeur aan eerst naar jou te gaan. Had Sigrid een andere bron bij de politie? Dat zou verklaren waarom ze op hem wachtte toen ze terugkwamen van de Keiservarden. Wie kon het zijn? Behalve Noora en hij wisten Armann en Fine over Gudrun. Maar de eerste melding was naar de dienstdoende agent gegaan, die ongetwijfeld meer mensen had geïnformeerd. Mogelijk een hele hoop mensen.

Jakob liet het erbij. Sigrid deed gewoon haar werk, en de NRK was niet een sensatiebeluste internetkrant. Niets om je zorgen over te maken.

Hij parkeerde de auto aan het begin van de Natoveien en checkte zijn mobiel. Noora had niet gebeld. Dat betekende dat ze nog steeds ergens in het bos was op weg naar beneden, naar de parkeerplaats.

Waar ben je? schreef hij en hij drukte op 'zend'. Wachtte.

De regendruppels in de boomtoppen boven op de heuvel tegenover hem glinsterden. Maar hij stond in de schaduw en het was koud.

Hij liep een stukje de steenslagweg op. Stampte met zijn voeten om warm te blijven. Begroef zijn handen diep in de zakken en had er spijt van dat hij geen muts had meegenomen. Het was bijna halfzes. Zou Garm al wakker zijn? Hij liep elke ochtend een halfuur met Garm. Maakte daarna het ontbijt voor hen beiden klaar voordat hij naar het bureau vertrok.

'Het is belangrijk dat je een ritme aanbrengt in je dag,' had Lise aangedrongen vanaf haar ziekbed, 'zodat je jezelf niet verliest.' Hij had niet naar haar geluisterd. Niet echt. Hij kon niet accepteren wat hij beslist niet wilde.

De ochtenden waren het ergst. Een koffiemok en een bordje op de tafel waar er twee van elk hadden moeten staan. Steeds vaker at hij zijn ontbijt op aan het aanrecht met de rug naar de keukentafel. Ontkenning of rouw. Jakob dacht dat het op hetzelfde neerkwam.

Tien minuten later, en Noora had nog steeds niet geantwoord. Het wandelgebied lag zo dicht bij de stad dat er geen probleem met het bereik was. 'Waar ben je in hemelsnaam, Noora', mompelde hij. Had hij haar niet goed begrepen? Zouden ze elkaar ontmoeten op de top? Maar dan zou ze toch gebeld hebben?

Hij liep een stukje van de weg af, tussen de bomen. Voor hem uit liep zigzag een wildpaadje de helling op. Het hele wandelgebied was een labyrint van smalle paadjes. Als Iselin een andere weg had genomen dan haar vaste looproute en gewond was geraakt, kon ze overal liggen. Maar dan zou de warmtecamera van de reddingshelikopter haar toch hebben gevonden? Jakob realiseerde zich dat hij aan Iselin dacht, maar Noora voor zich zag. Ze had nu op de parkeerplaats moeten zijn. Zou er iets...

Dicht bij hem ritselde het in het gebladerte. Takken tegen de stof van een jas. Jakob draaide rond, terwijl zijn rechterhand naar het dienstwapen aan zijn riem tastte. Hij had het pistool niet meer gebruikt sinds de verplichte schietoefening acht maanden geleden. Waarom had hij de degelijke Maglite-zaklantaarn niet meegenomen uit de auto? Die deed prima dienst als slagwapen.

De persoon richtte zich op uit een bosschage van kromme berken, het zwarte haar in scherp contrast met de witte bast. Ze schrok op toen ze hem ontdekte. Maar haar ogen waren niet groot van verbazing, wel smal en berekenend. De metamorfose duurde maar heel even. Wat heeft ze vroeger meegemaakt waardoor ze zo reageert?, dacht hij nog voor Noora zei: 'Ik heb iets gevonden. Kom mee.'

13

Peder

De zeemist lag als een schild rond Røst. Zwaar en dik. Het beetje zonlicht dat door het wolkendek kierde, was ziekelijk bleek. Peder was vroeg wakker geworden. Hij sloop de trap af om zijn moeder niet wakker te maken, kookte water, en mengde dat met de oploskoffie in de mok voordat hij aan de keukentafel ging zitten.

Hij hield niet van oploskoffie noch van gewone koffie, maar dit was de koffie die zijn vader altijd bij zich had als hij ging vissen. Peder moest er twee scheppen suiker in doen om de koffie te kunnen drinken. Hij kreeg erna altijd een prikkend gevoel in zijn voorhoofd.

Vanaf de keukentafel had hij zicht op de oprit en de groene brievenbus die scheef aan de hekpaal hing. Aan de andere kant van het hek, aan het begin van de steenslagweg die de twee kavels van elkaar scheidde, zag hij vaag het licht bij de ingang van Michalsens huis. In de mist kon hij zich gemakkelijk voorstellen dat het huis verlaten was. Dat hij en zijn moeder dit kleine hoekje van Røst voor zich alleen hadden.

Zou hij vandaag ook naar het hotel bij de kade moeten gaan? Peder kon niet besluiten. Gisteren stond Aslak bij de receptie. Peder mocht Aslak niet. Hij kwam altijd met een schimpscheut. Serveerde de spot als quasi-complimenten.

'Hoe hard kan je brommobiel, Peder? Vast meer dan 30 kilometer per uur.'

'Is je haar geknipt? Ja, je moeder is een handige vrouw.' Wanneer Peder naar de kassa ging om zijn koffie in het hotel te betalen, deed Aslak altijd een stap naar achteren. Alsof hij bang was dat Peder aan een besmettelijke ziekte leed. Peder had gekeken hoe Aslak omging met de andere gasten, en wist dat hij tegen hen nooit zo deed. Integendeel, hij keuvelde een beetje en lachte. Streek zijn hand over het grijzige driedagenbaardje. Wiegde met zijn hoofd. Had aandacht voor hen. Maar niet voor Peder.

Het was niet Aslaks verhulde vijandigheid die hij zich van gisteren herinnerde, maar de manier waarop de receptionist had gereageerd toen hij vroeg of Marte Moi een kamer in het hotel had geboekt. Aslaks blik werd onrustig. Alsof Peder hem gevraagd had iets onbetamelijks te doen. Uiteindelijk kreeg hij als antwoord dat de medewerkers van het hotel zulke informatie niet aan vreemden mochten geven.

Vreemden! Hij was toch zeker geen vreemde. Iedereen op Røst wist wie hij was. En niemand kende Marte zo goed als hij. Hij kon vertellen dat Marte elke ochtend een rondje ging hardlopen, of dat ze alleen maar amandelmelk in de koffie gebruikte omdat ze met het milieu begaan was. Zaken die hij in haar boek had gelezen of in een van de vele interviews die ze gaf. Maar hij kwam tot bezinning. Aslak zou hem beslist alleen maar de gek aansteken. Pas toen hij het hotel verliet, realiseerde Peder zich dat hij niet voor de koffie had betaald. Dat was nog nooit eerder gebeurd. Aslak was daar erg zorgvuldig in. Vooral als het Peder betrof.

Hij roerde met zijn lepeltje in de mok, terwijl zijn gedachten teruggingen naar gisteren. Het metaal maakte een hol geluid tegen de keramiek. Zo zat zijn vader ook altijd. Starend uit het raam tot het eerste ochtendgloren aangaf dat het tijd was om naar de visgronden te gaan. Zijn vader verliet het huis onder alle weersomstandigheden terwijl zijn moeder en hij nog boven lagen te slapen.

Na Aslaks vreemde gedrag in het hotel was hij naar de Joker-winkel gereden. Røst was een kleine gemeenschap. Iets meer dan vijfhonderd inwoners, en het inwonertal daalde. Als zo'n beroemd iemand als NaturDama op bezoek kwam, zouden ze erover praten; de winkel was de plek waar mensen elkaar tegenkwamen.

Hij had een van de grootste winkelwagentjes genomen. Had de

krukken erbovenop gelegd. Steunde op het handvat terwijl hij het wagentje voor zich uit duwde tussen de schappen en het vulde met artikelen die hij niet van plan was te kopen. Hij ging in de rij voor de kassa staan en luisterde naar de gesprekken van de andere klanten. Deed vlak voordat het zijn beurt was om zijn boodschappen op de band te leggen alsof hij nog iets vergeten was. Hij verontschuldigde zich en verliet de rij. Maakte een tweede ronde door de winkel en sloot toen weer achteraan in de rij voor de kassa.

Iedereen wist wie hij was. De mensen voor hem in de rij draaiden zich om en groetten met een kort knikje. Deden geen enkele poging om een gesprek te beginnen. Ze keken weg voordat hij iets kon zeggen. Peder voelde hoe de stilte zich verspreidde. De piepjes van de kassa. Het knarsen van de rubberwielen van de winkelwagentjes. Het geschuifel van schoenzolen over de vloer. Ten slotte had hij het volle wagentje bij de vriesvakken neergezet en was naar buiten gegaan.

Hij wist wel wie de bron van deze uitsluiting was. Mensen behandelden hem als een melaatse door die rotzak van een Simon Michalsen. Peder wist zeker dat zijn buurman leugens over hem vertelde. Het was drie jaar geleden begonnen, nadat Simon had gevraagd of hij de weg kon verbreden die tussen hun huizen liep.

Eerst leek het nogal onschuldig. Simon legde Peder uit dat hij bang was dat de randen van de steenslagweg zouden kunnen verzakken als hij met zijn brommobiel daaroverheen reed. Hij verzekerde Peder dat alle kosten voor hem waren. Maar dan moest Peder hem toestemming geven om de weg een halve meter naar het perceel van de familie Skarvheim te verbreden, omdat de helling aan de andere kant, bij Simons huis, te steil was.

Hij had het erover gehad met zijn moeder. 'Wat heeft de familie Michalsen ooit voor ons gedaan?' vroeg ze en ze gaf antwoord op haar eigen vraag: 'Geen ene moer. Ze zijn niet eens van Røst, maar eigenen zich het recht toe alsof ze hier al generatieslang wonen.'

Zijn moeder had gelijk. Dat had ze meestal. De familie Michalsen was eind jaren negentig op Røst komen wonen. Kocht het buurhuis. Betaalde een aardige cent voor een visquotum waar de oude Michalsen gebruik van maakte in de tien jaar voor hij werd getroffen door een herseninfarct en het quotum overging op Simon. Vijf jaar geleden verhuisde Simons moeder naar een verzorgingshuis. Dement, werd er gezegd. Peder vond dat ze, als Simon het graag had gewild, heel goed thuis had kunnen blijven wonen. Welke zoon zorgde er nu niet voor zijn eigen moeder?

Peder wees daarom Simons voorstel om de weg te verbreden af. En sindsdien verspreidde Simon leugens over hem. De buurman claxonneerde elke keer als hij langs Peders oprit reed. Het kwam voor dat zijn moeder wakker werd van het lawaai. Het verwarde haar en maakte haar angstig.

Peder gooide de rest van de koffie in de spoelbak. Boog zijn hoofd en leunde met zijn handen op het aanrecht. Hij verheugde zich altijd op deze vroege voorjaars- en zomerweken als Simon van het eiland verdween met zijn camper. Maar dit jaar was het anders. Hoe langer Simon weg was, des te meer groeide Peders weerzin tegen zijn terugkomst. Het leek alsof hij op iets broedde. Iets wat hem rusteloos maakte. Prikkelbaar. Het gebeurde zelfs dat hij zijn moeder tegensprak.

Hij ging op het buitentrapje zitten. Tuurde naar de schuur. In de mist leek het gebouw op een vastgelopen schip. Peders grootvader had koeien gehouden. Een marginaal bedrijf. Weinig weidegrond en zout gras. Er was de mogelijkheid om de veestapel naar een van de andere eilanden te brengen waar de omstandigheden beter waren, maar dat was tijdrovend en kostbaar als je geen eigen boot had. Na vijf seizoenen had zijn grootvader het opgegeven en gingen de dieren naar de slacht. Maar de schuur was blijven staan. Een gedenkteken voor een mislukt project. Zo noemde zijn moeder het in elk geval. Ze bleef grootvader bekritiseren nadat hij was gestorven aan een hartinfarct, nog maar drieënvijftig jaar oud.

Ze kon scherp zijn, zijn moeder. Noemde de mannen op de boerderij zwak. Haar echtgenoot die verdween op zee. Het zwakke hart van haar eigen vader.

'Maar jij niet, Peder', fluisterde ze terwijl haar hemelsblauwe ogen in die van hem keken. 'Jij bent niet zoals de anderen. Jij bent bijzonder. Dat moet je nooit vergeten.'

Peder liep over het erf naar de schuur. Maakte het hangslot open en schoof de balk voor de deur opzij. Binnen in de schuur bleef hij even staan tot zijn ogen aan het donker gewend waren.

De brommobiel stond vlak voor hem. Daarachter lag gereedschap en uitrusting uit de tijd dat zijn grootvader koeien hield: troggen, een paar beschimmelde hooibalen, hekpalen en rollen roestig prikkeldraad. Over de twee balken midden in de ruimte hingen zeegroene netten tot op de grond. Ze wiegden zachtjes heen en weer door de luchtstroom van de deur, alsof er nog steeds vangst in zat na al die jaren.

14

Armann

Armann opende het autoportier en plofte op de bestuurdersstoel. Hij keek omhoog naar het woonkamerraam van de woning van de Ivanova's. Door de zware gordijnen kierde een streep bleek licht.

Hij haatte dit deel van zijn werk – bij mensen aanbellen en ze vertellen wat ze het meest vrezen. Het allerergst was het wanneer ze al begrepen wat hij ging zeggen nog voordat hij iets had gezegd. De wijze waarop het verdriet zich op hun gezichten verspreidde, als een innerlijke tsunami op weg naar buiten. Een vloedgolf die alle hoop wegspoelde. Daarna kwam het spervuur van vragen die hij niet kon beantwoorden. Vragen waardoor hij zich hulpeloos en nutteloos voelde.

Armann zette de radio aan. Draaide aan de keuzeknop tot hij Radio Rock vond. De radio-dj Stein Johnsen kondigde het volgende nummer aan: *Ready to Die* van de band Wonderworld. Armann tikte het ritme mee met zijn rechtervoet terwijl hij het korte gesprek met Natasha Ivanova, de moeder van de overleden Galyna Ivanova, nog een keer recapituleerde.

Eerst weigerde Natasha hem te geloven. Ze bleef erbij dat haar dochter in Oslo was. Dat ze een baantje bij Espresso House op Karl Johan had gekregen. Moeder en dochter hadden elkaar negen weken geleden voor het laatst gesproken, een feit dat paste bij het tijdstip van overlijden dat Ronald Janook ook had berekend.

Toen Armann het T-shirt beschreef dat Galyna had gedragen, stortte Natasha in. Hij hield zijn arm om het schokkende lichaam. Vroeg zich af waar haar zoon, Galyna's broer, was. Misschien durfde de jongen zijn kamer niet uit te komen. Wat in dat geval ook niet zo vreemd zou zijn. Het kleine gezin was uit Marioepol gevlucht om in Bodø slechts de dood te vinden.

Het besluit om Natasha over haar dochter te vertellen was eerder die dag met enige aarzeling genomen. Ronald Janook wilde liever nog wachten, omdat hij er niet meer zo zeker van was dat het hier om zelfmoord ging. Er was iets in de wond, of snee, in de hals van Galyna dat nader onderzocht moest worden. Maar het gerucht dat er in het Bremnes-fort een lichaam was gevonden, ging al rond. Door de Ivanova-familie op de hoogte te brengen, voorkwamen ze ook speculaties dat de dode Iselin zou kunnen zijn.

Op de radio begon een nieuw nummer zonder dat Armann doorhad dat het vorige was afgelopen. Hij zette de stoel rechtop en haalde een paar keer diep adem. Als hij nu niet vertrok, zou hij te laat zijn voor de volgende afspraak. Hem wachtte een meer-van-hetzelfde-klus. Hij voelde hoe een deel van hem tegenstribbelde, en toch reed hij weg van de parkeerplaats in de richting Stordalen.

Fine wachtte hem op bij de oprit van een smalle, blauwgeverfde eengezinswoning met twee verdiepingen. De verdiepingen lagen trapsgewijs tegen de steile helling. Ze reikte hem een thermosbeker met koffie aan. 'Hoe reageerde Galyna's moeder?'

'Zoals je kon verwachten', antwoordde hij en hij nam een slok. De koffie was sterk en lekker. Licht zuur met donkere ondertonen. Java, misschien.

Fine wachtte even voor het geval hij er nog iets aan toe wilde voegen.

'Ik kan het gesprek voeren, terwijl jij Bjørn observeert en inbreekt als je vindt dat op een antwoord dieper ingegaan moet worden of dat er actie ondernomen moet worden.'

'All right, collega', zei Armann zonder de juiste knauwende toon van cowboys. Fine trok een wenkbrauw op en liep toen naar de voordeur. Armann dronk de thermosbeker leeg en probeerde niet aan Natasha te denken.

'Hebben jullie haar gevonden?' Hanssen zag eruit alsof hij de afgelopen nacht geen oog dicht had gedaan, wat waarschijnlijk klopte, dacht Armann. Zijn haar was ongekamd, en hij had rode ogen.

'Nee, nog niet, maar alle beschikbare eenheden zoeken naar haar', antwoordde Fine en ze raakte Bjørns pols lichtjes aan.

'Juist ja. Juist ja.' Bjørn verplaatste zijn gewicht van de ene voet naar de andere. Zijn handen waren voortdurend in beweging. Hij haalde zijn vingers door zijn haar, krabde met zijn wijsvinger in de baardstoppels op zijn kin en wreef over zijn buik.

'Mogen we...' Fine knikte naar de gang.

'Natuurlijk.' Bjørn draaide zich bruusk om en leidde hen door de hal en de trap op naar boven. Het huis van de familie Hanssen was in lichte, pastelachtige kleuren geverfd. Twee foto's van Iselin aan de muur trokken Armanns aandacht, een karakteristieke glimlachfoto op de begane grond en een in het trapgat waarop vader en dochter bij een kampvuur worstjes grilden. Achter hen een paar vishengels tegen een boomstam. Iselin was misschien elf, twaalf jaar op die foto.

Armann en Fine namen plaats aan de keukentafel. Bjørn Hanssen bleef bij het fornuis staan, alsof de rusteloze energie het hem onmogelijk maakte om te gaan zitten. Fine begon met Bjørn op de hoogte te brengen van wat de politie en de mensen van de zoekactie tot dusver hadden gedaan. Ze vroeg hem daarna nog een keer te vertellen wanneer hij Iselin voor het laatst had gezien. Bjørns antwoord stemde overeen met wat hij de politie eerder had verteld.

Armanns oog viel op een vel papier dat met een magneetje op de koelkast was bevestigd. Eerst dacht hij dat het Iselins schoolrooster was, maar toen begreep hij dat het een soort van handgeschreven tabel was. Hij vroeg Bjørn ernaar.

'Dat zijn Iselins hardlooptijden, van haar rondes in Maskinisten. Ze is begonnen met hardlopen en dat werd al snel een verslaving voor haar. Ik... ik moedigde haar aan.' Bjørn slikte.

Armann stond op en bekeek het papier nauwkeuriger. Met uitzondering van de paasweek waren elke week tot aan vorige week de tijden, die steeds beter werden, ingevuld. Armann maakte met zijn mobiel een foto van de tabel.

'Is er iets op Iselins kamer of ergens anders in huis dat weg is?' vroeg Fine.

'Zoals...?'

'Dat kan van alles zijn. Haar computer, bijvoorbeeld. Sieraden. Kleren. Misschien een rugzak.'

'Denken jullie dat mijn dochter van huis is weggelopen?'

Bjørn deed een stap naar hen toe. 'Wij denken niets', antwoordde Fine. 'We houden alle mogelijkheden open.'

'Iselin en ik hebben geen geheimen voor elkaar', antwoordde Bjørn nijdig.

'Dan weet u dus ook dat Iselin op dezelfde dag dat ze verdween een bericht kreeg dat ze kon deelnemen aan de conditietesten voor de politieacademie?' onderbrak Armann hem.

'Ik...' Bjørn zag er verward uit. 'Is dat waar?'

'U wist evenmin dat ze zich had aangemeld?'

'Nee.'

Bjørn veegde met de rug van zijn hand langs zijn ogen. Schudde zijn hoofd. 'Ik zal naar haar spullen kijken.'

'Mooi zo. Bel Armann of mij als u iets hebt gevonden. We weten al dat haar telefoon zoek is. Het telecombedrijf heeft al opdracht gekregen hem op te sporen.'

'Er is een ding dat we nog moeten vragen', zei Armann. 'Laat ik eerst zeggen dat dit pure routine is.'

Bjørn knikte. Kruiste zijn armen voor zijn borst. Wist kennelijk wat er ging komen.

'Kunt u verklaren waar u was op het tijdstip dat Iselin verdween?'

Bjørns gezicht verhardde, en hij keek omlaag omdat zijn onderlip trilde. 'Ik begrijp niet dat jullie dat kunnen vragen...' zei hij met zijn blik naar de grond gericht en hij onderbrak zichzelf.

'Ik had een klus in Vestbyen. Werkte met een paar mannen van een andere firma aan een transformator.'

Bjørn krabbelde een telefoonnummer en een naam op een stukje papier. 'Jullie kunnen het natrekken bij mijn voorman.'

'Bedankt.' Armann pakte het briefje aan en stopte het in zijn zak.

'Zodra er nieuws is nemen we contact op', zei Fine. Ze stond op en liep naar de trap met Armann in haar kielzog.

Bjørn Hanssen volgde hen niet naar de deur; hij bleef midden in de keuken staan met een lege uitdrukking op zijn gezicht.

15

Jakob

Jakob volgde Noora de heuvel op. Had moeite om haar bij te houden. Ze liep met korte, snelle passen voor hem uit. Hij zette zijn tanden op elkaar. Besefte dat hij niet bepaald in topvorm was. Het tempo tijdens de wandelingen met Garm was altijd gezapig. Hij moest weer gaan trainen. Zowel Garm als hij. Weerstand bieden aan ongezond eten en Zweedse gehaktballetjes.

'Het is niet ver meer', zei Noora over haar schouder. 'Ik ontdekte het bij toeval toen ik zoals ik hoopte een snellere weg naar beneden naar de parkeerplaats had gevonden.'

'Ontdekte... wat... bij... toeval?'

Noora bleef bij een met mos begroeide rots staan. 'Dit.' Ze wachtte tot hij bij haar was. Wees naar iets op ooghoogte dat Jakob eerst niet zag. Toen ontdekte hij het: een stukje muggengaas aan een dode tak. Niet groter dan een luciferdoosje. Tegen de achtergrond van het donkere bos was de stof bijna onzichtbaar. Jakob was onder de indruk dat Noora het überhaupt ontdekt had.

'De onbekende van wie Gudrun een glimp opving, boven bij de Keiservarden, had een pet of een muts met muggengaas op', zei hij.

Noora knikte. 'Het bos is dicht hier. Ik zou deze route niet hebben gekozen als ik had geweten hoe moeilijk het was om door te komen.'

'Dus óf de persoon heeft ingecalculeerd dat de kans om hier iemand tegen te komen klein was, óf betrokkene was net zo onbekend in dit gebied als jij.'

'Ik gok op het eerste', zei Noora.

'Omdat...?'

'Toen Gudrun ons uitlegde waar ze de persoon in het groene trainingsjasje had gezien, voegde ze eraan toe dat de persoon gebruikmaakte van een pad dat maar weinig mensen kennen. Dat zegt mij dat de betreffende persoon het gebied goed kent.'

'Het is nog steeds niet zeker dat er een verband is. Het stukje gaas aan de tak hoeft niet per se van de persoon te zijn die Gudrun zag.'

'Mee eens. Maar we weten dat Iselin gistermiddag in deze richting rende. Maar een beetje wind blaast dit kleine stukje stof al van de tak op de grond. Het stukje gaas heeft hier niet lang gehangen.'

Noora had een punt.

'Neem het mee en markeer de plek. Ik ga naar de auto en neem contact op met Ronald Janook, het hoofd van de technische recherche. Misschien vinden zij voetafdrukken of andere sporen van belang iets verder het bos in.'

Om iets over negenen stonden Jakob, Noora, Armann en Fine voor het whiteboard in de gemeenschappelijke ruimte. Armann, die een paar minuten eerder dan de rest van de rechercheurs was gearriveerd, schonk versgezette koffie in de bekers.

'We moeten er nu van uitgaan dat dit niet langer een zoektocht naar een vermiste is, maar dat we hier te maken hebben met vermoedelijk een misdrijf.' Jakob trok de dop van de whiteboardmarker en schreef Iselins naam midden bovenaan op het bord. Onder de naam noteerde hij het tijdstip: *15.43*. Hij tikte met de stift tegen het bord. 'Dit is de laatst bekende waarneming van Iselin Hanssen. We weten het tijdstip zo nauwkeurig omdat Gudrun zich herinnerde dat een van de wandelvriendinnen haar kleinkind belde, terwijl zij op datzelfde moment de verrekijker gebruikte en zowel Iselin als de gedaante met het muggengaas ontdekte.'

Fine leende Jakobs stift en schreef *14.52* boven Iselins naam. 'Dit is het tijdstip waarop Iselin uitlogde bij Altinn nadat ze het bericht over haar toelating tot de politieacademie gelezen had. Het tijdstip komt overeen met de tijd die het haar zou kosten om zich te verkleden, haar trainingskleren aan te trekken en de Keiservarden op te rennen, waar ze geobserveerd werd door Gudrun. Het tijdstip komt ook goed overeen met de hardlooptijden, die ze zelf opschreef. Armann heeft een foto genomen van het vel papier dat op de koelkast hing.'

'Dat betekent', zei Noora, 'dat we met grote zekerheid kunnen vaststellen dat de vrouw die Gudrun zag, Iselin was. We hebben de waarneming zelf, het digitale spoor van Altinn en Iselins bekende hardlooproute in dit gebied.'

'Bovendien hebben we geen waarnemingen van Iselin de tussen Keiservarden en haar huis', vulde Armann aan. 'Maar ik moet eerlijk bekennen dat dit niet veel hoeft te betekenen. Negen van de tien lopen met hun ogen vastgeplakt aan de mobiel en krijgen totaal niet mee wat er om hen heen gebeurt.'

'Toch stel ik als onze werkhypothese voor', zei Jakob, 'dat Iselin nooit bij de steenslagweg het bos uit is gekomen.'

'Een aanname die wordt ondersteund door het muggengaas', zei Noora.

'Mee eens. Dat is de joker. Tenzij we Iselins DNA op de stof vinden, is het niet meer dan een aanwijzing dat de persoon met het muggengaas haar volgde.'

'En de kans daarop is klein,' voegde Noora eraan toe, 'tenzij Iselin het stuk afscheurde.'

Jakob richtte zich tot Armann. 'Wat weten we tot dusver over Iselins naasten?'

Armann opende zijn notitieboekje. 'Drie personen in Iselins kring zijn van bijzonder belang. Haar vader Bjørn, haar vriendje Casper en haar vriendin Mona. Eén ding kunnen we nu al met zekerheid vaststellen: Bjørn Hanssen heeft een alibi voor het tijdstip van de verdwijning. Ik heb net zijn voorman gesproken, en hij kon bevestigen dat Bjørn een klus had voor een klant op het industrieterrein in Vestbyen. Hij repareerde daar een transformator samen met een paar gasten van een ander bedrijf, wat ook voor hem pleit. Daarbij zijn er geen tekenen dat de verhouding tussen vader en dochter niet goed zou zijn.'

'Hij was wel verrast toen we hem vertelden dat zijn dochter zich had aangemeld voor de politieacademie', bracht Fine in.

'Ik zou eerder zeggen positief verrast', concretiseerde Armann.

'Mijn punt is dat ze haar vader niet alles vertelde.'

'Dat doen dochters zelden', zei Noora.

'Goddank.' De anderen lachten bij Armanns zacht gesproken verzuchting.

'We moeten de dag efficiënt gebruiken', vermaande Jakob. 'Het is een cliché, maar daarom niet minder waar: als een vermiste het eerste etmaal niet wordt gevonden, wordt de waarschijnlijkheid daarvan aanzienlijk gereduceerd.'

Jakob dacht aan het dossier dat hij thuis in zijn werkkamer had liggen. Het moordmysterie van de Lofoten. De vrouw zonder naam. Ongeveer van Iselins leeftijd. Een onbekende familie die nooit een antwoord had gekregen. Die het hoe dan ook nooit kon afsluiten, waardoor ze verder zouden kunnen. Hij vertrouwde op zijn collega's. Fine en Armann waren ervaren rechercheurs, en Noora was met de beste referenties van Kripos gekomen. Maar wat hemzelf betreft moest hij zich ervan vergewissen dat ze de ernst begrepen.

'Vorig jaar werden er in het politiedistrict Nordland honderdeenentwintig personen vermist, en landelijk zijn dat er meer dan achttienhonderd. De meeste vermisten komen weer terecht, maar lang niet alle. Sommigen zijn wellicht ergens anders een nieuw leven begonnen, anderen verongelukten in de wildernis en worden nooit gevonden. We moeten ervan uitgaan dat een deel van de vermisten zijn of haar eigen leven beëindigt op een manier die het moeilijk maakt hen te vinden. Dan is er nog de laatste categorie...'

Jakob keek om zich heen. Armann, Fine en Noora – zij hadden het allemaal eerder gehoord. Toch las hij van hun gezichten dat ze het onderwerp net zo onaangenaam vonden als hij. Onaangenaam omdat de laatste categorie, moord vermomd als onopgeloste verdwijning, waarschijnlijk groter was dan hun lief was.

Als je het aantal onopgeloste verdwijningen van de laatste twintig jaar bij elkaar optelde, wekte het geen verbazing dat het rechercheteam was begonnen te speculeren of er niet meerdere seriemoordenaars actief waren in Noorwegen. Roofdieren in de sociaaldemocratische schaapskudde.

Maar was er nog steeds hoop voor Iselin? Tegen zijn zin werd de gedachte een vraag. Die kreeg gezelschap van een stemmetje in zijn hoofd dat fluisterde: je bent al te laat.

Jakob negeerde de twijfel. Dat probeerde hij in elk geval, maar hij wist dat de stem sterker zou worden. Opdringeriger. Triomferend. Het was maar het beste om zich in het recherchewerk te verdiepen. Iets praktisch te doen.

'Totdat we antwoord hebben van de mensen die de omgeving onderzoeken, gaan Noora en ik met Mona, Iselins beste vriendin, praten. Fine en Armann, jullie nemen contact op met Casper.'

'Laten we hem naar het bureau komen?' vroeg Fine.

Jakob dacht na. 'Nee, niet nu al. We moeten eerst in kaart brengen of Casper en Mona kunnen vertellen waar zij waren in het tijdvak dat Iselin verdween. Is hun iets bijzonders of ongewoons opgevallen in de manier waarop Iselin zich gedroeg de laatste dagen voor haar verdwijning? Verder moeten we uitzoeken of er nog meer waren die dicht bij Iselin stonden. Eerdere vriendjes. Internetcontacten. Zoek breed. Juist op dit moment hebben we liever te veel namen dan te weinig.'

De deur van de ruimte waarin ze zaten, zwaaide open en Råkstad verscheen in de deuropening. Kraai had een seconde nodig om te registreren wie zich in de ruimte bevonden en vestigde toen zijn blik op Jakob.

'Heb je een paar minuten, Weber?'

Weber.

Het beloofde nooit veel goeds als Råkstad zijn achternaam gebruikte.

Kraai bleef op de drempel van zijn kantoor staan. 'Het liefst meteen.'

'Dat komt nu een beetje slecht uit, chef', antwoordde Jakob met een rustige stem. 'We staan op het punt om twee getuigen in de zaak-Iselin Hanssen te horen.'

'De zaak-Iselin Hanssen, zeg je?' Kraai streek met zijn hand over het hoofd, als om te controleren of zijn middenscheiding nog was zoals het hoorde. 'Dat is precies waar ik het met je over wil hebben. De politiechef belde me vanmorgen om zeven uur en stelde me vragen waar ik geen antwoord op had, begrijp je?' Meer zei Råkstad niet. Dat was ook niet nodig. Jakob begreep waar hij heen wilde. Begreep dat hij Råkstad had moeten bellen en hem op de hoogte had moeten brengen zodra hij Ronald Janook en de technische recherche had opgeroepen.

'Praat met Mona zonder mij', zei hij tegen Noora. 'Stuur me een bericht waar je bent. Ik kom zo snel mogelijk.'

16

Marijeke was niet het praatgrage type. Dat kwam hem goed uit. Ze gaf een korte beschrijving van haar reis tot nu toe, die was begonnen met een busrit van Amsterdam naar Hamburg.

In Hamburg kreeg ze een lift naar Göteborg. Ze bleef een paar dagen langer in Göteborg dan ze had gepland voordat ze eindelijk verder reisde naar Noorwegen.

Hij vroeg zich af of ze tegelijk met hem in Göteborg was geweest. Of ze elkaar misschien waren gepasseerd zonder te weten dat ze elkaar later zouden treffen. Die gedachte beviel hem. Alsof het voorbestemd was dat het zo zou gaan. Als hij stiekem naar haar profiel keek, haar rechte neus bekeek en de zwarte lokken die voor een deel haar bruine ogen bedekten, twijfelde hij er niet aan dat het echt zo was.

Ze pakte haar boek. De vergeelde bladzijden vertelden hem dat het in een tweedehands winkel was gekocht. Marijeke legde het boek in haar schoot. Boog voorover. Kreeg een rimpel in haar verder zo gladde voorhoofd terwijl ze geconcentreerd las. Gefocust. Ze sloeg regelmatig een bladzijde om. Toch kreeg hij het gevoel dat ze niet las. Beeldde zich tegelijkertijd in dat ze hem in de gaten hield. Op haar hoede was. Dat beviel hem niet.

Hij stopte bij een parkeerplaats een paar kilometer voor Støren, een dorpje een uurtje rijden van Trondheim. Voerde als verontschuldiging zijn rugproblemen aan. Soms gingen de spieren in de onderrug vastzitten.

Marijeke knikte en boog zich weer over haar boek. Voor alle zekerheid zette hij zijn handen in zijn rug en strekte die toen hij voor de camper langs naar het toiletgebouw liep. Pas toen hij er zeker van was dat Marijeke hem vanuit het zijraampje niet meer kon zien, stopte hij het toneelspel. Hij liep het toiletgebouw voorbij en het bos in.

Wat bezielde hem? Waarom was hij zo bang? Had dat iets te maken met de plek waar hij haar had opgepikt? Iemand zou hebben kunnen zien dat ze met hem meeging. Of was het misschien te snel na de vorige? Soms was het slim dat hij zichzelf wat tijd gunde om de indrukken te verwerken. De euforie en de extase. De golven van zelfverachting en zelfmedelijden die hem achteraf altijd overspoelden. De bekende cirkelgang. Een prijs die hij altijd moest betalen.

Die hij bereid was te betalen.

Dat moest het zijn, dacht hij. Hij had immers meer tijd gebruikt dan anders. Was grenzen over gegaan die hij gaandeweg ontdekt had. Maar zij had het in hem wakker gemaakt. Haar stilzwijgende verachting had hem gedwongen zijn mes op een andere manier te gebruiken. Japen die haar ontdeden van haar waardigheid en weerstand. Hij zag het voor zich. Het moment waarop ze besefte dat ze dood zou gaan. De herinnering wond hem op, verhardde hem.

Hij draaide zich om. Marijeke was niet uitgestapt. Hij vulde zijn longen met de lucht die geurde naar bos en moeraslandschap wat verderop. Toen begon hij zichzelf met de vlakke hand te slaan. Hard genoeg om te zorgen dat hij tranen in de ogen kreeg en dat het ging piepen in zijn linkeroor. Hij sloeg opnieuw. En opnieuw. Voelde dat het donker werd. Voelde dat het verlichtte.

Zelfbeheersing! Hij kon niet toestaan dat lust de overhand kreeg. Amateurs maakten fouten. Maar hij was geen amateur. Hij wist exact waar hij mee bezig was. Bereidde elke ontmoeting tot in detail voor. Spelde achteraf de kranten. Hield bij in welke plaatsen hij was geweest. In hoeverre zijn meisjes nieuws werden. Bij een paar was dat het geval. De meesten verdwenen gewoon. Zoals de laatste. Dat vereiste planning, geen spontaniteit zoals daarnet bij het benzinestation.

Hij leunde met zijn voorhoofd tegen de ruwe bast van een dennenboom. Ademde diep in en hield zijn adem vast tot zijn borstkas pijn begon te doen. Ademde rustig uit. Hij zou Marijeke laten gaan. Ze zou haar reis door Noorwegen afmaken zonder ooit te weten hoe dicht ze bij haar einde was geweest. Een stille geste van zijn kant. Een persoonlijk offer waardoor de volgende zoveel meer bevredigend zou zijn.

Deze beslissing bracht onmiddellijk een soort rust. Hij had het juiste besluit genomen. Alleen, de lust raakte hij niet kwijt. De bijna onweerstaanbare drang om met zijn handen over Marijekes donkere haar te strijken. Haar in de ogen te kijken. Haar, woordeloos, te vertellen dat hij besliste. De drang nam bezit van hem. Vestigde zich in zijn lichaam als een brommende bastoon. Hij moest zorgen dat hij in Trondheim kwam en haar vrijlaten voor hij de controle verloor.

Marijeke keek hem aan toen hij weer achter het stuur kroop en concentreerde zich toen weer op haar boek. Hij startte de auto en draaide de weg op. Wilde het liefst het gaspedaal intrappen en de afstand naar Trondheim zo snel mogelijk afleggen. Een wedloop met zichzelf. Maar hij hield zich aan de maximumsnelheid. Bleef er meestal twee kilometer onder. Hij keek naar haar. Het onbekende en toch zo bekende gezicht. De zongebruinde armen en de goedgevormde heupen. Wat had hij zich voorgesteld? Hij kon haar niet laten gaan. Toch?

Hij had het gevoel dat er een wig in zijn hoofd geslagen was die zijn bewustzijn in tweeën deelde. Hij voerde een innerlijke strijd. De tegenstrijdige stemmen vulden zijn hoofd met ruis.

Hij probeerde zich te concentreren op de weg. Deed zijn best om de onuitgenodigde stemmen weg te duwen. Maar het was alsof hij zijn ruimtelijk inzicht kwijt was. Hij zag alleen maar de gele, onderbroken middenstreep – het tegemoetkomende verkeer gereduceerd tot vluchtige, grijze schaduwen. Het enige wat hij werkelijk zag, was Marijeke.

Hij was zich zijn eigen handelen niet bewust totdat hij zijn hand op haar dij legde. Zijn vuist rond de stevige spieren. Vingertoppen die zich in de huid boorden. Hij voelde hoe ze ineenkromp.

'Wat is dit?'

Hij trok zijn arm terug. 'Sorry. Dat was niet de bedoeling.' Klonk zijn stem normaal? De ruis in zijn hoofd maakte het moeilijk om er zeker van te zijn. De vingers klemden zich om het stuur. De knokkels staken wit af tegen het zwarte plastic. Hij moest zich vermannen.

'Laat mij eruit. Nu, meteen.'

Maar we zijn midden in de woestenij. Er is hier niets.'

'Laat. Mij. Eruit.'

Er prikte iets in zijn rechterzij. Hij keek omlaag. Marijeke duwde een spits, matzwart mes tegen zijn overhemd; de witte stof scheurde bijna.

'Zet de auto stil of ik steek.'

17

Iselin

Ze opende haar ogen, maar kon niet zien. Iemand had haar een bril opgezet met zwarte glazen en oogkleppen. Een wollig en stinkend stuk stof vulde haar mondholte en dwong haar door de neus te ademen. Haar broek was nat van vochtigheid. Iselin draaide zich om, het touw rond haar middel sneed in haar buik.

De angst schoot door haar heen. Ze tilde haar arm op om haar mond schoon te maken, maar haar polsen waren samengebonden en aan het touw rond haar middel vastgeknoopt.

De angst veranderde van karakter. Werd als een donkere rivier die door heel haar lichaam stroomde.

Haar ademhaling door haar neus ging steeds sneller. Zo snel dat de lucht amper nog in haar longen kwam voor die weer uitgeblazen werd. De duisternis buiten drong haar hoofd binnen. Die zou haar bewustzijn snel wegvagen.

Je hyperventileert. Zo dadelijk val je flauw.

Ze begon in zichzelf te tellen. Probeerde haar ademhaling te controleren. Ademde in. Hield haar adem vast en telde tot tien. Ademde rustig uit. Herhaalde de oefening. Merkte dat de donkere sluier lichter werd.

Hoe was ze hier terechtgekomen? Iselin spande zich in om het zich te herinneren. Ze was vanaf de Keiservarden naar beneden naar de Natoveien in Maskinisten gelopen. Had een bochtig wildpaadje gevolgd met aan beide kanten dicht bos. Er was iets waardoor ze stil was blijven staan. De klank van haar naam? Toen kreeg ze het gevoel dat er iemand achter haar stond. Nog voor ze zich om kon draaien, werd er een lap of een vod tegen haar mond en neus gedrukt. Ze herinnerde zich de stinkende geur van de lap. De stank van chloor.

De herinnering voelde onwerkelijk, als een scène uit een film. Een deel van haar wachtte tot ze wakker zou worden. Maar dit was geen nachtmerrie. Het touw dat in haar maag sneed, de stank van de lap in haar mond en de vochtige grond waarop ze zat – dat waren geen dingen die vorm kregen in een droom. Dit gebeurde. Met haar. Op dit moment.

Maar waarom? Wie deed haar dit aan? De vragen stuurden haar gedachten in een andere, ongewenste richting. Dreigden zowel de paniek als het duister terug te brengen. 'Hier en nu', fluisterde ze in zichzelf. 'Je moet in het hier en nu zijn.'

Ze bevond zich in de open lucht, daar was ze zeker van. Haar rug leunde tegen een boomstam, waarschijnlijk een dennenboom. Boven haar hoofd ritselde het in de boomtoppen, en Iselin voelde een licht briesje in haar gezicht. Een milde bries die koele regenprikjes met zich meebracht. Achter de geur van het stuk stof in haar mond vermoedde ze de geur van natte schors en gras. Toen hoorde ze een kraai waarschuwend krassen. Waarschijnlijk was ze nog steeds in de buurt van de Keiservarden. In de buurt van mensen.

Ze leunde voorover. Gewoonlijk was ze soepel genoeg om haar lichaam voorover te buigen en haar tenen vast te pakken. Nu kwam ze maar halverwege. Het touw om haar middel moest ook rond de stam gebonden zijn waar ze tegenaan geleund zat. Maar haar voeten waren vrij. Als ze haar buik introk, werd het touw wat slapper.

Iselin ademde aan paar keer diep in en uit voordat ze haar longen leegblies, trok haar buik in en zette zich af met haar benen. De knoestige schors prikte in haar rug.

Ze wrikte zich naar voren en naar achteren met haar bovenlichaam, terwijl ze zich met haar benen bleef afzetten tegen de grond. Het lukte haar om haar achterste een beetje omhoog te krijgen tegen de stam. Ze ademde in en voelde dat het touw zich vastzette in de versmalling boven haar heupen. Nog twee pogingen, en dan zou ze haar benen onder zich kunnen krijgen. Dan zou ze zich uit het touw kunnen bevrijden.

Iselin ademde uit. Ze stelde zich voor dat ze oefende met beendrukken. Dat haar lichaam het gewicht was. Dat dat langs de stam omhooggeschoven moest worden. Ze zette zich mentaal af. Spande haar benen tot haar spieren trilden. Het touw gleed over de linkerheup naar beneden. Het bleef vastzitten boven de rechter.

Iselin stond als een brug tussen de stam en de grond. Voelde al het begin van kramp aan de achterkant van haar dijbenen. Haar longen deden pijn. Ze ademde in. Te snel. Te gretig. De misselijkmakende geur van het vod in haar mond maakte dat ze moest braken. Ze slikte en slikte. Als ze spuugde, zou ze stikken in haar eigen braaksel. Ze was er zo dichtbij. Er was alleen nog maar een laatste krachtsinspanning voor nodig om rechtop te staan.

'De eerste keer dat ik je zag, begreep ik al dat je een echte krijger was.'

De man die sprak stond dicht tegen haar aan. Door de onverwachte stem lieten haar knieën het afweten. Ze gleed weer terug naar de grond, maar hij greep haar onder haar armen. Zette haar overeind. Bevrijdde haar van het touw rond haar middel, maar niet van de polsen. De bril bleef ook waar hij was.

'We gaan een eindje wandelen, jij en ik', zei hij. Er was iets met zijn stem. Die was vervormd. Krakend.

'Laat me los!' In haar hoofd hoorde Iselin duidelijk haar eigen kreet, maar het lukte haar niet de woorden langs het stuk stof te persen. Alles wat ze voor elkaar kreeg, was onduidelijk gemompel.

De man zette een pet op haar hoofd en trok de klep over haar gezicht. Achter de zwartgeverfde brillenglazen werd de wereld nog een beetje donkerder.

'Het is niet zo ver waar we naartoe gaan', zei hij. 'Jij loopt voorop en ik stuur je met mijn handen op je schouders.'

Iselin schudde haar hoofd. Weigerde zich te verroeren. Te doen wat hij zei. De pet gleed van haar hoofd. Ze hoorde dat hij die opraapte. Verwachtte dat hij die weer op haar hoofd zou drukken.

De klap kwam uit het niets. Een vlakke hand tegen de zijkant van haar hoofd. Door de kracht van de klap viel ze en ze kwam zo hard op de grond terecht dat de lap in haar mond naar buiten werd geperst, tegelijk met de lucht uit haar longen.

'Wat wil je van mij?' vroeg ze happend naar adem.

'Waar ik lange tijd over gefantaseerd heb', antwoordde hij en hij duwde de lap weer in haar mond.

'Ik heb een regel en die is simpel', ging hij verder. 'Jij doet wat ik je zeg. Dit is je eerste en enige waarschuwing. Begrijp je wat ik zeg?'

Iselin knikte. Voelde hoe haar maag samenkneep. Niet eens zozeer vanwege de bedreiging of de verdraaide, metalen stem – maar wel door wat er achter de woorden schuilging. Wat de verdraaiing niet helemaal kon verbergen. De manier waarop de stem steeg en daalde. Daar was iets bekends mee.

18

Noora

'Kraai was de afgelopen week ongewoon humeurig, voor zijn doen', merkte Fine op.

Noora stond samen met Armann en Fine op de parkeerplaats voor het politiebureau. Het ochtendverkeer passeerde hen in beide richtingen. De rotonde bij het park die, zoals Noora nu wist, Renåsen heette, moest een van Bodø's drukkere knooppunten zijn.

'Misschien heeft Råkstad problemen op het thuisfront?' opperde Noora. 'In dat geval niet de eerste chef die een slechte sfeer thuis meeneemt naar zijn werk.'

'Kraai is vrijgezel', antwoordde Armann. 'Hij woont alleen in een van de luxeappartementen in Bodø Panorama in Breivika. Een vijfkamer-vrijgezellenwoning. Joost mag weten waarvan hij dat doet, met zijn ambtenarensalaris.'

'Oud geld', antwoordde Fine. 'Dat wordt in elk geval gezegd.'

Armann schreef iets in zijn notitieboekje, scheurde het velletje eruit en gaf het aan Noora. 'Hier heb je het adres en telefoonnummer van Mona. Ze woont in Blokkan. Ik heb met haar gesproken na het gesprek met Iselins vader. Ze weet dat de politie contact met haar zal opnemen.'

'Blokkan?'

Fine glimlachte. 'Als je het ziet, begrijp je het.'

Noora bleef staan tot de Audi met Armann en Fine het parkeervak uit reed, ging toen in de auto op het parkeervak ernaast zitten: een zwarte Volkswagen-stationcar. Uit het plexiglas tussen de voorbank en achterbank en de wapenkist op de vloer voor de passagiersstoel bleek dat dit een dienstauto was. Aan de buitenkant onderscheidde hij zich niet van de andere personenauto's op de weg.

Noora toetste Mona's adres in op Google Maps en klikte haar mobiel in de houder op het dashboard. Ze overwoog of ze eerst zou bellen, maar besloot om onaangekondigd te verschijnen. De manier waarop mensen reageerden wanneer ze politie aan de deur kregen, kon veelzeggend zijn. Mona was geen verdachte in de zaak, maar het zou kunnen dat ze iets wist over Iselin dat ze geheim wilde houden. 'Misplaatste loyaliteit' had Noora's chef bij Kripos dat gedrag genoemd. De getuige wilde graag helpen, maar hield toch nuttige informatie achter omdat het in vertrouwen was verteld.

De gps'en stuurden haar in zuidelijke richting. Langs een winkelcentrum met de naam City Nord boven de ingang. Ze reed over een rotonde. Een rond gebouw met daarvoor een militair propellervliegtuig op een zuil. Het luchtvaartmuseum, gokte Noora. Wat kon het anders zijn? Ze wist immers dat het museum in Bodø stond.

Voorbij het winkelcentrum werd het al snel landelijker. Een weiland strekte zich uit van de weg naar de zee. Het gras was diepgroen en weelderig. Aan de voet van een met bos bedekte bergrug lagen rijen eengezinswoningen op percelen die in Oslo een aantal miljoenen zouden kosten. De huizenprijzen in Bodø waren vast ook vrij crazy. Noora had sowieso besloten dat ze zou huren.

Ze reed langs de inrit van Bodø Camping en reed over een lichte helling door een klein dal met aan beide kanten eengezinswoningen en rijtjeshuizen. Bovenaan verrees een witgeverfde school. Een nieuw gebouw van glas en beton.

Ze passeerde een stukje bos met scheefgewaaide bomen, voor er rechts van haar groepjes bomen en flats met vier woonlagen opdoken – een verspreide verzameling vierkante blokken met ronde trappenhuizen ertegenaan geplakt. De gebouwen contrasteerden scherp met het moderne schoolgebouw op de heuvel achter haar. Een echo uit de jaren tachtig. Er stond zelfs BLOKKAN op het bushaltebordje. Ze parkeerde op de bezoekersparkeerplaats en Googles kaartendienst leidde haar naar de juiste ingang.

Mona en haar moeder woonden op de bovenste verdieping. Noora belde aan en deed een stap terug. Het slot klikte en de deur werd zo ver geopend als de veiligheidsketting toeliet. 'Ja?'

Door de kier zag Noora een deel van een gezicht. Groene ogen. Zwart haar. Licht aangezette lippen.

'Mona Straumsnes?'

Ze kreeg een bescheiden 'ja' terug. Noora toonde haar legitimatie. 'Noora Yun Sande. Politie. Het gaat om de vermissing van Iselin Hanssen. Kan ik even met je praten?'

Mona bleef een paar seconden roerloos staan, alsof ze wat tijd nodig had om de vraag te begrijpen. Toen schoof ze de veiligheidsketting uit de sleuf en opende de deur.

'Kom verder.'

Noora volgde haar door een korte gang. Mona droeg een ruimzittende, grijze trainingsbroek met bijpassende trui. 'Mijn moeder is ziekenverzorgster. Heeft deze week vroege dienst in het ziekenhuis', legde Mona op vlakke toon uit. 'Ik ben alleen thuis.'

Mona noemde geen vader, en Noora wist niet meer over haar dan wat Armann eerder had verteld. Ze zou het later wel in het register nakijken. Misschien woonde Mona's vader niet bij hen? Ze zag geen duidelijke mannenkleren of -schoenen in de gang.

Aan het eind van de gang lag de woonkamer, met een deur naar een balkon dat uitkeek op de Saltfjorden. Een containerschip trok een witte kielzogstreep achter zich op weg naar Bodø. Aan de andere kant van het schip verrees de Børvasstindan. De bergketen was niet bijzonder hoog, maar nam desondanks de hele horizon in beslag.

Noora kon zich gemakkelijk voorstellen dat de wereld achter de bergen ophield. Dat ze zich in de marge van de realiteit bevond. Een plek waar van alles kon gebeuren. Het gevoel verraste haar. Gewoonlijk verloor ze zich niet in haar gedachten. Hield zich bij feiten. Dat wat tastbaar was. Gewikt en gewogen kon worden. Begrepen.

Of ze wilde gewoon dat dat zo was.

Ze streek met haar hand over de zak met daarin haar privémobiel. Ontdekte nu pas dat die daar niet was. Ze moest hem op het nachtkastje hebben laten liggen toen Jakob haar vannacht belde. De ontdekking kwam als een opluchting, terwijl op datzelfde moment zich een nieuw gevoel van onrust door haar lichaam verspreidde. Had ze een stommiteit begaan door hem niet te bellen? Lag er een serie berichten op haar te wachten?

'Je kunt gewoon naar buiten.' Mona keek haar onzeker aan. Vroeg zich vast af waar de politieagente aan dacht toen ze door het raam staarde. Verdorie. Ze moest zich concentreren. Haar leven en zichzelf op orde krijgen. Misschien was het het beste om de mobiel te lozen. Naar de haven rijden en hem in zee gooien.

Dat ga je nooit doen.

Noora vreesde dat de stem gelijk had. Ze wilde aan zichzelf bewijzen dat die het mis had.

Ze opende de deur. Door de vleug koele wind kon ze zich herpakken. Het balkon was leeg, op een stoel met een wollen plaid in een hoek na. Op de vloer naast de stoel stond een draaiasbak; zo'n asbak waardoor de as niet wegwoei.

'Het rookhoekje van mijn moeder', zei Mona, die in de deuropening stond.

Noora leunde tegen de balustrade. Vond het schip en volgde de koers terug. Kreeg een gebogen brug over een zeestraat in het vizier.

'Welke plaats is dat, daarginds?'

Mona glimlachte flauwtjes. Het eerste spoortje emotie sinds ze de deur had opengedaan. 'U bent hier nieuw?'

'Dat klopt.'

'De brug ligt over de Saltstraumen. Het is een van 's werelds sterkste maalstromen.' Ze hoorde een zweempje trots in Mona's stem. Zoals wanneer Osloërs naar Holmenkollen of de Opera wijzen.

'Maar kunnen schepen door de zeestraat varen?'

'In de korte periode voor eb of vloed ligt de stroom helemaal stil. Dan is het geen probleem om door de zeestraat te varen.'

Noora wist heel goed wat de Saltstraumen was en waar die was. Maar door haar gespeelde onwetendheid ontspande Mona. Het maakte de situatie minder gevaarlijk en normaler in haar ogen.

'Zullen we gaan zitten en wat praten?' stelde ze voor.

Mona knikte.

Een blauwe vijfpersoons hoekbank stond rond een zwartgelakte salontafel. Het dessin van het behang op de muur erachter was een berkenbos. Witte stammen staken als palen omhoog vanuit kniehoog gras.

Noora en Mona gingen allebei aan een kant zitten. Op de tafel lag de *Avisa Nordland* opengeslagen op pagina vier en vijf. Een enorme foto van NaturDama met rugzak en wandelbroek, met op de achtergrond de haven van Bodø, besloeg het grootste deel van de pagina. De opzet van de kop in rode kapitalen was ongetwijfeld om associaties met moderne poolreizigers als Ousland, Kristensen en Kagge op te roepen, maar deed meer denken aan een ingezonden reportage van de realityserie *Farmen kjendis*: KLAAR VOOR HET NOORDEN!

Onder de foto, in een vrolijk, koningsblauw font, stond: *Zo blijft ze in vorm: drinkt een groente-smoothie als ontbijt en elke ochtend jogt ze vijf kilometer, weer of geen weer.*

'Er staat niets over...' Mona slikte. Haalde een Kleenex uit de zak van de trainingsbroek en droogde haar ogen, die vochtig waren geworden. '... over Iselin in de krant', maakte ze haar zin af.

'We hebben de zaak nog niet naar buiten gebracht', antwoordde Noora. 'En als ernaar gevraagd wordt, zullen we alleen maar zeggen dat we de zaak onderzoeken als een vermissing.'

'Maar ze is weg, toch? Echt weg.' Mona pakte haar mobiel uit de broekzak. 'Ik heb haar al heel vaak gebeld. Berichtjes gestuurd met Messenger. Ze reageert niet op mijn oproepen of berichten.'

‘Wanneer heb je Iselin voor het laatst gezien?’

‘Ze heeft hier eergisteren geslapen. We hebben het derde seizoen van *Jessica Jones* op Netflix gebinged. Hadden het huis voor onszelf. Hebben pizza gemaakt. Zaten op de bank in pyjamabroek en trui.’

‘Hoe was ze toen?’

‘Gewoon. Het enige wat er gebeurde, was dat ze een stuk pizza op de bank liet vallen. Op de kop natuurlijk. Mijn moeder heeft de bank een paar maanden geleden gekocht. We raakten een beetje in paniek, maar Iselin wist hoe je zo’n knoeiboel weg moet krijgen.’

Noora glimlachte flauwtjes terwijl ze opschreef wat Mona vertelde. Ze zag het voor zich. De twee vriendinnen. Bij elkaar. Aan het einde van hun jeugd. Niet helemaal volwassen, geen kind meer. Beseffend dat hun leven snel zou veranderen. Maar niet zo. Niet doordat een van de twee gewoon verdwijnt.

Noora ging naar een lege bladzijde. ‘Je zei dat je chatte met Iselin op Messenger. Wanneer verstuurde je het laatste bericht waarop ze reageerde?’

‘Vlak na de lunch gisteren.’ Mona opende de Messenger-app en gaf haar mobiel aan Noora.

Mona: *Elkaar zien?*

Iselin: *Eerst hardlopen. Later?*

Mona: *Misschien moet ik met je meegaan? Waar ga je lopen?*

Iselin: *Cool. Doe dat! Keiservarden. Vanaf thuis heen en terug.*

Mona: *Keiservarden! No way. Ga al dood bij de gedachte.*

Iselin: *Ha ha. Je bent net zo laf als Casper. Zien elkaar daarna?*

Mona: *Oké!*

Het volgende bericht van Mona werd om 17.27 verstuurd: *Hoi, waar spreken we af?*

Gevolgd door een nieuw bericht, 18.05: *?*

18.42: *Wat gebeurt er?*

19.51: *Je vader belde. Hij krijgt je niet te pakken. Ben je bij Casper? Ik weet dat Bjørn het niet fijn vindt dat jullie samen zijn, maar hij heeft me nog nooit eerder gebeld. Hij is ongerust.*

Daarna volgden er nog zes berichten in de loop van de avond waarin Mona alleen maar had geschreven: *Antwoord, alsjeblieft* of *Waar ben je?*

Onder het kleine profielfotootje kon Noora zien of Iselin de berichten had gelezen of niet. Het laatste bericht dat Iselin had gezien was: *Oké!* De volgende berichten van haar vriendin had ze, volgens Messenger, niet gezien.

Noora gaf de mobiel terug aan Mona. Ze wist dat de politie waarschijnlijk inzage in zowel de gesprekken als de activiteiten op sociale media eiste. Dat kon wachten. Mona had haar vertrouwen geschonken door haar de telefoon te geven.

Noora leunde een beetje voorover. Legde de handen voor haar op de tafel. 'Ik heb je hulp nodig.' Ze sprak rustig. Verlaagde haar stem een half octaaf. 'Herinner je je ook maar iets dat de laatste weken anders was dan anders? Iets wat Iselin heeft gezegd of gedaan. Of ze verdrietig was of onrustig. Ruziemaakte met haar vriend.'

De laatste zin bracht een kleine reactie bij Mona teweeg. Twee snelle oogknipperingen en het aanspannen van de kaken.

'Hoe heet haar vriend ook alweer? Karsten? Of was het...'

'Casper. Hij heet Casper.' Mona beet op haar onderlip. 'En ze zijn geen stel meer.'

'Niet?' Noora leunde met haar kin op de knokkels. Ze keek rustig naar Mona.

Het analytische deel van haar, het politiedeel, observeerde de situatie van buitenaf. Mona en zij op de bank. Niet dicht bij elkaar, maar ook niet te ver weg. Het begin van een soort intimiteit. Op een lunchbijeenkomst met een van de meest ervaren rechercheurs in het politiedistrict Oslo vertelde de politieman dat de beste manier om contact met en vertrouwen van een getuige te krijgen, was door het gesprek in te kaderen in iets dat herkenbaar was, zoals een gesprek tussen vrienden bijvoorbeeld.

Het favoriete voorbeeld van de rechercheur was toen hij ogenschijnlijk toevallig een weinig spraakzame getuige tegenkwam bij een voetbalwedstrijd tussen Vålerenga en Lillestrøm. 'Als Vålerenga had verloren, had ik hem niet aangesproken. Maar op die dag won Enga met 2-0. Op weg naar de kroeg vertelde hij me meer dan in de drie voorgaande gesprekken bij elkaar.'

Mona bewoog onrustig. Ten slotte zei ze: 'Casper zegt dat ze het een week geleden uit hadden gemaakt.'

'Wie maakte het uit?'

'Casper', antwoordde Mona. En ze voegde eraan toe: 'Niet dat ze geen goede vrienden waren of zo, alleen dat er niets was, als je begrijpt wat ik bedoel.' Mona keek uit het raam. 'Iselin heeft me helemaal niets gezegd over de breuk. Ze is mijn beste vriendin, maar soms kan ze erg geheimzinnig doen. Zoals die keer toen ze een weekend naar Oslo ging met een vent die ze de dag daarvoor in de stad was tegengekomen. Hij was minstens tien jaar ouder dan zij.'

Deze keer hoefde Noora niet te doen alsof ze geïnteresseerd of verrast was. 'Wanneer was dat?'

'Deze winter. Een week na haar negentiende verjaardag. Ze ging gewoon. Zei het zelfs niet tegen Bjørn.'

'Iselins vader?'

Mona knikte.

'En die vent: hebben jullie hem nog vaker gezien?'

'Nee. Dat was beslist uitgesloten. Iselin vertelde me dat ze hem nooit had gegeven wat hij verwachtte. Dat een vliegticket en hotel geen garantie waren voor seks. Er zat vast een luchtje aan.'

Noora keek in de agenda op haar mobiel. Ze herinnerde zich dat Iselin op 24 februari jarig was.

'Deze Oslo-trip, was dat het eerste weekend in maart?'

'Ja, dat kan wel kloppen.'

'Heb je nog meer voorbeelden?'

'Nee...' Mona aarzelde. 'Soms 's avonds. Als we samen in de stad zijn. Dan verdwijnt ze gewoon. Wanneer ik het haar de volgende dag vraag, geeft ze altijd hetzelfde antwoord: dat ze te dronken was en naar huis is gegaan.'

'Maar jij denkt dat er iets anders kan zijn. Dat Iselin met iemand is meegegaan?'

'Ik weet het niet. Misschien.'

Noora noteerde woord voor woord wat Mona haar vertelde. Iselins weekendtripje met een ogenschijnlijk vreemde man strookte niet met de indruk die ze tot dusver van haar hadden. Ze moest het hier zo snel mogelijk met Jakob over hebben.

Maar à propos, Jakob. Waar bleef hij? Noora keek op haar mobiele telefoon die op de tafel lag, maar ze was niet gebeld en had geen bericht gekregen sinds ze hier was. Het gesprek met Kraai liep kennelijk uit.

'Hoe zou je de verhouding tussen Iselin en haar vader willen omschrijven?'

'Bjørn is de liefste vader die je je maar kunt voorstellen', antwoordde Mona zonder aarzeling. 'Toen Iselins moeder naar het zuiden vertrok met haar nieuwe vlam, nam Bjørn er een baantje bij om genoeg geld te hebben om in het huis te kunnen blijven wonen. Ik heb van Iselin nooit een kwaad woord over haar vader gehoord.'

'Nooit?'

'Niet meer dan het gebruikelijke. Hebt u nooit over uw ouders geklaagd?'

'Natuurlijk.' Noora gaf Mona een bevestigende glimlach. 'Maar je zei ook dat Iselin geheimzinnig kon zijn. Is het denkbaar dat ze je niet alles heeft verteld over de breuk met Casper?'

Mona keek naar de vloer. 'Misschien', antwoordde ze zacht.

19

Armann

'Het is wel verfrissend dat ze niet proberen te verbergen hoeveel ze verdienen.'

Armann stopte voor de oprit van de woning van de familie Jahrberg. Nu hij de gesprekken met Natasha Ivanova en Bjørn Hanssen achter de rug had, voelde hij zich wat lichter van gemoed.

Hij schoof het brede smeedijzeren hekwerk open. Daarachter voerde een pad van natuursteen naar een vrijstaande witte woning van drie etages die op gelijke hoogte met een dubbele garage ter grootte van een driekamerflat lag.

Alle ramen aan de voorkant van het pand waren uitgerust met zonwering, waardoor het onmogelijk te zien was of er iemand achter het glas hen stond te bekijken. Armann drukte op de bel en deed een stap achteruit.

Hij wachtte dertig seconden en belde toen nog een keer aan.

Een jonge man met een verfomfaaid kapsel waar Boris Johnson zijn handelsmerk van had gemaakt, deed open. Hij droeg een overhemd met korte mouwen op een kleurrijke boxershort en liep op blote voeten. Hij had geen haren op zijn borst, zoals alleen voorkomt bij mensen die hun toevlucht nemen tot harsen of een laserbehandeling. Uit zijn linkerneusgat stak een stukje keukenpapier.

'Ja?'

'Casper Jahrberg?'

'Wie vraagt dat?'

Armann liet zijn legitimatie zien. 'Ik ben Armann Femris en dit is mijn partner Josefine Skog. We willen graag even met je praten.'

'Waarover?' vroeg Casper. Hij probeerde bars te klinken, maar zijn stem was iets te licht om voor bad boy door te kunnen gaan.

Maar hij had het geprobeerd, dacht Armann. Voelde zich zeker in een thuiswedstrijd.

'Iselin Hanssen is als vermist opgegeven', informeerde Fine hem. 'Je kunt met ons mee naar het bureau of hier met ons praten.'

'Wie is daar?!' De vraag kwam van de bovenverdieping – de stem een octaaf lager dan die van Casper en met de heesheid van een zware roker. Otto Jahrberg. Armann had de stem vaak genoeg gehoord om het zeker te weten.

'Het is voor mij!' riep Casper terug voordat hij naar een deur rechts in de hal achter hem knikte.

'Wat bedoel je met dat Iselin vermist is?' vroeg Casper zodra de deur dicht was.

'Precies wat ik zeg', antwoordde Fine. 'Ze verdween tijdens het hardlopen gistermiddag.'

Casper bleef onbeweeglijk staan met zijn armen langs zijn lichaam.

'Wanneer heb je Iselin voor het laatst gezien?' vroeg Armann.

'Gister... gisteravond. Bij haar thuis.'

'Hoe zou je je relatie met Iselin omschrijven?'

Casper draaide zich om naar Armann. 'Relatie? Hoe bedoel je?'

'Allemachtig. Ben je achterlijk? Zijn jullie een stel?'

Zag hij Caspers onderlip een beetje trillen? Was het rijkeluiszoontje bezig in te storten?

'Het... het was de laatste tijd een beetje aan en uit', stamelde Casper.

'Was het gister "aan" of "uit"?' vroeg Fine.

Casper ging zitten op de stoel bij het bureau. Hij haalde diep adem en liet de lucht rustig ontsnappen tussen zijn lippen. Probeerde zijn gedachten bijeen te rapen. Armann maakte van de gelegenheid gebruik om wat rond te kijken in de kamer. Een gesigneerde foto van de voetballer Paul Pogba hing aan de muur boven het bureau. Plastic modellen van, naar Armann aannam, verschillende spelers stonden in een kast naast het raam, allemaal in het doosje waarin ze gekocht waren. Aan de muur bij het voeteneinde van het bed hing een tv; de afstandsbediening van de controller van een playstationconsole lag op de deken. In de papiermand lagen een paar lege blikjes Red Bull. Casper was misschien drieëntwintig, maar zijn kamer was die van een zeventienjarige.

'We zijn nu weer samen', zei Casper. 'Gister hebben we het erover gehad om naar Oslo te verhuizen. Iselin heeft zich aangemeld voor de politieacademie.' Het viel Armann op dat Casper dat laatste woord benadrukte.

'Kun je de afgelopen twee dagen beschrijven?'

'Beschrijven... Wat bedoelt u?'

'Vertel ons wat je deed vanaf het moment dat je opstond tot je naar bed ging.'

'Mijn hemel. Ik hou geen dagboek bij, mochten jullie dat soms denken.'

'Doe een poging', spoorde Fine aan.

Casper haalde zijn hand door zijn verwarde haar. Begon te praten. Armann zag dat Fine haar notitieboekje tevoorschijn haalde. Zelf had hij de dictafoon van zijn mobiel ingeschakeld voordat hij aanbelde. Niet helemaal volgens het boekje, maar zo misten ze niets.

Casper deed verslag van de dag voordat Iselin verdween. Iselin en hij hadden elkaar die dag vroeg in het centrum ontmoet. Waren in een boekenkiosk geweest. Hadden koffiegedronken op de kade. Stelletjesdingen. Bij de beschrijving van gisteren werd Casper vager.

'Na de lunch heb ik voornamelijk in bed gelegen. Ik kon bijna niet op mijn playstation spelen. Had enorme koppijn.'

'Waardoor?' vroeg Armann. 'Ben je de stad in gegaan nadat je thuisgekomen was van Iselin?'

'Nee. Dat niet. Ik ben gevallen met mijn e-step.'

Casper streek met een vinger over zijn neus om het punt duidelijk te maken.

'Dus rond het tijdstip dat Iselin verdween, had jij een ongeluk?' Fine zocht Caspers blik. 'Klopt dat?'

'Ik... ik kan toch zeker niet weten dat ze precies op dat moment verdween?'

'Was er iemand die heeft gezien dat je viel?'

'Weet ik niet. Het gebeurde hier. Op de oprit.'

'Je bent gevallen op je eigen oprit?' Fine deed geen moeite om haar wantrouwen te verbergen.

'Er zitten spleten tussen sommige van die stomme keien. Je zou denken dat pa wel geld had om fatsoenlijke vaklieden te betalen. Maar hij kan ontzettend lastig zijn. Maar ik zweer...'

Casper viel stil. Armann zag de rode vlekken in zijn hals.

Fine trok een kruk naar zich toe en ging recht tegenover Casper zitten. Leunde naar hem toe. Zorgde voor een vertrouwelijke sfeer. 'Ik begrijp dat je verontwaardigd bent. Noch Armann noch ik verdenken je ergens van. Maar we hebben je hulp nodig als we Iselin willen vinden. Ik ga ervan uit dat jij en Iselin veel contact hadden op de sociale media. Mogen we je mobiel bekijken?'

Als de reden van het gesprek niet zo ernstig was geweest, zou Armann Caspers gezichtsuitdrukking grappig hebben gevonden. Die was tegelijk toeschietelijk en berekenend. Alsof Casper hen graag wilde helpen en zich tegelijkertijd afvroeg of het wel zo'n goed idee was. Fine had vast hetzelfde gezien, want ze zei: 'We zijn alleen geïnteresseerd in de berichten tussen jou en Iselin. De rest kun je voor jezelf houden.'

Casper draaide zijn hoofd. Zijn mobiel lag op het bureau achter hem. Aarzelend pakte hij hem, ontgrendelde hem met zijn vingerafdruk en gaf hem aan Fine. Fine had nog niet eens op het scherm kunnen kijken toen de deur van de kamer openging en Armanns schouder schampte.

'Wat is hier in godsnaam aan de hand!' Otto Jahrbergs gestalte vulde de deuropening. Zijn mond ging open om nog een salvo af te vuren toen het tot hem doordrong wie daar zaten: Fines politielegitimatie hing om haar nek.

'Wat doen jullie... Waarom is de politie hier?'

'Iselin Hanssen, Caspers vriendin, is als vermist opgegeven', antwoordde Armann. 'Dit is slechts een routinebezoek.'

Otto keek de kamer rond, alsof hij hen ervan verdacht dat er zich een derde politieagent schuilhield. Toen zag hij wat Fine in haar hand hield.

'Is dat de mobiel van mijn zoon?'

'Casper gaf ons toestemming om...'

'Geef die aan mij, en verdwijn als de sodemieter.'

'U begrijpt dat Iselin als vermist is opgegeven?' beet Fine terug.

'Erúít!!'

Fine gaf de mobiel terug aan Casper, stond op van de kruk en stak hem haar hand toe. Casper bleef zitten, maar pakte Fines hand met een verwarde uitdrukking op zijn gezicht.

'Je hoort van ons.' Fine liet los en wrong zich langs Otto Jahrberg. Armann volgde in haar kielzog.

'Had jij hem verdomme niet ook weerstand kunnen bieden?' Fines uitbarsting kwam onmiddellijk nadat Armann het smeedijzeren hek achter zich had dichtgetrokken.

'Sorry. Het was niet de bedoeling dat jij de klappen zou opvangen. Maar Otto Jahrberg is een bobo. Niet iemand die we onnodig moeten provoceren...'

'Sinds wanneer trek jij je daar iets van aan?'

Armann antwoordde niet. Fine had gelijk dat ze boos was. In Caspers kamer had hij haar niet de steun gegeven die ze mocht verwachten.

'Wat is je indruk van Casper?' vroeg hij nadat ze een tijdje in stilte hadden gereden.

'Onzeker', antwoordde ze zonder zijn kant op te kijken. 'En ik denk dat hij ons in elk geval één leugen vertelde.'

'En die is...?'

'Toen ik zijn hand schudde, was zijn handpalm zacht en gaaf. Als je van je step valt, wil je jezelf opvangen. Casper vertelde ons dat het ongeluk gebeurde op het stenen pad voor het huis. Die stenen zijn vrij grof. Het is vrij onwaarschijnlijk dat er na zo'n val niets mis is met zijn hand.'

20

Jakob

Onder het licht van de plafondlamp zag Råkstad er gehavend uit, vond Jakob. Zijn haar leek vaal, de strakke huid van het gezicht wat grauw en je zag het begin van zwarte kringen onder zijn ogen. Als hij niet beter had geweten, zou Jakob hebben gedacht dat Kraai vannacht aan de boemel was geweest. Maar Råkstad dronk niet, en de manier waarop hij zich uitdrukte, duidde er niet op dat zijn hersenen nog in de drank van gisteren lagen.

'Jij geniet hier op het bureau een groot vertrouwen, Jakob', zei Råkstad terwijl de elektrische luxaflex voor het raam naar de kantoortuin naar beneden ging. 'Ik weet ook dat het laatste jaar moeilijk voor je is geweest.' Råkstad ontmoette Jakobs blik. Er was iets licht verontrustends aan de manier waarop de hoofdinspecteur naar hem keek. Een soort van kille nieuwsgierigheid.

'Je weet, net zo goed als ik, dat Josefine en Armann je wat uit de wind hebben gehouden. Ik heb het door de vingers gezien omdat we geen ernstige zaken hadden. Nu, daarentegen...'

Kraai keek met een schuin oog naar het scherm. 'Iselin Hanssens vermissing zal veel aandacht krijgen in de media. Dat geldt ook voor het Oekraïense meisje als blijkt dat ze geen zelfmoord heeft gepleegd. Maar vooralsnog concentreren we ons op Iselin. Iselin. Een jong meisje hier uit de buurt met nog een heel leven voor zich. En dan ook nog de vriendin van de zoon van een van de rijkste mannen van de stad. Politiechef Telle zal snel onder druk komen te staan als we geen resultaten kunnen laten zien. Om het rechercheteam te kunnen beschermen heb ik voortdurend updates van je nodig.'

Jakob was perplex. Afgezien van de opmerking dat hij zelf niet zijn werk had gedaan als anders, had Råkstad niets gezegd waar Jakob het niet mee eens was. Waarom stond hij erop Jakob onder vier ogen te spreken? Was er iets anders wat Råkstad dwarszat?

'Ik had je eerder moeten bellen', antwoordde Jakob. 'Ik zal ervoor zorgen dat je op de hoogte blijft. Is er nog iets?'

Råkstad antwoordde door zijn stoel van het bureau weg te schuiven. Hij strekte zijn benen. Keek omhoog.

'Wat is jouw indruk van Yun Sande?'

'Noora is nog geen vierentwintig uur bij ons. Het duurt even om je weg te vinden, maar mijn oordeel tot dusver is dat ze goed in het team zal passen. Ze heeft al een bijdrage geleverd aan de zaak. Zoals je nu weet, was het Noora die het stukje gaas in het bos onderaan de Keiservarden ontdekte.'

Råkstad bleef een paar seconden zitten zonder te reageren. 'Ik heb iemand anders dan Noora voorgedragen voor deze baan. Strikt genomen wist ik niet dat ze een van de sollicitanten was totdat de politiechef me informeerde over het besluit. Uiteraard heeft Telle het recht om een keuze te maken. Maar het is ongebruikelijk dat ik als hoofd van de eenheid niet eens word gevraagd te adviseren bij een benoeming.'

'Meen je dat?' zei Jakob. Wat Råkstad vertelde verraste hem. Wist Noora van deze ongebruikelijke gang van zaken? Misschien was het eenvoudigweg zo dat de politiechef graag een jonge rechercheur met ervaring van Kripos wilde in plaats van een van Råkstads 'oude maatjes'?

'Wat mijzelf betreft zou ik het graag laten rusten', ging Råkstad verder. 'Maar er is iets met Yun Sande waar ik niet de vinger op kan leggen.'

Jakob wachtte op het vervolg maar Råkstad was waarschijnlijk klaar. 'Waarom vertel je me dit?'

'Om geen enkele andere reden dan dat jullie tweeën moeten samenwerken', antwoordde Råkstad.

Vroeg Råkstad hem nu indirect om Noora in de gaten te houden?

Jakob stelde de vraag niet, omdat hij het antwoord wel kon raden. Råkstad zou zijn schouders ophalen en zoiets zeggen als 'als jij denkt dat dat het beste is'. Het laten voorkomen alsof het Jakob was en niet hij die met het voorstel kwam.

'Kan ik gaan?'

'Wat mij betreft', antwoordde Råkstad, en hij richtte zijn aandacht op het scherm op zijn bureau. Alsof het gesprek niets meer dan een onbelangrijke episode was geweest.

Jakob wachtte met Noora een bericht te sturen zoals hij had beloofd. Hij had iets meer tijd voor zichzelf nodig. Om na te denken over wat Råkstad had gezegd – de vage hint dat er iets niet klopte met Noora. Het ergerde Jakob dat hij het niet van zich af kon zetten. Hij raakte er steeds meer van overtuigd dat dat ook precies de bedoeling van Kraai was geweest.

Hij reed naar huis en haalde Garm op. Zodra de deur openging, rende de jackrussellterriër op hem af met kwispelende staart en opgetrokken lippen tot wat Jakob dacht dat een glimlach was. Waren mensen maar zo gemakkelijk te lezen.

Hij liet Garm uit op de steenslagpaden van Leif Jensons plass. Niet echt uitlaten, maar het park lag vlak voor zijn huis. Een smalle rechthoek met bankjes onder een groene esp. In een van de hoeken was een speelplaats die *Avisa Nordland* als hypermodern had beschreven. Jakob begreep niet wat dat betekende. Misschien een verwijzing naar de ondergrond die bedekt was met een zachte, EU-goedgekeurde laag.

Jakob ging op een van de banken zitten en keek om zich heen. Hij constateerde dat hij het park voor zich alleen had en maakte Garms riem los.

Deels stond het hem tegen om tijd te besteden aan Råkstads insinuatie over Noora. Maar nu de suggestie eenmaal naar hem was geuit, moest hij zich ertoe verhouden.

Råkstads twijfel betrof de hele afdeling. Hij voelde zich gedwongen te begrijpen wat er achter de bewering van de hoofdinspecteur lag dat er iets met Noora was waar hij de vinger niet op kon leggen. Råkstad leek verrast te zijn dat Telle zijn aanbeveling naast zich neergelegd had. Op zich niet zo'n vreemde reactie. Iedereen wist dat Råkstad zijn eigen favoriet voor die baan had: een vroegere collega die nu in Narvik werkte. De politiechef had in plaats daarvan gekozen voor een aanstormende, jonge rechercheur.

Geen slechte keus, en helemaal in de lijn van de verwachtingen van de korpschef: een jonge Noorse vrouw met immigrantenouders, of 'culturele competentie' zoals dat door de korpsleiding werd genoemd. Maar dat op zichzelf was niet genoeg. Noora moest ook goed in haar werk zijn.

Jakob keek over zijn schouder. Garm was zeer in beslag genomen door iets in een struik bij de speelplaats. Had natuurlijk lucht gekregen van een kat of zoiets.

Nu Jakob probeerde om de kwestie van Råkstads kant te bekijken, beet hij zich vast in iets waaraan hij zelf niet gedacht had: waarom solliciteert iemand die nog maar een paar jaar bij Kripos werkte, bij een regionale eenheid? De verandering ging meestal de andere kant op. Kripos was een van de meest felbegeerde werkplekken in de rijksdienst. En Noora kwam immers uit Oslo. Waarom solliciteerde ze in Bodø?

Slechte werksfeer? Behoefte aan een meer 'hands-on'-werkdag? Hang naar avontuur? Verbroken relatie? Het contact met vrienden uit de tijd van de volkshogeschool op de Lofoten weer oppakken?

Jakob kon met gemak duizend goede redenen verzinnen waarom Noora ervoor koos om naar Bodø te vertrekken. Råkstad kon de pot op met zijn onderbuikgevoel. Hij zou Noora beoordelen op haar prestaties. Bovendien was Råkstads zorg een bagatel vergeleken met de vermissing van Iselin.

Hij floot naar Garm, die zich tegen zijn zin losrukte van de struik en naar hem toe kwam sukkelen.

'Ik beloof je een langere wandeling voor vanavond', zei hij tegen de hond en hij lijnde hem weer aan. Garms blik vertelde dat hij die belofte eerder had gehoord.

Jakob was bijna bij zijn huis toen zijn mobiel in zijn zak trilde. Hij nam op en verwachtte Noora's naam op het scherm te zien. Het was Armann die belde.

'Ja?'

'Fine en ik hebben net met Casper gesproken. Het werd interessant, om het zo maar te zeggen.'

'Wat is er gebeurd?'

Armann vatte het gesprek kort samen.

'Klinkt alsof hun relatie serieuzer werd', was Jakobs eerste commentaar nadat Armann was uitgesproken. 'De vraag is of Iselin het ook zo zag.'

'Dat dacht ik ook', antwoordde Armann. 'Dat aan-en-uitgedoe doet me een beetje denken aan de Facebook-beschrijving van je relatie: *Het is ingewikkeld.*'

'En dan dat met die step. Kan dat nagetrokken worden, om te zien of die überhaupt wel gebruikt werd zoals Casper beschrijft?'

'Helaas. Casper heeft een privé-e-step. Geen gps-sporen.'

'Oké. We nemen alles door als we weer op het bureau zijn. Voorlopig moeten we ons wat gedeisd houden bij de Jahrbergs. Otto heeft al contact gehad met Sara Zeiler. Een eersteklas pedanterik.'

Armann lachte kort. 'Je noemt haar "pedanterik" omdat je zo politiek correct bent en geen "bitch" wilt zeggen?'

'Dat klopt. Maar afgezien van hoe je haar noemt, ze is ook een van de beste strafrechtadvocaten ten noorden van de poolcirkel. Tot straks.'

Nu pas voelde Jakob de druk om zijn pols. Garm stond, aan een strakgetrokken lijn, halverwege de ingang met zijn snuit naar de voordeur. Begreep niet waar de heer des huizes mee bezig was.

Hij was op het trottoir blijven staan, helemaal in beslag genomen door het gesprek met Armann.

Jakob opende de voordeur van het huis en maakte Garm los. Voor hij wegging, ververste hij het water in de drinkbak en deed wat extra eten in de etensbak. Weer in de auto pakte hij zijn mobiel en schreef: *Waar ben je?*

Hij kreeg per omgaande antwoord van Noora: *Ben nog steeds in Bodøsjøen. Mona wist onder andere te vertellen dat Iselin eerder dit jaar met een vreemde vent naar Oslo is geweest. Vertel meer als we elkaar op het bureau zien.*

Jakob bleef met zijn mobiel in zijn hand zitten. Hij moest aan iets denken wat Armann hem net had verteld. Hij schreef terug: *Blijf waar je bent. Er is iets wat ik wil natrekken. Ben er zo.*

Ruim tien minuten later parkeerde hij naast Noora's dienstauto. Bij de ingang van de flat waar Mona woonde, stond een nieuwe elektrische fiets, vastgemaakt aan het fietsenrek. Een sticker met het logo van het Nordlandziekenhuis zat op de zijkant van de jasbeschermer. Jakob legde zijn hand op het zadel. Dat was nog warm. Hij liep met twee treden tegelijk de trap op en belde aan op de derde verdieping.

21

De punt van Marijekes mes schraapte over zijn huid. Stuurde koude rillingen naar zijn oksel. Legde de stemmen in zijn hoofd het zwijgen op. De weg voor de camper slingerde zich door een serie flauwe bochten. Geen andere voertuigen. Het landschap gleed voorbij in een eeuwig, zich herhalend patroon van boerderijen en akkers afgewisseld met bos en moerasland.

Hij slikte. Deed zijn best om verrast over te komen, om een combinatie van angst en verwarring over te brengen. Hij keek haar van opzij aan.

'Het... het was een misverstand. Ik wilde schakelen.' Zijn gestamel was echt. Marijekes lichaamstaal, de manier waarop ze tegen hem praatte, haar greep om het mes – alles vertelde hem dat het haar menens was.

'Je kneep me.' Ze drukte het mes nog wat steviger op zijn huid. 'Zet de auto stil.'

Hij stootte een zwak gejammer uit terwijl de punt door zijn huid prikte. De auto kwam over de middenstreep.

Een tegemoetkomend Volkswagenbusje knipperde driftig met de lampen. De chauffeur zwaaide met zijn vuist toen hij passeerde.

'Concentreer je op de weg!'

Hoorde hij angst in haar stem? Zag Marijeke in dat ze het plan beter had moeten doordenken? Marijeke had de situatie onder controle zolang hij deed wat ze zei. Maar wat als hij niet gehoorzaamde? Wat zou ze dan doen? Hem met het mes steken en het stuur overnemen? Ze reden tachtig. Een botsing met een tegenligger zou hun allebei fataal worden.

Voor hem maakte de weg een flauwe bocht naar rechts. Hij keek in zijn zijspiegel. Geen auto's achter hem. Hij drukte het gaspedaal voorzichtig in. De snelheid nam langzaam toe. De wijzer op de snelheidsmeter kroop van 80 naar 85 kilometer per uur.

'Waar ben je mee bezig? Ga naar de kant.'

De weg strekte zich weer voor hem uit. Voor hem lag een lang stuk met aan weerskanten verspreid staande dennen. Smalle toegangswegen zigzagden tussen de stammen. Een houtkapgebied, maar hij zag geen rooimachines.

Hij besloot zijn strategie te wijzigen. Marijeke uit balans te brengen.

'Ik weet wat teven als jij nodig hebben', zei hij zacht. 'Jij moet leren respect te hebben. Je plaats in de wereld kennen.'

'Wat... Waar heb je het over?' Het was Marijekes beurt om te stamelen. Toch nam de druk van het mes toe. Hij voelde warm bloed naar de boord van zijn broek vloeien. Aan de andere kant van het lange rechte stuk kwam een voertuig in zicht; een vrachtauto.

'Je begrijpt het nu misschien niet. Maar vanavond zal het je allemaal duidelijk worden. Duidelijker dan ooit eerder in je leven.' Hij zag het voor zich. Marijeke op de tafel achterin. Naakt. Vastgesnoerd. In zijn macht. Hij kreeg een stijve terwijl de fantasie zich in zijn gedachten afspeelde. De lust die hem overspoelde, die de pijn van het mes tot een deel van de extase maakte.

'Zet de auto stil...' Nu was er niets anders dan opnieuw angst in haar stem. Maar ze trok het mes niet terug. Ze hadden elkaar schaakmat gezet.

De vrachtauto kwam dichterbij. Hij bekeek de andere kant van de weg en toen deed zich als een geschenk uit de hemel een mogelijkheid voor. Hij gaf een ruk aan het stuur. Reed over de middenlijn naar de tegemoetkomende rijbaan. Trapte het gaspedaal in. Accelereerde in de richting van de vrachtwagen.

'Nee!' Marijeke boog zich naar hem toe. Trok aan het stuur. Hij had deze reactie verwacht en stootte zijn elleboog in haar gezicht. Hoorde de neus kraken. Ze rukte haar hoofd naar achteren. Bekommerde zich om haar gezicht waar het bloed uit beide neusgaten stroomde, terwijl het mes op de vloer viel.

De vrachtwagenchauffeur drukte op de claxon en stond boven op de rem. De zware auto week uit naar rechts. De chauffeur zou niet op tijd kunnen stoppen.

Vlak voordat de twee voertuigen op elkaar zouden klappen, stuurde hij plotseling naar links. Marijeke knalde met haar hoofd tegen het zijraampje. Hij zag het wit in de ogen van de vrachtwagenchauffeur toen hij op slechts enkele meters voor zijn bumper langs reed en een smalle bosweg in schoot. Door de losse ondergrond zwenkte de camper heen en weer, maar hij behield de controle. Voorkwam nog net dat hij een van de greppels in gleed.

Marijeke kreunde en schudde haar hoofd. Haar gezicht liet een bloederige afdruk op het raam achter. Hij liet haar geen tijd om zich te herpakken. Hij haalde uit met zijn hand. Zijn vuist scheurde haar lip en brak haar voortanden. Een van de tanden sneed in de rug van zijn hand.

In de zijspiegel zag hij dat de vrachtwagenchauffeur zijn weg vervolgde. De chauffeur zou zich de camper herinneren, maar de man had hem of Marijeke amper gezien door het zonnefilter op de voorruit.

De bosweg liep onder een lage heuvel langs. Aan de achterkant passeerde hij een bijna dichtgegroeid vennetje, zo dichtbij dat kleine golfjes zich vanaf de oever verspreidden. Hier waren ze vanaf de hoofdweg niet meer te zien.

Hij minderde vaart en parkeerde de camper naast de grijswitte boomstronk van een den. Opende het portier en liep naar de passagierskant. Trok een nog steeds daze Marijeke aan haar haren uit de auto. Hij trok haar mee het dunne bos in. Schonk geen aandacht aan haar schreeuwen of de ongecoördineerde slagen tegen zijn armen. Hij bleef pas staan toen de camper uit het zicht was. Draaide zich om en stompte haar in haar maag. Marijeke klapte dubbel. Viel op de grond.

Hij keek om zich heen. Zag een vuistgrote steen. Pakte die. Aarzelde geen moment. Hij begon met de steen op haar hoofd te hameren. De eerste klap gleed van haar slaap en brak haar sleutelbeen met een scherpe knak. Marijeke schreeuwde het uit van de pijn. Hij liet de steen nog een keer neerdalen op haar hoofd.

En nog een keer.

Hij bleef naast het lichaam met het verbrijzelde hoofd zitten tot de mist in zijn eigen hoofd was opgetrokken.

Hij stond op. Moest steun zoeken bij een boomstam toen zijn benen het dreigden te begeven. Bleef staan tot de wereld weer waterpas was. Voor hem ving hij een glimp op van een open plek, omgeven door bladerrijke jonge bomen. Hij liep ernaartoe, de steen nog steeds in zijn hand. Rook de stank van moeras en merkte dat de grond onder hem begon te wiegen.

Op de open plek lag een ven – het water als een zwart oog naar de blauwe hemel.

Hij gooide de steen erin. Bleef aan de kant staan tot de kringen zich uitwisten op het donkere oppervlak.

Stilte na de storm.

Marijeke zou het hier fijn vinden.

Alleen in de diepte.

Gehuld in donkere rust.

22

Jakob

Noora, niet Mona, opende de voordeur. 'Siri-Else, Mona's moeder, kwam net thuis van haar dienst', zei ze zacht. 'Siri-Else leek niet bijzonder blij de politie thuis aan te treffen, ook al was ze gewaarschuwd.'

Jakob knikte bevestigend. Zoiets vermoedde hij al door de sticker op de elektrische fiets die buiten geparkeerd stond. Mona was boven de achttien en meerderjarig. De politie zat niet fout door rechtstreeks contact met haar op te nemen. Maar hij kon de situatie ook vanuit het standpunt van de moeder bekijken.

'Dus jij bent de chef?' Siri-Else Straumsnes stond bij de balkondeur, een pakje sigaretten en een aansteker in haar hand. Ze was wat Jakob zou willen omschrijven als 'gezet'. Stevig gebouwd, met krachtige armen en benen. Een lichaam gevormd door zwaar tillen en lopen door lange, harde ziekenhuisgangen. Ze had steil melkboerenhondenhaar met hier en daar wat grijs, kaarsrecht geknipt.

'Jakob Weber', zei Jakob en hij stak zijn hand uit. 'Collega van Noora.'

'Weber?'

'Oude familienaam uit Hessen in Duitsland', antwoordde Jakob.

'Dus je overgrootvader of grootvader was in Noorwegen tijdens de oorlog?' Siri-Else kreeg een verbeten trek om de mond.

'Mama!' riep Mona uit. Jakob trok zijn hand terug. 'Mijn vader leerde mijn moeder kennen toen hij halverwege de jaren zeventig op interrail was in West-Duitsland. De zomer daarop bezocht hij haar hier in Bodø. Een jaar later werd ik geboren in het Nordland-districtsziekenhuis, zoals dat toen nog heette. Kort daarna zijn ze getrouwd.'

Jakob hoorde zijn eigen stem alsof die van ergens buiten hem kwam. Hij sprak nu over Manfred alsof die een toevallige vader was.

Siri-Else opende de deur naar het balkon. 'Tijd voor een peuk', zei ze alsof de voorafgaande woordenwisseling niet had plaatsgevonden. 'Rook je?'

'Nee', antwoordde Jakob en hij volgde haar. Seinde Noora dat ze binnen moest blijven.

Siri-Else ging op een stoel bij de eindmuur zitten. Jakob bleef staan. Hij had geen keus. De stoel waarop Siri-Else zat, was de enige op het balkon.

Hij wachtte tot ze haar sigaret had aangestoken en de eerste trek had genomen. 'Iselins vermissing heeft de hoogste prioriteit bij ons', begon hij. 'We stellen zeer veel prijs op alle informatie die jij en je dochter ons kunnen geven.'

'Jullie kunnen niet zomaar met Mona praten zonder dat ik daarvan op de hoogte ben', antwoordde Siri-Else. Ze leunde met haar hoofd achterover en blies de rook uit, die door de wind rond haar hoofd omhoogkringelde. Siri-Else was een vrouw die er niet omheen draaide. Hij zou haar net zo'n duidelijk antwoord terug geven.

'Mona is meerderjarig. We hadden haar mee kunnen nemen naar het politiebureau zonder je daar vooraf van op de hoogte te brengen.'

'Het politiebureau! Jullie denken toch niet dat Mona...' Siri-Else liet de rest van de zin onafgemaakt in de lucht hangen, samen met de rook van haar sigaret.

'Nee, zoals het er nu voor staat hebben we geen reden om dat denken', antwoordde Jakob.

'Zoals het er nu voor staat...?' Siri-Else drukte de halfopgerookte sigaret uit in de asbak. 'Wat bedoel je daarmee?'

'Niets anders dan dat bij dit soort vermissingen er vaak iemand in de intieme kring van de vermiste is die iets weet. Niet zelden is het informatie waarvan de betreffende persoon denkt dat het niet belangrijk is.'

Siri-Else keek hem uitdagend aan. 'Er hoeft toch niet iets onrechtmatigs te zijn gebeurd. Iselin is een zelfstandig meisje. Ze kan toch gewoon vertrokken zijn. Deze klotestad achter zich hebben gelaten. Ze heeft het eerder gedaan, weet je.'

'De Oslo-trip?'

'Jullie weten dus iets.' Siri-Else trok een nieuwe sigaret uit het pakje, die ze onaangestoken in haar mondhoek liet hangen.

'Wat heeft Mona je verteld over die plotselinge weekendtrip?' vroeg Jakob.

'Niet veel. Die vent en Iselin overnachtten in elk geval in een of ander fancy hotel in Oslo. En dan zou Iselin verteld hebben over een feest waar ze was ergens in West-Oslo. En dat was een beetje raar.'

'Wat bedoel je met "raar"?'

Siri-Else stak haar sigaret op. Inhaleerde zo diep dat de tabak knetterde.

'Niet meer dan dat Mona vond dat Iselin over het feest praatte alsof iemand het aan haar had beschreven, niet als iets wat ze zelf had meegemaakt.'

Jakob noteerde de opmerking en onderstreepte de woorden *aan haar had beschreven*, gevolgd door een vraagteken. Siri-Else geeuwde luidruchtig en strekte haar armen boven haar hoofd. De as van de sigaret viel op haar haar zonder dat ze het merkte.

'Wat kun je me vertellen over Casper Jahrberg?'

'Casper?' herhaalde Siri-Else. Ze kon haar gezicht goed in de plooi houden, maar bij de naam van Otto Jahrbergs zoon versmalden haar ogen iets.

'Casper, ja?'

'Hij kent zowel Iselin als Mona. Af en toe zijn ze met z'n drieën. Gaan naar de bioscoop. Een of ander feest. Niets bijzonders.'

'Waren hij en Iselin een setje?'

'Net als zijn vader houdt Casper Jahrberg in de eerste plaats van zichzelf.' Siri-Else drukte de sigarettenpeuk uit in de asbak. 'Om eerlijk te zijn weet ik niet precies hoe het met Iselin en Casper zit op dit moment. Vraag het Mona.'

'Wat...'

Siri-Else stond op. 'Luister, Jakob. Ik ben afgepeigerd na de nachtdienst. Mona kent Iselin en Casper, ik niet. Ik weet zeker dat ze die collega van jou alles heeft verteld wat ze weet.'

'Oké. We nemen weer contact op als we meer vragen hebben.'

'Tuurlijk doen jullie dat. Maar bel dan eerst. Maak een afspraak zoals gewone mensen doen en kom niet zomaar aan de deur zoals Jehova's getuigen.'

'Obstinate tante', zei Noora zodra ze buiten stonden.

'Zeg dat wel.' Jakob wenkte Noora achter zich aan. 'Laten we even een eindje lopen voordat we terugrijden naar het bureau, dan praat ik je bij over wat Armann en Fine ontdekt hebben.'

Voor de woonblokken, tussen de bebouwing en de grijze, vlakke rotsen, liep een wandelpad: een steenslag pad met panoramaperspectief op de Saltfjorden en de bergen verderop. Jakob gaf haar een korte samenvatting van het bezoek bij Casper. Hij merkte dat zijn gedachten afdwaalden. Ze waren gewoon hier 's zondags te wandelen, Lise, Garm en hij. Vanaf Bodø Camping naar het oude abattoir en weer terug. Hij zag de drie gedaantes voor zich. Zich aftekenend als een doorzichtig herinneringsbeeld over de werkelijke wereld.

'... gebaseerd op wat je me net vertelde, is dat niet wat vreemd?'

Jakob draaide zich om naar Noora. 'Wat bedoel je?'

Ze keek hem vragend aan. 'Dat Mona en Siri-Else het ene zeggen, terwijl Casper en Iselins vader iets anders zeggen.'

Jakob hernam zich. 'Je bedoelt dat Mona beweert dat Iselin en Casper niet meer bij elkaar waren, terwijl Casper zelf beweert van wel.'

'Ja, dat zei ik.' Noora deed een stap in zijn richting. Jakob verwachtte haar hand op zijn schouder. Een zacht gesproken: 'Gaat het?'

Maar daarvoor was hun kennismaking nog te vers. Ze aarzelde. Stak haar handen in de zakken en liep hem voorbij over het pad. Hij haalde haar weer in.

'Vind jij het niet vreemd dat Iselin Mona niet vertelde dat zij en Casper weer bij elkaar waren?'

Noora haalde haar schouders op. 'Ja, dat is misschien wel wat vreemd, maar het hoeft niets te betekenen. Misschien twijfelde Iselin eraan dat het deze keer serieus was. Wilde ze liever wachten met het Mona te vertellen tot ze er helemaal zeker van was.'

'Een aannemelijke verklaring', gaf Jakob toe.

'Ik ben meer geïnteresseerd in Caspers gezwollen neus', zei Noora. 'En in Iselins trip naar Oslo.'

'Ja, dat laat wel een heel andere kant van Iselin zien. En Caspers verhaal over die elektrische step lijkt allesbehalve geloofwaardig.'

Nora ging voor hem staan, zodat Jakob stil moest blijven staan. 'Had Casper dat stukje keukenpapier in zijn linkerneusgat?'

'Klopt.'

Noora balde haar vuist en maakte een slaande beweging in de lucht een of twee centimeter voor Jakobs gezicht.

'Rechtervuist, linkerneusvleugel. Volgens de informatie die Bjørn Hanssen ons over zijn dochter gaf, is ze rechtshandig. Maar ja, dat geldt voor negentig procent van de bevolking. Toch iets om rekening mee te houden. Misschien een ruzie die uit de hand liep. Iselin sloeg Casper. Hij sloeg terug en Iselin viel. Kwam met haar hoofd op iets hards terecht. Vertwijfeld verstopt hij haar lichaam. Een tragische gebeurtenis. Maar niet onwaarschijnlijk.'

Jakob knikte. 'Het is een mogelijke theorie. En, Noora?'

'Ja?'

'Waarschuw me de volgende keer als je een punt wilt demonstreren.'

Ze liepen terug naar de parkeerplaats. Jakob bleef bij het portier van zijn eigen auto staan en draaide zich om naar Noora. 'Wat stelt de voormalig Kripos-rechercheur voor hoe we verdergaan?' Hij zei het met een glimlach waarvan hij hoopte dat die ontwapenend was. Het lukte hem niet om zich los te maken van Kraais boodschap waarmee hij rondliep. Hij overrompelde Noora om te zien hoe ze zou reageren.

Als Noora al het gevoel had dat ze uitgedaagd werd, dan liet ze dat niet blijken. 'We moeten beslist de driehoek Iselin, Casper en Mona nader bekijken. Vooral de gedragingen van Casper en Mona in de tijd vlak voor en vlak nadat Iselin verdween. En verder moeten we de straatcamera's en de camera's op veerboten, treinstations en vliegvelden natrekken. Het is niet ondenkbaar dat Iselin de stad uit vrije wil heeft verlaten. In dat verband moeten we ook uitzoeken met wie Iselin in Oslo is geweest. Kan zijn dat het niets anders is dan een impulsieve actie van haar kant, maar het is goed om die vent uit te sluiten.'

Jakob knikte. 'Mee eens. Voorlopig hebben we wel genoeg te doen. Concentreer jij je op die Oslo-vent?'

Noora knikte.

'En Ronald Janook heeft ons de resultaten beloofd van het technisch onderzoek in de omgeving waar jij het muggengaas vond.'

'O, nee!' Noora sloeg met haar hand op haar voorhoofd.

'Wat is er?' vroeg Jakob.

'Dat ik dat kon vergeten.'

'Wat?'

'Mona liet me het berichtenverkeer tussen haar en Iselin zien. Ze hadden contact met elkaar vlak voordat Iselin verdween. In het ene bericht van Iselin aan Mona stond: *Jij bent net zo laf als Casper.*' Noora pakte haar notitieboekje. 'Iselin schreef dat als antwoord toen Mona niet met haar mee ging hardlopen.'

'Jij interpreteert dat zo dat zowel Casper als Mona wist waar Iselin gistermiddag zou gaan hardlopen?'

'Ja', antwoordde Noora. 'Ze wisten allebei dat ze zou gaan hardlopen, en waar.'

23

Noora

Noora besteedde de middag aan het opsporen van de man met wie Iselin naar Oslo zou zijn gegaan. Dat Mona er tamelijk zeker van was wanneer dit was geweest, maakte het zoeken gemakkelijker. Wat tijd kostte, was het vinden van de juiste persoon bij SAS, Norwegian of Flyr – de drie maatschappijen met rechtstreekse vluchten van Bodø naar Oslo.

De rondedans bij Norwegian duurde ongeveer net zo lang als bij SAS, maar daar had ze ten slotte beet. Een medewerker van de klantenservice van Norwegian bevestigde dat Iselin Hanssen op vrijdagmiddag in de eerste week van maart naar Oslo was gevlogen. De tickets waren gekocht door ene Stein-Jarle Lie, die met haar mee was gereisd.

Stein-Jarle Lie bleek iemand uit Narvik te zijn die op zijn tweeëntwintigste naar Bodø was verhuisd – acht jaar geleden. In het bevolkingsregister stond hij geregistreerd als alleenwonend, woonachtig in Hunstad, even buiten het centrum van Bodø. Bij de belastingdienst, vertelde Noora, stond Stein-Jarle geregistreerd als vastgoedmakelaar, die werkte voor een plaatselijke firma. Uit de aanslag van vorig jaar viel op te maken dat hij heel goed wist hoe hij woningen moest verkopen.

STRASAK vertelde een ander verhaal. Daar lagen twee aangiftes van geweld tegen ex-vriendinnen. Beide aangiftes werden geseponeerd bij gebrek aan bewijs, de laatste nog maar negen maanden geleden.

De twee verklaringen waren opvallend gelijk: Aanvankelijk was Stein-Jarle charmant en zorgzaam. Maar na verloop van tijd werden de meisjes, die jonger waren dan Lie, gemanipuleerd om mee te doen aan seksuele activiteiten die ze eigenlijk niet wilden: wurging, bondage en het dragen van een strakke halsband. Ze beweerden ook dat Stein-Jarle de activiteiten filmde en later de filmbeelden gebruikte als voorspel om in de juiste stemming te komen. Als ze dan uiteindelijk weigerden zijn spel mee te spelen, dreigde hij de filmpjes op het internet te zetten. In bed werd hij steeds extremer. Toch werden beide zaken teruggebracht tot het klassieke voorbeeld van het ene woord tegen het andere.

Toen ze de aangiftes gelezen had, wist Noora één ding zeker. Stein-Jarle had zich gegarandeerd aan meer meisjes vergrepen dan aan deze twee. In dit soort zaken was de aangifte slechts het topje van de ijsberg.

Noora informeerde Jakob over wat ze had gevonden.

'Klinkt als een eersteklas klootzak', was Jakobs spontane reactie.

'Daar lijkt het wel op. Ik ga nog even bij hem langs voor ik naar huis ga en dan heb ik wel genoeg gewerkt voor vandaag.'

'Weet je zeker dat je alleen wilt gaan?' vroeg Jakob. 'Fine en Armann ondervragen mensen in de omgeving van Iselin. Checken of er iemand die op Casper of Mona lijkt, gezien is op het tijdstip dat Iselin verdween. Zelf heb ik over twintig minuten een overleg met Råkstad en de politiechef. Maar als je een uur wacht, dan ga ik met je mee.'

Noora schudde haar hoofd. 'Het lukt wel.'

Jakob aarzelde. 'Goed. Bel me zodra je klaar bent.'

De rit duurde tien minuten. Stein-Jarle woonde in een vrijstaand huis in Galnåsen, een wijk een paar kilometer buiten het centrum. Direct aan de hoofdweg stonden dicht op elkaar kleine vier- en twee-onder-een-kapwoningen. Maar een stukje de bergrug op namen de vrijstaande huizen het over. De mooiste percelen hadden een prachtig uitzicht op de Børvasstindan en de Saltfjorden, en niet helemaal onverwacht stond Stein-Jarles woning op een van die percelen.

Noora reed het huis voorbij en parkeerde honderd meter verderop in de straat. Voor zover ze kon beoordelen, was het een oudere buurt, maar veel huizen waren opgeknapt. Dat van Stein-Jarle daarentegen leek nieuw. Een woning in functionalisme-stijl uitgevoerd in donker hout en licht beton. Het meest opvallende was de voorgevel, met zijn plafondhoge ramen en een solide eiken deur met een deurklopper in de vorm van een leeuwenkop. De deur zou gestolen kunnen zijn van de set van *Game of Thrones*. Op de oprit stond een rode Mercedes-AMG.

Noora gebruikte niet de deurklopper, maar de bel op de gevel. Net toen ze nog een keer wilde bellen ging de deur half open en stak een jonge vrouw van tussen de negentien en drieëntwintig, gokte Noora, haar hoofd naar buiten.

'Ja?'

De vrouw had een lichte, bijna doorzichtige huid en rossig, lang haar. Haar gezicht zag er afgemat uit, alsof ze al een aantal nachten niet had geslapen.

Noora hield haar politielegitimatie omhoog. 'Is Stein-Jarle thuis?'

De vraag veroorzaakte een rimpel in de mondhoeken van de vrouw voordat ze haar hoofd terugtrok. De deur bleef op een kier openstaan. Noora beschouwde dat als een uitnodiging en liep de gang in. De hal was ruim en licht. Aan een muur hing een grote foto van Stein-Jarle in groen jachttenue tegen een herfstkleurige achtergrond. Vast een foto van de sneeuwhoenderjacht, dacht Noora.

De vrouw was al op weg naar boven. Nu pas zag Noora dat ze een pyjama droeg. De vrouw bleef staan op de een-na-bovenste tree en praatte zo zacht dat Noora alleen maar Stein-Jarles naam meekreeg. Ze hoorde een stoel over de vloer schrapen, en een paar lades die open- en weer dichtgeschoven werden voordat de eigenaar tevoorschijn kwam.

Stein-Jarle was groot, slank en solariumbruin. Zijn witte overhemd hing losjes over de zwarte pantalon. De twee bovenste knoopjes bij de hals waren niet dichtgeknoopt, zijn blonde haar naar rechts gekamd. Net als de vrouw liep hij op blote voeten.

Noora liet haar legitimatie zien. 'Ik zou je graag een paar vragen over Iselin Hanssen willen stellen.' Stein-Jarle stond even stil voordat er een glimlach rond zijn mond verscheen. 'Iselin. Dat is me er een. Wat heeft ze nu weer in haar hoofd gehaald?'

Noora liep de trap op. Stein-Jarle bleef staan tot ze nog twee treden moest; toen deed hij een stap achteruit naar de leren bank die voor het panoramaraam stond. De roodharige vrouw zat er al met een glas cola voor zich.

'Misschien wil je liever dat we dit onder vier ogen doen?'

Stein-Jarle streek met zijn hand over het hoofd van de vrouw. 'Veronika en ik hebben geen geheimen voor elkaar, toch?'

Veronika antwoordde niet. Ze bracht automatisch het glas naar haar mond en dronk. Keek uit het raam.

'Goed.' Noora pakte haar notitieboekje. 'Waar was je gister?'

'Dit gaat nog steeds over Iselin?'

'Ze wordt vermist. Vreemd dat je dat niet hebt meegekregen. Er stond een groot artikel op de voorpagina van *Avisa Nordland*.'

'Wie leest er nou de plaatselijke krant?'

'Waar was je gister?'

'Gister was ik naar een verkoopbijeenkomst in Saltstraumen. Een dagseminar over nieuwe woningen in Solvoll.'

'Kan iemand dat bevestigen?'

'Tja.' Stein-Jarle krabde aan zijn voorhoofd. 'Ik wil liever niet dat mijn cliënten over mij ondervraagd worden door de politie. Slecht voor de zaak.'

'Dus je zit er niet mee dat Iselin weg is?'

'Ik wist niet dat ze weg was totdat jij me dat net vertelde.'

Noora observeerde Stein-Jarle terwijl hij praatte. Hij kwam zelfverzekerd over. Praatte met een licht slepende stem, alsof het gesprek een soort verkooppitch was. Noora besloot van strategie te veranderen.

'In de eerste week van maart vloog je met Iselin naar Oslo. Jullie brachten twee nachten in Plaza in Oslo door.'

Noora zag nog geen spoortje onzekerheid op Stein-Jarles gezicht. Hij ging op de bank zitten met een arm om de schouders van Veronika. 'Mooie herinneringen', zei hij. 'Maar niet zo mooi als dit meisje.'

Hij trok Veronika naar zich toe en kuste haar op het oor. Veronika's gezicht bleef even uitdrukkingsloos. 'Iselin was, hoe zal ik het zeggen, wat gereserveerder dan Veronika. Saai, is misschien een beter woord. Iselin had nog wat van je kunnen leren, Veronika.'

Stein-Jarle stond op. Stak zijn heupen naar voren op een manier die het Noora onmogelijk maakte om de bobbel in zijn broek niet te zien. De kerel had zichzelf geil gepraat.

Noora merkte dat ze haar hand zo stijf om de pen kneep dat het pijn deed. Ze ontspande en wendde zich tot Veronika.

'Waar was jij gister?'

'Hier', antwoordde ze zonder haar blik van de horizon af te wenden.

'Herinner je je wanneer Stein-Jarle thuiskwam?'

'Nu ben je echt onbeleefd', onderbrak Stein-Jarle haar. 'Je kwam hier toch om met mij te praten, is het niet?' Hij legde zijn hand op Veronika's schouder terwijl hij sprak. Kneep, zodat de stof van de pyjama strak stond.

Noora negeerde hem. 'Geef gewoon antwoord op de vraag, Veronika.'

'Nee.'

'Nee, je wilt geen antwoord geven, of nee, je herinnert het je niet?'

Stein-Jarle haalde zijn hand van Veronika's schouder.

'Gaat het goed met je?' vroeg Noora. Veronika draaide haar hoofd naar haar toe. In het licht dat door het raam viel leek haar gezicht van porselein, hard en zonder mimiek. 'Dat gaat jou niks aan.'

'Veronika...' Noora wilde haar bijna vertellen over de twee geseponeerde geweldsdelicten. Ze wist dat als ze dat deed, ze een ethische grens over ging. Iets wat Stein-Jarle tegen haar kon gebruiken.

'Zijn we klaar?' vroeg Stein-Jarle ongeduldig.

'Niet zolang jij niet uit kunt leggen waar je gisteren was.'

'Allemachtig. Je bent niet alleen een smeris, maar ook nog eens een bitch.'

'Ik heb hier binnen vijf minuten een patrouilleauto die je naar het politiebureau brengt voor een verhoor. We kunnen je tot morgen vasthouden. Misschien langer. Wat zeg je daarvan?'

'Dat je bluft. Maar wat mij betreft: bel maar. Maar misschien moet je eerst even praten met het hoofd boekingen van het Saltstraumen Hotel. Hij kan bevestigen dat ik daar gisteren de hele dag was.'

Stein-Jarle strekte zijn armen uit naar Veronika terwijl hij naar Noora keek. 'Wat wordt het?'

De vraag kon aan hen beiden gesteld zijn. Veronika liet zich door Stein-Jarle omhoogtrekken van de bank.

'Je hoort van ons', zei Noora en ze liep naar de trap.

'Kan niet wachten.' Stein-Jarle opende de eerste deur rechts. In de spiegel aan de andere kant van de deur zag Noora het tweepersoonsbed met het zwarte dekbedovertrek en dito hoeslaken. Stein-Jarle knipoogde naar haar en deed de deur achter hem en Veronika dicht.

Noora bleef alleen in de woonkamer staan. Stelde zich voor dat ze de slaapkamer in liep en Veronika meenam. Ze wilde dat Stein-Jarle weerstand bood, zodat ze hem verrot kon slaan. Maar ze liep terug naar de tafel en pakte het glas op. Rook eraan. Rum en cola. Meer rum dan cola. Wat zou ze vinden als ze de laden aan het einde van de tafel opende? Waarschijnlijk dat wat ze Stein-Jarle had horen wegbergen voordat ze de woonkamer in kwam.

Mogelijk cocaïne en iets wat de kater verzachtte. Maar zonder een huiszoekingsbevel zou zo'n vondst geen waarde hebben.

Ze was halverwege de trap naar beneden toen de slaapkamerdeur openging. Stein-Jarle, slechts in onderbroek en helemaal opengeknoopt overhemd, keek op haar neer.

'Ik wil graag mijn verontschuldigingen aanbieden.'

'O?'

'Het was niet mijn bedoeling om je af te wijzen. Maar je bent te oud voor mij.' Stein-Jarle maakte een v met zijn vingers en stak de tong door de tussenruimte. 'Te uitgelubberd. Te slap.'

Noora bleef staan tot de slaapkamerdeur dichtsloeg. Ze probeerde Stein-Jarles actieve lichaam boven op het passieve van Veronika niet te zien. Nutteloos. Toen ze langs de rode Mercedes op de oprit liep, hield ze de autosleutel tussen duim en wijsvinger en maakte een lange kras van het portier aan de passagierskant tot aan de achterspoiler.

De klootzak kon de politie bellen als hij iets te klagen had.

24

Peder

Peder schrok wakker van een metaalachtige knal. Hij ging rechtop in bed zitten. Luisterde. Het geluid herhaalde zich niet, en op de kamer van zijn moeder bleef het stil. Ze was met de jaren wel wat hardhorend geworden, maar het was een hard geluid geweest.

Hij stak zijn voeten in de pantoffels, pakte de kamerjas van de haak aan de muur en trok hem aan. Liep langzaam de trap af, die licht kraakte tegelijk met zijn gewrichten. Hij had een naar gevoel in zijn maag. Een beetje zoals voordat er een griepgolf uitbreekt. Peder was bang dat er sprake was van iets ergers.

Hij deed het licht in de keuken niet aan. Ging bij de keukentafel zitten en trok de gordijnen opzij. Buiten was het bewolkt met lage, regenzwangere wolken. Het nachtlicht als dat van een late namiddag. Hij zag nog net de rode achterlichten van Simon Michalsens camper voordat die de garage in reed.

Simon Michalsen, nu al terug. Peder had op nog minstens een week gehoopt voordat de buurman thuiskwam. Maar hier dook hij op, midden in de nacht en met een enorme herrie.

Peder verplaatste zijn blik van de nu gesloten garagedeur naar de weg. Hij zag onmiddellijk dat de stander met de brievenbus op de grond lag. Begreep waar de klap vandaan was gekomen. Simon was tegen de hekpaal aan gereden en had hem omvergereden, weer. Een groet: *Hoi, ik ben er weer!*

De razernij bouwde zich op, en ebde weg. Hij trok zijn broek en jas aan en stak de zaklantaarn in de binnenzak. Trok de voordeur zachtjes achter zich dicht om zijn moeder niet wakker te maken.

Op het buitentrapje ademde hij een paar diepe teugen frisse lucht in. In de stille nacht hoorde hij het krijsen van de kolonie drieteenmeeuwen bij de haven. Het geluid van de meeuwen droeg ver als de rest van het eiland sliep.

Peder hurkte bij de omgevallen brievenbus. De voorkant was ingedeukt. Op de groene oppervlakte zaten blauwe krassen. Dezelfde kleur als Simons camper. Iets tastbaars dat hij aan het hoofd van de plaatselijke politie, lensmann Thorsen, kon laten zien.

Het keukenraam op de begane grond van het huis van de familie Michalsen bleef donker. Een minuut later brandde het licht in Simons slaapkamer, toen ging ook dat uit. Peder wachtte even voordat hij de weg overstak. Zijn krukken maakten zachte knerpgeluiden op het steenslag.

De garagedeur was niet afgesloten. Peder pakte de handgreep. De deur gleed gemakkelijk open over de goed geoliede lagers. Hij bleef staan luisteren. Hoorde niets anders dan het gekrijs van de meeuwen en het tikken van de afkoelende automotor.

Hij liep de garage in, pakte de zaklantaarn en onderzocht de bumper aan de linkerkant van de auto. Peder vond meteen wat hij zocht. Beschadigde lak en een groene streep verf van de brievenbus als gevolg van de botsing. Zelfs de oude, conflictvermijdende Thorsen moest hier wel op reageren.

Hij liep om de auto heen. Stelde vast dat Simon een onachtzaam chauffeur was. Hij vond een kras op de achterdeur en een smalle scheur in de carrosserie bij het linkerachterwiel.

Ten slotte richtte hij de lichtbundel door het raampje aan de passagierskant naar binnen. Het licht weerkaatste op de instrumenten op het dashboard, en een halflege fles whisky. Had Simon gedronken? Was hij daarom tegen de brievenbus aan gereden? Peder kon zijn geluk bijna niet op. Dronken achter het stuur betekende inname van het rijbewijs. Misschien een paar weken in de gevangenis in Bodø.

Nu hoefde hij alleen maar Thorsen te bellen. Het er een beetje dik bovenop leggen. Beschrijven hoe Simons auto heen en weer slingerde voordat die de brievenbus raakte. Dat Simon zwalkend van de garagedeur naar zijn voordeur liep. Dat de buurman op de grond bleef liggen terwijl hij iets onbegrijpelijks riep. Als Thorsen nog steeds weigerde de zaak te onderzoeken, zou Peder de politie in Bodø bellen. Hun vertellen dat het erop leek dat Thorsen al met pensioen was gegaan, alleen vergeten was zijn uniform uit te doen.

Hij zwaaide met de lichtbundel van zijn zaklantaarn een laatste keer over de cabine van de camper. Het boek op de passagiersstoel viel hem op: *Mijn reis*, van NaturDama. De aanblik van het boek gaf hem een schok. Ontketende een regen van vonken die explodeerden in zijn hoofd. De misselijkheid stroomde daarvandaan terug. Hoe konden hij en deze klootzak iets gemeenschappelijks hebben?

Peder strompelde de garage uit. Hij bleef buiten een paar seconden staan terwijl hij zwaar op de krukken leunde. Pas halverwege zijn eigen huis ontdekte hij dat de garagedeur nog openstond. Peder dwong zichzelf terug te gaan. Keek af en toe omhoog naar het raam van Simons slaapkamer. Het was donker en de verduisteringsgordijnen waren dichtgetrokken. Simon zou snel genoeg wakker worden wanneer de lensmann kwam.

Peder trok de deur naar beneden. Liep voor de tweede keer terug terwijl hij in gedachten het gesprek met Thorsen oefende. Maar in dat korte stukje naar huis was het alsof de moed hem in de schoenen zakte. Hij stelde zich Thorsens gelaten, twijfelende stem aan de telefoon voor en Simons hatelijke blikken wanneer hij met de beschuldigingen geconfronteerd werd. Was het slim om Simon op die manier te tergen? Er zou alleen maar heibel en onbehagen uit voortkomen, en hij moest aan zijn moeder denken. Zijn moeder, die zijn twijfel 'lafheid' zou hebben genoemd.

25

Noora

Noora parkeerde voor het politiebureau en zette de motor uit. Ze bleef in de donkere auto zitten terwijl de regen op het dak roffelde. Voelde zich uitgezogen. Leeg in haar hoofd.

Nadat ze van Hunstad en Stein-Jarle was weggereden, had ze het hoofd boekingen van het Saltstraumen Hotel gebeld. Hij bevestigde dat het makelaarskantoor van Stein-Jarle de grootste conferentiezaal van het hotel geboekt en gebruikt had vanaf de lunch tot zes uur op de dag dat Iselin verdween. Maar het hoofd boekingen kon niet met zekerheid bevestigen dat Stein-Jarle aanwezig was geweest. Bovendien waren de deelnemers aan de conferentie om twee uur vertrokken voor een bouwterreinbezichtiging, tot ongeveer vijf uur.

Een rit heen en terug van Saltstraumen naar Bodø duurde ongeveer vijftig minuten. Als Stein-Jarle niet was mee geweest met de bezichtiging, zou hij heel goed naar Maskinisten hebben kunnen rijden en voor vijf uur weer terug zijn.

Noora wist niet goed wat ze moest geloven. Stein-Jarle maakte een manipulatieve en zelfverzekerde indruk – of omdat hij iets te verbergen had, of omdat hij ervan overtuigd was dat hij niet ontmaskerd zou worden. Wat was in dat geval zijn motief? Was er in Oslo iets gebeurd tussen hem en Iselin? Had Iselin hem in Oslo afgewezen? Ging dit misschien over wraak en een gekwetst ego? Of was dit wishful thinking van haar kant omdat het bevredigend zou zijn om die klootzak in de handboeien geslagen te zien? Was er een verband met het feit dat Stein-Jarle haar aan iemand anders deed denken?

Na het telefoongesprek met de chef boekingen zocht Noora Veronika op in STRASAK. Ze was net twintig geworden en had enkele drugsdelicten op haar strafblad. Kleine vergrijpen waar ze met een boete vanaf was gekomen.

De eerste keer dat ze gepakt werd, zestien jaar oud, had de rechercheur de zaak uitgezocht tot en met de kinderbescherming en daarmee een bekende en tragische geschiedenis blootgelegd. Verslaafde moeder, gewelddadige vader. Opstandig op school en een jeugdhulpverlening die pas in actie kwam toen het te laat was. Terwijl ze las, zag ze Veronika voor zich. Stein-Jarles arm om haar schouder. Het beeld bezorgde Noora buikpijn.

'Laat het liggen tot morgen', zei ze tegen zichzelf en opende het portier. Een windvlaag met koude regen sloeg haar in het gezicht. Noora keek in de richting van de Keiservarden. Het lage stadsgebergte was in wolken gehuld, alsof de natuur zelf wilde uitwissen wat er was gebeurd. Ze trok de rits van haar windjack omhoog en knoopte de capuchon dicht. De wandeling door het Rensåspark naar Ellen besloeg ruim tien minuten.

'Sorry dat ik het zeg, maar je ziet er afgepeigerd uit.' Ellen gaf haar een glas rode wijn terwijl Noora nog in de hal stond. Noora wist dat ze moest bedanken, maar nam het glas aan en dronk het in een teug halfleeg.

Ellen vulde bij. Wenkte Noora mee naar de keuken. Ze haalde een pan van de kookplaat en tilde het deksel op. De geur van pasta carbonara verspreidde zich in de keuken.

Ellen schepte een portie op het bord voor haar en maalde er verse zwarte peper over.

Terwijl ze de warme pasta aten, vertelde Noora over haar dag. Alles, behalve haar ontmoeting met Stein-Jarle. Alleen al bij de gedachte aan wat er in het huis in Hunstad gebeurde, schaamde ze zich.

'Wat denk jij dat er met Iselin gebeurd is?' vroeg Ellen.

'Niet veel goeds', antwoordde Noora. 'Telenor heeft ons geholpen haar telefoon op te sporen. Ze had die niet bij zich toen ze aan het hardlopen was. Hij lag op een plank in de badkamer. Die vondst maakt het minder waarschijnlijk dat Iselin gewoon weggelopen is. Ze wees met de vork naar de tv. 'Zet je hem aan?'

De herkenningsmelodie van NRK *Dagsrevyen* was nog maar nauwelijks afgelopen toen de nieuwslezeres het woord nam. 'De zaak van het vermiste jonge meisje verontrust de politie van Bodø. We hebben een directe verbinding met onze verslaggever Sigrid Malmsten bij het politiebureau in de stad.'

Noora herinnerde zich dat ze de journalist gisteren had gezien op het vliegveld, toen Jakob haar afhaalde. Naast Sigrid stond Konrad Råkstad op de trap van het politiebureau.

'Dat is mijn baas', zei ze tegen Ellen.

'Hij ziet er ongemakkelijk uit', was Ellens commentaar en ze voegde eraan toe: 'Alsof hij daar niet wil staan.'

'Het is een ernstige zaak', zei Noora automatisch. 'Mensen reageren heel verschillend.'

Maar Ellen had gelijk. Kraai maakte een ongemakkelijke indruk. De camera registreerde hoe zijn blik ronddwaalde.

'Wat kunt u over de zaak vertellen tot zover?' vroeg Sigrid.

'We weten zeker dat Iselin Hanssen gisteren na tweeën is gaan hardlopen.' Råkstads stem was formeel, zonder veel empathie. 'Ze is voor het laatst gezien om 15.43 uur op de Keiservarden, die in een van Bodø's populairste wandelgebieden ligt.' Het scherm splitste zich in tweeën. Er verscheen een foto van Iselin en een kaart van het wandelgebied. Het punt waar Iselin het laatst was waargenomen, was gemarkeerd.

'De politie roept iedereen die iemand gezien heeft die Iselin zou kunnen zijn, of die iets anders opgevallen is op dit tijdstip, op om contact op te nemen met de politie.'

De radio in Oslo nam het weer over, nu met NRK's misdaadexpert in de studio.

'Hoe beoordeelt u de zaak tot dusver?' vroeg de presentator van *Dagsrevyen*.

'Zo vroeg in het onderzoek is het gevaarlijk om te speculeren over wat er gebeurd kan zijn', begon de expert voordat hij precies dat ging doen. 'Bronnen waarmee ik gesproken heb, maken een vergelijking tussen deze zaak en wat er met Birgitte Tengs en Tina Jørgensen is gebeurd. Jonge meisjes die plotseling verdwenen en helaas dood gevonden werden. Voor zover wij weten, duurde het minstens twaalf uur voordat de politie in Bodø de vermissing serieus nam. Twaalf uur is lang in een vermissingszaak.'

Noora pakte de afstandsbediening en zette de tv uit. Ze leunde met een zucht achterover in haar stoel.

Ellen nipte van haar rode wijn en kuchte. 'Is het waar dat jullie pas na een half etmaal reageerden?'

Noora schudde haar hoofd. 'Natuurlijk niet. Je weet zelf dat nog diezelfde avond een zoekactie is opgestart en dat ook de reddingshelikopter naar Iselin gezocht heeft. Mijn hemel, in Noorwegen verdwalen er dagelijks mensen of verwonden zich. Er was iets waardoor we eerder reageerden dan gewoonlijk. In een rondschrijven heeft de landsadvocaat de politie een termijn van vierentwintig uur gegeven om te beoordelen of een verdwijning gekoppeld kan worden aan een misdaad.'

'Mensen hebben geen boodschap aan een rondschrijven', zei Ellen. 'De indruk van iedereen die het nieuws heeft gezien...'

'... is dat wij een bende incompetente stommelingen zijn die de verdwijning van een jonge vrouw niet serieus nemen.'

Noora zette het halflege glas neer. Morgen zou weer zo'n hectische dag worden als vandaag. Ze kon net zo goed naar bed gaan.

'Bedankt voor het eten en de wijn.'

Ellen stond op. 'Hé, het was niet de bedoeling om je te bekritiseren.'

'Vergeet het. Altijd een slecht geweten, dat hoort erbij.'

'Je bent toch niet passief-agressief, hè?'

Noora glimlachte. 'Misschien een beetje. Maar heel eerlijk: het gaat goed. En het is fijn om bij iemand thuis te komen.'

'À propos, bij iemand thuiskomen...'

'Ja?'

'Misschien krijg ik later nog bezoek. Je weet...'

Noora sloeg haar vriendin op de schouder. '*Good for you.*'

Ze ging naar de slaapkamer en sloot de deur achter zich. Zag haar mobiel op het nachtkastje liggen – het groene knipperen dat aangaf dat ze een of meerdere ongelezen berichten had.

Eerder die dag had ze gefantaseerd dat ze de telefoon in zee zou gooien. Nu was het alsof het groene licht haar betoverde. Het haar onmogelijk maakte om de ongelezen berichten niet te bekijken.

Misschien krijg ik later nog bezoek.

Hoelang was het geleden dat ze had uitgekeken naar hetzelfde als waar Ellen zich nu op verheugde zonder aan iets anders te denken dan vrijblijvend plezier? Het laatste jaar voelde als een zwerftocht door een donkere gang. Een reis naar het licht dat hopelijk voor haar lag. Een vlucht uit de duisternis die uitdijde achter haar. In het begin van de relatie had ze zich aangetrokken gevoeld door die duisternis.

Ze begreep te laat dat ze liefde en lust verwisselde met dominantie en bezitsdrang.

Nu wist ze beter.

Ze opende de inbox. Twee nieuwe berichten. Allebei van hem. Van wie anders? Hij was de enige die dit nummer had.

Hoe durf je mij te negeren?!

Ik zal je vinden. Waar je je ook maar verborgen hebt.

Noora's adem stokte. Meer dan een korte ademteug lukte haar niet. De paniek verdreef elke gedachte behalve deze ene: hij zou haar opsporen. En morgen zou hij aan het voeteneinde van het bed staan en op haar neerkijken.

26

Jakob

'Ik denk dat je iets op het spoor bent.' De stem in de telefoon klonk als een verroeste oude spijker. Jakob herkende hem meteen. Rolf Kvist. Zijn vroegere partner.

'Hoe gaat het?'

'Laat me je een advies geven', zei Rolf. 'Ga niet met pensioen. Het is dodelijk. Gisteren, toen ik voor de tv zat, dacht ik: misschien moet ik mijn optrekje wat opknappen. Bloemen kopen voor op de tafel in de huiskamer.'

Rolf lachte om zijn eigen verhaal. Een krakerige, droge lach. 'Waar ben ik in godsnaam mee bezig? Ik ben ongeveer net zo geïnteresseerd in bloemen als die tulbandjongens uit Afghanistan in een langlaufwedstrijd.'

Jakob weerstond de verleiding om in te breken. Rolf en hij waren goede collega's, maar hadden niet dezelfde opvatting over wat je wel en niet kon zeggen. Rolf noemde het 'Noord-Noorse eerlijkheid'. Jakob vond dat er grenzen waren.

'Je belde me dus niet om over bloemen te babbelen?'

'Om de dooie dood niet. Het is die oude coldcasezaak die me bezighoudt. Ik kan je wel zeggen dat het niet gemakkelijk is een auto te vinden op basis van zo'n vage beschrijving van een voertuig en maar één letter in het kenteken.' Jakob wachtte. Hij kende Rolf goed genoeg om te weten dat hij iets opbouwde.

'Ik heb contact opgenomen met een van de oude rotten van de dienst wegverkeer. Hij was ongeveer net zo optimistisch als ik. Maar hij wilde toch wel naar de zaak kijken. Ik beloofde hem een fles Lagavulin-whisky als hij iets interessants vond. De twaalf jaar oude. Op jouw rekening, uiteraard.'

'Uiteraard', herhaalde Jakob. De tip van Rolf was nog niet helemaal nagetrokken.

'Jouw melding deed mij ook aan iets denken.'

'Wat dan?'

'Toentertijd veroorzaakte de moord op de Lofoten binnenskamers een behoorlijke heisa. Ik werkte toen bij narcotica, maar kende Zachariassen – de rechercheur die toen de leiding had. Hij overleed een jaar of acht, negen geleden trouwens. Frontotemporale dementie. Enorm rottige kwestie.'

Jakob knikte voor zichzelf. Hij wist wel wie Zachariassen was, maar kende hem niet zo goed als Rolf. 'Een van Zachariassens theorieën was dat we te maken hadden met iemand die al eerder had gedood.'

'Een seriemoordenaar?'

'Klopt. Ik was aanwezig bij een van de bijeenkomsten van het rechercheteam. Kreeg mee hoe Zachariassen de zaak presenteerde toen hij de beestachtige manier beschreef waarop die arme vrouw mishandeld was voordat ze uiteindelijk gedumpt werd in een groen graf op een verlaten plek. Zachariassen zelf noemde de verklaring van een getuige die de auto had gezien, wollig en bovendien waardeloos. Maar dat moet ik Zachariassen nageven: hij probeerde in elk geval uit te zoeken wie die vrouw was. Zelfs toen hij minder werd en zichzelf kwijtraakte in de dementie, bleef de zaak hem achtervolgen.'

Rolf werd overmand door een hoestbui. Zo krachtig dat Jakob de telefoon een eindje van zijn oor moest houden. Weinig duidde erop dat Rolf opgehouden was met roken nadat hij gestopt was bij de politie. Jakob vroeg zich af of hij ook nog zoveel dronk als vroeger.

'Ik weet niet of je iets hebt aan de informatie, maar dacht dat je het misschien wel wilde weten.'

'Mijn dank', antwoordde Jakob. 'Ik stel het op prijs dat je ermee doorgaat. Juist nu is het erg hectisch.'

'Het vermiste meisje?'

'Klopt.'

'Het is verschrikkelijk.'

De stilte tussen hen bleef hangen tot Rolf zei: 'Kom een keer langs binnenkort. Mijn koelkast ligt vol pils en ik heb niemand om die mee te delen.' Rolf verbrak de verbinding vóór Jakob kon reageren.

Na het telefoongesprek bakte Jakob worstjes en maakte aardappelpuree, niet uit een zakje, maar van de aardappelen die gisteren overgebleven waren. Hij gebruikte een half bakje room en een paar theelepels echte boter. Lise zou haar hoofd geschud hebben. Maar hij kookte in elk geval. Hield vast aan de routines, zoals Lise hem had gevraagd. Deed alsof alles normaal was.

Mijn koelkast ligt vol pils en ik heb niemand om die mee te delen.

Was zijn werk het enige verschil tussen hem en Rolf? Twee alleenstaande, oudere mannen in een huis dat aan niets anders plaats bood dan de leegte na dat wat geweest was.

Hij deelde de helft van de worst met Garm en ging op de bank voor de tv zitten. Hij zag het zevenuurjournaal. Zette de tv uit voordat de misdaadverslaggever losbarstte met zijn speculaties. Niet omdat de man niet wist waarover hij sprak, maar omdat Jakob vond dat hij beter zou moeten weten. Een onderzoek bestond uit honderden variabele delen. Een gecompliceerd uurwerk dat niet altijd het juiste tijdstip liet zien. Het was gemakkelijker om van buitenaf kritiek te geven.

'Nu begint de zwaarmoedigheid het over te nemen.' Jakob wist niet zeker of hij dat dacht of het hardop tegen zichzelf zei.

Hij trok zijn windjack en laarzen aan. Liep binnendoor naar Langstranda met Garm aangelijnd. Volgde een weg die langs de grijze, kale, vlakke rotsen liep. Week niet uit als de golven op het land sloegen en een spray koele druppels over hem heen spoten. Garm schudde zich uit. Hij was duidelijk niet blij met deze spontane douche; Jakob liet hem loslopen.

Vlak voordat hij weer bij zijn huis was, passeerde de snelboot hem.

Het vaartuig ploeterde zich door de golven tussen het vasteland en Lille Hjartøya. Waarschijnlijk op weg naar het zuiden. Misschien helemaal naar Mosjøen. Opnieuw gingen Jakobs gedachten terug naar Rolf. Er waren veel vormen van eenzaamheid. Jakob besefte hoe hij bofte met zijn collega's op het werk.

En Garm.

Terwijl hij wachtte op het klikje van de waterkoker, herinnerde hij zich wat Rolf hem vertelde: *iemand die eerder had gedood.*

Kon dat ook het geval zijn met Iselin? Was het daarom dat ze zomaar verdween? Omdat de dader geoefend was in wat hij deed? Een beramer?

Jakob logde in op de database van vermiste personen. Beperkte de zoekopdracht tot meisjes van Iselins leeftijd die het laatste jaar verdwenen waren in de omgeving van Bodø. Stein-Jarle, die door Noora met merkbare tegenzin was beschreven, paste in zo'n profiel.

Jakob kreeg twee hits, maar beide waren gemerkt als 'Waarschijnlijk zelfmoord'. De ene was Galyna Ivanova, het Oekraïense meisje dat in de oude Duitse kanonstelling was gevonden. De andere een plaatselijk meisje dat een afscheidsbrief achtergelaten had. Ronald Janook betwijfelde nog steeds of Galyna zelfmoord had gepleegd. Dat maakte het, gezien in samenhang met Iselins verdwijning, interessant.

Jakob leunde achterover op zijn stoel en staarde naar het scherm. Hij dacht na, terwijl het beeld onduidelijk en vaag werd. De voorlopige uitslag van het stukje gaas dat Noora had gevonden, bleek negatief te zijn. Het gaas bevatte geen vingerafdruk of andere biologische sporen. Tot dusver bleek ook de inhoud van Iselins telefoon weinig hulp te bieden. De data van mobiele telefoons werden in de cloud bewaard. Toegang krijgen tot zulke informatie kon tijdrovend zijn en tijd was, net zoals duidelijke aanwijzingen, iets waar ze maar weinig van hadden.

Het trof Jakob dat Zachariassens probleem in de negenentwintig jaar oude moordzaak het tegengestelde was geweest van het zijne nu: Zachariassen had een lichaam, maar vond nooit een naam; Jakob wist heel goed wie de vermiste was, maar het lukte hem niet haar te vinden.

Iets wat Rolf Kvist hem had verteld in het laatste telefoongesprek, kwam bovendrijven in zijn bewustzijn: dat Zachariassen nooit opgegeven had om uit te zoeken wie de onbekende vrouw was geweest. Maar in Zachariassens tijd had de politie niet dezelfde zoekmogelijkheden als tegenwoordig. In het slechtste geval werd de informatie van de verschillende lokale zaken lokaal bewaard, niet in een gemeenschappelijk register.

Jakob logde opnieuw in op de database voor vermiste personen. Deze keer beperkte hij de zoekopdracht tot het voorjaar en de zomer van het jaar waarin het graf van de onbekende vrouw op de Lofoten werd gevonden. Hij kreeg zeven onopgeloste zaken.

Vier mannen en drie vrouwen.

Jakob downloadde de foto's van de drie, nog steeds vermiste, vrouwen. Hij voelde zich een moment gewichtloos toen de foto van de jongste van de drie op het scherm verscheen. Het meisje op de foto lachte op een manier die bij Jakob het beeld opriep dat iemand buiten het kader van de foto net iets leuks had gezegd. Ze had bruine ogen, donker, glanzend haar, een rechte neus en een oorbel met een witte steen.

Jakob keek op van het scherm naar de foto die aan de muur hing: het gereconstrueerde portret van de dode vrouw op de Lofoten. Hij vond dezelfde trekken in haar gezicht als in dat op het scherm: donker haar, bruine ogen, rechte neus. Eender, maar niet dezelfde persoon. Het verschil was de lengte. Het meisje op de foto was vijf centimeter langer.

De twee meisjes zouden zussen kunnen zijn. Zou Zachariassens intuïtie kunnen blijken te kloppen? Betekende dit dat de vrouw op de Lofoten niet het eerste slachtoffer was geweest?

Jakob drukte de foto af en hing die naast de foto van de Lofotenvrouw. Hij voelde het kriebelen in zijn lichaam – een ijver om uit te zoeken wat deze vondst betekende voor het onderzoek. Maar hij kon geen hogere prioriteit geven aan een bijna dertig jaar oude zaak dan aan Iselin Hanssens vermissing. Rolf daarentegen had alle tijd van de wereld.

Hij vond Rolfs nummer, maar voordat hij kon bellen zoemde de deurbel, gevolgd door Garms geblaf.

Jakob liep de twee trappen af naar beneden. Wie kon dat zijn? Afgezien van jongeren die kranten verkochten of Jehova's getuigen die erop stonden hem het licht te laten zien, kreeg hij zelden of nooit bezoek.

Jakob sloot de deur tussen de hal en de tussengang voor hij de deur opende. Garm kon nogal enthousiast zijn als hij nieuwe mensen ontmoette.

De jongen op de buitentrap was misschien vijftien of zestien jaar. Hij had donkerblond haar en een rechte, smalle neus. De groene vierseizoenenjas zag er veel gedragen uit en was een maat te groot. Zijn rugzak stond tegen de onderste traptrede geleund.

'Ben jij Jakob Weber?' De stem van de jongen was een beetje onvast. Puberteit, nervositeit, of allebei, dacht Jakob.

'Dat klopt. En wie ben jij?'

De jongeman hief zijn hoofd op en keek Jakob voor het eerst recht aan. Zijn blik was intens. Zijn ogen diepblauw en confronterend. Jakob herkende de blik meteen. Hij had die eerder gezien. Had geleerd die te haten. Niet bij deze jongen maar bij iemand anders.

'Ik heet Ola André Tollås. Je bent mijn halfbroer.'

27

Na een paar uur in Bodø reed hij terug naar Fauske en verder naar het noorden over de E6. In Bodø had hij een paar noodzakelijke aankopen in een ijzerwinkel gedaan en was daarna gestopt in een van de bekendste wandelgebieden van de stad. Hij had geparkeerd onder een berk en geluncht.

Ook al was het de kortste weg, hij nam nooit de veerboot vanaf Bodø. Niet dat zoveel mensen in de stad hem kenden, maar het was al voldoende als iemand hem zag en hem kon plaatsen op een bepaalde plaats op een bepaald tijdstip. Zo'n observatie zou het uitgangspunt kunnen zijn voor een tijdlijn terug in de tijd.

Hij was van plan de Tysfjord over te steken met de veerboot van Bognes naar Skarberget. Op de weg ernaartoe lette hij amper op het machtige landschap waar de camper zich doorheen kronkelde. Bergen met witte toppen. Watervallen die zich de diepte in stortten, waar de wind waterdruppels ving en rondstrooide in een waaier van fonkelende diamanten. Hij reed op de automatische piloot, maar inwendig was hij het spoor bijster.

Keer op keer zag hij zichzelf met de steen boven haar hoofd. Voelde de schokgolf door zijn arm van de klap die haar schedel verbrijzelde.

Boven haar hoofd. Verbrijzelen.

Boven haar hoofd. Verbrijzelen.

Hij ontkwam niet aan de gedachtekring. Hij vreesde dat de dwanggedachten een eigen patroon in hem zouden etsen. Dat de ijzeren discipline die hij na lange tijd aangeleerd had, zou verzwakken. En dat die hem onberekenbaar zou maken voor zichzelf, een slachtoffer van plotselinge invallen en lusten.

Hij wist dat hij beter was dan dat. Sterker. Maar zo voelde hij het nu niet. Hij had bewijs nodig. Een verzekering dat hij zichzelf nog steeds onder controle had. Dat de woede-uitbarsting een afwijking van het normale was.

Ten noorden van Narvik verliet hij de E6 en parkeerde een eindje verder op een overwoekerd bospad – ver genoeg van de weg zodat zijn auto onzichtbaar was, dichtbij genoeg om het gedreun van de vrachtwagen en trailers te horen die voorbijreden. Hij sliep niet veel die nacht, maar werd rustiger. Vond zijn oude ik terug.

De volgende ochtend vroeg liep hij naar het strand en zwom in de Ofotfjord. Genoot van het gevoel dat de kou van de zee hem verwarmde. Draaide zich op zijn rug. Dobberde op de golven. Keek omhoog naar de bleke hemel. Zag zichzelf van bovenaf, zwevend boven een donker niets. Aan de rand van een zwart gat. Hij moest blijven zweven.

Niet terugvallen in zichzelf.

Hij kookte water op een primus en dronk een kop sterke, zwarte thee. Daarna ging hij nog een keer naar de ruimte achter in de auto met een borstel en water. Hij boende kleine, zwarte stippen weg waarvan hij dacht dat het bloedvlekken waren. Maar sommige vlekken kwamen terug als hij met zijn ogen knipperde. Hij begon fanatiek opnieuw. Boende stevig met de stugge borstelharen op de vloer.

Uiteindelijk rukte hij zich los van het poetsen. Pas toen merkte hij dat hij bloedde uit de nagelriemen van de duim en de wijsvinger van zijn rechterhand. Hij had tot bloedens toe geschrobd, had het laatste uur gebruikt om zijn eigen bloed weg te wassen.

Ze stond bij een bushalte een paar kilometer ten westen van Bjerkvik. Stak haar duim omhoog zodra ze zijn auto zag. Hij keek in de spiegel. Geen auto's achter hem.

Ze heette Eva Stoltz en kwam uit Hamburg in Duitsland. Lichte huid, donker haar en een gezicht met markante, Slavische trekken.

Hij zou haar niet mooi noemen, maar ze had iets. Iets dat hij herkende van oude foto's. Een soort dierlijke elegantie.

Eva vertelde hem dat ze de boot van Kiel naar Oslo had genomen en daarvandaan naar het noorden was gelift. Na een rondreis door Nordland zou ze koers zetten naar het uiteindelijke doel van haar reis: de Noordkaap.

Eva sprak Engels met een heel licht Duits accent. Hij gokte dat dit niet haar eerste rugzaktocht was. Ze had ervaring. Wist ongetwijfeld hoe ze zich moest verdedigen. Op welke tekens ze alert moest zijn. Begreep Eva al dat hij een gevaar was voor haar?

Stop! Houd op!

Hij begon te zweten. De handpalmen vormden een vochtige afdruk op het stuur. Maakten het rubber glad. Hij was niet klaar. Het was een blunder geweest om haar op te pikken. In het slechtste geval riskeerde hij een herhaling van wat er gisteren gebeurd was. Als hij in Evenes was, zou hij haar laten uitstappen. Direct naar Moskenes rijden en de veerboot over de fjord nemen.

Hier stopte het.

Direct nadat de auto de kleine boerderijen van Dragvik gepasseerd was, sloeg hij zich theatraal voor het hoofd.

'O néé!'

'Wat is er?' vroeg Eva.

'Ik ben iets vergeten in Narvik. Een pakket dat ik mee zou nemen voor een vriend.'

Hij reed naar een parkeerplaats die voor een deel door een kleine heuvel afgeschermd was.

'Als je hier nog steeds staat wanneer ik weer terugkom, pik ik je op', loog hij.

Hij was van plan minstens twee uur te wachten voor hij weer terugreed. Lang genoeg om iemand anders Eva een lift te laten geven.

'Vervelend', zei Eva en ze opende het portier aan de passagierskant. 'Maar bedankt voor de lift, ook al was die kort.'

Hij trok verontschuldigend zijn schouders op. Probeerde een glimlach, die stijf en gekunsteld op zijn lippen voelde. Eva bleef bij de open deur staan, afwachtend.

'Mijn rugzak', zei ze ten slotte. 'Die ligt achterin.'

'Natuurlijk.'

Hij zette de motor uit, trok de sleutel uit het contact en liep om de auto. Maakte de schuifdeur naar de kleine salon en de slaapalkoof open. Eva boog zich naar binnen en greep haar rugzak. Zijn blik viel op haar goedgetrainde benen. De manier waarop het daglicht de naakte, zongebruinde huid van de rand van haar korte broek helemaal tot aan haar witte sokken accentueerde. De achterkant van de duidelijke, goedgetrainde dijspieren.

Hij sloeg haar op haar achterhoofd. De kracht van de slag wierp haar voorover, waardoor ze met haar hoofd op de vloer belandde. 'Wat...?' Ze draaide zich naar hem om. Verward. Ze bloedde uit een snee in het voorhoofd. Hij drukte haar voorhoofd tegen de zijkant van de deur. Met een bons raakte de slaap de dunne, harde kant. Haar benen begaven het en ze viel achterover, de auto in.

Hij tilde haar benen op en schoof haar de salon in. Trok haar schoenen en shorts uit. Scheurde haar shirt open. Haar oogleden trilden, maar ze ontwaakte niet.

Hij opende het slot van de gereedschapskist die aan de muur tussen de cabine en de salon was bevestigd. Haalde er de stevige aluminium zilvertape uit en tapete Eva's enkels en polsen aan elkaar. Eindigde met drie lagen over haar ogen, zo stevig dat haar rechte neus platgedrukt werd. Plakte een laatste stuk over haar mond. Sneed een ademgat uit. Verliet de salon en schoof de deur terug. Sloot af.

Hij was terug in de cabine voordat zijn benen begonnen te trillen en zijn gevoelens hem overmanden. Lieve hemel, wat een rush! Wat een opluchting. Hij had instinctief gehandeld. Ondanks de twijfel wist het lichaam wat het moest doen. Nu was de twijfel verdwenen.

28

Noora

Noora schrok wakker. Beleefde een moment van verwarring voordat ze zich herinnerde waar ze was. Het was licht aan de zijkanten van de verduisteringsgordijnen, iets wat van alles kon betekenen. Ze draaide zich om. De wekker op het nachtkastje stond op 01.21. Ze had niet meer dan twee uur geslapen. Wat had haar wakker gemaakt?

Ze bleef naar het plafond liggen kijken. Probeerde de gedachten weg te duwen die altijd kwamen als ze wakker lag. Dat hij haar gevonden had. Dat er een eind gekomen was aan het uitstel van het onontkoombare. Maar nu mengde ook Stein-Jarle zich in de gedachtestroom. Ze zag hem voor zich daar boven aan de trap. De spitse natte tong die tussen zijn vingers in en uit gleed.

Een bons aan de andere kant van de deur. Basklank. Hol. Alsof iets of iemand tegen een dunne muur botste.

Noora richtte zich op op haar ellebogen. Luisterde. Hoorde geschuifel van voeten. Het geluid van een tafel die verschoven werd. Iets dat op de vloer viel.

Ze trok haar trainingsbroek aan. Opende de deur naar de tussengang. Het plafondlicht was uit, de deur naar de kamer gesloten. Noora bleef staan. Ze hoorde geen bewegingsgeluiden meer. Maar de stilte was anders – het soort rust dat geen rust is.

'Actieve stilte', had een van de Kripos-rechercheurs het genoemd.

De loper op de vloer was een oriëntaalse IKEA-imitatie. De stof voelde warm aan haar naakte voeten. Haar voetstappen waren geluidloos. Ze keek door het sleutelgat. Het was halfdonker in de kamer aan de andere kant van de deur – dichtgetrokken gordijnen en kaarslicht.

Ze legde haar oor tegen het sleutelgat, en nu hoorde ze iets. Een zacht gejammer of gemompel.

Noora duwde de kruk langzaam naar beneden en opende de deur voorzichtig. Kreeg meteen een vreemde gestalte in het oog. Een man met ontbloot bovenlijf. Goedgebouwd. Iets meer dan één meter tachtig. Zeker dertig kilo zwaarder dan zij. Hij stond over de bank gebogen met beide handen om Ellens keel. Ellens hoofd lag op de armleuning. Ze was naakt. Rood aangelopen gezicht. De armen lagen slap over haar borst en buik. Het leek een scène uit haar eigen nachtmerrie. Een duizelingwekkende seconde zag Noora zichzelf in Ellens plaats.

Hij had haar gevonden!

De man draaide zijn hoofd een beetje. Moest vanuit zijn ooghoek beweging hebben gezien. Noora werd teruggeworpen in haar eigen lichaam. Ze reageerde instinctief. Gaf de man geen gelegenheid zich te bedenken. Ze stormde naar voren. Sprong tegen hem op en zwaaide haar linkervoet met een boog voor zich uit de lucht in.

De binnenkant van haar rechtervoet raakte de man links op zijn hoofd. Hij stootte nog net een 'Wat...' uit voor hij opzijwankelde. Raakte eerst met zijn gezicht de muur naar de keuken. Trok de ladekast met Ellens tafellakens, kandelaars en servetten omver.

Noora ging verder met een trap in de knieholte. Het ene been klapte dubbel. Tegelijk zwaaide hij met zijn arm. Hij raakte met zijn vlakke hand haar wang en lippen. Een gebalde vuist zou haar op de vloer hebben geworpen.

Noora wankelde achteruit. Proefde de smaak van bloed in haar mond. Wist dat ze opnieuw moest aanvallen, het initiatief houden. Zocht naar iets dat ze als slagwapen kon gebruiken. Greep de messing kandelaar die op de grond lag.

'Eerste en laatste kans!' riep ze en ze sloeg met het messing slagwapen door de lucht. 'Ik ben van de politie. En nu ga je op de vloer liggen.'

'Jij bent knettergek!' riep de man terug. Hij balde zijn vuist. Kwam op haar af. Noora boog haar hoofd voorover. Zakte door haar knieën. Maakte zich klein. Klaar om snel te reageren op de uitval van de man.

Van achteren werd een arm om haar nek gelegd.

'Noora, in godsnaam?!'

Toen voelde ze Ellens volle gewicht op haar rug. Noora wankelde, verloor haar evenwicht en viel. Kon nog net voorkomen dat ze haar hoofd stootte aan de punt van de eettafel. Probeerde overeind te komen, maar Ellen lag als dood gewicht boven op haar, de armen nog steeds om haar nek.

'Beloof je rustig te blijven als ik mijn greep loslaat?' fluisterde Ellen.

Noora kon alleen maar wat gebrom uitbrengen.

'Ik accepteer dat als ja.' De greep om haar nek verslapte, en het gewicht van Ellens lichaam viel weg. Noora ging zitten. Liet de kandelaar los. Voelde aan haar lip. Die was gezwollen en ze bloedde. De huid was aan de binnenkant gebarsten. Doorgeprikt door de hoektand.

'Waar ben je in godsnaam mee bezig?' Ellen wikkelde de plaid om haar naakte lichaam.

Noora schraapte haar keel. Slikte een fluim bloed door.

'Ik hoorde geluiden. Wilde het onderzoeken. Zag hem daar gebogen over jou.' Ze knikte naar de man die op de grond zat en de knie masseerde waar zij tegenaan had geschopt.

'Ik heb je verteld dat ik bezoek zou krijgen.'

'Maar hij wurgde je.'

Ellen schudde haar hoofd. 'Ik... Een beetje ruw vind ik fijn en Remi weet waar de grens is. Het is een afgesproken spel.'

De man, Remi, hinkte naar de bank en pakte zijn shirt. 'Jouw vriendin is gek. Compleet loco.'

Ellen ging met de vlakke hand op hem af. Het gebeurde zo onverwacht dat Noora schrok van de scherpe klets.

'Verdwijn. Voorgoed.'

Remi trok zijn shirt aan. Vuurrood smoelwerk en een half lachje dat razernij verborg of vernedering. Waarschijnlijk beide.

'Jullie zijn verdorie allebei even knetter.' Hij keek naar Noora. 'Ik zou je moeten aangeven voor overval en geweld. Hiermee naar de pers gaan.'

'Succes ermee', antwoordde Ellen bitter. 'Welk verhaal had je gedacht te vertellen? Een man gaat op visite bij twee dames. De ene dame heeft wurgingsvlekken, de andere een gezwollen lip. Wie denk je dat er het slechtst voor staat?'

Remi schudde zijn hoofd. 'Stomme teven.'

Hij ging naar de tussengang en even later knalde de buitendeur dicht. Ellen verdween naar de keuken. Ze kwam terug met een keukenrol en een zak diepvrieserwten. Noora veegde het bloed van haar gezicht en legde de zak erwten tegen haar lip om die af te koelen.

'Sorry. Het was niet mijn bedoeling om...'

Ellen maakte een wegwuivende beweging met haar arm. 'Ik begrijp het misverstand. Maar jouw reactie...' Ellen keek omhoog, probeerde haar gedachten te ordenen. 'Die was extreem. Hoorde je niet dat ik je een paar keer geroepen heb voordat ik op je rug sprong?'

Noora schudde haar hoofd. Ze had zich volledig op Remi geconcentreerd. In gevechtsmodus. Het was alleen niet Remi die ze voor zich had gezien.

Ellen ging naast Noora op de grond zitten. 'Is alles goed met je?'

'Ik... Je hoeft niet...' Noora voelde dat het prikte achter haar ogen. De eerste tranen liepen over haar wang, gevolgd door nog meer tranen. Ze vertelde zichzelf dat ze niet huilde. Dat het maar een reactie was op de gebeurtenissen van daarnet.

Noora haalde adem. Ze voelde de lucht stokken in haar keel.

'Mijn leven is totaal verkloot. Ik viel voor de verkeerde man. Viel zo hard dat ik niet doorhad dat hij een klootzak was. Een gevaarlijke klootzak. En nu is hij op zoek naar mij. Hij gedraagt zich alsof ik zijn bezit ben.'

'Maar nu ben je hier. In Bodø.' Ellen streek haar over het haar.

‘Je begrijpt het niet’, antwoordde Noora. ‘Ik heb aan dingen meegedaan, dingen gedaan waarin ik geen zin had. Maar ik vertrouwde hem... Lieve hemel, ik viel als een blok voor hem. Een tijdje was hij de hele wereld.’

Ellen legde de handen op haar schouders. Hield Noora vast. Onderzocht haar gezicht. ‘Je hebt het over seks?’

‘Ik...’ Noora voelde haar weerstand om meer te vertellen. Toch dwong ze zichzelf om verder te gaan. ‘Dat waar jij en Remi mee bezig waren, zou hij vanille, kinderspel genoemd hebben. Na een poosje leek het waanzinnig wat wij deden. Het lukte mij niet eens om het voor mijzelf uit te leggen.’

‘Je stopte niet bij Kripos omdat je naar Bodø wilde. Er gebeurde iets waardoor je wel moest vertrekken.’

Noora keek omlaag. ‘Hij filmde wat wij deden zonder dat ik het wist. Er zijn geluidsopnames die zo verschrikkelijk zijn dat...’ Haar stem brak.

Ellen trok haar tegen zich aan.

Stelde geen vragen meer.

Liet haar uithuilen.

29

Jakob

Jakob opende de deur van de logeerkamer. Hij bleef in de deuropening staan en bestudeerde de slapende gedaante in het bed. Ola André en hij hadden tot ver na middernacht samen zitten praten. Hoewel 'samen praten' overdreven was. Jakob had vragen gesteld en Ola André, die er al snel op aandrong dat Jakob hem Ola zou noemen, had die beantwoord, meestal met eenlettergrepige woorden en korte zinnen. Gaandeweg kreeg Jakob het gevoel dat hij een verhoor aan het afnemen was, niet een gesprek had met zijn halfbroer.

Jakob twijfelde er niet aan dat Ola werkelijk zijn halfbroer wás. Nadat Ola naar bed was gegaan, had Jakob oude foto's van zijn vader tevoorschijn gehaald. De overeenkomst tussen de jonge Manfred en Ola was bijna griezelig. Het bevolkingsregister bevestigde ook dat Yvonne Tollå wijlen Manfred Weber had opgegeven als de vader van de jongen.

Tijdens het gesprek vertelde Ola dat noch het woonhuis noch de grond rondom de boerderij Yvonne toebehoorde, maar een oom die hij alleen maar 'klootzak' noemde. Die oom was de enige familie in Beiarn van de jongen.

'Wanneer hoorde je over mij?' had Jakob gevraagd.

'Mama vertelde over je toen ze opgenomen werd in het ziekenhuis hier in Bodø een maand geleden. Zei dat ze je maar één keer had ontmoet, lang geleden.'

Ola vroeg niet waarom het bij die ene keer was gebleven, maar de onuitgesproken vraag peuterde aan Jakobs slechte geweten dat hij nooit met zijn vader afgerekend had.

'Wat mankeerde Yvonne?'

'Mama had een slecht immuunsysteem. Ze slikte massa's medicijnen. Tot het plotseling verschrikkelijk slecht ging met haar. De dokter zei dat ze overleden is aan een infectie. Dat ze ses... sepi had gekregen.'

'Sepsis? Bloedvergiftiging?'

Ola knikte en Jakob zag dat de jongen vocht tegen zijn tranen. Hij wist niet of hij Ola moest omarmen en troosten. Zou hij zich schamen? Zich terugtrekken? Het bleef bij een vluchtige hand op de schouder, en een 'Het komt goed', dat niet meer bijdroeg dan dat Jakob zich ontoereikend en stuntelig voelde.

Ola stelde hem de vraag nooit direct, maar het was duidelijk dat de jongen hoopte dat hij bij Jakob zou kunnen wonen. Ola had zich aangemeld voor elektro- en datatechnologie bij de school voor voortgezet onderwijs in Bodø en was toegelaten. Boven in de rugzak had hij een krachtige laptop met een sticker erop waarop Counter Strike stond.

Jakob sloot de deur naar de logeerkamer en ging naar de keuken. Hij lette niet op Garm, tot die zijn snuit tegen zijn dij duwde. Jakob ging op zijn knieën zitten en kroelde hem achter de oren. 'Het spijt me, het werd plotseling wat veel.'

Hij zette filterkoffie direct in de thermosbeker en nam Garm mee naar buiten. De dag was fris en koel, met een noordelijk briesje. Op zo'n ochtend als deze hoefde je niet hoog in de bergen te zijn om rijp op de heide te vinden.

Hij liet Garm vrij rondlopen toen hij zijn koffie dronk. Wat doe ik met Ola? was eigenlijk niet een vraag. Afgezien van zijn oom had de jongen immers geen familie. De vraag was meer hóé hij zich over hem zou ontfermen. Wat wist hij nou van tieners?

Lieve help – Iselin! Jakob keek op zijn horloge. Hij was al te laat voor de ochtendbijeenkomst van de leiding waar de zaak-Iselin Hanssen als eerste op de agenda stond.

Jakob holde terug naar huis. Ola sliep nog steeds en Jakob schreef een kort briefje waar hij was en voegde er de vraag aan toe of Ola Garm later wilde uitlaten. Hij schreef zijn telefoonnummer ernaast en legde het op de keukentafel. Hij zou net de buitendeur op slot draaien toen hij bedacht dat Ola geen sleutels van het huis had. Jakob vond Lises sleutels in de la van zijn bureau en legde die op het briefje met twee biljetten van tweehonderd kronen. Hij bleef even staan en keek naar de bankbiljetten. Vroeg zich af of het te veel of te weinig was. Of hij het niet had moeten *swishen* naar Ola.

'Je maakt een geintje, toch?' Jakob staarde naar het scherm dat een medewerker van de mediasectie van de Bodø-politie voor hem omhooghield.

'Nee, dat doe ik echt niet', antwoordde de jongen van wie Jakob zich nu herinnerde dat hij Åge heette. Een oude naam bij een jong gezicht.

'Maar kan ze dat doen?'

Nu keek Åge verward op naar Jakob. 'Jij bent de rechercheur. Ik ben alleen maar de communicatiedeskundige.'

Jakob schudde zijn hoofd. 'Wat ik bedoel, is of ze deze informatie openbaar mag maken.' Jakob hoorde de stekel in zijn stem. De stress die hij voelde kwam niet door Åge. Een half uur te laat voor de ochtendvergadering met de politiechef hielp evenmin veel. Deze dag was met tegenslag begonnen.

Åge zette zijn wijsvinger op het scherm. Die liet een vieze afdruk achter. 'Hier staat dat ze toestemming heeft van de familie. De vrijheid van meningsuiting is een recht, ook bij politieonderzoek.'

De deur van de gemeenschappelijke ruimte ging open en Armann kwam binnen. 'Daar ben je', trompetterde hij voor hij Åge opmerkte. 'Heb je de verantwoordelijkheid voor de pers overgenomen van Kraai? Misschien wel zo goed. Hij straalde gisteren niet veel empathie uit in *Dagsrevyen*. Charisma van een aambeeld.'

'Was dat maar alles', antwoordde Jakob. 'Het blijkt dat Gudrun, de getuige die Iselin heeft gezien bij de Keiservarden, heeft besloten onder onze duiven te schieten.'

'Wat bedoel je?' Armann hing zijn leren jasje aan een haak bij de deur en kwam naar hen toe. De helft van een Motörhead-tatoeëring, wist Jakob, was zichtbaar op zijn onderarm; de rest was bedekt door het zwarte T-shirt. Armann bestudeerde de informatie op de laptop die Åge nu naast het koffiezetapparaat had gezet.

De naam van de open Facebookgroep luidde: *Heb je Iselin gezien?* Gudrun Hemnes stond vermeld als de moderator voor de pagina, samen met twee andere vrouwen van wie Jakob aannam dat dat haar wandelvriendinnen waren.

In de korte tijd nadat de groep opgericht was, had die meer dan tweehonderd leden gekregen. Een foto van Iselin in trainingspak was gebruikt als profielfoto. Ze stond op een bospad met modder tot boven haar neonkleurige compressiesokken. Iselin zag er gelukkig uit. De foto had meer dan vijfhonderd hartjes gekregen. Het aantal berichten op de site was nu honderdvijfenzestig.

'*We weten dat bij elke minuut dat Iselin vermist is, de waarschijnlijkheid dat wij haar op tijd vinden kleiner wordt.*' Armann las de beschrijving van de groep hardop voor. '*Als je Iselin recentelijk gezien hebt of tips hebt over wat jij denkt dat er met haar gebeurd kan zijn, neem dan contact op. We delen vanzelfsprekend de belangrijkste tips met de politie.*' Hij schudde zijn hoofd. 'De belangrijkste tips? Gaan Gudrun en de liga van gepensioneerden de informatie zeven voordat ze die aan ons geven?'

Armann boog zich over de laptop en scrolde naar beneden. 'De nettrollen zijn al opgedoken', constateerde hij nadat hij een aantal posts had afgestruind. 'Hier wordt een aantal mensen met naam genoemd. Er is zelfs een gebruiker die Caspers foto toegevoegd heeft met een schietschijf over zijn gezicht getekend.'

'Verdorie', kreunde Jakob. 'Wat doen wij hiermee? Als we Gudrun vragen om de site te sluiten, krijgen we meteen de media over ons heen. Die zullen ons aanklagen omdat we het publiek verhinderen ons te helpen.'

'Wat als we met Iselins vader gaan praten?' stelde Armann voor. 'Ik kan me zo voorstellen dat Bjørn Hanssen alles wil doen om zijn dochter te vinden. Het leek een verstandige kerel toen Fine en ik hem spraken gisteren. Misschien wil hij luisteren naar het gezonde verstand en Gudrun vragen de site te sluiten.'

'Goed idee', zei Jakob. 'Ga samen met Fine naar hem toe. Als Bjørn contact opneemt met Gudrun, wordt het moeilijk voor haar om nee te zeggen.'

'Fine is thuis bij haar dochter', antwoordde Armann. 'Anne heeft symptomen van bronchitis en meer dan negenendertig graden koorts. Ik hoorde dat ze ongerust was toen ze me belde.'

'Goed. Neem Noora mee', zei Jakob. 'Kom zo snel mogelijk terug. Ik wil Casper oproepen voor een getuigenverhoor.'

Åges mobiel gaf een op morse lijkende piep. De communicatieadviseur keek op het schermpje voordat hij 'Ja?' antwoordde.

Terwijl de persoon aan de andere kant praatte, ging Åge over naar de luidspreker, zodat Jakob en Armann, die waren blijven staan op weg naar de deur, mee konden luisteren.

'... dezelfde ronde als ik elke dag neem', zei een grove, licht hese mannenstem.

'Over de Natoveien, tot Kloppy zijn behoefte heeft gedaan. Ik laat hem los na de slagboom. De hond is zo gehoorzaam als wat. Smeert 'm nooit. Maar vandaag kreeg hij ergens lucht van, want hij verdween in het onderhout links van de weg. Hij kwam niet terug toen ik hem riep.'

Jakob boog zich naar de telefoon. 'Dit is rechercheur Jakob Weber. Dit gesprek is op de luidspreker gezet. Met wie spreek ik?'

De man aarzelde en Jakob was bang dat hij zou ophangen. Åges telefoon gaf *Onbekend nummer* aan. De IT-jongen kon hem ongetwijfeld opsporen, maar dat kostte tijd en vereiste een formele toestemming en dat betekende papierwerk.

'Tarik Aydin', antwoordde de man ten slotte. Jakob wisselde een blik met Armann, die knikte om te bevestigen dat hij hetzelfde dacht: Tarik Aydin, de baas van de Kebab-Koning, de Noord-Noorse keten van snackbars; Bodø's zevende rijkste man.

'Wat was het waar je hond lucht van kreeg, Aydin?'

Weer die aarzeling voordat Aydin het hem vertelde. Jakob voelde een knagend gevoel in zijn borst. 'Zo gauw ik begreep wat de hond had gevonden, heb ik de politie gebeld', sloot Aydin af.

'Ben jij of is... eh, Kloppy in het bos geweest?'

'Nee. Ik ben niet van de weg af geweest.'

'Goed. Blijf daar staan. Neem geen contact op met andere mensen. Wij zijn er binnen tien minuten.'

'Wat doen we met Iselins vader en de FB-pagina?' vroeg Armann.

'Dat kan wachten. Dit heeft haast. Kun jij Råkstad informeren over de ontwikkelingen en daarna Noora te pakken krijgen? Strikt genomen had ze hier al moeten zijn.'

Armann gaf de padvindersgroet met drie vingers tegen het voorhoofd en verdween door de deur.

Jij en Noora komen te laat op het werk, Fine zit thuis met een ziek kind. Råkstad moet haast geloven dat de eenheid bezig is op te lossen.

Jakob wendde zich tot Åge. 'Ik wil dat jij in de gaten houdt wat daar allemaal geschreven wordt tot wij iets doen met die Facebookpagina. Kopieer informatie waarvan je denkt dat die van belang kan zijn voor het onderzoek.'

'Zoals ik al zei: jij bent toch...'

'... de rechercheur. Ik weet het, Åge. Maar je komt een heel eind met wat gezond verstand en een paar koppen koffie.'

'Ik drink liever thee.'

30

Stein-Jarle Lie

Stein-Jarle bladerde op zijn iPad door de plaatselijke krant, terwijl een groeiend gevoel van onbehagen zich in zijn maag nestelde. Het bezoek van de politievrouw had hem van streek gemaakt. Hij had niet de indruk dat zij zijn onbehagen had opgemerkt, maar je kon nooit weten. Het had iets te maken met de manier waarop ze hem onderzoekend had aangekeken. Alsof ze wist...

Kutwijf.

De trip naar Oslo met Iselin was een berekend risico geweest. Hij reisde altijd alleen naar Sultana, de exclusieve herenclub in Oslo. Maar de laatste keer had een van de verantwoordelijken voor de club hem apart genomen en verteld dat het de volgende keer zijn beurt was om iemand mee te nemen. Iselin was perfect. Jong en onervaren, ook al deed ze haar best om wereldwijs te lijken. Precies het soort meisje dat de andere heren in Sultana op waarde konden schatten.

Ze dronken wijn in het vliegtuig naar Oslo. In de suite van het Radisson-hotel maakten ze een fles champagne soldaat. Toen zij op het toilet was, mengde hij GHB in haar glas.

Hij kreeg Iselin in de taxi voor het effect van de GHB merkbaar werd. Voordat ze de verscholen villa in Holmenkollen bereikten, was Iselin aanwezig, maar passief. Sloom en met een afwezige blik, maar niet zo erg dat ze zelf niet meer kon lopen.

Iselin en een ander roodharig meisje waren het hoogtepunt van de avond. Zij werden van elkaar gescheiden gehouden in elk een eigen kamer terwijl de deelnemers – die avond waren er negen uitgenodigd – zich bedienden van de drankjes aan de bar in de salon. De deelnemers droegen identieke, zwarte fluwelen maskers die de neus en de ogen bedekten. De lenzen voor de ogen in het masker vingen het licht in de kamer op en gaf hun een gloeiende blik.

De eerste keer dat Stein-Jarle in Sultana was, dacht hij dat in elke aanwezige een innerlijk vuur brandde.

Stein-Jarle bestelde een gin-tonic bij de bar. Hij wist dat de beide vrouwen die de drankjes mixten, een Aziatische en een Afrikaanse, beschikbaar waren tegen betaling. Dat was een van de weinige dingen bij de club die hem tegenstonden. Hij betaalde nooit voor seks en dat Sultana zoiets aanbood, leek een beetje armoedig. Daartegen woog dan weer het feit op dat achter de bar een doorkijkspiegel naar de slaapkamers was aangebracht, waardoor de andere leden elkaars vermaak konden volgen. Toen merkte hij ook die andere man op.

Toen de dij van het Afrikaanse meisje het masker van de man even opzijschoof, kreeg hij een schok. Hij wist zeker dat hij die ander eerder had gezien. In Bodø. Stein-Jarle vergat zelden een gezicht. Als verkoper leefde hij van zijn talent om zich vroegere klanten te herinneren. Deze man was geen klant, maar iemand die hij misschien in de stad ontmoet had of die in de krant had gestaan. In tegenstelling tot wat hij Noora had verteld, las hij de plaatselijke krant elke dag. Hoe moest hij anders op de hoogte blijven van de huizenmarkt?

Hij raakte in paniek. Als deze Bodø-man wist wie Iselin was, kon het onaangenaam worden. De instructie van de eigenaren van Sultana was dat de meisjes die meegebracht werden, van het type moesten zijn waaraan de politie amper aandacht besteedde. Oost-Europese of Noorse meisjes die van huis weggelopen waren, pasten in die categorie. Iselin deed dat beslist niet.

Stein-Jarle begreep dat hij zich in de gevarenzone bevond. Hij verliet de zaal en vond de weg terug naar Iselins kamer. Het zou nog een uur duren voordat de nieuwe meisjes zouden worden 'ontmaskerd', zoals de eigenaar het graag benoemde. Hij trok Iselin met zich mee de kamer uit en de brede trap af. Dacht even dat hij ongezien weg kon glippen, maar toen kwam een van de eigenaren achter hem aan lopen.

'Als je de club verlaat met haar, ben je hier klaar.' Terwijl hij dat zei, pakte hij zijn mobiel en maakte een foto van Stein-Jarle en Iselin. Een ongeoorloofde handeling. Mobieltjes en camera's waren verboden bij Sultana. De club garandeerde zijn leden volledige discretie. En Stein-Jarle had zijn masker al afgezet.

Hij had zijn greep om Iselin losgelaten in een poging om de mobiel van de man af te pakken. Een idiote reactie. De man had een stap opzij gedaan en sloeg hem in zijn buik. Stein-Jarle klapte dubbel met een kreun, viel opzij en trok een potplant om die op een pedestal stond.

Het geluid van brekende keramiek trok de aandacht van de andere clubleden, onder wie de man uit Bodø. Stein-Jarle had zichzelf in het centrum van de aandacht geplaatst wat hij had willen vermijden. Toch trok hij Iselin met zich mee de deur uit en nam de eerste taxi die hij zag. Wat moest hij anders?

Thuis in Bodø raakte hij zijn onbehagen niet kwijt. Soms werd hij midden in de nacht wakker, overtuigd dat iemand op de deur had geklopt of de trap op kwam. Iemand die het wist. Alleen wanneer hij samen was met Veronika, lukte het hem zich te verliezen in fantasieën die beantwoordden aan hoe hij zich eerder in Sultana had uitgeleefd. Maar die ogenblikken waren van korte duur.

Stein-Jarle wist wat hij moest doen maar hij had zich er tot nog toe tegen verzet.

'Waar ben je mee bezig?' Veronika stond in de deur naar de slaapkamer; het lange T-shirt bedekte haar naakte kruis. Ze kwam langzaam naar hem toe. De voetzolen sleepten over de vloer.

Voordat ze bij hem was, sloot Stein-Jarle de iPad met de pagina die het laatste nieuws over de zaak-Iselin toonde, af.

'Ik moet er even uit. Ga maar vast slapen.'

Hij liep de trap af naar beneden, trok de allweatherjas aan en liep de lichte nacht in.

31

Jakob

Toen Jakob via de hoofdingang het politiebureau verliet en de trap af liep, kwam hij Sigrid Malmsten tegen die de trap op liep. 'Over mazzel hebben gesproken', riep de NRK-journaliste uit. 'Precies degene die ik wilde spreken.'

Jakob ontweek haar blik. 'Het spijt me, Sigrid, maar het komt nu wat slecht uit.'

'Is het ooit een keer wel goed uitgekomen?'

Jakob keek naar Armann die in zijn eigen auto stapte.

'Later. Beloofd.'

Sigrid deed een stap opzij. Ging voor hem staan. 'Ik mag je, Jakob. Misschien zou ik wat minder direct moeten zijn. Maar het persoonlijke moet wijken voor het professionele als ik aan het werk ben. De eerste hoofdstedelijke journalisten komen naar Bodø met het ochtendvliegtuig dat over ruim een halfuur landt.'

'Ik...' Jakob had bijna gezegd 'Ik kreeg gisteren bezoek van mijn halfbroer.' Alsof dat ook maar iets zou verklaren.

Sigrid veegde een haarlok uit haar gezicht. 'Eerder beloofde jij mij toegang tot informatie. Nu is het aan jou of je mij aan jouw kant wilt hebben in deze zaak. Ik heb al een groot artikel geschreven over Gudrun Hemnes' Facebook-initiatief. Dat wordt volgens de planning voor de lunch gepubliceerd.'

Achter Sigrid startte Armann zijn auto en reed de rotonde op en voegde zich in het drukker wordende verkeer.

Jakob probeerde zijn gezicht neutraal te houden. Vervloekte ochtend. Waarom was Noora niet verschenen? Zij had Sigrid voor hem kunnen kalmeren. Haar wat kunnen bepraten. Tijd voor hem kunnen kopen.

Misschien ook niet. Sigrid was niet iemand met wie je slijmde. Bovendien wilde hij haar niet voorliegen.

Jakob nam een besluit. Hij wist dat Kraai een lichte hartaanval zou krijgen als hij hierachter kwam.

'Ga met mij mee', zei hij. De voorwaarde is dat je er met geen woord over schrijft voordat ik zeg dat het goed is.'

'Jij bent de baas', zei Sigrid op zo'n manier dat Jakob precies daaraan begon te twijfelen. Ze reden een paar minuten in stilte terwijl Jakob probeerde iets te vinden dat hij kon zeggen. Sigrid was hem voor.

'Het loopt niet helemaal lekker voor jou?'

Hij beet zich op de binnenkant van zijn lip. Sigrid was journalist en journalisten waren of twee handen op één buik of water en vuur. Maar hij vertrouwde haar. Bovendien was zijn halfbroer geen nieuws.

'Gisteren werd er aan de deur gebeld', begon hij en hij zweeg niet voordat hij het hele verhaal had verteld. Het was een opluchting om wat er gebeurd was met iemand te delen en Sigrid onderbrak hem niet één keer.

'Waarom ben je eigenlijk aan het werk gegaan vandaag?' was het eerste wat ze zei. Maar niet beschuldigend. Jakob antwoordde door naar de voorruit te gebaren. Herinnerde haar aan waarnaar ze op weg waren.

'Maar toch...' Sigrid wachtte even voor ze zich naar hem toe draaide en glimlachte. 'Karen, mijn dochter, is elf. Ik begon bij de NRK in Nordland toen ze vijf was. Het eerste jaar was ik nog getrouwd en mijn man en ik zorgden dat er altijd iemand thuis was als ze van school en de naschoolse opvang kwam. Toen wij uit elkaar gingen, werd dat moeilijker en bij tijden was ze een sleutelkind.'

'Sleutelkind?'

'Een kind dat een huissleutel heeft omdat er niemand thuis is als het uit school komt. Het duurde bijna een half jaar voordat ze mij vertelde dat ze het niet fijn vond om alleen thuis te zijn.'

Jakob zag de sleutels voor zich die hij op de keukentafel had gelegd, samen met het briefje voor Ola.

'Waarom wachtte je dochter zo lang met dat te vertellen?'

'Karen dacht dat het mijn werk zou verpesten. Dat ik mijn baan als journalist zou moeten opzeggen omdat zij niet graag alleen was. Ze wist hoe serieus ik mijn werk nam. Ze had mij zowel gestrest als opgewonden gezien als ik aan een grote zaak werkte.'

'Wat heb je gedaan?'

'Ik vertelde mijn chef dat ik in de weken dat Karen bij mij was, hoe dan ook om vier uur naar huis ging.'

'Zomaar, zonder meer? Wat zei je chef daarop?'

'Hij grijnsde en gaf me zijn opgestoken duim. Die kerel heeft drie zonen die alle drie voetballen in verschillende leeftijdsgroepen. Hij begreep het probleem.'

'Dus deze week, toen ik je midden in de nacht tegenkwam in Maskinisten...'

'... was Karen bij haar vader. Hij heeft de oneven weken.'

Jakob knikte. Hij dacht na over wat ze hem verteld had. Ola was ouder dan Sigrids dochter, maar Jakob had geen idee hoe de jongen zou reageren op alleen wakker worden en opstaan in een vreemd huis. Hij had Ola behandeld als een volwassene: op dezelfde manier een briefje achtergelaten zoals hij gewend was met Lise.

Sigrid legde haar hand zacht op zijn bovenarm. 'Mijn punt is dat kinderen opvoeden topsport is. Intens, uitdagend, vermoeiend en onvoorstelbaar waardevol. Ik leer steeds iets nieuws over Karen. Jij bent in het diepe gegooid. Als er iets is met Ola waarover je wilt praten, kun je mij altijd bellen.'

Jakob voelde de warmte van haar hand door het overhemd. Voelde zich merkwaardig licht in zijn lichaam. 'Dat stel ik enorm op prijs.' Hij wilde nog meer zeggen. Iets persoonlijks. Hij vond de juiste woorden niet en begon met het eerste het beste wat bij hem opkwam.

'Gudruns Facebookgroep: wat vind jij?'

Sigrid haalde haar hand weg en ging verzitten. Toen ze antwoordde, begreep Jakob dat de journalist antwoordde en niet de privépersoon Sigrid.

'Ik vind de groep een goed idee en een slecht initiatief. Gudrun is mogelijk de laatste die Iselin heeft gezien. Het kan jou misschien vreemd in de oren klinken, maar dat maakt dat zij een zekere verantwoordelijkheid voelt.'

Jakob knikte. Hij vond het helemaal niet vreemd. Mensen die op de een of andere manier met een ernstig misdrijf in aanraking komen, willen zich of daarvan distantiëren of worden er volledig door in beslag genomen.

'Wat de FB-groep zelf betreft,' ging ze verder, 'het is geen nieuw fenomeen. Veel mensen gebruiken FB om hulp te vragen om iemand die vermist is te vinden. In de true-crime-podcasts hoor je vaak over naasten die zo'n pagina beginnen of zelfs via internet een geldinzameling organiseren om een privédetective in te huren, of beloningen uitloven voor tips die ertoe leiden dat de zaak opgelost wordt.'

'Maar...?' zei Jakob nadat Sigrid een paar seconden had gezwegen.

'Het gaat erom hoe zulke fora worden gemodereerd, nietwaar? De discussiegroepen op Facebook kunnen een waar riool zijn. In Gudruns geval zijn het speciaal Casper en de familie Jahrberg die het moeten ontgelden. Een deel van wat als commentaar geuit wordt, is grof. Waarschijnlijk strafbaar.'

'En het artikel dat jij hebt geschreven?'

'Kritisch over die kant van de zaak natuurlijk. Maar zo'n artikel heeft toch wel tot gevolg dat meer mensen nieuwsgierig worden, naar de site gaan en deelnemen aan de discussie.'

'Je gaat het dus niet publiceren?' vroeg Jakob.

'Ik overweeg het nog steeds. Maar dat is eigenlijk het punt niet. Enkele anderen zullen dat zeker wel doen. Een van de landelijke kranten, zou ik denken. "Jonge vrouw spoorloos verdwenen." Zo'n zaak is de definitie zelf van een clickbait.'

Sigrid draaide zich naar Jakob. 'Ik heb een vraag aan je.'

'We zijn er bijna.'

Sigrid lachte. 'Zo gemakkelijk kom je er niet vanaf.'

'Oké, wat is de vraag?'

'Wat vind je van NaturDama's boek?'

De vraag verraste hem. Hij wees met zijn hoofd naar achteren. De pocket die Sigrid hem op het vliegveld had gegeven, lag nog steeds op de achterbank. Hij had die aan Armann willen geven, maar was dat helemaal vergeten.

'Het is... eh...'

'Je hebt het niet gelezen?'

'Nee', gaf Jakob toe.

'Ook niet doorgebladerd?'

'Drukke tijd, weet je.'

'Je hoeft je niet te verontschuldigen, Jakob. Ik was alleen maar benieuwd.' Vreemd genoeg klonk Sigrids stem tevreden.

Jakob parkeerde de auto bij de eerste slagboom van de steenslagweg die omhoogliep naar de Keiservarden. Hij vroeg zich af of hij Ola zou bellen, maar besloot te wachten. De jongen sliep vast nog.

Tarik Aydin wachtte op hen circa tien minuten lopen verderop. Jakob herkende hem van diverse advertenties in de lokale krant. De 'koning kebab tot koning klant'-jingle zat nog steeds in zijn hoofd.

Tarik was verhoudingsgewijs klein, misschien één meter zeventig, maar krachtig. Stierennek en een vierkant bovenlichaam met dijspieren die tegen de stof van zijn broek drukten. Was zijn lichaam hoekig, zijn gezicht was merkwaardig rond; bijna wat mollig. Gevulde lippen en een peervormige neus onder bruine ogen en opvallende, donkerbruine wenkbrauwen. Op zijn hoofd had hij een rode pet, die hij over zijn voorhoofd had getrokken. LFC, stond er in gele letters tegen de rode achtergrond. Liverpool Football Club. *Kloppy.* Natuurlijk. De voetbalverwijzing maakte de hondennaam minder vreemd. Tarik maakte tegelijkertijd een barse en ontwapenende indruk.

Kloppy was een middelgrote hond met een zwarte, lange vacht en spitse oren. Jakob herkende het ras, een groenendaler – of Belgische herdershond, zoals die in Noorwegen werd genoemd. Lise en hij hadden het ras overwogen voordat ze Garm uitkozen.

Hij greep Tariks uitgestrekte hand. Merkte dat de zakenman een steelse blik op Sigrid wierp toen ze zich aan elkaar voorstelden.

'We hebben elkaar eerder ontmoet', zei hij tegen Sigrid toen ze elkaar begroetten.

'Dat klopt. Ik heb je vorig jaar geïnterviewd als een van NRK Nordlands zomergasten.'

Tarik keek vragend naar Jakob. 'Werken media en politie tegenwoordig samen?'

Sigrid was hem te vlug af. 'Ik verzamel materiaal voor een grote reportage over Iselin. Ik heb Jakob beloofd dat ik niets over jouw vondst schrijf voordat de politie het groene licht heeft gegeven. Voorlopig word je alleen als getuige genoemd, niet meer.'

Tarik haalde zijn schouders op. 'Ik vind het prima. Bovendien ligt "mijn vondst" in de openlucht.' Hij wees naar iets onderaan de berm.

Iets wits en modderigs.

Bloederig.

Een T-shirt.

32

Op de Lofoten waren, zoals verwacht, de smalle wegen vol campers en caravans. Hier was hij slechts één van de velen. Onzichtbaar. In elk geval zolang hij op de hoofdweg bleef. Maar op enig tijdstip moest hij een geschikte plek vinden. Een plek waar hij rustig kon werken. Ongestoord.

Hij stopte bij een parkeerplaats. Haalde het kaartenboek tevoorschijn. Bladerde door de pagina's die een topografisch overzicht van de Lofoten gaven. Volgde de kleinere zijwegen met zijn wijsvinger. Lette op bebouwing, huizen, hutten en boothuizen. Er woonden niet veel mensen op deze golfbreker tegen de grote zee. Daarom waren er ook niet veel verlaten zijwegen. Er was altijd een boerderij of een haventje aan het einde van de bochtige steenslagwegen. De Lofotværinger bouwden niet voor het mooie uitzicht.

Ten slotte vond hij toch wat hij zocht. Een plek waar hij een paar jaar geleden was gestopt om de ruimte achterin voor de laatste keer te controleren. Hij herinnerde zich die gebeurtenis omdat hij bloedvlekken ontdekt had op een vloerlijst. Hij had een uur nodig gehad om die te verwijderen.

Hij trok het luik opzij en keek in de achterkamer. Eva lag waar hij haar neergelegd had. Haar borstkas ging op en neer. Ze was nog steeds bewusteloos.

Twintig minuten na Lødingen verliet hij de hoofdweg en reed naar het zuiden langs de Trollfjord. Onderweg passeerde hij kleine plukjes huizen in beschutte baaien, rode schuren tussen schelpenwitte zandstranden en groene berghellingen. De zuidkant van de Lofoten was weelderiger dan de noordkant. Op sommige plaatsen groeiden bomen, dicht en hoog genoeg om afgeschermd te zijn van de inkijk vanaf de weg.

Aan het einde van een recht traject kreeg hij het veld met sparren in het oog. Een oase tussen de lichte loofbomen. Misschien een aanplant die vrij had kunnen groeien?

Hij draaide een karrenspoor tussen de bruine stammen op. Het voelde alsof hij een smalle tunnel in reed. Takken schraapten tegen de auto. Naalden regenden op de voorruit en gleden langs de stugge carrosserie. Hij liet het gaspedaal los. Plotseling in twijfel. Vergiste hij zich? Wat als hij zich vastreed of de keerplaats niet vond waarvan hij dacht dat die aan het eind van de weg lag?

De twijfel die hem had overvallen voor hij Eva Stoltz bewusteloos sloeg, kwam terug. Als tegenreactie dwong hij zijn voet op het pedaal. De camper hobbelde verder. De banden zakten in de zachte aarde. De grond schraapte tegen het onderstel en de wielen misten hun houvast. Als die begonnen te spinnen, was hij er klaar mee. Dan had hij hulp nodig om weer los te komen. De mensen zouden zich hem herinneren. De vent met de camper die zich vastreed op een plaats waar hij niets te zoeken had.

Hij schakelde terug. Trapte het gaspedaal in. De wielen tolden voor ze plotseling grip kregen en de auto een sprong vooruit maakte. De linkerkant van de auto raakte een spar zo hard dat de tanden rammelden in zijn mond. Hij stopte, opende het portier en stapte uit om de schade te inspecteren. De auto had de boomstam net boven het linkerachterwiel geraakt. De carrosserie was gebarsten, zodat de lak afgeschilferd was. Door de botsing met de auto was er een inkeping in de stam ontstaan, waar het hout nu wit naar hem oplichtte.

Hij ging op zijn knieën liggen en raapte een paar nagelgrote stukjes lak op. Geen probleem. Hij kon de auto repareren als hij thuiskwam.

Na een rondje rondom de auto ging hij op de bestuurdersstoel zitten. Hij drukte de koppeling in, zette hem in de eerste versnelling, en tilde voorzichtig zijn linkervoet op. De auto kroop vooruit. Rondom hem werd het bos dichter en werden de schaduwen donkerder. Boven zijn hoofd verstrengelden de takken zich in elkaar. Het gevaar was voorbij. Hij haalde opgelucht adem. Herkende de stank van zijn eigen angstzweet.

Voor hem kwam de keerplaats in het zicht – een overwoekerde cirkel waarin het profiel van de tractorbanden nog steeds zichtbaar was tussen de gele halmen.

Hij keerde en stopte met de neus naar dezelfde richting als waar hij vandaan gekomen was. Zette de motor uit en draaide het raampje open. Luisterde naar de stilte terwijl zijn gedachten zich op het werk richtten dat op hem wachtte. De vaste herhaling van opdrachten. De ingestudeerde improvisatie daarna, als een dirigent die de opmaat aangeeft van een uitgeschreven improvisatie over een bekend werk.

Deze mentale doorloop kon als een appetizer beschouwd worden. Hij voelde hoe de spanning zich opbouwde in zijn lichaam. Een elektrische lading die een ontlading nodig had, die hij toch zo lang binnenhield als hij maar kon.

Hij opende de zijdeur van de salon en trok Eva uit de auto. Ze landde zwaar en ontwaakte. Rolde rond. Probeerde zich op te richten, maar de aluminiumtape rond haar enkels hield haar vast. Een laag gebrom kwam door het gat bij haar mond naar buiten.

Met de deur open zodat hij haar in de gaten kon houden, begon hij de camper te verbouwen. Toen het interieur verwijderd was, monteerde hij de roestvrijstalen werktafel en vulde het ruime reservoir aan het hoofdeinde met water.

Hij koos het lange, dunne fileermes uit de gordel en ging gehurkt naast Eva zitten. Zette de punt in haar hals. Fluisterde: 'Als je niet doet wat ik zeg, steek ik het mes dwars door je heen. Begrijp je?'

Ze knikte. Een wilde, repeterende beweging. Hij sneed de tape rond haar benen door en hielp haar overeind. Leidde haar terug naar de camper. Haar hectische ademhaling maakte een fluitend geluid door de luchtopening over haar mond.

In de auto liet hij haar omdraaien en op de tafel plaatsnemen. Toen maakte hij haar benen vast in de voetklemmen. Hij hield het mes tegen haar hals en dwong haar te gaan liggen. Maakte de beugel over de hals vast voordat hij haar handen vrijmaakte.

Ze verzette zich. Daar was hij op voorbereid. Hij duwde eerst de ene en daarna de andere hand in de lus en trok ze strak met klittenband en gesp. Toen ze rustig werd, haalde hij de haarspeld met de steen uit de zak van zijn schort en bevestigde die boven haar linkeroor.

Ze was mooi zoals ze daar lag. De steen in de speld blonk als een blauwe baken in haar donkere haar. Hij bleef een paar minuten naar haar staan kijken en pompte toen met de voet op het pedaal onder de tafel zodat de roestvrijstalen tafel op werkhoogte kwam.

33

Peder

Peder ging op de stoel naast zijn moeders bed zitten. Hij hielp haar in een zittende houding. Bedacht, zoals hij vaker deed, hoe licht ze het laatste jaar was geworden. Als een jong vogeltje. Maar ze klaagde niet. Ze was geïnteresseerd in de wereld. Haar ogen glansden in het heldere ochtendlicht. Ze eiste steeds minder van hem, wat Peder verdrietig stemde, hem het gevoel gaf dat hij een beetje overbodig was. Maar ze liet hem voorlezen uit de Bijbel – de familiebijbel met de vertaling van 1930 – en als ze in een extra goed humeur was, vertelde ze over Røst zoals het eiland was tijdens de visserij in de winter van de jaren zeventig en tachtig. 'Toen waren er zoveel vissersboten in de fjord dat je droogvoets naar de Lofoten kon lopen.'

Peder reikte naar het boek op de plank boven het bed. Hij voelde een steek in de onderrug. Een korte, felle pijn. Hij was niet meer gewend aan zwaar tillen. De leeftijd eiste zijn tol. Hij moest voorzichtig zijn, zodat hij geen spit kreeg of bedlegerig werd. Wie moest er dan voor zijn moeder zorgen?

De bijbel was zwaar – een zwartleren omslag met een verguld kruis. Op de eerste bladzijde had moeder geschreven: *1 Timoteüs 5*.

Paulus' eerste brief aan Timoteüs, hoofdstuk 5, over de ledigheid als wortel van al het kwaad. Peder kende het hoofdstuk goed, was ermee opgegroeid, had het erin gestampt. Dat had hem tot een beter mens gemaakt. Daar twijfelde Peder niet aan.

Hij opende het boek bij de boekenlegger. Moeder verlangde dat de Bijbel van het begin tot het eind gelezen werd. Hij was nu voor de derde keer bij Ezechiël. Ezechiël hoofdstuk 26. Over de stad Tyrus die aan de haven lag en waarvan God voorspelde dat die vernietigd zou worden. Hij streek zijn moeder over het haar en begon te lezen. Hij hoorde hoe zijn stem de kleine zolderkamer vulde. Hij zag voor zich hoe de stad verwoest werd en hoe 'alle stenen, al het houtwerk en alle puin' verdween in zee.

Zijn blik werd naar het raam getrokken; de vinger bleef rusten waar hij opgehouden was te lezen. Peder bedacht dat Røst veel gemeen had met het Bijbelse Tyrus. Veel geld en kleine mensen. Mensen die voor niets anders leefden dan zichzelf en wat ze bij elkaar konden schrapen. Zoals Simon Michalsen en zijn familie.

'Het spijt me, moeder, vandaag kan ik niet verder lezen.'

Peder zag dat ze ontevreden was. Hij waagde het erop.

Hij legde het boek op het nachtkastje. Stond op. Zweefde. Voelde zich zwaar in zijn lichaam en licht in het hoofd. Hij moest ophouden met het lezen van de Bijbel. Die maakte hem alleen maar verontwaardigd. Maar moeder stond erop. En welke zoon zei nee tegen zijn eigen moeder?

Was het voor Marte net zoals voor hem? Had zij ook mensen om zich heen die haar geen keuze lieten? Hij zou haar ernaar vragen als ze naar Røst kwam – een plaats waar noch Aslak noch Simon hen kon storen. Vooral Aslaks gedrag verontrustte Peder. De receptionist gedroeg zich vreemd sinds Peder Marte noemde. Wilde Aslak Marte voor zichzelf hebben? Peders tanden knarsten bij die gedachte.

Eerst Aslak, en nu ook Simon Michalsen met Martes boek op de chauffeursplaats van de camper. Het was niet haar fout dat die twee smeerlappen van haar in de ban waren. Toch stoorde het hem. Alsof Simons en Aslaks onaangename kanten Marte bezoedelden.

Hij liep naar beneden. Opende de koelkast en haalde er een blikje cola uit. Ging bij het aanrecht zitten met Martes boek opengeslagen voor zich. Had moeite zich te concentreren. Toen hij eindelijk was begonnen, had hij nog maar een pagina van haar reis naar de Shetlandeilanden gelezen toen hij buiten iets zag bewegen.

Door het raam zag hij Simon de buitentrap af lopen naar het pleintje voor zijn huis. Hij droeg een zwarte trainingsbroek met witte, diagonale strepen.

Peder pakte de kijker. Die was van zijn vader geweest. Gekocht in een van de dumpwinkels van defensie. Degelijk en mechanisch, om trots op te zijn. Hij kreeg Simon in het vizier. Het naakte bovenlichaam straalde sneeuwwit in het vroege zonlicht. Het haar ongekamd. Het viel hem op dat Simon maar één schoen aanhad. Hij leek er zich niet druk over te maken. Simon Michalsen leek uit balans.

Peder volgde de buurman met de kijker. Simon liep naar de garage. Hij opende de deur en verdween in het donker. Er gingen een paar minuten voorbij, toen dook hij weer op aan de achterkant van het huis. Hij was door de achterdeur naar buiten gegaan. Hij had een plastic zak met het Joker-logo in de hand. Wat erin zat, kon Peder niet zien.

Simon liep terug en sloot de garagedeur. Hij draaide zich om en staarde naar Peders huis, recht naar het keukenraam. Peder stond stil en hield de kijker voor zijn ogen. Wist dat Simon hem niet kon zien. Zag de gezichtsuitdrukking van de ander – een verbeten, vastberaden gezicht.

Niet het gezicht van iemand in onbalans, helemaal niet.

34

Jakob

Jakob ging op zijn hurken zitten. Hij pakte een pen uit zijn binnenzak en tilde aan een punt het bloederige T-shirt op. Een wit katoenen shirt – wijde hals en een beetje getailleerd. Een vrouwenmodel. Misschien niet het model dat je gebruikte voor hardlopen, maar Jakob kon zich voorstellen dat het prettig was als *basic* onder een dun trainingsjack, zo'n jack als Iselin droeg toen ze verdween.

Op basis van de maten die hij van haar had, veronderstelde hij dat het T-shirt paste. Er zat een gat in de halsboord. Waarschijnlijk een bijtgat van Kloppy's bek toen hij het shirt oppakte. Dat moesten de technici maar uitzoeken.

Jakob draaide het shirt om. Het meeste bloed leek op de voorkant te zitten bij de buik. De hoeveelheid was moeilijk te schatten. Bloed was een merkwaardige stof. Een deciliter op een witte muur gesmeerd leek veel meer dan het in werkelijkheid was.

Hij pakte zijn mobiel en fotografeerde het shirt voordat hij het kledingstuk in een plastic zak liet zakken en die verzegelde. Het viel hem op dat zowel Sigrid als Tarik al zijn bewegingen volgde.

'Waar zo ongeveer vond je hond het shirt?'

Tarik wees schuin naar een berkenbosje. 'Daar bij die struiken. Daar kwam in elk geval Kloppy tevoorschijn met het shirt in de bek. Hij kan het ook wat verderop in het bos gevonden hebben immers.'

Jakob wist dat hij moest wachten op de technische recherche. Maar het was weer begonnen te regenen. Als hij wachtte, liep hij het risico dat de afdrukken uitgewist werden en het water over andere oppervlaktesporen liep.

Armann nam op na twee keer overgaan.

'Waar ben je?' vroeg Jakob.

'Noora en ik zijn er om vijf uur.'

Jakob vertelde over de vondst en zei: 'Rij terug naar het politiebureau. Vraag Ronald om de technici die er zijn, te mobiliseren. Verder hebben we een tent, licht en warmte en al het andere nodig. Neem contact op met de burgerbescherming voor ondersteuning. Ik wil een grondig onderzoek van het hele terrein. Dat zal veel tijd kosten.'

'Prima, chef. Nog meer?'

'Ja. Praat Råkstad bij. De vondst zal een hoop opschudding in de media geven als die bekend wordt. Ik stuur je ook een foto van het shirt.'

'Je wilt dat ik ga proberen om die te verifiëren?'

Jakob wist heel goed hoe belastend het was om dergelijke vondsten aan de naasten te tonen. Hij zou het zelf kunnen doen, maar Armann en Fine hadden al contact gelegd met Bjørn Hanssen. Het beste was om die relatie voort te zetten.

'Wees heel duidelijk dat we niet kunnen bevestigen dat het shirt iets met Iselin te maken heeft, maar als Bjørn Hanssen het kledingstuk herkent, moeten wij dat weten.'

'Prima. Ik bel zodra wij klaar zijn bij Bjørn. Ik neem aan dat jij nog een poos daar boven blijft?'

'In elk geval tot de technische recherche goed op gang gekomen is.'

'Je hoort van mij!' Jakob wilde net de verbinding verbreken toen Armann vroeg: 'Wat doen we met de Facebookpagina van Gudrun Hemnes?'

Jakob keek omhoog naar de grauwe hemel, naar de wolken die steeds verder naar beneden kropen om de bergen aan de horizon. 'Ik heb Åge van de communicatieafdeling gevraagd de pagina in de gaten te houden. Daar moeten we het voorlopig mee doen.'

Terwijl Jakob met Armann sprak, was Sigrid een stukje omhoog de weg op gelopen. Nu maakte ze met haar mobiel overzichtsfoto's van het gebied. Jakob twijfelde er niet aan dat de foto's gewild zouden worden. Zodra de technische recherche er was, zou de weg afgesloten worden met de slagboom. De komende vierentwintig tot achtenveertig uur zou niemand zonder toestemming van de politie toegelaten worden tot waar Jakob nu aan dacht als een mogelijke plaats delict.

'Kan ik gaan?'

Het water drupte van de rand van Tariks pet. Kloppy zag er ook niet zo fijn uit; zijn hele vacht was nat en zwaar van de regen. Het vocht herschiep het lichaam van de herdershond tot een soort hazewindhond.

'Ja, maar eerst moet je een formele verklaring afleggen bij een van mijn agenten. We moeten weten op welk tijdstip je bij Maskinisten kwam. Hoe Kloppy het shirt vond en nog een aantal details. Je kunt naar de parkeerplaats lopen en in de auto wachten. Mag ik je mobiele nummer?'

Jakob stuurde een sms met Tariks telefoonnummer naar de dienstdoende agent met informatie over waar de restauranteigenaar zich ophield. Zodra het bericht was verzonden, trok hij beschermende hoezen om zijn schoenen en liep de helling af naar het berkenbosje waar Tarik voor het eerst Kloppy zag met het T-shirt in zijn bek.

Het struikgewas was dichtbegroeid, de takken in elkaar verstrikt. Jakob pakte zijn zaklamp en belichtte het onderhout. Zag niets dat direct van belang was. Hij liep de klok rond om het struikgewas. Lette goed op waar hij zijn voeten neerzette. Een paar kleine afdrukken in de grond vielen hem op, misschien van Kloppy's poten. Hij bleef staan aan de andere kant van het struikgewas. Hier was een smalle gleuf in de grond, niet meer dan een centimeter diep en al gevuld met water. Een groen kanaal dat terugliep naar de steenslagweg achter hem. Het spoor van een fiets.

Jakob volgde het spoor, op jacht naar een duidelijk profiel, toen de mobiel trilde in zijn zak.

Hij legde hem tegen zijn oor zonder op het scherm te kijken.

'Ja?'

‘Ben jij dat, Weber?’ Het duurde even voordat Jakob de krakende, wat onduidelijke stem kon plaatsen. Kwam ten slotte op de naam: Evald Thorsen, chef van de politiepost Røst.

‘Met Weber’, bevestigde hij, en hij voegde daaraan toe: ‘Dat is lang geleden, Evald. Hoe gaat het op die rotspartij van jou daar in de zee?’

‘Niet zo goed, vrees ik.’ Hoorde hij een lichte beving in de stem van de oude lensmann?

‘Vertel. Wat is er aan de hand?’

Thorsen schraapte zijn keel. Alsof hij een aanloop moest nemen om verder te gaan. ‘We hebben hier een vermist persoon. Marte Moi, de BN’er die zich NaturDama noemt. Ze verdween tijdens het hardlopen vanochtend vroeg.’

35

Het was even over halfzes 's morgens. Regenbuien trokken dwars over het eiland, sleepten hun vochtige last van west naar oost. Koele hoosbuien, gevolgd door zonlicht dat de druppels op het asfalt deed glinsteren voor de damp opsteeg en het landschap in een vochtige mist hulde.

Hij wist dat er vanaf het hotel maar één weg naar de rest van het eiland liep. Ze passeerde hem in een rustig tempo. Ze zou het voertuig amper hebben opgemerkt als ze in zijn richting had gekeken. Zijn auto stond geparkeerd achter een stapel europallets naast een leeg stokvisdroogrek.

Hij bleef rustig op de bestuurdersstoel zitten tot ze uit het zicht verdween. Het laatste wat hij van haar zag was de zwarte paardenstaart, heen en terug pendelend van schouder naar schouder.

Hij verliet de schuilplaats en reed de weg op. Drukte voorzichtig het gaspedaal in, terwijl een nieuwe regenbui binnendreef vanaf de zee. De druppels trommelden op het asfalt en dempten het geluid van de motor. Hij meerderde vaart. Haalde haar in waar aan weerszijden van de weg stokvisdroogrekken dicht op elkaar stonden – een van de weinige plaatsen op het eiland zonder direct zicht erop vanaf de huizen in de buurt.

Pas toen hij haar op enkele meters genaderd was, werd ze het voertuig gewaar. Ze reageerde zoals hij gegokt had dat ze zou doen. Ze keek over haar schouder en verplaatste zich instinctief naar de berm. Hij trok op tot hij naast haar reed en draaide scherp naar rechts.

De zijdeur raakte haar op heuphoogte met een blikkerig *beng*. Niet hard, maar voldoende om haar uit balans te brengen en over de lage vangrail naar beneden naar het water te gooien. Het ene ogenblik jogde ze langs de weg, het volgende was ze verdwenen.

Hij stopte snel. Keek in de zijspiegel. Geen auto's, geen mensen. Hij bevond zich in een blinde hoek op het eiland. Maar op elk moment zou er iemand aan kunnen komen rijden.

Hij opende het portier en liep naar de passagierskant. Keek over de rand. Ze lag half in het water met haar gezicht naar beneden, de benen bekneld tussen twee stenen, bedekt door een sluier van bruin vingerwier.

De helling was steil. Kleine stenen lieten los en rolden hem voorbij, kwamen in de zee terecht met een in de afnemende plensbui geluidloze plons. Hij boog zich over haar heen. Tilde haar hoofd op uit het water. De huid van haar linkerwang was opengeschaafd en ze bloedde uit een snee in het voorhoofd. Diep genoeg om het bot te kunnen zien voordat de wond weer gevuld werd met bloed. Ademde ze? Hij wist het niet zeker.

Hij sloeg de armen rond het bewusteloze lichaam. Sleepte haar naar boven. Ze was klein, maar nat van het zeewater en helemaal slap. De helling naar de auto was glibberig en moeilijk begaanbaar. Hij zou haar kunnen laten liggen. Erop gokken dat de politie het voorval als een ongelukkig toeval zou afdoen. Hij voelde dat hij zich ergerde aan zichzelf. Had niet deze kans gegrepen alleen om het op te geven.

Het hield op te regenen en een straal zonlicht baande zich als een dolk een weg door de wolkenlaag naar beneden naar hem. Haar natte haar glinsterde in het zonlicht, alsof ze bezield werd door een kracht van buiten. Ze kronkelde in zijn armen. Braakte zonder te ontwaken. Zeewater liep over haar lippen en haar adem klotste in haar keel.

Het levensteken gaf hem nieuwe krachten. Hij zette zijn kiezen op elkaar en trok haar de helling op, een stap per keer. Voelde het zweet over zijn voorhoofd en langs zijn neus lopen. Luisterde de hele tijd naar geluiden van andere voertuigen die naderden. In de stilte tussen de regenbuien hoorde hij niets anders dan het klotsen van de golven en het hese gekrijs van de meeuwen.

Boven aan de weg verzekerde hij zich er eerst van dat hij alleen was, voordat hij haar via de achterdeur naar binnen sleepte. De rol met gaffertape lag al klaar. Hij wikkelde de tape rond haar handen en voeten. Plakte ten slotte een enkele strook over haar mond. Zou het liefst meer gebruikt hebben, maar de tape moest snel verwijderd kunnen worden als ze weer begon te braken.

Hij startte het voertuig en reed rustig verder, keek even vaak in de achteruitkijkspiegel als op de weg voor hem. Twee zilvermeeuwen, jaarlingen, keken naar hem vanaf een brugleuning. Hij dacht niet dat er verder iemand notitie van hem nam, want voor alle ramen van de huizen langs de weg waren de verduisteringsgordijnen naar beneden getrokken.

Hij zette de ruitenwissers aan toen een nieuwe hoosbui het eiland grauw en onduidelijk maakte rondom hem. De regen zou de sleepsporen wegspoelen en ervoor zorgen dat de mensen binnenshuis bleven tot hij thuis was. Langzaam ebde de spanning na de jacht weg uit zijn lichaam. Het gevoel werd vervangen door iets anders. Iets machtigers.

De verwachtingen van wat hij voor zich had.

36

Noora

'Je bent dus niet tegen een deur op gelopen?' Armann glimlachte toen hij het zei. Hij trok haar verhaal niet in twijfel. Noora had als verklaring voor haar gezwollen lip gegeven dat ze plotseling wakker werd en zich aan de rand van het nachtkastje had gestoten. Een beetje stuntelig, een beetje grappig. Geloofwaardig genoeg.

Ze speelde mee met Armanns grap. 'Ik hoopte dat jij me zou troosten, me zou vertellen dat deze bokslip mij goed staat. Dat die de aandacht wegneemt van andere, minder innemende trekken in mijn gezicht.'

'Zoiets heb jij niet nodig', antwoordde Armann ongegeneerd. 'Je bent zoals ik. Het tijdelijk onvolkomene versterkt het overschaduwende perfecte.'

Noora glimlachte, zodat haar lip pijn deed. 'Zowel diep als narcistisch. Ik ben onder de indruk.'

Als Armann al een antwoord klaar had, verdween dat toen ze het politiebureau in het oog kregen. Voor het politiebureau stond de bestelauto van NRK Nordland geparkeerd naast een stationwagen van *Avisa Nordland*. Armann wees Noora een journalist van een plaatselijke internetkrant aan die tegen het hekwerk van de ingang leunde.

'Weten die nu al van de vondst van het T-shirt?' vroeg Noora.

'Niet ondenkbaar', antwoordde Armann.

'Of het is iets anders', zei Noora en ze wees naar de voorruit naar een voertuig dat de rotonde naderde van de andere kant: Jakob Webers Outlander.

'Ik dacht dat hij nog een tijd op de vindplaats zou blijven.'

Zat er iemand naast hem in de auto? Door de weerschijn in de voorruit was dat moeilijk te zien.

Armann parkeerde op zijn vaste plaats en hij en Noora liepen naar de hoofdingang. Jakob was het politiebureau voorbijgereden, waarschijnlijk om via de garage aan de achterkant naar binnen te gaan.

De journalist van *Avisa Nordland* ontdekte hen het eerst. 'Denkt de politie dat er een verband is tussen de twee verdwijningen?'

Noora kon zien dat Armanns lippen het woord 'Welke...' vormden voor hij zijn kaken op elkaar zette en door zijn strakke lippen antwoordde: 'Geen commentaar.'

'Had de politie Marte Moi niet moeten waarschuwen om niet alleen te gaan rennen, gezien wat er in Bodø gebeurd is?' vroeg de NRK-verslaggever hun toen ze de trap op liepen. Deze keer zei Armann helemaal niets en Noora moest haar best doen om te zorgen dat de verrassing niet van haar gezicht viel af te lezen.

'Je had ons verdorie wel even kunnen waarschuwen', bromde Armann toen Jakob vijf minuten later de deur naar hun kamers binnenkwam. De oudere rechercheur hief zijn beide handen omhoog. 'Het spijt me. *My bad.* Ik zat met Råkstad aan de telefoon, de hele weg terug van Maskinisten. Råkstad verwacht voor de lunch een bijgesteld onderzoeksplan van ons. Als er een verband is tussen deze twee zaken, verandert dat alles.'

Jakob ging terug naar het begin. Informeerde hen in enkele woorden over het gesprek met Evald Thorsen, de chef van de politiepost in Røst. Besloot met: 'Thorsen zit daar helemaal alleen. Hij heeft een paar mannen van de burgerbescherming opgeroepen, tot hij ondersteuning krijgt van het vasteland. Onder ons gezegd: het beste wat we kunnen hopen wat Thorsen betreft, is dat hij niets verknoeit voordat wij daarnaartoe gaan. Het is een prettige kerel. Meer commissaris Bastian dan Harry Hole.'

'Wie van ons vertrekt naar Røst?' vroeg Noora.

'Råkstad en Telle willen dat ik het daar overneem, maar dat heeft...'

Jakob kreeg een gedachterimpel in het voorhoofd. 'Ik heb een familiekwestie waar ik me mee bezig moet houden hier in Bodø.'

Het viel Noora op dat Jakob hun blikken ontweek terwijl hij sprak. 'Ik heb voorgesteld dat Armann het over zou nemen als plaatselijk onderzoeksleider met ondersteuning van jou. Råkstad was het ermee eens.'

'Råkstad vond dat het goed was?' vroeg Noora. Als Marte Moi het slachtoffer was van een misdrijf, zou de zaak grote prioriteit krijgen. Een zaak die door de meest ervaren rechercheurs moest worden opgelost. Had ze Råkstads koele houding onjuist geïnterpreteerd? Of hoopte hij dat ze zou blunderen? Nee, dat was te wantrouwend.

Jakob sloeg zijn armen uit. 'Ik weet het. Je hebt je koffer amper uit kunnen pakken. Maar Fine zit thuis met een ziek kind en het is nu ook weer niet zo dat we Iselin Hanssen minder prioriteit kunnen geven. Bovendien heb jij ervaring bij Kripos met zaken die in de schijnwerpers van de media staan.'

Jakob had een punt. Ze had deelgenomen aan een paar onderzoeken die nationale aandacht hadden gekregen – zeker de laatste zaak, waarin een loodgieter uit Drammen werd verdacht van moord op zijn partner. De zaak was nog maar een paar dagen van seponering verwijderd toen een plastic ton werd gevonden, begraven in het bos een paar meter van het zomerhuis van het stel. Het hoofd van de partner was in de ton gestopt, die gevuld was met loog. In de ton vond de technische recherche niets anders dan rode pap en wat brosse botresten op de bodem. Voorspelbaar genoeg doopten de media de loodgieter om tot 'de loogman'. De woordspeling in de sociale media was even gemakkelijk te voorspellen. Het was ook haar laatste zaak samen met 'hem' geweest.

'Woont Fine alleen?' vroeg ze om van onderwerp te veranderen.

'Nee, maar haar partner, Indigo, zit voor veldwerk op Spitsbergen. Ze is botanicus.'

'Indigo. Coole naam. Heeft hun dochter ook zo'n eigen naam?'

Jakob lachte. 'Daarmee waren ze traditioneler. Ze heet Anna. Ze hebben vast 'Athene' overwogen, maar Fine vindt dat een dochter die opgroeit met twee ouders van hetzelfde geslacht, niet nog meer nodig heeft dat de aandacht trekt.'

'Zijn er nog steeds mensen die erop reageren dat twee vrouwen samenwonen?'

'Bodø is geen Grünerløkka. De noorderlingen kunnen ruimdenkend lijken wat seks en samenwonen betreft, maar na een half leven hier weet ik dat er ook een kleinburgerlijke onderstroom is die mij niet bevalt.'

Armann hief zijn armen omhoog. 'Kijk niet naar mij. Soms lees ik *Klassekampen.*'

'Kruiswoordpuzzels tellen niet als "lezen".' Zei Jakob.

Armann grinnikte. 'Een onverwachte oneliner van de chef recherche in hoogsteigen persoon. Die zag ik niet aankomen.'

Noora bracht het gesprek terug naar de verdwijningen. 'Als die Thorsen de enige politieman op Røst is, dan stuur je ook een paar technisch rechercheurs mee, neem ik aan?'

Jakob zuchtte. 'Natuurlijk. Maar waarschijnlijk niet tegelijk met jullie. Ik moet een gesprek hebben met Ronald om deze puzzel op te lossen. We staan al onder druk zowel wat betreft mankracht als materieel door alles wat zich afspeelt in Maskinisten. Het zal lastig worden om tegelijk ook Røst te voorzien. De politie in Bodø zal waarschijnlijk je vroegere werkgever om assistentie moeten vragen.'

Noora wist dat ze zo'n antwoord had kunnen verwachten. Natuurlijk was de verdwijning van NaturDama een zaak waaraan Kripos zou worden gekoppeld. Toch trok haar maag samen bij Jakobs aankondiging.

'Wat is er trouwens met je lip gebeurd?' hoorde ze Jakob vragen.

'Ze liep tegen een nachtkastje aan', klonk het uit Armanns mond voor Noora iets kon zeggen.

Ze lachte met hen mee. Begreep niet hoe het Armann en Jakob kon ontgaan hoe hol haar lach klonk.

37

Jakob

Op Jakobs verzoek en met steun van Råkstad stelde de politiechef van het politiedistrict Nordland een crisisteam samen, om elf uur op dezelfde dag dat Marte Moi als vermist werd opgegeven, en amper twee dagen nadat Iselin niet teruggekomen was van haar hardloopronde.

Widerøe's ochtendvlucht naar Røst vertrok te vroeg voor Armann en Noora om die te kunnen halen. Jakob vroeg daarom Lufttransport, de maatschappij die met helikopters tussen Bodø en Værøy vloog, om via Røst te vliegen. Het vertrek was vlak na de lunch, wat betekende dat alle rechercheurs aanwezig waren op het stafoverleg, Fine via Teams. Jakob keek de tafel rond in de recherchekamer. Råkstad, Armann, Noora en hijzelf zaten aan een lange kant van de tafel. Ertegenover, aan de andere lange kant, zaten politiechef Vigdis Telle, Åge van de afdeling communicatie, en het hoofd van de technische recherche, Ronald Janook. Via de laptop aan een korte kant van de tafel volgde Fine het overleg.

Jakob nam in elk geval aan dat ze meedeed, want ze had het geluid en de camera uitgeschakeld.

Hij draaide de mobiele telefoon op de tafel voor zich om. Ola had noch gebeld noch hem een bericht gestuurd. Jakob wist dat hij even thuis had moeten kijken, maar zodra het duidelijk werd dat niet een, maar twee meisjes vermist waren, was het onmogelijk geweest om zich los te rukken.

Geheel in de lijn der verwachting hadden de ochtendvluchten journalisten zowel van de nationale als van de regionale media gebracht. Het gerucht ging dat ook NRK en TV2 onderweg waren naar Bodø met hun mobiele tv-studio's.

'Oké, Jakob', begon de politiechef en ze legde haar handen gevouwen voor zich op de tafel. Telle had een juridische achtergrond en had een paar jaar in de staf van de *sysselmann*, de gouverneur, op Spitsbergen gewerkt voor ze een klein jaar geleden de baan als politiechef van het politiedistrict Nordland had gekregen. Jakob had zich nog geen mening over haar kunnen vormen. 'Ik wil graag een korte update van waar we staan in alle drie zaken, gevolgd door een plan voor de volgende vierentwintig uur. Åge...' Telle knikte naar de communicatieadviseur, 'heeft de pers een update beloofd om twaalf uur. Om welke media gaat het trouwens?'

Åge slikte zodat zijn adamsappel een duidelijke klik liet horen. 'Eigenlijk allemaal', zei hij hees. 'Inclusief Sveriges Radio.'

'Sveriges Radio?'

'NaturDama is groot in het buurland. Ook in Duitsland. De ARD is waarschijnlijk onderweg. De Duitse tv dus', voegde hij eraan toe voordat Telle iets kon vragen.

'Juist...' De politiechef draaide een paar keer met haar duimen. 'Dat er hier zoveel journalisten zijn, kan het onderzoek verstoren. En het belangrijkste is het onderzoek. Ga niet te omzichtig te werk. Ik neem zelf de pers voor mijn rekening. Åge, meld aan de gezamenlijke pers dat ik elke dag om twaalf uur en om acht uur de pers een update geef. Dan krijgen ze nieuwe informatie voor hun middag- en avonduitzendingen.'

Åge maakte een notitie. Hij stak een wijsvinger op, maar Telle wendde zich tot Ronald.

'Eerst wil ik graag een kort verslag van waar we staan in het onderzoek naar Galyna Ivanova, het Oekraïense meisje dat in de bunker werd gevonden.'

'Er valt niet zoveel te zeggen. Het letsel in haar hals kan ontstaan zijn na haar dood. De bunker en de directe omgeving zijn nog een keer uitgekamd door de technische recherche, maar er zijn geen nieuwe sporen gevonden. Zoals de zaak er nu voor staat, heb ik geen bewijs om iets anders te concluderen dan zelfmoord.'

'Is er iets wat de zaak-Ivanova verbindt met de verdwijning van Iselin en Marte?' vroeg Telle Jakob.

'Alleen de leeftijd, voor zover we weten.' Jakob keek naar Armann. 'Zo was Galyna geen jogger. Op dit moment is het moeilijk om een concreet verband te zien.'

'Goed. Dan is de mededeling van de politie Bodø dat het in de zaak-Ivanova gaat om een tragisch sterfgeval. Ik wil toch graag een tweede beoordeling van het letsel in haar hals van het instituut voor gerechtelijke geneeskunde in Oslo.' Telle wendde zich tot Ronald. 'Niet dat ik jouw oordeel in twijfel trek.'

'Ik heb het RMF al om een uitspraak gevraagd', zei de technisch rechercheur.

Jakob zag aan Telle dat ze tevreden was met het antwoord.

'Dan is het nu jouw beurt, Weber.'

Jakob keek in zijn aantekeningen – de volledige zinnen, de hoofdpunten en alle vage slagen om de arm die de tekst bevatte. Hij begreep nu dat Telle niet iemand was die een opsomming als die van een nieuwslezer wilde. Hij schoof de papieren opzij.

'Ik neem aan dat je van de feiten in de zaak-Iselin Hanssen tot vandaag op de hoogte bent?'

Telle knikte.

Mooi. Dan concentreer ik me op de laatste ontwikkelingen.' Jakob schoof drie foto's over de tafel naar Telle. 'De man op de ene foto is Stein-Jarle Lie. Hij had een paar maanden geleden een kortstondige relatie met Iselin. Noora heeft hem gisteren gesproken. Het ziet ernaar uit dat Lie een alibi heeft voor de dag dat Iselin verdween, maar we zijn bezig met beelden van de verkeerscamera's tussen Saltstraumen en Bodø om er zeker van te zijn.'

Telle bestudeerde de foto. 'Strafblad.'

'Twee geseponeerde geweldsdelicten tegen jonge vrouwen', antwoordde Noora. Ze wilde Veronika niet noemen. Dat had niets met de zaak te maken. Nog niet. 'Hij heeft iets over zich...' ging ze verder. 'Iets waar ik nog niet goed de vinger op kan leggen.'

'Ervan afgezien nog dat hij blijkbaar een klootzak is', voegde Armann eraan toe.

Telle liet de foto de tafel rond gaan. Ze gleed met haar blik langs Råkstad en de drie rechercheurs. 'Weten we of hij in verband kan worden gebracht met Røst?'

'Tot dusver niet. Marte Moi verdween immers nadat Noora het eerste gesprek met Lie had gehad; we hebben die mogelijkheid dus niet overwogen.'

'De koppeling met Iselin is significant', zei Telle. 'Het tripje naar Oslo in combinatie met Lies strafblad rechtvaardigt zowel een aanhouding als een huiszoekingsbevel. Ik wil toch iets meer hebben. Iets dat meer houvast geeft.'

Naast Jakob knikte Råkstad op wat Telle zei, als om te benadrukken dat de rechercheurs het daarmee eens waren.

Jakob zette zijn wijsvinger in het midden van de foto, op het bebloede T-shirt.

'Iselins vader heeft bevestigd dat het T-shirt dat in Maskinisten werd gevonden, lijkt op een model dat zijn dochter draagt. Dit werd nog eens versterkt toen hij eenzelfde soort shirt in de kledingkast van zijn dochter vond. Het T-shirt dat Tarik vond, is voor analyse naar het lab opgestuurd. We wachten nog op de uitslag van de bloedgroep. Een DNA-test duurt iets langer, maar het lab prioriteert.'

'En dit?' De politiechef zette haar wijsvinger op de derde foto – een smalle, met water gevulde geul.

'De technisch rechercheurs denken dat dit met grote waarschijnlijkheid van een fietsband is. Het profiel is zo duidelijk dat het mogelijk moet zijn om het model te achterhalen, zeker als dit een model van dit jaar, of van vorig jaar is.'

'Dus je denkt dat er verband is tussen het fietsspoor en het T-shirt.'

'Misschien', antwoordde Jakob. 'Het heeft de laatste dagen heel wat geregend; daarom kunnen we ervan uitgaan dat het spoor relatief vers is. Het kan zijn dat de fietser iets in het gebied heeft gezien, of misschien het shirt heeft opgeraapt uit nieuwsgierigheid. Dit zijn slechts speculaties van mijn kant. Ronald, misschien heb jij er nog iets aan toe te voegen?'

Het hoofd van de technische recherche haalde zijn schouders op. 'Er valt niet zoveel meer te zeggen. We weten niet eens of het T-shirt, als het van Iselin blijkt te zijn, op de plaats delict van de ontvoering is gevonden. Persoonlijk denk ik dat niet. Het gebied is daarvoor te open, en ligt bovendien in de nabijheid van een populair wandelpad.'

'Goed. Wat is het plan verder vandaag?' wilde Telle weten.

'We vragen Casper Jahrberg direct na de lunch naar het bureau te komen voor een getuigenverhoor.' Vanuit zijn ooghoek zag Jakob dat Råkstad ineenkromp. Vlak voor het overleg met Telle had Jakob, samen met Fine, het besluit genomen om Casper op te roepen. Dit was de eerste keer dat Råkstad van het plan hoorde.

'Er zijn tegenstrijdigheden in zijn verklaring en die van Mona Straumsnes. We hebben begrepen dat deze twee goede vrienden waren van Iselin, en, op haar vader na, het laatst contact met haar hebben gehad.'

Råkstad kuchte en nam het woord. 'We moeten natuurlijk met Casper praten, maar de familie Jahrberg staat al onder grote druk. Het commentaar op de Facebookpagina die de pensionada's zijn gestart, is kwalijk. Misschien is het beter dat we bij hem thuis met hem praten?' Råkstad keek naar Telle.

Jakob wist dat het niet professioneel was om je eigen leidinggevende tegen te spreken waar de politiechef bij was, maar hij zag geen andere uitweg. Toch was Armann hem voor.

'Ik weet zeker dat Casper niet net zo vrij zal praten als hij thuis wordt gehoord.'

Telle draaide haar gezicht naar hem toe. 'Leg uit.'

‘Fine en ik hebben de dag na Iselins verdwijning met Casper over haar gesproken. We bleven beiden met de indruk zitten dat hij niet vrij praat met zijn vader in de buurt.’

‘Dat zijn alleen maar speculaties’, was de scherpe reactie van Råkstad. ‘De familie Jahrberg is een geliefde schietschijf in Bodø. De politie zou het niet nog erger voor hen moeten maken. Casper moet natuurlijk verhoord worden, maar misschien kan dat op zo’n manier dat de pers geen bloed ruikt.’

‘Laten we geen tijd verspillen met bureaucratie’, zei Telle geïrriteerd. ‘Weber, jij bent de onderzoeksleider. Hoe denk jij hierover?’

Krijg de tering. Jakob wist dat hij Råkstad voor het overleg op de hoogte had moeten brengen van het verhoor. Maar hij dacht dat het niet zo’n probleem zou zijn. Hij vond een punt een klein stukje boven Telles hoofd. Hield dat vast. Voelde Råkstads blik op zijn gezicht.

‘Ik ben het eens met Armann. Casper zou hier op het politiebureau verhoord moeten worden.’

‘Dan doen we het zo’, concludeerde Telle. ‘Dan was er Marte Mois verdwijning op Røst. Wat is het laatste nieuws?’

Jakob gunde zichzelf een paar seconden om zijn gedachten te ordenen. Het was een juiste beslissing dat Casper op het politiebureau verhoord moest worden. Maar Råkstad zou zijn aanbeveling vast deloyaal vinden.

‘Wat betreft Røst’, begon hij, ‘is er niet veel nieuws. De reddingshelikopter heeft in de zee rondom het eiland gezocht, zonder resultaat. Lensmann Thorsen brengt de mensen in kaart die Marte Moi het laatst hebben gezien en verhoort ze, inclusief haar assistente en het hotelpersoneel. Van de assistente hoorde hij dat Marte zonder uitzondering elke ochtend gaat joggen, zo’n dertig tot veertig minuten. Een beetje afhankelijk van hoe snel ze rent, betekent dat dat Marte in theorie zich waar dan ook op het eiland kan bevinden.’

‘Wat heeft Thorsen nog meer ondernomen?’

Voor Jakob kon antwoorden, stond Råkstad op. Hij wees verontschuldigend naar de telefoon in zijn hand. 'Moet deze even nemen.'

Jakob wachtte tot de deur dicht was voor hij verderging. 'Thorsen heeft niet zoveel om in te zetten daar. De plaatselijke arts, een man met de naam Kjartan Engelstad, heeft aangeboden te helpen.'

'Maar die Engelstad heeft geen recherche-technische opleiding', bracht Ronald in.

Jakob ging verder. 'Statistisch gezien is er een grotere kans dat Marte het slachtoffer is van een ongeluk dan van een misdrijf. Misschien is ze uitgegleden en in het water gevallen. Met hulp van het Rode Kruis en vrijwilligers zijn ze begonnen aan een zoekactie langs de kustlijn. De plaatsen waar de weg langs het water loopt, krijgen extra aandacht. Na dit overleg vliegen Armann en Noora naar Røst. Ik denk ook dat het goed is om de hulp van Kripos in te schakelen.'

Telle knikte. 'Ik heb al contact gehad met het hoofd van Kripos. Ze heeft het mobiele team een vooraankondiging gestuurd. Ze kunnen op korte termijn vertrekken.'

'Goed.' Jakob leunde achterover in zijn stoel om aan te geven dat hij klaar was. Åge nam het initiatief. 'We moeten de punten doornemen voor je de pers te woord staat', zei hij tegen Telle. De politiechef knikte met een opgetrokken wenkbrauw naar Jakob. 'Laat het me weten als je met mij wilt ruilen, Weber.'

'Ik denk dat ik het afsla, chef', zei Jakob met een strakke glimlach. Hij stond op en was al op weg de kamer uit toen hem iets te binnen schoot. 'Fine?'

'Ja?' klonk het vanaf de laptop op tafel.

'Heb je het kunnen regelen met Anna en de oppas?'

'Yep. Ben over een halfuur op het bureau', antwoordde ze en ze logde uit.

Noora en Armann liepen met Jakob mee de kamer uit. 'Ik moet pakken voor we naar Røst vertrekken', zei Armann tegen Noora. 'Zal ik jou eerst afzetten?'

‘Ja, bedankt,’ antwoordde Noora. Toch bleef ze staan tot Armann door de deur naar buiten was verdwenen. Toen draaide ze zich om naar Jakob.

‘Het hoeft niet iets te betekenen’, begon ze.

‘Wat?’

‘Råkstads mobiel lag voor hem op de tafel met het scherm naar boven. Hij is helemaal niet gebeld. Hij gebruikte het als excuus om de vergadering te verlaten.’

38

Iselin

De regen druppelde naar beneden, de druppels maakten doffe plonsgeluiden op het dekbed aan het voeteinde van de brits. Iselin bleef met gesloten ogen liggen luisteren. Afgezien van de waterdruppels en het geruis van een waterval in de nabijheid was het stil.

Ze opende haar ogen. Waterig daglicht sijpelde door de kier tussen deur en deurpost naar binnen. Hoelang lag ze hier nu al opgesloten in deze aardhut? Twee dagen? Drie? Ze wist het niet. Haar horloge was weg, en buiten was het altijd dag. Zo leek het in elk geval. Eén lange, nachtmerrieachtige dag. Hier binnen smolt de tijd als de klokken van Dalí. Stroomde over. Ging zowel vooruit als achteruit.

Iselin sloeg het dekbed opzij en ging zitten. Masseerde de warmte terug in haar koude tenen. Probeerde niet naar haar onderbroek te kijken, vol gaten, vuil en met zwarte bloedvlekken. De trainingskleding had hij meegenomen.

Ze zette de blote voeten op de grond. De dunne planken die direct op de grond lagen, kraakten. Door het houtwerk heen voelde ze de vochtige kou van de aarden ondergrond. Ze stond op en moest meteen weer gaan zitten, duizelig en licht in het hoofd.

De wandeling hierheen vanaf de plek waar ze weer bijgekomen was, vastgebonden aan een boom, kon niet langer dan een uur hebben geduurd. Hij had haar met een hand, als een klem om haar nek, door het bos geleid. Een keer struikelde ze. Klapte voorover. Hij liet haar vallen, maar niet rusten. Trok haar vastberaden overeind en dreef haar verder. Haar enkel deed nog steeds pijn, maar was niet meer opgezwollen. Hij moest de route goed uitgestippeld hebben, want onderweg kwamen ze niemand tegen. In elk geval had Iselin niemand gehoord.

Eenmaal in de aardhut deed hij haar een halsband om. Een halsband met een hangslot in de nek en scherpe, puntige, metalen stekels aan de binnenkant. Pas toen nam hij de dronkere bril af en verwijderde de lap stof uit haar mond. Hij vroeg haar met de rug naar hem toe gekeerd te blijven staan; toen vertrok hij door de deur, die hij achter zich dichtdeed.

De halsband was met een ketting aan een ring in de muur bevestigd. Als de ketting volledig strak stond, was ze nog steeds een meter van de deur verwijderd. Als ze iets naar voren leunde, groeven de stekels zich in haar hals. Ze had al een paar prikwonden.

De bout in de muur was evenmin los te wrikken. Haar nagels braken af toen ze die probeerde los te maken. Uiteindelijk gaf ze het op en ging op bed liggen. Ze moest zo hard huilen dat ze trilde. Vond uiteindelijk een soort rust. Bleef liggen staren naar het plafond, tot ze werd overvallen door razernij. Ze liep naar de deur, tot de ketting haar met een ruk terugtrok. De punten doorboorden de huid en vers bloed sijpelde langs haar hals naar beneden. Ze riep zo hard ze kon. Schreeuwde om hulp. Vervloekte de klootzak die haar ontvoerd had. Als ze maar lang genoeg volhield, moest iemand haar toch een keer horen roepen? Maar er kwam niemand, en toen haar stem schor werd, begreep ze dat het ruisen van een waterval buiten alles overstemde.

Uren later was hij teruggekomen naar de aardhut. Het was de eerste keer dat ze hem zag. Hij was helemaal in het zwart gekleed. Zware legerkistjes, een zwarte cargobroek met smal toelopende pijpen en een zwart T-shirt zonder opdruk. Over zijn hoofd droeg hij een bivakmuts, aan zijn handen melkwitte chirurgenhandschoenen. Iselin meende het geluid van een helikopter te horen voordat hij de deur sloot en op een krukje ging zitten dat hij in zijn hand hield toen hij de hut binnenkwam.

Ze stond op. Liep naar hem toe. Bleef staan toen de ketting strak stond en de punten langs de verse wonden in haar hals schraapten.

'Waarom doe je dit?'

Hij bleef rustig naar haar zitten kijken, zijn ogen verborgen achter een fijnmazig gaas in de bivakmuts.

'Kleed je uit', zei hij eindelijk. Zijn stem was net zo verwrongen als daarvoor. Het viel Iselin op dat de stof bij zijn mond iets naar buiten uitstulpte. Er lag iets over zijn mond. Verborg de muts een elektronisch apparaatje dat de stem veranderde?

Ze schudde haar hoofd. De man stak zijn hand in zijn binnenzak en haalde een mes tevoorschijn. Vouwde het uit.

'Kleed je uit', herhaalde hij.

'Loop naar de hel!'

Het was alsof deze woorden een springveer in hem in werking zetten. Hij sprong van zijn stoel, greep haar hoofd vast en duwde haar op het bed. Ze bleef liggen met het bovenlichaam op de matras en de knieën op de vloer. Zijn ene hand duwde haar hoofd op de harde brits, terwijl hij met zijn andere hand de kleren van haar lijf rukte. Ten slotte had ze alleen haar slipje nog aan.

'Stilliggen.' Hij hield de punt van het mes tegen Iselins hals en trok haar slipje uit. Deed dat behoedzaam. Liet het onderaan tussen haar dijen hangen.

Iselin schreeuwde toen hij zich bij haar naar binnen drong, maar bewoog niet.

Na de eerste verkrachting kwam hij nog twee keer terug in de aardhut. De derde keer verzette Iselin zich niet meer. Ze liet hem dat doen waarvoor hij gekomen was. Hij beloonde haar meegaandheid met een beker zoete thee. Verzekerde Iselin dat hij over niet al te lange tijd terug zou komen. Dat ze het fijn zouden hebben samen, nu ze begreep wat het beste voor haar was. Hij zei het alsof hij het zelf geloofde.

Maar hij kwam niet terug.

Iselin ging op het bed zitten en trok haar benen naar zich toe als in een yogahouding. Verwarmde haar voetzolen tegen elkaar. Ze keek naar de muur tegenover zich. Probeerde de innerlijke beelden uit te wissen. Het had geen zin. De gedachten bleven rondmalen om wat hij had gedaan. Wat hij nog met haar kon doen als hij terugkwam.

Maar deze keer hield ze zich vast aan iets wat hij helemaal in het begin tegen haar had gezegd:

Wat wil je van mij?, had ze gevraagd.

Waar ik lange tijd over gefantaseerd heb, had hij geantwoord.

Hadden ze elkaar eerder gezien?

Was de aanrander iemand die ze kende?

39

Jakob

‘We zijn zover.’ Fine gaf een knikje naar de verhoorkamer.

‘Geef me tien minuten’, antwoordde Jakob. ‘Laat hem maar even zweten.’

Fine trok een wenkbrauw op. ‘Casper is hier vrijwillig. Hij kan gaan als hij dat wil.’

Tien minuten, mimede Jakob en hij holde in de richting van de trap naar de eerste verdieping.

In zijn kamer pakte hij zijn mobiel. Ola had hem een bericht gestuurd.

Bellen?, stond er alleen. Jakob drukte op het telefoonicoontje.

‘Ja?’

‘Hoi Ola. Met Jakob.’

‘Hoi.’ Jakob wachtte, maar Ola zei niets meer. Op de achtergrond hoorde hij een ratelend geluid. Zat Ola voor de pc te schrijven?

‘Je vroeg me je te bellen?’

‘Heb jij nog een extra voedingskabel voor je laptop? Ik ben die van mij vergeten in Beiarn.’

‘Ik heb een laptop op mijn slaapkamer. Je kunt kijken of de kabel daarvan past.’

‘Heb ik al gedaan. Verkeerd merk.’

Ola’s antwoord bracht hem een beetje van zijn stuk. Opende Ola laden en kasten? Niet dat hij iets te verbergen had, maar toch.

‘Ben je daar nog?’

‘Sorry… ik vroeg me af waar je zo’n kabel kunt krijgen. Het eenvoudigste is om naar het centrum te gaan en er daar een te kopen.’

‘Oké. Kun je mij het bedrag swishen?’

Jakob zag de twee briefjes van tweehonderd voor zich op de tafel. Was dat niet genoeg? Had Ola die al opgemaakt?

'Natuurlijk. Driehonderd zou genoeg moeten zijn.'

'Vast.'

Klonk Ola sarcastisch? Jakob wist niet wat hij moest denken. Misschien zou hij Sigrids aanbod, dat hij haar kon bellen, moeten aannemen. 'Ik heb het nu overgemaakt.'

'Bedankt.' Er ontstond een nieuwe pauze met toetsenbordgeratel op de achtergrond. 'Moet jij die twee verdwenen meisjes vinden?'

Jakob had gisteravond niet verteld aan welke zaak hij werkte toen Ola en hij met elkaar hadden gepraat, maar de meeste internetkranten noemden zijn naam als leider van het onderzoek.

'Dat probeer ik, in elk geval.'

'De meesten die rennen, hebben hun mobieltje bij zich', zei Ola. 'Die is te traceren.'

'Iselin had de hare niet bij zich', zei Jakob en hij voegde er snel aan toe: 'Maar dat is iets wat maar weinig mensen weten, dus zeg het tegen niemand.'

'Oké.'

De verbinding werd verbroken. Jakob bleef met zijn mobiel in zijn hand staan. Hij verwachtte min of meer dat Ola hem weer zou bellen. Toen dat niet gebeurde, liep hij naar de verhoorkamer beneden. Jakob had het gevoel dat hij nog minder van Ola begreep dan voor het telefoongesprek.

'Er worden geluids- en beeldopnames gemaakt van dit gesprek', begon Fine. 'Op die manier kun je erop vertrouwen dat er geen misverstanden ontstaan.'

Casper wiebelde met zijn hoofd. Hij liet noch het een noch het ander blijken. De bloeduitstorting op zijn neus was nu paars met een donkere ondertoon. Jakob had gebokst toen hij jong was. Hij had een tweede plaats behaald in een onofficiële wedstrijd op de politieacademie. Nu hij Casper van dichtbij zag, vond hij dat de gezwollen neus eruitzag als een slagwond, precies zoals Noora een dag eerder had voorgesteld. Maar Caspers eigen verklaring, een ongeluk met een elektrische step, kon evenmin afgeschreven worden.

'Als getuige leg je vrijwillig een verklaring af in de zaak van Iselin Hanssens verdwijning.'

'Vrijwillig en onvrijwillig', mompelde Casper.

Jakob opende de deur van de verhoorkamer. 'Er is hier niemand die je dwingt. Als je wilt gaan, dan kun je dat nu doen in plaats van onze tijd te verspillen.'

'Laten we dit maar achter de rug hebben', antwoordde Casper.

Fine legde haar pen boven op het notitieboekje. Ze leunde achterover in de stoel. Haar armen op de bovenbenen met de handpalmen naar boven – open, niet dichtgeknepen. Tegemoetkomend, niet confronterend.

'Vertel ons eens wat je deed op de dag voor Iselin verdween.'

'De dag ervoor...' herhaalde Casper met een frons op zijn voorhoofd. 'Dat weet ik niet zo goed meer. Hadden we het daar de vorige keer ook niet over?'

'Wat deed je op die dag, Casper? Stond je vroeg op? Laat?'

Casper glimlachte. 'Het is al wat jaren geleden dat ik naar school ging. Ik stond iets voor lunchtijd op. Otto foeterde op me.'

'Je noemt je vader Otto?'

'Zo heet hij toch', antwoordde Casper sarcastisch.

Fine liet zich niet beïnvloeden. 'Waarom foeterde hij op je?' vroeg ze.

'Omdat ik mijn mogelijkheden verslaap. Otto zegt niet "de dag". Altijd: je verslaapt de mogelijkheden, je verkwanselt je mogelijkheden, je grijpt je kansen niet.'

'Wat voor mogelijkheden bedoelt hij?' vroeg Jakob.

'Van alles. De mogelijkheid om je eigen geld te verdienen. Een opleiding te volgen.' Casper stopte zijn handen in de zakken. Liet zich iets onderuitzakken. 'Je weet wel: de mogelijkheid om iets te worden. Alles doen waarvan Otto beweert dat hij dat deed op mijn leeftijd. Maar hij erfde het geld. Pure, biologische mazzel. Als mijn opa er niet was geweest, zou Otto nu in een van Tarik Aydins snackbars hebben gewerkt, dat weet ik zeker.'

'Dus je maakte die dag ruzie met je vader?' vroeg Fine.

'Otto en ik maken elke dag ruzie. Dat is niets nieuws.'

'En je moeder? Julia?'

Casper werd stil. Hij schoof wat ongemakkelijk heen en weer op de stoel. 'Wat is er met haar?'

'Waar was zij toen jij en je vader ruziemaakten?'

'In de slaapkamer. Mijn moeder krijgt snel migraine. De zomer is de slechtste tijd. Te veel licht.'

Jakob kon zien dat Casper iets achterhield. Iets waar hij liever niet over sprak. Dat hoefde niets te betekenen. Zijn ervaring zei hem dat zonen vaak overbeschermend zijn tegenover hun moeder. Jakob schreef Julia's naam in het notitieboekje met een vraagteken erachter, voor een eventueel vervolg later.

Fine nam het over. 'Je staat laat op. Je hebt een discussie met je vader. Wat gebeurt er daarna?'

'Zomer; er gebeurt niet zoveel. Ik gamede. Keek een serie op Netflix. *Narcos*, geloof ik. Toen zag ik Iselin.'

'Waar zagen jullie elkaar?' vroeg Fine.

'Jezusmina. Dat heb ik je laatst al verteld. Schrijven jullie zulke dingen niet op?'

'Waar zagen jullie elkaar? Waar?' herhaalde Fine mild.

Casper kreunde. 'In Glasshuset. Iselin kocht een boek bij ARK. Daarna gingen we naar de haven. We dronken een ijskoffie in het café bij Stormen.'

'En daarna?' vroeg Jakob. Hij had Casper opgenomen toen Fine met hem sprak. Zag geen teken van onrust of nervositeit, meer dan wat gebruikelijk was bij iemand die voor de eerste keer werd verhoord.

Casper draaide zich half naar hem om. 'We gingen naar Iselins huis. Zaten in haar kamer. Praatten. Luisterden naar muziek. Hadden het erover om naar Oslo te verhuizen...' Casper pauzeerde even. Hij haalde adem. 'Iselin had een cool maar peperduur tweekamerappartement in Grünerløkka gevonden. Negentienduizend per maand. Ik vroeg haar waar we het geld vandaan moesten halen, en zij stelde voor dat ik Otto zou vragen of hij ons misschien kon helpen.'

'Wat antwoordde je toen?'

'Dat ik nog liever onder een brug slaap. De stemming was een beetje vervelend daarna, maar Iselin is nooit lang boos.'

Fine legde haar notitieboekje op de tafel. 'Hoe laat was je thuis?' vroeg ze.

'Weet ik niet meer. Iets na middernacht, denk ik.'

'Met de bus?'

'Nee, ik ben gaan lopen. Het is niet zo ver van Junkerdalen naar Hyttebakken.'

'Niet met de elektrische step?'

'Die stond aan de oplader.'

'Oké, dan komen we bij de dag dat Iselin verdween. Kun je beschrijven wat je deed?'

Casper glimlachte schaapachtig. 'Hetzelfde. Ik stond laat op. Kreeg ervan langs van Otto. Gamede. *Fuckings Live – Die – Repeat.*'

Jakob begreep de verwijzing niet. Hij zou er Fine straks wel naar vragen. 'En je moeder?' onderbrak hij hem.

'Wat met haar?'

'Ik vroeg me alleen maar af of het beter gaat met Julia.'

Een ogenblik was Caspers gezicht volkomen neutraal. De reactie deed Jakob denken aan het favoriete gezegde van Rolf Kvist: iemand die liegt, moet een goed geheugen hebben.

'Mama... voelde zich beter. Ze is waarschijnlijk vertrokken naar een vriendin voordat ik opstond.'

'Wanneer sprak je die dag Iselin voor het eerst?'

'We hebben elkaar niet gesproken. We stuurden elkaar berichten. Ze vertelde dat ze ging hardlopen...'

Er werd op de deur van de verhoorkamer geklopt. Twee harde tikken. Voor Jakob kon reageren, ging de deur open, en een vrouw, gekleed in een zwart dameskostuum, stapte de kamer binnen. Achter haar stond de dienstdoende agent met zijn armen gespreid in een verontschuldigend gebaar.

Het blonde haar van de vrouw was strak naar achteren getrokken op het hoofd. De vorm van haar gezicht was wat Jakob zou beschrijven als driehoekig: spitse kin, opvallend voorhoofd, jukbeenderen waar je je aan kon snijden. Vanachter de rechthoekige brillenglazen vingen groene ogen Jakobs blik. Ze zag er allesbehalve tevreden uit.

Hij stond op. Stak zijn hand uit. 'Advocaat Zeiler. Goed je te zien.'

Sara Zeiler negeerde Jakob. Ze verplaatste haar blik naar Casper. 'Kom mee.' Geen vraag, een bevel.

'Casper Jahrberg is vrijwillig bij ons voor een getuigenverhoor.'

'Dan kunnen jullie het ook voor lief nemen dat hij uit vrije wil hier weer vertrekt, nietwaar Casper?'

Casper keek van Jakob naar Sara, een halve glimlach op zijn lippen. 'Wat als ik wil blijven?'

Zag hij een teken van verrassing in het gezicht van de advocaat? Een snelle verwijding van de pupillen? Jakob dacht het.

'Dat raad ik je af', antwoordde Zeiler.

'Ik heb geen stomme oppas nodig.'

'Het lijkt mij dat dat precies is wat je juist wel nodig hebt', kaatste de advocaat terug.

'Je mag met alle plezier blijven', nodigde Jakob haar uit.

'Doe niet zo pathetisch, Weber. Ik kan hoe dan ook blijven, of je me nu uitnodigt of niet.'

Sara Zeiler leek echt gestrest. Jakob had deze kant van haar nog niet eerder gezien.

'Dat klopt niet helemaal. Casper moet je assistentie willen.'

Sara sloeg haar ogen ten hemel. Concentreerde zich op Casper. 'Wees nu een beetje verstandig.'

'Ik ben het zat om verstandig te zijn', ontplofte Casper. 'Ik ben Otto's gezeur zat. Dat de familie altijd voorgaat. Denk maar niet dat ik niet weet waar hij mee bezig is. De stomme klootzak.'

Sara's gezicht werd strak – nog strakker dan het al was. 'Casper...' Haar stem was nu zacht, waarschuwend.

Casper stond op. 'Ik ga. Omdat ik dat zelf wil.' Hij wees naar Jakob. 'Waarom zijn jullie niet op zoek naar Iselin? Ze...' Hij vocht tegen zijn tranen. Slikte en slikte.

Casper duwde Sara opzij en opende de deur van de verhoorkamer. Hij bleef op de drempel staan, alsof hij plotseling niet meer zeker was van zijn keuze.

'Een laatste vraag, Casper', zei Fine.

Casper bleef staan met zijn hand op de deurkruk en met zijn rug naar hen toe.

'Wat?'

'Waarom vertelt Mona ons dat jij en Iselin niet meer samen zijn? Dat jullie het uitgemaakt hebben?'

Caspers schouders zakten. Toen hij zich omdraaide, zag hij bleek.

'Dat... dat was niet zo bedoeld.'

'Wat was niet zo bedoeld?' Fines stem was nog steeds vriendelijk, begripvol.

'Je hoeft geen antwoord te geven', bracht Sara in.

Casper schudde zijn hoofd. Hij knipperde met zijn ogen, over zijn wang biggelde een traan. Een andere drupte van het gezwollen puntje van zijn neus.

Op zijn gezicht las Jakob vertwijfeling.

En iets anders.

Schaamte.

40

Noora

'Ze zijn met helikoptervluchten naar Værøy begonnen na het Widerøe-ongeluk in 1990', zei Armann. 'De wind kan daar behoorlijk verraderlijk zijn.'

'Maar niet op Røst?' vroeg Noora terwijl ze door het kleine ovale raampje keek. Ze had nog nooit in een helikopter gezeten. Wist niet dat die zoveel herrie maakte en zo schudde. Het voelde helemaal niet veilig. Ze leunde tegen het raam. Probeerde zich een beeld te vormen van waar ze zich bevond. Zag alleen maar overal zee. Een oneindige blauwe vlakte die samensmolt met de grijze horizon.

'Het is ietsje beter op Røst', bevestigde Armann. 'Maar het eiland is dan ook een platte steen ver de zee in. Er is daar weinig wat beschutting biedt tegen wind en slecht weer. Bij een zware storm moet je je vasthouden. Als je dat niet doet, blaast hij je de zee in.'

Hij, zoals in het weer. De natuurkrachten. Alles waarover een mens geen heerschappij heeft. Noora was de Noord-Noorse bezieling van de natuur vergeten nadat ze na de volkshogeschooltijd op de Lofoten naar Oslo was verhuisd.

De helikopter helde over naar een kant en nam een duikvlucht naar beneden in de richting van het water. Ze greep de armleuning vast. Spande al haar spieren in haar lichaam. Voelde haar maag omhoogkomen naar haar keel. Het zeeoppervlak kreeg witte vlakken – schuimkoppen en witte strepen tussen de golfdalen. Ze zag meeuwen en klapwiekende papegaaiduikers rakelings over het wateroppervlak scheren. Hoe hoog vlogen ze nu? Vijftig meter? Honderd? Zou de piloot de machine op tijd kunnen bijsturen als een windvlaag ze naar het wateroppervlak drukte?

'Hij is rustig vandaag', zei Armann. 'Een pure plezierflight, dit', voegde hij eraan toe. Armann overdreef. Deed stoer. Helemaal ontspannen leek hij niet, vond Noora. Of was dat alleen iets wat ze zichzelf voorhield om zich iets beter te voelen?

Eén ding was in elk geval zeker: geen haar op haar hoofd die eraan dacht om met de helikopter terug te gaan. Vliegtuig of boot. Alles behalve dit luchtvaartuig dat aan een mast hing onder een draaiende rotor. Was er een paar jaar geleden niet een ongeluk geweest? Een gebeurtenis waarbij de rotor losraakte, waardoor de helikopter als een baksteen naar beneden viel? Noora had een droge keel, maar pakte niet haar flesje water. Ze wilde niet dat Armann zag dat haar handen trilden.

Iets in het bovenste deel van haar gezichtsveld trok haar aandacht. Een eiland, felgroen met flarden bruin en grijs, verscheen in het raam. De felle kleur contrasteerde met de zee, maakte een duidelijk onderscheid tussen water en land. Ze had het gevoel dat ze werd verplaatst in ruimte en tijd: naar het eiland Isay op de Hebriden, waar ze een paar jaar geleden op vakantie was geweest.

Met hem. De eerste reis van hen samen – toen alles nog normaal was.

Het eiland buiten voor het raam was veel kleiner, maar had dezelfde kleuren als het Schotse eiland. Dezelfde vorm. Een boomloos, maar weelderig landschap rond een hoogvlakte. Steile hellingen. Puinhellingen en steile rotswanden. Ongetwijfeld een wandelgebied voor zowel bewoners als toeristen. Ondanks de ruige schoonheid gaf het eiland haar het gevoel van een waarschuwing. De aanblik peuterde in de onrust die bezit van haar had genomen toen Jakob vertelde dat ze naar Røst zou moeten.

'Dat is Vedøya', zei Armann. Hij had zijn riem losgemaakt en zat op de vloer naast haar stoel. 'Het krioelde daar van de vogels. Vooral papegaaiduikers. Nu is het bestand drastisch teruggelopen. De enige soort die is teruggekomen, zijn de zeearenden, en daar zijn er zo langzamerhand zoveel van dat de lokale bevolking erover praat om op ze te jagen.

'Wat is er met de vogels gebeurd?'

'De onderzoekers denken dat het met de klimaatverandering te maken heeft. De zee warmt op, drijft de vissen naar het noorden, naar koudere wateren. Met de vis verdwijnt ook de voedselvoorziening voor veel vogelsoorten. Het treft de vissers ook. De mensen die in die bedrijfstak werken, maken weleens het grapje dat we over vijftig jaar de lofotenkabeljauw de barentszkabeljauw noemen. Dan zijn het de Russen die hun netten vullen.'

De helikopter liet Vedøya achter zich en vervolgde zijn weg naar Røst. Ze vlogen over smaragdgroene gronden, wit gepolijste scheren en een vaargeul met rode en groene havenlichten die de richting aangaven. Noora ving een glimp op van een standbeeld op een eilandje; daarna vlogen ze boven de zee met vissersboten van verschillende grootte.

Armann ging weer in zijn stoel zitten en trok de riem strak, vlak voordat de helikopter de landing inzette naar de landingsbaan. De wielen raakten de grond, en de helikopter kwam tot stilstand. Noora ademde uit. Voelde hoe de knoop in haar maag verdween.

De piloot draaide zich naar hen om. Hij schoof zijn vizier omhoog. 'Eerste en laatste stop.'

'Vlieg je meteen weer terug naar Bodø?' vroeg Armann. Noora had er tot nu toe niet bij stilgestaan dat de stoelen achter hen leeg waren.

'Nee. We hebben een volle bak met Duitsers die op Værøy wachten.'

'Wat zouden we moeten zonder de toeristen?'

'Iets anders vinden om over te klagen', zei de piloot, en de twee mannen lachten. Noora had dezelfde grap eerder gehoord. Meestal eindigde de eerste vraag met '... zonder de zuiderlingen'.

'Succes met het onderzoek. Hoop dat jullie de schoft vinden die haar heeft ontvoerd.'

'We weten nog niet wat er is gebeurd', antwoordde Noora.

'Wat zou het anders moeten zijn?' De piloot tikte twee keer met zijn wijsvinger tegen zijn slaap. Alsof hij daar bijzondere kennis had. Aan de buitenkant trok iemand van het grondpersoneel de deur opzij, en de cabine vulde zich met koude, frisse zeelucht.

Evald Thorsen, de chef van het politiestation op Røst – een prachtige titel voor een politionele eenmansonderneming – stond hen op te wachten in de kleine aankomsthal. Hij was grofgebouwd. Grijs haar, heldere, blauwe ogen in een verweerd gezicht, en knuisten als baseballhandschoenen. Thorsens bovenlichaam helde ietsje voorover, alsof hij altijd een sterke tegenwind verwachtte.

Hij begroette eerst Armann, daarna Noora. Haar hand verdween in zijn vuist. Evald rook naar Tabac – een aftershave die haar grootvader gebruikte toen ze klein was, herinnerde Noora zich.

Ze schaamde zich voor de pregnante geur als hij haar en haar vriendinnen naar de voetbaltraining bracht. Toen ze hem dit vertelde, stopte hij nog dezelfde dag met de aftershave. Ze kreeg nog steeds gewetenswroeging alleen al door eraan te denken.

'Bedankt dat jullie zo snel konden komen', zei Evald, en Noora hoorde de opluchting in zijn stem.

'Nog nieuws?' vroeg Armann.

'Nee, en dat is het vreemde. Niemand heeft ook maar iets gezien, en dat op een eiland waar iedereen altijd alles ziet. Het is alsof Marte Moi in rook is opgegaan. Alsof ze haar eigen houdini-trucjes heeft uitgevoerd.'

'Kan er sprake zijn van een bewuste handeling van haar kant?' vroeg Noora.

'Dat ze extra aandacht op zichzelf wilde vestigen?' vroeg Thorsen en hij beantwoordde zijn eigen vraag. 'Ik heb hierover met haar assistente gesproken. Ik heb duidelijk gemaakt dat ze er beiden slecht voor staan als het een soort pr-stunt is die ze verzonnen hebben. Ze verzekerde mij dat het niet zoiets is. Ik geloof haar. Dat arme kind is helemaal ingestort.'

'Weten we iets over Martes psychische gesteldheid? Heeft ze het ergens moeilijk mee? Depressie, bijvoorbeeld?' vroeg Noora, terwijl Thorsen hun voorging naar een grijze Mazda-stationcar die buiten bij de terminal geparkeerd stond. Thorsen wachtte met het antwoord tot ze alle drie in de auto zaten. 'Niet als we haar assistente moeten geloven – ze heet trouwens Ascension en komt uit Barcelona.' De oude lensmann sprak de naam uit als 'Askenson'.

'Ik heb haar en de mensen die in het hotel werken, gevraagd daar te blijven tot jullie met hen hebben gesproken. Ik heb ook de grote vergaderruimte op de eerste verdieping gereserveerd. Mijn kantoor is te klein.'

'Prima', antwoordde Armann. 'Jakob verwacht zo snel mogelijk een terugkoppeling van ons. We moeten ons ook voorbereiden op de komst van het Kripos-team.' De auto passeerde een armzalig kerkhof. Tussen het overvloedige, gele gras staken de grafstenen als scheve tanden uit de grond omhoog. Windvlagen lieten het gras golven als de zee rondom het eiland.

'Hoever zijn jullie met de zoekactie gekomen?' vroeg Noora.

'Precies op dit moment vindt er een laatste verkenning plaats langs het strand en de rotsen aan de noordkant van het eiland, aan de andere kant van het hotel dus. Ik denk niet dat we daar iets vinden.' Thorsen wreef met zijn vlakke hand over zijn gezicht. Het schuurde over zijn baard van drie dagen. Het viel Noora op dat de puntjes van zijn duim en wijsvinger geel en verkleurd waren. Snusvingers.

'Zoals ik het beoordeel,' ging Thorsen verder, 'zou iemand Marte hebben moeten zien als ze helemaal tot daar was gelopen. Behalve dat we op het land zochten, hebben drie boten elk een ronde om het eiland gemaakt om uit te kijken naar iemand in zee. En zoals jullie weten, heeft SarQueen, de reddingshelikopter, enkele uren nadat Marte als vermist was opgegeven, een warmtescan uitgevoerd.'

Bij het eerste kruispunt dat ze tegenkwamen, sloeg Thorsen rechtsaf. Noora nam aan dat het kruispunt als het centrum van Røst gezien kon worden: de kerk, het bejaardenhuis, de dokterspraktijk en het gemeentehuis met de bibliotheek en aangrenzende school. De hele levensloop op een klein oppervlak – een korte weg van wieg tot graf.

De smalle weg slingerde door de bebouwing, merendeels lage eengezinswoningen. De meeste huizen zagen er goed onderhouden en nieuw uit, maar hier en daar doken er vervallen gebouwen op: leegstaande huizen met vuilwitte eternietplaten en donkere ramen. Na een poosje viel Noora een andere kant van het eiland op. Tussen de huizen lagen kleine en grote moerasplassen in smalle gleuven tussen de huizen – enkele bijna helemaal overwoekerd, andere open en donker. Daarnaast doorsneden smalle kanaaltjes vanaf de zee het eiland en deelden het op in ongelijke stukken.

'De eerste keer op Røst?' vroeg Thorsen haar.

Noora knikte. Ze voegde eraan toe: 'Ik heb een jaar op de Lofoten gewoond.' Ze wilde graag benadrukken voor de oude lensmann dat dit niet haar eerste reis boven de poolcirkel was.

'Røst verschilt zowel van de Lofoten als van Værøy. Een manier om je het eiland voor te stellen is als een hoop stenen die boven het water uitsteekt. Veel plassen bevatten brak water omdat het zeewater zich van onderen omhoogwerkt.'

Thorsens geologieles werd plotseling beëindigd toen de lensmann moest remmen en snel moest uitwijken naar de berm om een tegemoetkomende auto te laten passeren: een groene pick-up die minstens twee keer zo hard reed als zij. De afstand tussen de zijspiegels van de twee voertuigen kon niet meer dan een paar centimeter zijn geweest, gokte Noora.

'Waar moet die verdorie naartoe?' mompelde Thorsen. Noora draaide zich om op haar stoel, maar het andere voertuig was al achter een bocht verdwenen. Slechts een staart grijze, scherpe dieselwalm bleef hangen.

'Een bekende?' vroeg Noora.

'Denk het', antwoordde Thorsen kortaf. 'In elk geval zijn er maar een paar van deze voertuigen op het eiland.'

Ze reden over een korte brug en sloegen linksaf. Stokvisrekken doken, als misvormde hekwerken, voor hen op; de lange stokken stonden naakt en zonder vis. Noora herinnerde zich van haar verblijf op de Lofoten dat de vis naar binnen werd gebracht nadat die twee, drie maanden buiten had gehangen. Binnen, in de luchtige opslagruimte, begon wat de vissers het 'rijpingsproces' noemden, dat nog ongeveer twee, drie maanden verderging.

Ze reden over een kleine heuvel met witte gebouwen die Noora aan de kust van Zuid-Noorwegen deden denken. Thorsen sloeg af naar het hotel en zette de motor uit. Onmiddellijk hoorde ze het gekrijs van vogels. Veel vogels. Een opgewonden 'knha, knha, knha' op repeat.

'Ik herinner me de eerste keer dat ik hier was', zei Armann. 'Ik kreeg een kamer bij de drieteenmeeuw-kolonie die aan de andere kant van het hotel ligt, bij het kanaal. Ik dacht dat ik gek werd. Ze zijn dag en nacht bezig.' Hij tilde de bagage uit de kofferbak en gaf Noora haar tas. 'Het merkwaardige was dat ik het een beetje miste toen ik weer thuis in Bodø was. Als je eraan gewend bent geraakt, is het bijna gezellig.'

Toen Noora naar de ingang van het hotel liep, werd haar aandacht getrokken door een man die hen vanaf een hoek van het gebouw volgde. Toen de man begreep dat Noora hem had gezien, kwam hij op hen aflopen. Zoals zoveel mensen op Røst liep hij in vrijetijdskleding: blauwe jas en zwarte broek.

'Hoi Kjartan', zei Thorsen toen hij de man zag. 'Ik dacht dat je met de zoekactie meedeed?'

'We zijn net klaar op mijn deel van het eiland', antwoordde de man in het dialect van Zuid-Noorwegen, en hij voegde eraan toe: 'Zonder resultaat, helaas.'

Noora herkende de naam. Kjartan Engelstad was de arts op Røst die had aangeboden Thorsen te helpen, had Jakob verteld.

'Jullie zijn de rechercheurs uit Bodø?' vroeg hij.

Noora keek naar Thorsen, die zijn schouders ophaalde. 'Ik heb Kjartan verteld dat jullie onderweg waren. Hij is een grote hulp geweest bij het organiseren van de zoekactie langs het strand.'

Noora schudde de hand van de dokter voordat Kjartan Armann ook begroette.

'Bedankt dat je de politie een helpende hand biedt', zei Armann.

'Dat is wel het minste', antwoordde Engelstad. 'Ik ben er altijd. Gewoon even bellen.'

Noora vond dat Engelstad iets overijverigs had – een beetje als het beste jongetje in de klas dat altijd zijn vinger opsteekt.

'Bedankt voor het aanbod', antwoordde Armann. 'Je hoeft niet bang te zijn dat we dat niet zullen doen.'

'Hebben jullie enig idee wat er met Marte gebeurd kan zijn?' vroeg de dokter.

'We hebben een paar theorieën', antwoordde Noora ontwijkend.

'Kom gerust later een keertje bij ons langs', voegde Armann eraan toe. 'Op dit moment is het hectisch. We hebben nog veel te regelen voordat Kripos arriveert.'

'Kripos, zeg je? Hier wordt niet op middelen bezuinigd.' De dokter lachte even. 'Nou, ik moet hoe dan ook weer naar de praktijk. Maar aarzel niet om contact op te nemen. Røst heeft een bijzondere plaats in mijn hart. Mijn vader was hier dertig jaar geleden dokter.'

Thorsen wachtte tot Engelstad buiten gehoorsafstand was en zei toen: 'Engelstad is misschien wat intens, maar hij is een goede dokter. De meeste dokters die deze kant op komen, houden het algauw weer voor gezien. Of het is ze niet uitdagend genoeg hier, of ze willen naar de grote stad. Maar Engelstad is hier nu alweer vier jaar. Het heeft ongetwijfeld zowel met zijn familiegeschiedenis te maken als met het feit dat hij een vogelaar is. Hij heeft zo ongeveer altijd een camera bij zich. Er zijn maar weinig vaste bewoners die het eiland zo goed kennen als hij.'

De hoteldirecteur, een slanke vrouw van ergens in de vijftig, ontving hen in de lobby. Ze had zwart haar met hier en daar wat grijs erdoorheen, en een hoornen bril die Noora deed denken aan een bibliothecaresse of een schooljuf. Ze stelde zich voor als Kjerstin Sommer en voegde eraan toe: 'Noem me maar Kikki, dat doet iedereen hier.'

Op weg naar de eerste verdieping legde Kikki uit dat ze extra personeel had opgeroepen, zodat degenen die in het hotel waren op het moment dat Marte Moi verdween, beschikbaar konden zijn voor vragen.

Kikki bracht hen naar een ruime vergaderzaal met uitzicht op een kanaal met een steiger aan de overzijde. De gebouwen langs de kade aan de overkant zagen er bouwvallig uit, vond Noora. Maar de drieteenmeeuwen maakten zich niet druk over dat soort dingen. De meeuwenkolonie had de daken in beslag genomen, en de hele tijd landden en stegen er individuen op. Het zich herhalende patroon had iets hypnotiserends, iets herkenbaars dat altijd in verandering was. Zoals de gestage stroom mensen die de Karl Johan op en neer liepen op een zaterdagmiddag.

'Er is geen enkele reden om te wachten', zei Armann. 'We beginnen met degene die in de receptie stond toen Marte het hotel verliet.'

'Dat is Aslak Nilsen', antwoordde Kikki. 'Maar hij is er nu niet.'

'Is er niet!' riep Thorsen uit. 'Je zei zonet nog dat de medewerkers zich beschikbaar zouden houden.'

'Ik weet het. Maar Aslak vertelde me dat hij eerst nog even naar huis moest. Hij beloofde je te bellen en je dat te zeggen.'

'Dan was hij dat die ons in de pick-up passeerde', mompelde Thorsen en hij pakte zijn mobiel.

'Niemand heeft me het laatste halfuur gebeld', constateerde hij.

'Dan kunnen we het best maar uitzoeken waarom Aslak zo'n haast had om het hotel te verlaten', zei Noora.

41

Peder

'Wat denk jij dat er gebeurd is?'

'Ze kan toch niet zomaar verdwijnen hier op Røst!'

'Zelfmoord. Ik weet het zeker.'

'Deze jonge influencers hebben het psychisch vaak moeilijk. Al die aandacht is niet goed.'

'Mijn neef werkt in de verkeerstoren op het vliegveld. Hij vertelde me dat de politie uit Bodø op Røst is aangekomen.'

'Lotte op Grimsøya zag vanochtend vroeg een vreemde op haar land.'

'Stig Arne had zijn boot aan twee Duitsers verhuurd, maar toen hij ze observeerde toen ze de haven uit voeren, kon hij zweren dat er drie mensen aan boord waren.'

Peder leunde zwaar op het winkelwagentje terwijl hij het door de winkel voortduwde. De gesprekken om hem heen gingen vooral over Martes verdwijning. Hij registreerde op de gezichten om hem heen dezelfde bezorgdheid als die hijzelf voelde.

Een groep, die zijn moeder de 'roddeltantes' noemde, leek opgewonden. Ze staken hun hoofden bij elkaar en lachten af en toe hard. Martes lot kon hun niets schelen. Voor hen was het gewoon nieuws, en nu smachtten ze ernaar te speculeren over wat er gebeurd zou kunnen zijn. Ze deden groteske details uit de doeken voor elkaar. Peder wist het zeker. Zelf werd hij onpasselijk alleen al bij hun aanblik. Maar er was ook iets veranderd. Peder kreeg verschillende vriendelijke knikjes, alsof de mensen hadden besloten om hem in het grote 'wij' op te nemen. Voor het eerst sinds Simon Michalsen had besloten de goede naam en faam van de Skarvheim-familie te ruïneren, voelde Peder zich een deel van de kleine samenleving, uitgezonderd de roddeltantes, die een front vormden als de schijnwerpers op hen gericht werden.

'Hoe gaat het met jou en Gunlaug?' Eerst had Peder niet door dat de vraag aan hem gericht was. Hij keek opzij en zag dat Kjartan Engelstad, de dokter van het verpleeghuis, pal naast hem stond. Peder deed een stap naar achteren.

'Naar omstandigheden goed', antwoordde hij. Hij hoorde hoe ellendig zijn stem klonk in de grote ruimte van de winkel. 'Ze neemt haar medicijnen niet zoals ze zou moeten.'

Kjartan knikte. Hij zei niets meer. Peder voelde dat hij de stilte moest opvullen. 'Een week geleden heb ik een nieuw recept in het verpleeghuis opgehaald.'

'Dat is goed. Gunlaug boft maar dat ze thuis kan blijven. Maar ze begint nu wel een volwassen dame te worden.' De dokter glimlachte om te laten zien dat hij een grapje maakte.

De eerste keer dat Peder Engelstad ontmoette, was toen hij een onbekende man ontdekte die gedeeltelijk verborgen achter een paar struiken achter de schuur zat. Toen Peder naar buiten ging om te vragen wat hij daar deed, bleek die persoon Engelstad te zijn. De dokter vertelde dat hij eidereenden fotografeerde en voegde eraan toe dat het niet zijn bedoeling was Peder of de vogels te verstoren.

Peder, die in geen jaren een eidereend had gezien op dit deel van het eiland, had er niets op tegen dat Engelstad fotografeerde. 'Maar het zou fijn zijn als je uit de buurt blijft', had hij eraan toegevoegd. 'Mijn moeder wordt onrustig wanneer ze vreemde mensen op het erf ziet.'

Engelstad verzekerde dat hij dat zou respecteren.

Engelstad legde een pakje mariakoekjes in zijn mandje. 'Wat je moeder betreft,' zei hij, 'denk ik dat het weer tijd is voor een gezondheidscheck. De laatste keer dat ze bij me was, is alweer meer dan twee jaar geleden. Het is belangrijk dat ze de medicijnen krijgt die ze nodig heeft, in de juiste dosering.'

'Ik zal het er met haar over hebben', beloofde Peder.

'Mooi. Dan hoor ik gauw van je. En als Gunlaug dat liever heeft, dan kan ik ook bij jullie thuis langskomen. Maar dat moet dan morgen of overmorgen gebeuren. Daarna ben ik met vakantie, en ik wil het liefst dat Gunlaug daarvoor nog nagekeken is.'

Peder knikte, en Engelstad liep verder de winkel in. Peder volgde hem met zijn blik. Het viel hem op dat de plaatselijke bevolking naar hem knikte of voor hem aan de kant ging, zodat hij kon passeren. Het leed geen twijfel dat de dokter belangrijker was dan zowel de onderwijzer als de dominee op Røst.

Peder pakte de handgreep van het karretje en de mouw van zijn jack schoof op, zodat een deel van het horloge om zijn pols zichtbaar werd. Kwart over één! Hij was helemaal de tijd vergeten. Zijn moeder verwachtte haar lunch om klokslag één uur. Dit met Marte Moi had hem helemaal van slag gemaakt. Hij liet zijn winkelwagen staan, verliet de winkel en ging in zijn brommobiel zitten.

Ook al had hij haast om thuis te komen, Peder bleef in de auto zitten zonder die te starten. Hij bestudeerde de mensen die uit de winkel kwamen. Het onbehagen dat Peder in de winkel had gevoeld, kwam terug. Het verspreidde zich als een zware mist door zijn hele lichaam. Wie waren deze mensen? Hij kende ze niet. Hij zou net de motor starten toen dokter Engelstad de winkel uit kwam. De dokter opende het portier van zijn auto aan de passagierskant en zette de boodschappentassen op de vloer. Daarna verzekerde hij zich ervan dat het portier afgesloten was voor hij achter het stuur ging zitten.

Peder reed weg van de winkel in een veel bezadigder tempo dan de bestelauto van de dokter.

Hij wilde net de hoofdweg op draaien toen een groene pick-up de brommobiel met hoge snelheid passeerde. De auto week uit en botste bijna tegen de vangrail. Kleine steentjes hagelden vanaf de wegkant tegen de voorruit.

Peder herkende de auto. Had hem gezien voor het hotel en bij de pub. Hij was van Aslak Nilsen. Een paar honderd meter vóór hem trapte Aslak op de rem en sloeg linksaf. Dezelfde afslag die Peder ook moest nemen.

Hij reed zo hard hij kon, maar de brommobiel kon Aslaks pick-up niet bijhouden. Toen Peder bij zijn eigen huis kwam, ving hij nog net een glimp op van Aslaks auto in de garage naast de camper van Simon Michalsen voordat de deur zich sloot. Vlak daarna liep Aslak vanaf de garage het huis in en sloeg de voordeur achter zich dicht.

'Ik ben thuis!' riep Peder zodra hij de voordeur opende. 'Het eten komt er zo aan.' Het zwijgen van zijn moeder zei genoeg. Het zinde haar totaal niet.

Terwijl hij de lunch klaarmaakte, twee boterhammen met marmelade en een glas *kulturmelk* voor haar vertering, volgde hij via het keukenraam wat er buiten gebeurde. Peder wist dat Simon en Aslak met elkaar omgingen, maar dit was de eerste keer dat hij Aslaks oude, aftandse pick-up in Simons garage had zien staan.

Hij zette het bordje en het glas op het dienblad en droeg het de trap op. Hij klopte op de deur en wachtte tot ze hem vroeg binnen te komen. Peder zette het blad neer op het kleine bedtafeltje en schoof dat naar het bed. Toen trok hij de stoel bij en vertelde over wat er met Marte was gebeurd en waar de mensen over praatten in de winkel. Hij belichtte het gesprek met dokter Engelstad en Aslaks dollemansrit. Sloot af met de beschrijving van Simon met ontbloot bovenlijf buiten voor zijn eigen huis eerder op die dag, de verbeten uitdrukking op zijn gezicht.

Zijn moeder luisterde. Ze liet hem praten zonder onderbreking. Ten slotte legde hij Martes boek op haar nachtkastje. Hij dacht niet dat ze in het boek zou gaan lezen, maar het leek hem wel goed. Als ze in erin bladerde, zou ze zien hoe beduimeld het was, zou ze alle onderstrepingen en ezelsoren opmerken. Peder wilde graag dat ze zou begrijpen wat Marte voor hem betekende.

Hij bleef stilzitten. Soms was ze moeilijk te duiden; zo niet vandaag. Haar ogen fonkelden in het wisselende daglicht. Ze verduisterden niet toen er plotseling een regenbui tegen het raam kletterde.

'Ik wil maar zeggen dat we genoeg van Simon en de familie Michalsen getolereerd hebben', zei Peder ten slotte. 'Ze mogen ons niet op die manier tiranniseren.'

Peder zag de opluchting in haar gezicht. Hij begreep toen dat zijn moeder bang was geweest dat hij toch een van de zwakke mannen in de familie was. Maar niet meer na wat hij net had gezegd. Hij werd van zo'n grote trots vervuld dat hij er duizelig van werd. Peder stond op, maar liet het dienblad met eten staan. Zijn moeder vond het fijn om alleen te eten.

Door het keukenraam bekeek hij de garage waarin de twee voertuigen verborgen stonden. Hij verplaatste zijn blik naar het huis waar alle gordijnen dichtgetrokken waren. Ogenschijnlijk levenloos, maar hij wist nu beter. Waar hadden ze het daar binnen over, Simon en Aslak?

Peder wilde er liever niet te veel aan denken. Zijn moeder had gelijk. Ze hadden genoeg getolereerd van die kant. Nu was het aan hem. Peder verliet het huis en trok de deur zacht achter zich dicht.

42

Armann

'De politie wil alle kamers op de eerste verdieping rekwireren. De vergaderruimte zal voorlopig als CC gebruikt worden. Heb je de mogelijkheid om de capaciteit van het draadloze netwerk te vergroten?'

De hoteldirecteur, Kikki, keek vanaf haar plek achter haar bureau naar Armann. Haar kantoor hing vol reclameposters van Røst en de Lofoten. Een van de posters liet een arend met uitgestrekte klauwen zien, in de lucht gevangen door de fotograaf, vlak voordat hij het wateroppervlak raakte. Iemand had een schietschijf getekend op het lichte deel van het verenkleed onder de hals.

Kikki zette haar bril af. 'Met "rekwireren" bedoel je, neem ik aan, "boeken". En ik heb geen idee wat "CC" is, maar dat leg je vast wel uit aan een onwetende burger als ik?'

'Sorry.' Armann voelde dat zijn nek warm werd. 'Het politiejargon vervuilt de omgangstaal. Je hebt natuurlijk gelijk. De politie wil graag alle kamers boeken. "CC" betekent "commandocentrum". Het is de plaats van waaruit we de operatie, of het onderzoek, leiden.'

'Het is dus gewoon een fancy woord voor een kantoor met computers op de tafels en kaarten aan de muur?'

Armann moest lachen om Kikki's no-bullshit-radar. 'Zoiets.'

'Mooi zo. Dan begrijpen we elkaar.'

Knipoogde ze naar hem? Armann twijfelde. 'Wat de kamers betreft...' ging Kikki verder. 'Afgezien van jullie is er nog maar één gast op de eerste verdieping. Volgens plan vertrekt hij morgen.'

'Dat zou geen probleem moeten zijn.'

'Mooi. Van het netwerk daarentegen heb ik geen verstand. Eigenlijk houdt Aslak zich daarmee bezig en hij... is er nu niet.'

'Juist ja. Vergeet het maar. We gebruiken alleen het mobiele netwerk, tot de technici van de politie in Bodø iets anders geregeld hebben.'

Hij wilde gaan toen Kikki opstond. Armann dacht dat ze naar hem toe zou komen, maar de hoteldirecteur draaide zich om naar het raam. Door het kanaal gleed een rib-boot vol toeristen in oranje overlevingspakken langs.

'Was dat het?'

Kikki bracht haar gewicht van haar ene been naar het andere. Wiegde zachtjes heen en weer als een aan land gebrachte boot die vergeten was dat ze niet langer water onder haar kiel had.

'Wanneer er iets ernstigs gebeurt, zoals Martes verdwijning, zet dat andere gebeurtenissen in perspectief.'

'Zoals wat? Is er iets met Aslak?'

Kikki draaide zich naar hem om. 'Aslak heeft altijd de reputatie van schorriemorrie gehad. Of hij iets met Martes Mois verdwijning heeft te maken, weet ik niet. Maar als medewerker van het hotel heeft hij zich altijd goed gedragen. Hij komt op tijd, doet wat hij moet doen en staat klaar als er iets extra's gedaan moet worden.'

'Behalve vandaag.'

'Behalve vandaag', beaamde Kikki.

'Maar het was niet Aslak aan wie je dacht?'

'Nee, ik weet nog steeds niet zeker of wat ik te zeggen heb, relevant is voor de zaak.'

'Niemand buiten de politie zal weten dat de informatie van jou komt', antwoordde Armann.

'Het is Engelstad', zei Kikki.

'De dokter?'

'Ja. Een paar maanden nadat Engelstad naar Røst was gekomen, zag ik hem rondstruinen rond mijn huis met een camera in zijn hand.'

'Thorsen vertelde ons dat hij nogal een vogelliefhebber is', zei

Armann. 'Dat was vast een van de redenen dat hij hier solliciteerde.'

Kikki knikte. 'Zo is mij ook verteld. Maar op die dag waren het niet de vogels, maar was het mijn slaapkamerraam dat Engelstads belangstelling had. Het eerste wat ik 's morgens doe, is de gordijnen opentrekken en het raam openzetten. Vaak heb ik alleen maar een slipje aan.'

Kikki keek Armann recht aan. Ze zond hem een heel duidelijke waarschuwing dat dit niet iets was om grapjes over te maken.

'En je weet heel zeker dat het Engelstad was die je zag?'

'Heel zeker. Toen ik hem in het oog kreeg, deed ik alsof ik niets zag. Ik kleedde me vervolgens aan en liep de kamer uit. Iets verderop op de weg zag ik Engelstads blauwe bestelauto staan. Een paar minuten later dook hij weer op, ging in de auto zitten en reed weg.'

'Is het nog een keer gebeurd?'

'Dat weet ik niet', antwoordde Kikki. 'Sinds die keer houd ik mijn gordijnen in de slaapkamer en de badkamer dicht. Het is natuurlijk geen groot offer – en een bagatel vergeleken met Martes verdwijning. Maar ik haat het dat zulke mannen invloed hebben op hoe ik mijn leven leid.'

In de vergaderruimte wachtte Noora op hem. Armann schetste in korte bewoordingen wat Kikki hem net had verteld.

'Dus onze dokter is een gluurder?'

'Zo beschreef Kikki hem in elk geval. Maar er kan iets achter zitten. Misschien hebben die twee een relatie gehad die fout liep. Wil Kikki graag wraak nemen op Engelstad.'

'Kan', beaamde Noora. 'Maar het lijkt wat vergezocht dat ze daarvoor een ernstige verdwijningszaak gebruikt. Ze lijkt mij een prima tante.'

'Mee eens. Ik zal het met Jakob opnemen. Nog iets nieuws van jouw kant?'

'Ja. Thorsen kreeg net een tip van een ongeïdentificeerd persoon op Grimsøya. Hij is druk bezig met het zoeken naar Aslak, dus hij vroeg mij of ik de zaak kon onderzoeken. Wil je mee?'

Armann keek om zich heen. Vergaderzaal, commandocentrum, kantoor – noem het wat je wilt, op dit moment was het een grote bende.

'Ga jij maar, dan maak ik het hier voor ons in orde.'

'Zeker weten?' vroeg Noora.

'Ja, tenzij je wilt dat ik meega?'

'Nee, echt niet', antwoordde Noora zo rap dat Armann zich afvroeg of ze het tegenovergestelde bedoelde.

Nadat Noora was vertrokken, haalde Armann een kop koffie uit het restaurant beneden en nam die mee naar de vergaderruimte. Hij logde in op het politienetwerk en bekeek de laatste updates in de zaak-Iselin Hanssen. Daar ook niet veel nieuws.'

Armann merkte dat zijn aandacht weggleed van het scherm. Hij bleef voor zich uit zitten kijken terwijl hij nog eens naliep wat Kikki had verteld over Engelstad – behalve dan dat Armann nu zichzelf voorstelde in Engelstads plaats bij Kikki's huis met zijn blik op het slaapkamerraam.

'Idioot', mompelde Armann tegen zichzelf en hij pakte zijn ondertussen lauw geworden koffie.

43

Jakob

'Ik heb het resultaat van de monsters die zijn genomen van Iselins T-shirt.'

Ronald Janooks stem klonk volkomen neutraal aan de telefoon. Het was onmogelijk uit te maken of hij iets belangrijks gevonden had of niet.

'En?' vroeg Jakob gespannen.

'Het lijkt mij goed dat je hiernaartoe komt.'

'Goed. Op je kantoor?'

'Klopt.'

'Maar je zei "Iselins T-shirt". De technici zijn er nu helemaal zeker van dat het kledingstuk van haar is?'

'Daarover bestaat weinig twijfel', bevestigde Ronald en hij hing op.

Jakob liep de gemeenschappelijke ruimte in. Fine zat aan de tafel met een keurig stapeltje papier voor zich. Ze had Anna's oppas bereid gevonden een paar uur langer te blijven. Die tijd had Fine gebruikt voor het doornemen van de printjes en de handgeschreven briefjes met tips van het publiek die via de centrale waren binnengekomen.

Net op dit moment las ze het gesprek door dat zij en Armann met Casper hadden gevoerd. Ze maakte notities op een schrijfblok en vergeleek wat er toen gezegd werd met het getuigenverhoor van vandaag van Casper. De uitdraai van Noora's gesprek met Mona Straumsnes lag ook op tafel.

De geüniformeerde politie had voor de tweede keer een buurtonderzoek in de buurt van Iselin gedaan. Ze hadden meer dan tachtig personen gesproken. In de meeste gevallen was het resultaat niet meer dan een naam en wat steekwoorden op een notitieblok. De uitgeprinte resultaten lagen in een apart stapeltje op de lange tafel.

Al met al was het een moeizaam karwei. Jakob wist dat het wel of niet grondig onderzoeken van een spoor of een tip net zo belangrijk was als het verzamelen van nieuwe informatie. Beide droegen bij aan het opbouwen van een beeld van de zaak. Armann placht te zeggen dat 'onderzoeken een beetje als religie is. Het gaat erom je vast te houden aan het geloof tot je het licht ziet.'

Behalve het buurtonderzoek waren er meer dan honderdvijftig bijdragen geplaatst op Gudruns Facebookpagina waarvan Åge, de communicatiemedewerker, vond dat de politie die nauwkeuriger moest bekijken.

Daar kwam het onderzoek naar Stein-Jarle Lie nog bij. BPS, het bedrijf dat de tolgelden inde in Bodø, had geen gegevens waaruit bleek dat Lies Mercedes was gebruikt in het centrum op hetzelfde moment dat Iselin verdween. Maar Lie kon natuurlijk een andere auto hebben gebruikt. Jakob wist dat hij naar Saltstraumen moest om met het hotelpersoneel te praten, maar dat was nu te tijdrovend. Het belangrijkste ging voor, en dat was op dit moment de vondst van Iselins T-shirt.

'Ga je mee naar Ronald?' Fine schudde haar hoofd. 'Ik maak me hier meer nuttig. Bovendien moet ik zo naar huis. De oppas kan niet langer blijven.'

'Hoe gaat het met Anna?'

'Ze heeft nog steeds iets te veel koorts', antwoordde Fine.

Jakob kende haar goed genoeg om te zien dat ze bezorgd was.

Hij aarzelde. Hij vroeg zich af of hij Fine moest vragen of Indigo van plan was eerder thuis te komen van haar onderzoeksverblijf op Spitsbergen, maar liet het erbij. Die gedachte was natuurlijk allang bij Fine opgekomen. Ze had niet nog meer druk nodig.

'Tot later.'

Fine zwaaide naar hem zonder op te kijken van haar papieren.

De technische recherche had zijn onderkomen in wat de rechercheurs eenvoudigweg De Bunker noemden, een afgegrensd gebied in de kelder van het politiebureau. Het was niet moeilijk om je voor te stellen dat er een sectietafel stond in een van de ruimtes, maar de forensische secties werden of in het universiteitsziekenhuis in Tromsø of in dat van Oslo uitgevoerd.

Jakob koesterde nog steeds hoop dat zo'n onderzoek niet nodig zou blijken in deze zaak. Hij geloofde nog steeds dat ze Iselin op tijd zouden kunnen vinden, ook al twijfelde zijn rationele kant, de rechercheur, steeds meer aan een goede afloop.

Hij klopte aan en opende de deur. Ronald wenkte hem naar binnen. Zijn kantoor was iets groter dan dat wat Jakob met Noora deelde, maar huiselijk. Aan de muur achter het bureau hingen foto's van Ronalds partner en hun twee kinderen, een jongen in de kleuterschoolleeftijd en een ouder meisje. Een kaart van Nordkalotten bedekte een van de lange muren. Onder de kaart hing een diploma van de FBI-school in Quantico, Virginia. Ronald had de uitgebreide cursus voor technisch rechercheur bij de FBI gevolgd. Hij was geslaagd als nummer één van zijn klas en had daarna een baan aangeboden gekregen zowel bij Interpol, Europol als Kripos. Ronald bedankte. Hij wilde liever in Bodø blijven, samen met zijn gezin. Er waren niet veel mensen bij de politie die begrepen waarom Ronald zulke kansen liet liggen, maar Jakob begreep het wel.

Na Lise.

Hij ging in de stoel zitten die voor het bureau stond. Ronald reikte naar het koffiezetapparaat en schonk eerst Jakob een kop koffie in en vulde toen zijn eigen beker.

'Wat heb je gevonden?' vroeg Jakob nadat hij een slok van de koffie had genomen. De koffie was bitter en zwart. Die stond daar vast al sinds vanochtend.

Ronald schoof een dunne documentmap over de tafel naar Jakob, die hem opensloeg.

'We vonden Iselins vingerafdrukken in de nek van het shirt. Op het wasvoorschrift', legde Ronald uit terwijl Jakob las. 'Een bijna perfecte afdruk; er bestaat geen twijfel over dat zij het kledingstuk heeft gedragen. Verder ontdekten we een aantal kleine haren die ook van haar zijn, plus een paar die dat niet zijn. Zoals je kunt lezen in het rapport, is het resultaat wat ik zou noemen interessant.'

'Het bloed is dus niet van Iselin?' stelde Jakob verrast vast. Zijn lichaam voelde plotseling een stuk lichter. De hoop dat ze Iselin nog steeds levend zouden kunnen vinden, kreeg nieuwe energie.

'Het bloed komt van een tot nog toe ongeïdentificeerde man', legde Ronald uit. 'Hoe het op Iselins shirt terecht is gekomen, is daarentegen een klein mysterie.'

'Ik neem aan dat je een theorie hebt over hoe dit misschien is gebeurd?'

Ronald keek hem over zijn koffiebeker aan. 'Ik wacht liever nog even met jou te vertellen wat ik denk, zodat je er zelf een beetje over na kunt denken. Dan voorkomen we wat de Amerikanen "confirmation bias" noemen – dat wil zeggen het risico dat je alleen maar mijn theorie probeert te bevestigen. De volgende stap wordt het identificeren van wie het bloed is. Misschien dat de toedracht zich daarna prijsgeeft?'

Typisch Ronald. Hij onderschatte vaak zijn eigen kwalificaties. Maar de technisch rechercheur had gelijk. Jakob hechtte altijd waarde aan Ronalds oordeel en zou onbewust gezocht hebben naar iets dat dit kon bevestigen.

'Je hoort gauw van me.'

Tijdens het gesprek met Ronald had Ola hem een bericht gestuurd. Jakob opende het. Hij nam aan dat het om iets praktisch ging, zoals wanneer hij thuiskwam of waar Garms riem lag. Het bericht bevatte drie woorden en zei hem absoluut niets: *IH0421 op Strava.*

Had Ola hem per ongeluk het bericht gestuurd?

Jakob typte een smiley. Staarde naar de smiley. Hij gebruikte bijna nooit emoji's. Paste het wel bij het bericht? Zou Ola begrijpen wat hij bedoelde?

Jakob wiste het bericht en schreef: *Strava?*

Voegde eraan toe: *Vergeet je niet Garm uit te laten?*

Aarzelde weer met op 'verzenden' te drukken. Was het bericht te streng? Ola had vast en zeker Garm al uitgelaten.

Hemeltjelief.

Hij wiste zowel *Strava* als *Vergeet je niet Garm uit te laten* en schreef: *Ben met een paar uur thuis, dan praten we verder.*

Hij verstuurde het bericht voordat hij zich kon bedenken. De telefoon zat nog maar net in zijn zak toen hij een pling hoorde.

Nieuw bericht van Ola: 👍

44

De stank sloeg uit de auto meteen toen hij de achterdeur opende. Een onaangename, zware lucht. Ontlasting en urine. Ze is dood, was het eerste wat hij dacht. De gedachte was zo groot, zo overheersend dat die alle andere blokkeerde. Zich overdwars in zijn schedel zette. Weigerde zich te verplaatsen. Hij wist dat met de dood alle spieren verslapten, sluitspieren en blaas – een laatste vernedering voor de gestorvene.

Hij bleef verbouwereerd voor de open deur staan tot zijn ogen gewend waren aan het halfdonker in de auto. Opgelucht zag hij dat haar borstkas nog steeds op en neer ging. Ze was in elk geval niet in haar eigen braaksel gestikt.

Hij voelde een enorme opluchting, gevolgd door razernij. Ze had hem schrik aangejaagd. Hem bijna uit balans gebracht met haar viezigheid. Hoopte ze dat hij door de schok een fout zou maken?

Hij pakte de waterslang die aan de muur in de garage hing. Trok die met zich mee naar de camper. Klom achterin. Ze probeerde zich op te richten toen ze hem ontdekte. Vocht fanatiek met de riemen die haar armen en benen vasthielden.

Hij gaf haar een oorvijg. Hard genoeg om te zorgen dat de klap haar hoofd opzijsloeg. Haar gekerm, dat werd gedempt door de tape, klonk als een zacht gekreun. Een geluid om te verwarren met genot. Misschien wás het genot, was ze pervers. Het wond hem op. Niet haar perversiteit, maar de gedachte dat hij al gauw haar grenzen zou onderzoeken – het moment vinden waarop genot overging in angst, in witte, allesoverheersende schrik. Of was ze daar al? Het kwam voor dat hij in zijn hoofd verschillende gevoelens met elkaar verwarde.

Hij dacht aan alle meisjes die hadden gelegen waar zij nu lag. Als hij over hen droomde, hadden ze allemaal hetzelfde gezicht. In zijn droom was het altijd dezelfde vrouw die hij vastsnoerde aan de roestvrijstalen werktafel.

Keer op keer.

Hij greep haar shirt en probeerde dat van haar af te rukken. Het bleef bij een poging, want de stof van de trainingskleren was taai. Die gaf niet mee, totdat hij de halsboord vastgreep en zich schrap zette met zijn ene voet tegen de tafel. De kunststof scheurde open tot de bovenrand van de broek. Onthulde een tatoeage van een zon, met de navel als centrum.

Hij bleef staan met het in stukken gescheurde shirt in zijn handen en staarde naar het figuur. Hij stelde zich voor wat hij zou kunnen doen met een stanleymes. Moeizaam de lijnen en plooien in haar huid volgen, alsof de tatoeage een sjabloon was. Die uitsnijden. De zon op zijn eigen navel plakken. Huid tegen huid. Een andere manier om dicht bij haar te komen. Zoveel mogelijkheden.

Hij trok haar broek uit en de stank in de camper werd erger. Haar vuile onderbroek plakte aan haar lichaam. Kutwijf. Hij pakte een heggenschaar. Een van zijn favorieten. Gekocht op een zogenoemde 'boerenmarkt' in Berlijn, jaren geleden. De schaar had een prettig rubberhandvat dat zelfs niet glad werd als het nat was. Door de ribbels in het rubber rustte de schaar in zijn handpalm als een verlenging van hemzelf.

Hij opende de beveiligingspal en knipte de onderbroek over het heupbeen door. Hij voelde amper weerstand. De schaar zou zich later moeten slijpen aan meer eisend materiaal.

Met duim en wijsvinger trok hij het kledingstuk van haar af. Hij smeet het achter zich op de grond. Ze lag naakt voor hem op de roestvrijstalen tafel. Ze had het opgegeven zich uit de riemen te bevrijden. Haar ogen waren wijdopen, en hij zag niets anders dan pure, dierlijke angst. Een toestand die aan niets anders ruimte bood dan die ene gedachte: de angst voor de dood. Nee, niet voor de dood – voor alles wat er zou gebeuren voordat de dood intrad. Een nachtmerrie terwijl je wakker bent. Een situatie waaruit geen ontsnapping mogelijk was. Zou hij haar nog een poosje op de drempel laten? Haar achterlaten in het grijze gebied tussen deze psychische en fysieke pijn? Het leek verleidelijk, maar eerst moest hij die stank kwijtraken. Die zat in de weg, maakte alles aan haar ordinair. Ze was beter dan dat.

Hij tilde de waterslang op en draaide de koppeling open. Achter hem sloeg het aggregaat automatisch aan. Hij gebruikte geen gewone tuinslang, maar een brandslang van het oude soort. Stelde hem in op de maximale druk, spoot met de waterstraal de verf van de wand.

De straal trof haar in de buik. Liet de huid golven. Hij verminderde druk: laag genoeg om te zorgen dat ze geen blauwe plekken zou krijgen, krachtig genoeg om al het vuil af te spoelen. Ze begon bijna meteen te bibberen. Balde haar vuisten en sloot haar ogen. Toen ze blauw werd om haar lippen, sloot hij het water af. Hij hoorde haar tanden klapperen terwijl hij de vloer schoonspoot en water en viezigheid in de afvoer veegde.

In het licht van de plafondlamp blonk alles in de auto. De tafel. De wand en de vloer. Tot en met haar lichaam. Ze lag daar voor hem. Maagdelijk. Hij pakte de haarspeld en bevestigde die boven het oor aan de linkerkant van haar hoofd. Hij zag meteen dat ze bijzonder was. Dat hij na al die jaren eindelijk de juiste had gevonden.

Zijn laatste.

45

Noora

Grimsøya lag ten westen van Røst. Noora volgde de provinciale weg 783, een grote naam voor een gedeeltelijk geasfalteerde weg die op sommige plaatsen niet breder was dan de auto waarin ze reed.

De weg eindigde op Grimsøya. Iets verderop staken eilandjes en gladgeschuurde scheren omhoog uit het smaragdgroene water. De kleine eilandjes lagen als een waaier die een beschermingsring vormden tegen de grote zee daarbuiten.

Lotte Ramnakken was een gezette vrouw van in de vijftig. Ze had stevige bovenarmen en een handdruk die daarbij paste. Haar huidskleur getuigde van Zuid-Europese voorouders. Ze droeg een legergroene hoofddoek, en in haar mondhoek bungelde een niet-aangestoken cigarillo. Ze deed Nora denken aan een portret van een Zuid-Amerikaanse guerrillastrijder die ze op een fototentoonstelling in Madrid had gezien.

'Daarginds stond hij.' Lotte wees naar het noordelijkste puntje van Grimsøya. 'Links van de struiken. Het was eb', voegde ze eraan toe. 'Maar in de tussentijd is het vloed geweest; het hoge water heeft de sporen vast uitgewist.'

'Kunt u wat meer vertellen over wat u precies zag?' vroeg Noora en ze pakte haar notitieboekje.

'Iets voor zevenen vanmorgen keek ik uit het keukenraam.' Lotte haalde de cigarillo uit haar mondhoek, bestudeerde die heel even en stak hem toen achter haar oor.

'Beneden op het strand ontdekte ik een gedaante; ik denk dat het een man was. De persoon was gekleed in een donkerblauw of een zwart windjack met bijpassende broek. Hij droeg een tas over de schouder en een ronde muts met muggengaas voor zijn gezicht. Hij liep heen en weer langs de waterkant. Alsof hij iets zocht, of misschien op iemand wachtte.

Noora stopte met schrijven. 'Dat van dat muggengaas weet je zeker?'

'Zo zeker als maar kan op die afstand. "Iets" hing in elk geval voor het gezicht.'

Noora noteerde.

'Hebt u diezelfde persoon eerder op je perceel gezien?'

'Nee, niet wat ik me nu kan herinneren.'

'Kun je de gestalte nader omschrijven?'

'Naast outdoorkleding en een muts droeg hij handschoenen. Nu ik er nog eens over nadenk, kan het zijn dat de broek een...' De rest van de zin verdween in het propellerlawaai van het Widerøe-vliegtuig dat over het huis vloog met koers op de landingsbaan.

'Vijf minuten te vroeg', zei Lotte zonder op haar horloge te kijken.

'Sorry, kun je dat herhalen?'

'Zijn broek: het kan zijn dat het een waadbroek was, niet een gewone wandelbroek. Zo een die zalmvissers gebruiken.'

'En de tas?'

'Donker. Eén kleur. Misschien een visserstas, maar ik zag geen hengel.'

'Kan het een fototas zijn geweest?'

'Mogelijk; ik ben geen expert in dat soort dingen.'

Noora noteerde *Engelstad?* in haar boekje. Aangezien ze noteerde in steno, het Melin-systeem, was de kans klein dat iemand zou begrijpen wat daar stond als ze haar aantekeningen kwijt zou raken. Noora keek om zich heen. Om hiervandaan bij de vloedlijn te komen, moest ze of omlopen of over Lottes perceel lopen.

'Hebt u gezien waar hij naartoe ging?'

'Hij liep verder naar de punt van het eiland en verdween achter een rots. Voor zover ik weet was hij daar met een roeiboot of iets dergelijks aangemeerd.'

'En nadat hij was verdwenen? Gebeurde er iets anders van belang?'

Lotte schudde haar hoofd. 'Nee. Ik heb er ook niet meer zo aan gedacht tot ik hoorde dat die influencervrouw was verdwenen.' Noora verwachtte dat Lotte zou vragen hoe het met het onderzoek ging. Of de politie al dicht bij een oplossing was. Maar Lotte zei niets meer. Ze leek niet bijzonder geïnteresseerd.

Lottes laatste opmerking was bovendien een goede samenvatting van Noora's ervaring met mensen die de politie tipten. Een gewone gebeurtenis leek ineens vreemd of ongewoon in het licht van een criminele handeling. Het zou Noora niet hebben verbaasd als de man met de tas eerder ook al eens bij het strand gelopen had, maar dat hij Lotte toen niet was opgevallen of dat ze de gebeurtenis vergeten was. En waarom ook niet. Røst was immers geen crimineel mekka. Maar dan was er dit met het muggengaas.

'Bedankt voor de hulp', zei ze. 'Is het oké dat ik nog wat over het perceel rondloop?'

'Wat mij betreft. Moet ik daarbij zijn?'

'Nee, dat hoeft niet.' Noora stak haar hand in de zak. Haalde er een visitekaartje uit dat ze aan Lotte gaf. 'Neem gerust contact op als u nog iets anders te binnen schiet.'

Lotte pakte het kaartje aan zonder ernaar te kijken en ging haar huis in. Noora pakte haar mobiel. Maakte een foto van het huis en het perceel. Liep over het gazon naar het strand. Het gras buiten het kleine vierkante gazon was geel en vol stenen. Ze moest denken aan Thorsens beschrijving van Røst als 'een hoop stenen die boven het water uitsteekt'.

Op de scheidslijn van zee en strand lagen zeewier en zeegrasslierten op de stenen. Hoewel, 'strand' was het slechts in naam. Een zandstrand kon het in elk geval niet genoemd worden. Net zoals op land waren het onder water voornamelijk stenen en rotsen.

Ze volgde de waterkant helemaal tot aan de punt van het eiland. Hier was het iets groener. De zoutwaterbestendige struikjes en geelgroene halmen met ruwe stengels concurreerden met elkaar om de beste plaatsen.

De verdere weg langs het schrale strand werd versperd door een struik die naar het water overhelde. Eronder lag een van die vele, zwarte plassen. Insecten hingen in bijna onbeweeglijke wolken boven het donkere oog. Noora besloot terug te keren. Hier was niets meer te zien.

Een geluid, een zwak geritsel aan de andere kant van de struik, deed haar stoppen. Ze bleef stilstaan, maar het geluid herhaalde zich niet.

'Hallo?'

Kleine golven sloegen tegen de struik. Ze maakten een zacht murmelend geluid als ze de steen raakten. Verder was het stil, doodstil. Noora keek naar haar schoenen. Lage, maar comfortabele Adidasgympen. Een krankzinnige keuze voor deze tocht.

Ze drukte zich tegen de koele steen en liep zijwaarts langs de struik terwijl koud, zout water zich in haar schoenen zoog. Ze was bijna aan de andere kant toen ze in haar ooghoek iets zwarts zag opflakkeren. Een beweging zo snel dat die onduidelijk bleef. Noora hield haar handen afwerend voor haar gezicht omhoog.

46

Jakob

Op de terugweg naar het bureau na het gesprek met Ronald, trilde opnieuw zijn mobiel in de zak. Deze keer was het Armann die belde. Jakob besloot uit te wijken naar een parkeerplaats om ongestoord te kunnen praten. Hij bedacht zich toen hij de mobiele studio van TV2 ontdekte. De trailer had zeker in Trondheim gestaan toen er 'marsorder Bodø' werd gegeven. Dat die nu gearriveerd was, vertelde Jakob dat de chauffeur de zevenhonderd kilometer aan de strafbare kant van de snelheidsgrens had gereden.

Reageerde TV2 snel, *VG* reageerde bliksemsnel. De krant was al op zijn post op Røst. Zodra het nieuws over Martes verdwijning naar buiten kwam, huurde de krant een vliegtuig en stuurde zowel journalisten als een cameraploeg naar het noorden.

De eerste beelden van Røst werden nu uitgezonden door VG-TV, en het nieuws was ook het hoofditem in de meeste andere Noorse media. Åge van de communicatieafdeling deelde bovendien links van artikelen over Martes verdwijning van de Zweedse *Expressen*, de Deense *Berlingske Tidende* en de Britse krant *The Guardian*.

Jakob beantwoordde Armanns oproep in het trappenhuis. Hij kreeg een echo van zijn eigen stem als gezelschap terwijl hij naar boven liep. 'Wat is er aan de hand?'

'Ik dacht je even bij te praten', zei Armann.

'Steek van wal.'

'Het eiland is helemaal afgezocht. Ook langs de zee. Geen spoor van Marte. Allereerst hebben Noora en ik het hotelpersoneel verhoord dat aan het werk was toen Marte verdween, inclusief haar assistente. Dat leverde niet veel op. Niemand heeft iets gezien buiten het normale om.'

'Dus we zijn terug bij af?' vroeg Jakob. Hij opende de deur van zijn eigen afdeling. Fine zat niet meer aan de gemeenschappelijke tafel. Een paar processen-verbaal van de verhoren lagen nog op de tafel, de rest had ze of meegenomen naar huis of teruggelegd in de archiefkast.

'We zijn niet helemaal terug bij af', antwoordde Armann. 'In feite zijn er twee mensen die opvallen als interessant. De eerste is Aslak Nilsen. Hij is medewerker hier in het hotel, maar verdween voordat we hem konden horen. Dat gebeurde ondanks dat Thorsen alle medewerkers had gevraagd om te blijven.'

'Waarom denk je dat hij 'm smeerde?'

'Moeilijk te zeggen. Er zijn veel redenen waarom iemand liever niet met de politie wil praten.'

De deur van Råkstads kantoor ging open en de hoofdinspecteur liet zijn blik door de ruimte gaan. Jakob wees op zijn mobiel en zette hem op de luidspreker. Råkstad knikte zwijgend en kwam naar hem toe.

'Een reden dat Aslak ons uit de weg gaat, kan zijn strafblad zijn', verklaarde Armann. 'Ik heb hem nagetrokken in STRASAK. Die man heeft een paar veroordelingen – productie en verkoop van zelfgestookte drank, en rijden onder invloed. En er is nog een geseponeerde zaak.'

'Wat is de geseponeerde zaak?' vroeg Råkstad, die de gelegenheid greep om Armann te laten weten dat hij het gesprek ook volgde.

'Vijf jaar geleden werd er aangifte tegen Aslak gedaan dat hij een minderjarige zou hebben betast. Een veertienjarig meisje dat te dronken was om tegenstand te bieden. Vriendinnen van het meisje hielden hem tegen toen hij haar broek uittrok. Toen was haar bovenlijf al ontbloot.'

'En deze zaak werd geseponeerd?' vroeg Råkstad met stijve kaken.

'Ja. De politie trok de zaak terug voordat die voorkwam. Het ene woord tegen het andere, zoals zo vaak gebeurt in dit soort gevallen. Aslak beweerde dat hij het meisje wilde helpen met haar natte kleren uittrekken voor ze het koud kreeg. En omdat er geen bewijs werd gevonden van enig fysiek geweld, adviseerde de officier van justitie de zaak te seponeren.'

'En nu is Aslak verdwenen', stelde Jakob vast.

'Ja. Thorsen heeft de afgelopen uren naar hem gezocht, zonder resultaat. Het zal niet lang meer duren voor VG lucht van de zaak krijgt.'

'En de andere persoon?' vroeg Jakob.

Armann aarzelde even voor hij antwoord gaf. 'Kjartan Engelstad.'

'De dokter?'

'Ken je hem?

'Ik weet wie hij is. Heb hem bij een paar gelegenheden ontmoet. Hoe kwam hij in beeld?'

Armann deed verslag van Kikki's verhaal. Hij had het amper verteld toen Råkstad hem onderbrak.

'Ik vind het mager. Tendentieus.'

'Ik denk niet dat Kikki dat zo ziet.' Jakob hoorde dat Armann geïrriteerd was.

'We kunnen de reputatie van een bekwaam en gerespecteerd man niet kapotmaken door op losse beweringen gebaseerde geruchten', las Råkstad hem de les. 'Ik had van jou wat meer objectiviteit verwacht, Femris.'

Door de telefoon hoorde Jakob duidelijk hoe Armann ademhaalde – de diepe inademing die komt voor een verbale kanonnade. Hij mengde zich in het gesprek voor Armann iets kon zeggen waar hij spijt van kreeg.

'Ik vind dat we de waarschuwing van de hoteldirecteur serieus moeten nemen, maar ik wil minimaal één ander, concreet bewijs hebben dat de bewering van haar kan onderbouwen.'

Jakob kreeg van Armann niets anders dan stilte als antwoord en Kraai vertelde met zijn blik wat hij ervan vond om voor de tweede keer in korte tijd tegengesproken te worden.

'Kunnen we het eiland afsluiten tot we Marte hebben gevonden?' vroeg Jakob in een poging het gesprek op iets anders te brengen.

'Ik heb het daar net met Thorsen over gehad', antwoordde Armann. 'Het vliegveld is geen probleem. Daar krijgen we hulp van twee bewakingsbeambten die de passagiers controleren en personen vasthouden van wie zij vinden dat de politie even met ze zou moeten praten. Datzelfde geldt voor de veerboot, ook al zal het een enorme klus zijn om alle voertuigen die aan boord moeten te doorzoeken. Daar hebben we extra mensen voor nodig.'

'Ik zal zorgen dat je meer mensen tot je beschikking krijgt', antwoordde Råkstad, die nu ook een beetje wilde gladstrijken. 'Vier mannen met auto's worden vandaag nog met de veerboot jullie kant op gestuurd. Verder kan ik bevestigen dat Kripos onderweg is.'

'Dat zou helpen', antwoordde Armann. 'Het probleem zijn alle vissers- en pleziervaartuigen. Het zou mij niet verbazen als er meer boten dan mensen zijn op Røst. Zelfs met behulp van de kustwacht is het een onmogelijke klus om overzicht te houden. We weten niet eens zeker of Marte nog steeds op het eiland is. Zo vanaf Røst te zien zijn er veel overeenkomsten tussen de verdwijning van Marte en die van Iselin.'

Råkstad boog zich over de mobiele telefoon. 'Onze mediamensen worden al platgebeld door de pers met vragen daarover. Telles boodschap is dat er gelijkenissen zijn, maar dat de politie verder geen commentaar geeft op het onderzoek. Ik verwacht dat jullie hetzelfde antwoord geven als jullie daarnaar gevraagd worden.'

'Begrepen!' antwoordde Armann militaristisch en hij verbrak de verbinding.

'Zit Femris iets dwars?' vroeg Råkstad. 'Hij lijkt zo prikkelbaar.'

'Dat zal de ernst van de zaak zijn', antwoordde Jakob.

'Daar heb je vast gelijk in.'

Råkstad liep terug naar zijn kantoor. Hij bleef staan en draaide zich om.

'Jakob, nog één ding.'

Råkstad ging Jakob voor naar zijn kantoor en sloot de deur achter hen.

'Ik kreeg net een telefoontje van advocaat Zeiler', begon hij. 'Ze deelde me mee dat al het contact met de familie Jahrberg in het vervolg via haar moet gaan.'

'Vind je het niet vreemd dat Otto Jahrberg het onderzoek op die manier bemoeilijkt?' vroeg Jakob.

'Ja', gaf Råkstad toe. 'Maar bekijk het van de kant van de familie. Ze zijn al de schietschijf in de sociale media. Als de politie genoeg bewijs heeft voor een aanklacht tegen Casper, zal een advocaat zonder problemen de bij-voorbaat-beschuldigde-kaart kunnen spelen.'

'Maar waarom de hele familie?' vroeg Jakob, vooral tegen zichzelf.

'Wat bedoel je?'

'Zeiler had ons kunnen laten weten dat elk contact met Casper via haar moet gaan. Maar ze zei dus "de familie Jahrberg".'

'Ik denk dat je er nu te veel achter zoekt', zei Råkstad met een glimlach die niet helemaal tot aan zijn ogen reikte. Maar zo voelde Jakob het niet. Niet na het gesprek met Ronald Janook over Iselins T-shirt.

'Was dat het?'

'Voorlopig', antwoordde Råkstad, en hij legde zijn hand op Jakobs schouder. Hij kneep er lichtjes in. Het gebaar verraste Jakob. Råkstad was niet zo aanrakerig. Hij hield afstand, zowel fysiek als sociaal.

'De politie van Bodø heeft in jaren niet zo'n veeleisend onderzoek gehad. Veel mensen volgen ons.' De ogen van de hoofdinspecteur waren smal, de pupillen zwart. Wat was dit in godsnaam? Verwachtte Kraai een antwoord van hem?

'Het is me duidelijk wat er op het spel staat.'

Råkstad hield zijn hoofd ietsje scheef, als om te zeggen 'o ja?'

Jakob liep terug naar zijn eigen kantoor en deed de deur achter zich dicht. Hij bracht Fine snel op de hoogte van zijn gesprek met Råkstad.

'Dus hij vindt dat je te ver doordenkt?' vroeg ze.

'Dat was wat hij zei', bevestigde Jakob.

'Merkwaardig iets om tegen een rechercheur te zeggen. Het is immers onze taak om out of the box te denken.'

'Ja. Het was raar.' Jakob opende zijn mail en vond de uitslag van het monster van Iselin Hanssens T-shirt.

'Ik wil graag jouw oordeel over iets. Kijk even in je mail.'

Jakob stuurde de mail van Ronald door naar Fine.

Hij wachtte tot Fine klaar was met lezen. Stelde zich voor dat ze zichzelf dezelfde vragen stelde als hij eerder had gedaan.

'Dat het bloed op het T-shirt niet van Iselin is, is interessant', begon Fine. 'Maar zoals ik het verslag lees, is de manier waarop het bloed op het T-shirt is terechtgekomen, minstens zo belangrijk.'

Jakob bromde bevestigend. Spoorde haar aan verder te gaan.

'Als ik mag raden, zou ik zeggen dat iemand het T-shirt als een soort droogdoek heeft gebruikt.'

'We denken hetzelfde', antwoordde Jakob tevreden.

'Maar wat betekent dat voor de zaak? Hoe belandde het shirt überhaupt in het wandelgebied?'

'Ik twijfel', zei Jakob. 'Het enige wat we tot dusver weten, is dat het bloed van een mannelijk persoon afkomstig is. Daarom moeten we DNA-monsters afnemen van Bjørn Hanssen, Casper Jahrberg en Stein-Jarle Lie. Niet geavanceerder dan speekselmonsters.'

Jakob keek naar het kantoor van Råkstad. Hij nam een aanloop. 'Ik denk dat we Otto Jahrberg ook om een monster moeten vragen. Alle vier krijgen de mogelijkheid dat vrijwillig te doen. Als er iemand weigert, halen we artikel 157 erbij en vragen we toestemming van de officier van justitie.'

'Artikel 157 vereist een gegronde reden tot verdenking', zei Fine. 'Hebben we daar voldoende bewijs voor?'

'Eigenlijk niet', gaf Jakob toe. 'Maar ik gok erop dat Otto Jahrberg de media-aandacht die zo'n dwang met zich meebrengt, wil vermijden. Hetzelfde geldt waarschijnlijk ook voor Lie.'

'Tenzij een van hen de dader is', antwoordde Fine.

47

Noora

Het zwarte lichaam zeilde zo rakelings over Noora dat ze de wind van de vleugelslagen op haar gezicht voelde. Ze hervond haar evenwicht en besefte dat ze tot haar knieën in het water stond. Achter zich hoorde ze de hakkelende roep van de aalscholver. Het deed haar denken aan kwaadaardig lachen.

Ze waadde aan land aan dezelfde kant van de struik als waar ze vandaan was gekomen. Wipte haar schoenen uit en wrong haar sokken uit. Nam rustig de tijd tot haar hart weer normaal klopte. Toch raakte ze het beeld van de aalscholver die voor haar opvloog van de stenen niet kwijt. De uitgeslagen lange vleugels. Een zwart kruis. Een aalscholverkruis. Op de Lofoten zeiden de vissers dat het ongeluk bracht als je een aalscholver zag als je uitvoer om te gaan vissen.

Na een tijdje liep ze terug naar de Volvo die bij Lotte op de oprit stond.

Noora draaide de contactsleutel om. De dieselmotor kuchte en protesteerde voor hij aansloeg. Ze reed achteruit de weg op, zwaaide naar het huis voor het geval Lotte haar vanachter het raam volgde, en zette koers naar het hotel.

Voor ze zich ging verkleden, liep ze even de vergaderzaal binnen om Armann te laten weten dat ze terug was. Harde rockmuziek kwam haar tegemoet toen ze deur opende. Old school. Van Halen, of misschien Kiss. Jarentachtigrock was niet haar favoriet.

Zodra Armann haar zag aankomen zette hij de muziek zachter.

'Ik denk het best met wat achtergrondlawaai', zei hij verontschuldigend.

Noora zag weinig dat erop wees dat Armann iets met de ruimte had gedaan sinds ze was vertrokken. Afgezien van een kaart van Røst die met plakband op de muur was bevestigd, was alles nog net zoals toen ze hier kwamen.

Armann keek op van het scherm. 'Vergeefse tocht?'

'Twijfel', antwoordde Noora. 'Ik twijfel er niet aan dat Lotte een vreemde op haar perceel zag.' Noora pakte haar aantekeningen erbij en las Lottes beschrijving voor. Ze zag dat hij rechtop op de stoel ging zitten bij de opmerking van Lotte dat het misschien een cameratas was.

'Engelstad?' zei hij alleen.

'Mogelijk. Maar Røst is klein. Lotte weet wie de dokter is. Denk je niet dat ze hem herkend zou hebben?'

'Vast wel', zuchtte Armann en hij vertelde Noora over Råkstads reactie op Kikki's verhaal.

'Ik denk dat noch Kraai noch Jakob Lottes waarneming als concreet bewijs zal goedkeuren', zei Noora daarna.

'Ik ben bang dat je gelijk hebt. Maar dat maakt het Engelstad-spoor niet minder actueel.'

Armann leunde achterover in zijn stoel en keek omhoog naar het plafond. 'Op dit moment voelt het alsof we een puzzel in elkaar proberen te zetten met stukjes van drie afbeeldingen.'

'Amen.'

'Dat vergat ik bijna.' Armann pakte een briefje dat op zijn bureau lag. 'Fine belde en vroeg of iemand van ons haar met iets kon helpen. Ik moet met Thorsen iets natrekken. Kun jij contact met haar opnemen via Teams? Het klonk alsof het wat haast had. Heb je nu tijd?'

Noora bewoog haar tenen in de natte gympen. 'Tuurlijk.' Ze ging bij een van de ramen met uitzicht op het kanaal zitten en zette de draadloze koptelefoon op. Armann sprak al met Thorsen. Het leek wel of Armann de geur van zout water en natte sokken niet opmerkte.

Fine verscheen meteen voor de camera.

‘Hoe gaat het met Anna?’

Fine antwoordde door de camera naar een ledikantje midden in de woonkamer te draaien. Anna lag op haar zij met het gezicht naar de camera en haar ogen gesloten. Ze had rode konen en haar haar lag plat op haar hoofd.

‘Wat is ze mooi.’ Noora hoorde dat ze fluisterde. ‘Is ze weer beter?’

‘De koorts is iets gezakt’, antwoordde Fine. ‘Maar ze is nog steeds erg slap. Ze slaapt vooral. Ik moet haar wakker maken om wat vocht in haar te krijgen.’

Fine draaide de camera terug naar zichzelf. Ze werd zakelijker. ‘Fijn dat je tijd hebt. Dit gaat snel. Er zijn drie tips binnengekomen waarvan ik niet zeker weet wat ik ermee aan moet. Omdat we staan te springen om mensen, is het fijn om met iemand te kunnen overleggen.’

‘Kom maar op’, antwoordde Noora.

‘Oké. De eerste tip is een anoniem bericht via de mail. Deze persoon beweert Iselin aan boord van een privévliegtuig op het vliegveld van Bodø te hebben gezien samen met twee mannen. Ik heb het nagetrokken, en Avinor bevestigt dat er op die dag privévluchten zijn geweest. De tipgever beschrijft niet het vliegtuig zelf; het kan dus tijdrovend worden. Wat vind jij?’

‘Het klinkt wat gezocht’, antwoordde Noora. ‘Passagiers moeten zich immers registreren. Natuurlijk is het mogelijk om met de passagierslijst te sjoemelen, maar dat is niet zo eenvoudig. Als je de tip wilt natrekken, zou ik alleen de vluchten van kleine vliegtuigen checken met passagiers van Iselins leeftijd.’

‘Goed idee’, antwoordde Fine. ‘Deze opdracht is zo simpel dat de geüniformeerden dat kunnen doen.’

Fines glimlach liet zien dat het een grapje was.

‘De volgende tip is van een wandelaar die meent hulpgeroep te hebben gehoord aan de westkant van het Soløyvatnet. Dat is een populair wandel- en zomerhuisjesgebied een stukje van de Keiservarden vandaan waar Iselin voor het laatst is gezien.'

'Wordt daar gezwommen?' vroeg Noora.

Fine glimlachte. 'Dat was ook mijn eerste gedachte. En ja, er is daar een zwemplek, niet ver van waar de wandelaar het roepen hoorde. Ook als het regent, zijn daar vaak jongeren.'

'Dan stel ik voor dat je die voorlopig laat liggen. Gegil en geschreeuw van zwemplekken kan gemakkelijk verward worden met hulpgeroep. En omdat het gebied populair is, zou iemand anders toch hetzelfde geroep om hulp moeten hebben gehoord als de wandelaar.'

'Dan zijn we het eens.' Fine bladerde naar de volgende bladzijden in haar notitieboekje.

'Tip nummer drie kwam telefonisch binnen van de eigenaar van een vissershut in Løp. Op de avond dat Iselin verdween, zag hij twee gedaantes beneden bij de Keiservarden, bij de steile helling aan de noordkant. Dat is dan in de tegengestelde richting als waarin Gudrun Iselin zag rennen, maar hemelsbreed is het niet zo ver.'

'Dat is het probleem met toeristische gebieden', zei Noora. 'Overal zijn mensen. Wat dat betreft lijkt Iselins verdwijning een beetje op de zaak Baneheia.'

'Ja, oef.' Fine keek in de richting van Anna. Ze zei niets meer.

'De laatste tip is hoe dan ook eenvoudig na te trekken', zei Noora. 'Bel die man op en vraag of hij de gedaantes kan beschrijven. We weten wat Iselin aanhad. Zou niet zo moeilijk moeten zijn om na te trekken.'

'Bedankt voor je hulp.' Fine sprak met haar gezicht naar Anna gewend. 'Dit is dan wel geen wiskunde voor gevorderden, maar het is fijn om het even met iemand te bespreken. Ik moet bekennen dat ik helemaal opgefokt ben nu Anna ziek is.'

'Dat begrijp ik. Hoop dat het snel beter gaat.'

'Bedankt. Doe Armann de groeten van me.'

Noora logde uit. 'Je krijgt de groeten van Fine.'

Armann keek op van het scherm. 'Hoe gaat het met Anna?'

'Geen verandering.'

Noora schoof haar stoel van de tafel weg. 'Ik moet me even omkleden, en daarna wat eten. En jij?'

'Neem je een baguette mee? Maakt niet uit wat erop zit, als het maar geen schaaldieren zijn.'

'Hou je niet van schaaldieren?'

'Allergisch als de neten.'

'Niet zo handig voor iemand die aan de kust woont.'

'Dat heb ik eerder gehoord. Trouwens...'

Noora bleef in de deur naar de gang staan. Armann ging verder. 'Eerder vandaag bevestigde Råkstad dat Kripos onderweg is. Misschien is het een van je vroegere collega's?'

'Komen ze vandaag al?' Noora moest haar best doen om haar stem normaal te laten klinken.

'Ze worden met de helikopter hierheen vervoerd zodra het avondvliegtuig in Bodø geland is.'

'Ik...' Noora kon niets bedenken om te zeggen.

'Baguette', bracht ze stotterend uit en ze sloot de deur achter zich.

Ze ging linea recta naar haar eigen kamer. Ze wilde niets anders dan droge kleren aantrekken en een paar minuten om haar gedachten op een rijtje te zetten.

Ze stak haar sleutelkaart in de deur en opende de deur. Ze begreep nog voor die achter haar dichtviel, dat ze niet alleen in de kamer was.

'Dus daar ben je eindelijk', zei een zeer bekende stem. 'Geloof maar dat ik naar je gezocht heb.'

48

Jakob

De voordeur was niet op slot en in het voorhalletje rook het aangebrand.

'Ola?'

Jakob kreeg geen antwoord. Hij trok zijn schoenen uit en opende de deur naar de hal.

De aangebrande geur werd sterker.

'Ola, ben je thuis?'

Hij liep de trap op en ging naar de keuken. Hij vond twee lege pizzadozen op het aanrecht. Op de ene lag de helft van een goed gebakken pizza. Jakob opende de oven. Ola had de pizza gebakken zonder bakpapier. Er kwam nog walm van de verkoolde resten met kaas, ham en paprika op de bodem van de oven.

Nu pas realiseerde Jakob zich dat Garm hem niet tegemoetgekomen was. Dat deed de hond altijd. Misschien was Ola hem aan het uitlaten?

Hij ruimde het aanrecht op en gooide het laatste stuk pizza in de afvalbak. Vanaf de benedenverdieping was een scherp, bekend gekef te horen, gevolgd door gelach.

Toen hij beneden kwam, zag Jakob dat de deur van Ola's kamer op een kier stond. Hij duwde die verder open. In de kamer was het warm en het rook er naar een mengeling van pizza, zweet en chips, de variant met kaas en knoflook.

Ola stond midden in de kamer met de rug naar hem toe. Hij had een grote koptelefoon op die de oren bedekte. Voor hem stond Garm op twee poten terwijl de hond zijn hals uitstrekte naar het stuk pizza in Ola's hand. Ola liet het stuk los en de hond ving het in de lucht op.

'Grote jongen', riep Ola op een manier die Jakob vertelde dat er geluid uit de koptelefoon kwam.

'Ola?'

Garm, niet Ola, reageerde en kwam kwispelstaartend op hem afrennen. Ola draaide zich om naar de hond en schrok toen hij Jakob zag. Hij zette de koptelefoon af.

'Shit! Je maakt me aan het schrikken.'

'Ik heb je een paar keer geroepen.'

'Sorry. Ik luisterde naar een discussie op Discord. Over een nieuwe Final Fantasy.'

'Da...' Jakob zei bijna 'Daar begrijp ik niets van', maar hield zich in en zei alleen 'Precies.'

'Ik heb een stuk pizza voor je bewaard. Het ligt in de keuken.'

'Dank. Heb je Garm al uitgelaten?'

'We hebben wat gespeeld in de tuin.'

Jakob voelde dat hij geïrriteerd raakte. Vanaf vanochtend vroeg tot nu had hij aan één stuk door gewerkt. Hoe moeilijk kon het zijn voor Ola om een half uur te vinden voor Garm?

'Garm is een actieve hond. Hij heeft elke dag een stevige wandeling nodig.'

'Hij heeft zijn behoefte gedaan', verdedigde Ola zich terwijl hij frunnikte aan de koptelefoon in zijn hand. 'Is dat niet het belangrijkste?'

Is dat niet het belangrijkste. Jakob voelde de druk in zijn hoofd toenemen. Alsof die snotaap het beter wist. Als je iets belooft, dan houd je je daaraan. Zonder uitzondering. Dat had Ola maar te accepteren. In dit huis was het Jakob die bepaalde. Hij kruiste zijn armen voor zijn borst en zou Ola eens haarfijn vertellen wat hij ervan vond als je je ergens van afmaakte, toen hij plotseling zichzelf van buitenaf zag: De autoriteit. De tiran. Hij die moedwillig een slecht geweten zaait in de ander.

Manfred Weber.

Jakob voelde een scherpe steek in zijn borst – hetzelfde type onbehagen als toen hij Manfred in Beiarn voor de eerste en de laatste keer had bezocht. Het steken maakte het moeilijk om adem te halen. De vloer deinde onder zijn voeten en Jakob moest zich vasthouden aan de deurpost.

'Voel je je niet goed?' Ola keek hem met een verschrikte uitdrukking op zijn gezicht aan. Lieve hemel, zoveel als hij leek op Manfred. De neus. De ogen. De jukbeenderen.

Jakob schraapte zijn keel. 'Het gaat goed. Ik heb vast te weinig gedronken. Zou je een glas water voor me willen halen?'

'Natuurlijk.' Ola wrong zich langs hem en liep de trap op.

Jakob gleed op de vloer met de rug van beide handen tegen zijn voorhoofd geduwd en de echo van zijn vaders stem, vol verachting, in zijn hoofd: *Je bent zwak, Jakob.*

Je hebt een paniekaanval, dat is alles.

Adem in. Adem uit.

'Jakob?' Ola stond plotseling voor hem met het glas water in zijn uitgestrekte hand. Jakob nam het aan en dronk het water in één teug op. Hij bleef rustig zitten en liet de milde koude naar zijn maag stromen. Langzaam verminderde de druk in zijn hoofd.

'Wat vind je ervan om samen met mij een wandeling te maken?'

Ola keek sceptisch op hem neer. 'Doe jij er niet beter aan even te gaan liggen en rusten?'

'Ik heb koele zeelucht nodig. Ga je mee?'

Ze liepen de Langstranda-veien af, die parallel aan de landingsbaan liep, helemaal tot waar Widerøe's onderhoudshangar stond. Aan de andere kant van het omheinde terrein konden ze het eind van het vliegveld en de zee zien. Jakob liet Garm vrij lopen terwijl hij naar twee met gras beklede heuvels wees direct aan de andere kant van het hek.

'Wat je daar ziet zijn twee bunkers voor de jachtvliegtuigen. Althans, dat waren ze. De vliegbasis is immers naar het zuiden naar

Ørland verplaatst. Bovendien zijn de bunkers voor de F-16 te klein voor de nieuwe vliegtuigen.'

'Waarvoor worden ze dan nu gebruikt?' vroeg Ola.

'Goeie vraag. Ze zijn gemaakt om vrijwel overal tegen te kunnen; het zal dus niet zo eenvoudig zijn om ze te verwijderen.'

'Denk je dat die twee meisjes nog in leven zijn?'

De vraag verraste Jakob. Hij had behoefte om aan iets anders te denken, maar voor Ola was dat natuurlijk anders. Zijn grote broer was per slot van rekening de onderzoeksleider van de meestbesproken zaak in Noorwegen. *Grote broer*. De woorden omvatten veel meer dan hij tot nu toe kon bevatten.

'Ik weet het niet', antwoordde hij. 'We doen alles wat we kunnen, maar het lijkt wel of ze allebei in het niets opgelost zijn.'

'Ik gebruik ook Strava', zei Ola. 'Niet voor het hardlopen, zoals Iselin, maar als een soort geheugensteun van waar ik heb gevist. Mijn gebruikersnaam is OAT1119; "Ola André Tollås" dus en mijn geboortedatum.'

'Hm-m', bromde Jakob om te laten merken dat hij luisterde. Toen drong het tot hem door wat Ola vertelde. Hij herinnerde zich het onbegrijpelijke bericht dat Ola hem had gestuurd: *IH0421 op Strava*: "Iselin Hanssen" en de geboortedatum 21 april. Een gebruikersnaam op Strava.

Jakob bleef plotseling staan en pakte zijn telefoon. Hij typte *Strava.com* in de zoekmachine in en daarna *IH0421*. De omslagfoto was van Iselin boven op de Keiservarden met Bodø op de achtergrond. Ze zag er bezweet en blij uit. Onder de foto volgde een lijst met kaarten van haar trainingsprogramma. Jakob herkende de looptijden van het papier dat ze thuis op de koelkast had geplakt. Alle looprondes waren er, plus een nieuwe ronde die twee dagen geleden van het net geüpload was.

Volgens de kaart op Strava kwam er een plotseling eind aan Iselins ronde in het bos ten oosten van de Keiservarden.

49

Noora

Hij leunde tegen het hoofdbord van het bed met zijn handen achter zijn hoofd. Zijn leren jack hing over de stoel voor het kleine bureautje. Het vulde de hotelkamer met de geur van leer, van motorfiets en smeerolie.

Vroeger zou de geur herinneringen aan de tocht vorig jaar zomer door Zweden naar de Oostzee hebben opgeroepen. Haar hoofd tegen zijn rug. De stevige greep om zijn middel. Het achtbaangevoel in de bochten. Het gevoel van ergens aan te ontkomen. De intimiteit op de motorfiets was een belofte voor de avond. In een hotelkamer als deze. Naakt onder het koele dekbedovertrek. Het nachtlicht buiten. Zomerdagen die in elkaar overgingen, die geen einde kenden. Nu werd ze misselijk van de geur van het leren jack.

Misselijk en bang.

'Waar...' Haar stem had geen kracht. Die klonk temerig. Noora beet op haar tanden. Haatte zichzelf om deze zwakte. Ze was beter dan dit. 'Hoe ben je in mijn kamer gekomen?'

Leo glimlachte. Hield zijn ID-kaart die om zijn nek hing omhoog – de rijksleeuw en de foto van een glimlachende Leo Korshamn en het woord POLITIE in grote zwarte blokletters onderaan.

'Met de loper.'

Leo liet zijn ID op zijn witte overhemd hangen. Alsof hij haar aan iets wilde herinneren. Hij nam een slok uit het flesje Farris dat hij uit de minibar moest hebben gepakt.

Ze zag zichzelf de kamer uit lopen. Teruglopen naar de vergaderzaal en Armann. Hem vertellen over haar verhouding met Leo. Het interne onderzoek bij Kripos. Haar beschuldigingen. Leo's leugens.

De leidinggevenden die de zaak het liefst van Leo's kant wilden bekijken, maar afgeremd werden door de vrees voor een nieuw MeToo-schandaal.

Noora wilde van niemand medelijden. Ze wilde niet als slachtoffer gezien worden. Toch stond ze hier en gedroeg ze zich precies als zo iemand. Zwijgend en onzeker. Als een leerling in de kamer van de rector. Ze volgde elke kleine beweging die Leo maakte. Ontweek zijn ogen. Merkte hoe hij de hele tijd haar blik zocht.

'Ik vertelde de man van de receptie dat we geliefden zijn.' Leo hield zijn hoofd een beetje scheef. Een pluk van het blonde haar viel over zijn rechteroog. 'De receptionist zag er zelfs wat teleurgesteld uit. Je flirt toch niet met hem, wel?'

'Natuurlijk niet', antwoordde Noora automatisch. Ze wilde dat ze de woorden terug kon nemen zodra ze uit haar mond waren. Ze hoefde zich niet te verantwoorden tegenover Leo. Niet meer.

'Kom hier.' Leo klapte met zijn hand naast zich op het bed. Noora verroerde zich niet.

'Noora...' Zijn stem kwam diep uit zijn keel. De herinnering aan wat voor effect dat ooit op haar had gehad, zat nog steeds in haar lichaam, haalde beelden in haar naar boven die ze niet wilde. Die hier niet thuishoorden.

'Ik wil dat je gaat', mompelde ze.

'Je wilt wat?' was zijn reactie. 'Praat luider.'

'Ik wil dat je gaat', herhaalde ze. Ze keek hem recht in de ogen.

Leo stond op van het bed. Hij torende boven Noora uit. Hij was veel langer dan zij. Ruim één meter negentig. De mouwen spanden om de biceps. Het overhemd was zo strak in zijn broek gestopt dat het zijn platte buik duidelijk liet uitkomen. Leo bracht elke dag twee uur in de fitnessruimte door – het bovenlichaam 's ochtends, rug- en beenoefeningen na het werk.

Hij legde zacht een hand op haar schouder. Een onbehagen verspreidde zich als een verlamming vanaf het raakpunt door haar lichaam naar beneden. Noora moest zich concentreren om haar gezicht uitdrukkingsloos te houden. Om Leo niet te laten zien hoe bang ze was. Hoe zwak dat haar zou maken in de ogen van Leo.

'Mijn excuses voor de berichten die ik heb gestuurd.' Leo keek naar de vloer terwijl hij praatte. 'Ik was gekwetst en bang dat ik je kwijt zou raken. Zie nu in dat het mijn schuld was dat er een intern onderzoek ingesteld werd bij Kripos. Ik had je nooit zo mogen behandelen.' Leo slikte. 'Je vertrouwde mij en ik maakte misbruik van je vertrouwen. Vooral die keer op het toilet van het politiebureau. Ik dacht dat je het wel spannend zou vinden. Dat...'

Hij slikte. Wreef de rug van zijn hand langs zijn ogen. Draaide halverwege weg van haar, alsof hij zich schaamde.

Zijn gedrag joeg haar angst aan. Zijn manipulatie, de manier waarop hij altijd de controle wilde hebben, daar was ze aan gewend geraakt. Maar hem ogenschijnlijk onderdanig kwetsbaar te zien maakte een ander soort angst in haar wakker.

'Kun je me vergeven?' Leo liet zijn hand van haar schouder naar beneden langs haar arm glijden. Hij pakte haar hand. Hield die vast zoals geliefden dat doen.

Ze trok hem niet terug. Was bang voor de reactie die dat kon oproepen. Ze liet haar hand in de zijne liggen. Voelde de warmte van zijn huid. De hitte die door het overhemd heen straalde. Die de geur van de aftershave meebracht – Armani Code. Die had ze als verjaardagscadeau voor hem gekocht. 'Dus jij denkt dat ik een code ben die je kunt kraken?' had Leo gevraagd toen hij het doosje openmaakte. 'Heb ik dat dan niet al gedaan?' was haar wedervraag geweest.

Ze hadden gelachen.

Maar ze had hem helemaal niet begrepen.

Nu vertelde hij haar dat hij zou veranderen. Een halfjaar geleden zou ze hem geloofd hebben. Zou ze hem zo zielsgraag geloofd hebben dat ze alle verschrikkelijke dingen die gebeurd waren, zou hebben verdrongen. Maar nu niet.

Hij liet haar hand los en legde beide handpalmen op haar billen. Duwde haar tegen zich aan. Ze voelde de druk van zijn pik tegen haar onderlijf. Noora werd misselijk. Ze sloot haar ogen. In haar hoofd veranderde Leo's gezicht in dat van Stein-Jarle – zijn tong uit zijn bek hangend als een roze stuk vlees.

De angst en alle energie die ze nodig had om te doen alsof er niets aan de hand was, zorgden ervoor dat ze moeilijk kon denken. Leo zou dit 'geen weerstand bieden' interpreteren als acceptatie. Hij zou haar omdraaien en haar gezicht in de matras duwen. Haar nemen. Alleen met Leo was zijzelf de enige die haar kon helpen.

Noora streek met haar hand langzaam omhoog naar zijn kruis. Ze liet haar vingers op de rijpe bult rusten. Leo kreunde voordat hij haar op het bed duwde. Hij bleef voor haar staan terwijl hij zijn overhemd uittrok – zijn buikspieren als een wig naar zijn onderlijf.

Leo glimlachte terwijl hij een schoen van haar uittrok. Hij greep het andere been. Dit was haar kans. Noora trapte met haar voet. Raakte Leo op zijn borstkas met haar hak. Raakte hem te hoog. Niet in de buik, maar op het onderste gedeelte van de borstkas. De kracht van haar trap duwde hem achterover.

Noora rolde op haar zij. Ze zou net aan de andere kant van het bed springen toen Leo zich op haar wierp. Hij draaide haar op haar rug en ging schrijlings op haar dijen zitten. Duwde haar armen boven haar hoofd. Hield ze met een hand vast terwijl hij met de andere de bovenste knoop van haar broek losmaakte.

'Laat me los, klootzak!'

'Ik hou ervan als jullie tegenstribbelen.'

Dat ene woord, 'jullie', maakte haar duizelig. Wie was deze man? Had ze hem ooit gekend?

'Leo', zei Noora op kalme toon. 'Ik wil dit niet. Ik wil er best over praten. Maar het is voorbij tussen ons. Al sinds...'

De klap kwam uit het niets. Een vlakke hand boven haar oor. Een scherpe pijn gevolgd door rode, dansende stippen in haar gezichtsveld. Leo boog zich over haar heen. Liet zijn gezicht tot boven het hare zakken. 'Houd je bek, vuile teef. Je krijgt wat je verdient.' Zijn ogen waren zwarte zonnen onder de blonde pony.

'Laat me los!' Noora spartelde. Ze probeerde zich opzij te werpen. Hij hield haar vast. Was te sterk. Te zwaar.

'Je vroeg erom. Wilde het zelf.'

Hij scheurde haar gulp open. Een paar metalen knopen sprongen los en kwamen op de grond naast het bed terecht. Het geluid deed haar denken aan lege hulzen die op de grond vielen.

Leo schoof naar haar benen terwijl hij Noora's polsen in zijn greep hield. Hij trok de onderbroek over haar heupbeen. Had moeite om die verder naar beneden te trekken. Noora wist dat hij nu gauw zijn geduld zou verliezen en hem alleen maar uit zou rukken. Ze tilde haar achterste op. Maakte het gemakkelijker voor hem. Leo keek haar onderzoekend aan. Ze glimlachte terug.

'Hoer.' Hij zei het alsof het een koosnaam moest zijn.

Hij liet haar polsen los en trok de onderbroek naar beneden. Noora bleef met de armen boven haar hoofd liggen, tilde haar voeten op zodat hij de onderbroek helemaal uit kon trekken. Hij liet hem op de vloer vallen. Ging voor het bed staan. Trok de rits naar beneden en schoof zowel zijn broek als boxershort tot op de enkels. Noora bleef stilliggen tot hij zich bukte om de broek helemaal uit te trekken.

Haar trap trof Leo aan de zijkant van zijn hoofd. Vlak boven de slaap. Verplaatste hem naar de muur. Hij kreunde. Klapte dubbel op zijn knieën. Noora rolde uit het bed. Griste de mobiel mee en rende naar de kamerdeur. Besefte dat haar onderlijf naakt was. Rukte de deur van de badkamer open. Smeet die dicht en draaide hem op slot.

Leo bonsde zo hard op de deur dat de plank boven de wasbak trilde. De deurkruk rammelde. Hij ging op en neer als een vleugellamme vogel. 'Laat me erin!'

‘Ik heb mijn mobiel in mijn hand, Leo. Als je over een halve minuut de kamer niet uit bent, bel ik Armann. Vertel ik hem dat je me probeerde te verkrachten.’

Stilte. Noora stond onbeweeglijk. Probeerde zich een beeld te vormen van wat er aan de andere kant van de deur gebeurde. Hoorde geruis van kleren. Leo die zijn broek aantrok. Het leren jack dat opgetild werd van de stoel waarover het hing. Stappen in de richting van de deur naar buiten. Stappen die voor de deur van de badkamer stilhielden.

Zijn stem was zacht. De woorden hard.

‘Ik kom achter je aan, Noora. Wanneer je er het minst op bedacht bent. En dan verdwijn je. Voorgoed.’

50

Jakob

Het zoeklicht van de schijnwerper onderaan de helikopter zwaaide over het gebied, liet schaduwen tevoorschijn springen en weer verdwijnen in het bos rond Jakob. Het zware wolkendek legde het bos aan de voet van de Keiservarden in het schemerdonker. Jakob hield zijn handen beschermend boven zijn ogen tot de helikopter weg was.

'Iselins laatst bekende positie is iets meer dan honderd meter voor ons', zei Ronald zacht tegen hem. Ze liepen naast elkaar. De technisch rechercheur had een gps in zijn hand waarin de coördinaten van Iselins Strava-account waren ingetoetst.

Jakob antwoordde niet. Hij keek over zijn schouder. Achter hem volgde een handvol agenten, technisch rechercheurs en twee artsen. Geen van de deelnemers aan het nachtelijk gevolg sprak met een van de anderen. Ze hadden allemaal dezelfde, verbeten uitdrukking op het gezicht als hijzelf – een masker dat de onrust verborg voor wat ze vreesden te vinden.

'Vijftig meter', mompelde Ronald, en hij bleef staan. Voor hen versmalde het pad zich tot een wildpaadje dat de helling af liep en linksaf door een manshoog, dicht bosschage. Er was geen andere mogelijkheid dan achter elkaar te lopen.

Jakob gebruikte het nood-communicatienet: 'Reddingshelikopter, dit is de teamleider. Zien jullie iets in het gebied voor ons?'

'Negatief', antwoordde de piloot na een paar seconden. 'Er is niets wat opvalt, noch op de warmtecamera noch bij gebruik van de zoeklichten. Maar er is daar beneden een uitstekende klip, of mogelijk een klein gat. We hebben met andere woorden niet het volledige overzicht.'

'Begrepen.' Jakob bevestigde de portofoon weer aan zijn koppel en trok zijn pistool. Met de loop recht naar beneden wijzend volgde hij het voetspoor in de richting van het dichte kreupelhout. De ondergrond was glibberig en modderig na de dagenlange regen. De geur van natte bosgrond was overweldigend en overheerste alle andere. Jakob probeerde niet te denken aan welke andere geuren hij inademde.

'Vijfentwintig meter', fluisterde Ronald achter hem. 'Vijftien.'

Jakob baande zich een weg door het struikgewas. Koude waterdruppels dropen in zijn nek. Achter hem hoorde hij een van de agenten uitglijden en vloeken. De man werd tot stilte gemaand door een collega, iets wat het lawaai alleen nog maar nadrukkelijker maakte. Jakob duwde een tak opzij en kwam uit op een open plek waar een ranke den boven hem uittorende.

'Iselin?' Jakob keek om zich heen. Hij merkte dat zijn hand met het pistool licht beefde. 'Iselin, ben je hier?' Ronald kwam naast hem en liet de lichtstraal van een krachtige ledlamp over het terrein gaan.

'Daar, aan de andere kant, achter de boom!'

Jakob volgde Ronalds aanwijzing. Aan de andere kant, achter de boom, in een steile helling, was een uitholling.

De uitholling lag gedeeltelijk verscholen onder een met gras bedekte grote, platte steen die uit de helling naar voren stak.

Voorzichtig naderden Jakob en Ronald de opening, elk van een andere kant van de boom. Ronald ging op zijn knieën zitten en scheen onder de steen. De lichtstralen belichtten de achterwand en Jakob voelde een vreemde mengeling van opluchting en teleurstelling door zich heen gaan. De kleine uitholling was leeg. Iselin was hier niet.

'Vondst!' De roep kwam van achter hen. Ronald en Jakob draaiden zich om. In het schijnsel van Ronalds lamp wees een geüniformeerde politieagent op iets dat op de grond voor de voet van de den lag. Een roze reflecterend metalen voorwerp.

Iselins sporthorloge.

Jakob kwam om tien over drie thuis. Toen hij vertrok van het zoekgebied, hadden ze geen andere vondsten gedaan dan het horloge. Nu kamden Ronalds technisch rechercheurs het gebied uit, terwijl een speurhond van de hondenpatrouille probeerde een geur op te vangen van Iselin. Na twee etmalen regen en andere wandelaars in het gebied rond de vindplaats was de hondengeleider niet erg optimistisch.

'Hebben jullie haar gevonden?' Ola stond in de deuropening van zijn kamer. Hij droeg een verschoten grijs T-shirt met de tekst *Counter Strike* en een iets te kleine boxershort. Het leek er niet op dat hij veel geslapen had nadat Jakob hem, in alle haast, verlaten had na de wandeling met Garm.

'Nee, helaas.' Jakob las de teleurstelling op Ola's gezicht en voegde eraan toe: 'Maar je Strava-tip heeft ons goed geholpen. Dat was heel slim bedacht van je.'

'Meen je dat?'

'Wis en waarachtig.'

De verzekering deed Ola glimlachen – een open glimlach die alle overeenkomsten met Manfred uitvlakte.

'Kruip in je bed. Ik ben waarschijnlijk weer aan het werk als je wakker wordt, maar je kunt altijd bellen.'

'Oké.' Ola deed de deur achter zich dicht en deed hem weer open. 'Het gaat nu goed met je, toch?' Opnieuw viel Jakob de ongeruste ondertoon in de stem van de jongen op.

'Je denkt aan eerder?' vroeg Jakob.

'Ja.'

Jakob woelde door Ola's haar. Over de schouder van de jongen zag hij dat Garm op het voeteneind van Ola's bed lag. De hond tilde zijn kop op en kwispelde voorzichtig met de staart. Een duidelijk teken dat hij wist dat hij zich op verboden terrein bevond.

'Alles is goed', antwoordde Jakob. 'Ga nu maar slapen.'

Terwijl hij zijn tanden poetste, ratelde de mobiele telefoon tegen het emaille van de wastafel. Jakob verwachtte Ronalds naam in het scherm te zien. Maar het was een bericht van Sigrid: *Hoor geruchten over een grote actie bij de Keiservarden. Wat is er aan de hand?*

Zou hij antwoorden? Het was bijna halfvier 's nachts. Ze kon toch niet meteen een sms terug verwachten? Maar ze hadden de afspraak om elkaar te informeren en tot nu toe was Sigrid te vertrouwen geweest.

Nadat hij er nog even over nagedacht had, schreef Jakob: *We hebben Iselins sporthorloge gevonden, maar Iselin niet. De politiechef brengt dit morgen op de persconferentie naar buiten.*

Jakob las het korte bericht. Hij besloot Sigrid iets extra's te geven: *Het horloge is een roze Apple Watch 7 met 4G. Haar ronde werd realtime opgeladen naar het net. Ik vertrouw erop dat je deze informatie niet voor het begin van de persconferentie morgen publiceert. Je hebt nu immers hoe dan ook een kleine voorsprong.*

Er verstreken misschien tien seconden voordat Jakob een bericht terug kreeg: ♥. Hij bleef naar het kleine, rode symbool op het scherm kijken. In enkele seconden was al het andere vergeten.

Hij was moe in zijn lichaam, maar wakker in hoofd. Jakob bleef naar het plafond liggen staren terwijl zijn gedachten heen en weer vlogen van het gesprek met Råkstad over Noora, naar Kikki's beweringen over Engelstad op Røst, de pijn in de borst, de vondst van het horloge en of Sigrids bericht iets anders betekende dan 'bedankt'.

Ten slotte stond hij op en ging achter zijn bureau zitten. Hij zette de computer niet aan, maar bleef naar het schuine dak zitten staren waarvandaan drie paar ogen op hem neerkeken.

Hij had de foto van Iselin naast die van de onbekende Lofotenvrouw en de vermiste vrouw uit datzelfde jaar opgehangen. Jakob keek de vrouwen een voor een aan. Stopte bij Iselin. Voelde het gewicht van alles wat hij niet wist op zijn schouders drukken.

Hij vond de foto van Marte in zijn schoudertas die over de rugleuning van de stoel hing, en hing die naast de foto van Iselin. Het kwartet bekeek hem zwijgzaam. Een zwijgzaamheid die hem uitnodigde tot een intieme monoloog.

'Hoe leerde je hem kennen?' vroeg hij de Lofotenvrouw.

'Wat deed je in Noorwegen?' was de vraag aan de vermiste vrouw.

'Trof je iemand die je kende in Maskinisten?' daagde hij Iselin uit.

'Wie op Røst wist dat je zo vroeg zou gaan hardlopen?'

Op de eerste drie vragen was nog geen helder antwoord. Het antwoord op de laatste vraag, over Martes hardlooprondes, wist iedereen die haar op Instagram volgde: Marte jogde elke ochtend.

Begrepen de influencers wel hoe kwetsbaar ze zich maakten wanneer ze hun leven op de sociale media publiceerden?

Maar in een perfecte wereld zouden ze zich daar ook geen zorgen over hoeven te maken.

In een perfecte wereld.

Vier meisjes. Vier verdwijningen met een tussenruimte van negenentwintig jaar.

Jakob voelde zich plotseling overweldigd.

Gekrabbel aan de slaapkamerdeur. Jakob deed open en Garm slofte naar binnen en duwde zijn snuit tegen zijn heup alsof hij om genade wilde vragen omdat hij het zich gemakkelijk had gemaakt in Ola's bed.

In gedachten kroelde Jakob de hond achter het oor. Wist dat hij naar bed moest. Bleef toch staan terwijl hij de vier vermisten bestudeerde. Terwijl hij daar zo stond, groeide het inzicht in hem. Hij liep terug naar het bureau en ruilde de foto's van Iselin en Marte om in het rijtje. Hij deed een stap terug en bestudeerde de drie donkerharige meisjes die nu een rechte lijn vormden. Nu viel het hem op hoe ze allemaal dezelfde trekken in het gezicht hadden, dezelfde lichaamsvorm en een nagenoeg identiek kapsel. Het was bijna griezelig.

Kon Marte gekoppeld worden aan de twee zaken van negenentwintig jaar geleden? Was er sprake van een moordenaar die een voorkeur had voor vrouwen met een specifiek uiterlijk? Maar Iselin dan? Ze paste niet in dit beeld. Had de politie van Bodø misschien te maken met twee moordenaars?

51

Noora

Noora negeerde Armanns oproepen en bleef bijna een half uur in de badkamer. Ondertussen probeerde ze de deur te openen, maar de moed zakte haar in de schoenen zodra haar hand de deurkruk vastpakte. Ze zag voor zich hoe Leo aan de andere kant op haar wachtte. Kreeg dat beeld niet uit haar hoofd. Noora wist met irrationale zekerheid dat hij muisstil in het gangetje stond. Dat hij alleen maar de kamerdeur geopend en weer gesloten had.

Het was uiteindelijk een bericht van Thorsen dat haar ertoe bracht zich naar buiten te wagen: *Ben bijna in het hotel. Heb nieuws over Aslak Nilsen.*

Tot zo, antwoordde ze en ze had de deur geopend voor ze zich had kunnen bedenken.

Haar kamer was leeg, natuurlijk was die dat. Het Farrisflesje waar Leo uit gedronken had, stond op het nachtkastje – het enige teken dat hij binnen was geweest. Noora trok schone kleren aan, van onder tot boven. Trok een hoody aan over een zwart T-shirt, en een ruimzittende spijkerbroek. Leunde met haar handpalm tegen de binnenkant van de kamerdeur, haalde een paar keer diep adem en stapte naar buiten.

Door de ramen in de gangen zag ze dat de regen met bakken naar beneden kwam. Noora had er niet bij stilgestaan dat de gordijnen op haar eigen kamer waren dichtgetrokken. Dat haar kamer nog steeds in dezelfde duisternis gehuld was als die haar in Leo's kleine universum had ingekapseld.

Leo zat met Armann in de vergaderzaal. Armann spreidde wanhopig zijn armen uit toen hij haar zag. Communiceerde duidelijk: waar bleef je nou?

Leo daarentegen stond op en kwam met open armen op haar aflopen. 'Noora. Dat is lang geleden', loog hij.

Hij omhelsde haar voor ze kon reageren.

'Ik ga er maar van uit dat jij en rechercheur Korshamn elkaar al kennen', reageerde Armann droog.

'Zeg maar Leo.' Hij deed een stap van Noora vandaan. 'Goed je te zien.' Noora bestudeerde zijn gezicht. De gemaakte vreugde over het weerzien leek helemaal echt. Armann had geen reden om te vermoeden dat er iets mis was. Maar vlak onder het oppervlak loerde het monster.

'Leo was al op het vliegveld in Bodø toen Kripos werd gewaarschuwd over onze behoefte aan assistentie', legde Armann aan Noora uit. 'Ik moest eigenlijk naar Mo i Rana', voegde Leo eraan toe. 'Ik kreeg het bericht nog net op tijd voor de avondvlucht naar Røst.'

'Over toeval gesproken', antwoordde Noora. Ze hoopte dat Leo het sarcasme opmerkte.

'Het geluk is met de slimmen', antwoordde Leo en hij gaf haar vriendschappelijk een por in haar zij.

Noora glimlachte terug. Voelde hoe haar hart gestrest op hol sloeg, terwijl een ijzersmaak zich in haar mond verspreidde. Ze wilde niets liever dan terugrennen naar haar kamer en de deur achter zich op slot draaien. 'Waar is Thorsen?' vroeg ze Armann.

'Vlak achter je.' Thorsen kwam de deur van de vergaderzaal binnen, gevolgd door vier geüniformeerde agenten: drie mannen en een vrouw. Noora dacht er een paar te herkennen van het kennismakingsrondje op het politiebureau in Bodø.

'Sorry dat ik laat ben. Deze groep kwam net aan met de veerboot in twee civiele auto's van de politie uit Bodø. Ik dacht dat ik ze maar het best zo snel mogelijk hiernaartoe kon brengen.'

'Welkom', zei Armann kort en hij wees naar een rij stoelen langs een van de muren. 'Goed, Thorsen, vertel ons maar wat je over Nilsen hebt ontdekt.'

De lensmann ging midden in de ruimte staan, de duimen achter zijn riem gestoken. 'Een tijdje terug werd ik gebeld door Peder Skarvheim.' Thorsen pauzeerde even, alsof hij moest nadenken hoe hij verder zou gaan. 'Peder is wat je zou kunnen noemen een dorpsfenomeen. Hij woont bij zijn moeder. Hij heeft al een tijdje een burenruzie met Simon Michalsen die pal tegenover hem woont. Jullie kennen dat wel: kleine dingen worden buitenproportioneel opgeblazen. Harde muziek, gebutste brievenbussen en dreigende blikken.'

Het viel Noora op dat een paar agenten van de ordedienst knikten. Voor hen was dit een bekend verhaal. 'Ik moet bekennen dat ik niet meteen bij het eerste telefoontje van Peder reageerde. Ik dacht dat het wel even kon wachten. Maar hij gaf niet op. Toen ik eindelijk opnam, kreeg ik dezelfde oude koek geserveerd: dat Simon halfnaakt op zijn erf rondliep terwijl hij boos in de richting van Peders huis keek. Maar toen voegde Peder eraan toe dat hij vandaag, op weg van de winkel naar huis, bijna in de sloot werd gedrukt door de auto van Aslak.'

'"Aslak" als in "Aslak Nilsen", neem ik aan?' vroeg Leo.

'Klopt', bevestigde Thorsen. 'Peder vertelde verder dat Aslak zijn auto in de garage van Simon parkeerde. De garagedeur is dicht, maar Peder weet zeker dat die daar nog steeds staat. Aslak heeft, zoals jullie weten, een strafblad. Simon heeft op zijn beurt een paar geldboetes gehad voor dronkenschap en knokken en een boete van twintigduizend voor het stelen van een paar chemicaliën uit een van de opslagruimtes in de haven.'

'Wat voor chemicaliën dan?' vroeg Leo.

'Ik denk dat het loog was, maar ik weet het niet helemaal zeker. Simon verklaarde dat hij dacht dat het brandstof was. Dat de visbaronnen het niet zouden merken als er een tienlitervat verdween.'

'Maar je gelooft hem niet?' wilde Leo weten.

Thorsen wiebelde met zijn hoofd. 'Simon heeft een bachelor in scheikunde aan de NTNU. Hij zou het verschil tussen loog en diesel moeten kunnen zien.'

'Nou niet bepaald een crimineel meesterbrein', zei een van de nieuwe agenten luid genoeg zodat iedereen het hoorde. Zijn collega's grijnsden. Armann sloeg met zijn vlakke hand op de tafel. De ordetroep zweeg. 'Vergeet niet wat er op het spel staat. Dit is tot dusver het enige concrete spoor dat we hebben. Op basis van wat Thorsen me nu heeft verteld, meen ik dat we voldoende redenen hebben om in actie te komen.'

Armann liet even een stilte vallen. Een open uitnodiging aan wie het niet eens was met zijn oordeel. Noora had erop kunnen wijzen dat het enige wat Aslak linkte aan de verdwijning, was dat hij uit het hotel verdween voordat de politie met hem had kunnen spreken. Dat alleen kon nauwelijks een gegronde reden zijn om hem ervan te verdenken dat hij achter de ontvoering zat. Maar aan de andere kant: de tijd drong.

'Ik bel Jakob en vraag hem met spoed een toestemming aan te vragen bij de staatsadvocaat in Nordland. Tot het huiszoekingsbevel afgegeven is, bereiden we ons voor op de actie, op z'n laatst morgenochtend vroeg.'

Armann draaide zich om naar Noora. 'Neem een van de agenten mee en houd het huis van Simon Michalsen in de gaten. Als hij of Aslak het perceel verlaat, wil ik dat onmiddellijk weten.'

'Begrepen', antwoordde Noora, opgelucht dat ze bij Leo weg kon.

'Thorsen, ik ga ervan uit dat er een rijkstechnische overheidsdienst of iets dergelijks is op Røst? We hebben een bouwtekening van Simons huis nodig. Zodra we dat hebben, kunnen we de actie meer in detail plannen. Leo, ik wil graag inbreng van jou in het actieplan.'

'Weten we of er op naam van deze jongens wapens geregistreerd staan?' vroeg Leo.

'Goede vraag', antwoordde Armann. 'Thorsen, kun jij dat natrekken als je toch naar technisch gaat?' Thorsen knikte bevestigend en verliet de vergaderruimte.

Noora wenkte een van de agenten – degene die eerder een grapje had geprobeerd. 'Noora Sande', zei ze en ze gaf hem een hand. 'Jij komt met mij mee.'

'Odd-Arne Tveite', antwoordde hij en hij pakte haar hand. Noora zag dat Leo het gesprek volgde. Hij stelde zich vast en zeker haar en Odd-Arne alleen voor. Ze werd mentaal moe als ze er alleen al aan dacht.

'Wacht in de auto', zei ze tegen de agent. 'Ik ben over een paar minuten terug.'

Noora wachtte tot Odd-Arne de trap af verdween, toen holde ze door de gang naar haar eigen hotelkamer. Haar hand trilde toen ze de sleutelkaart voor de lezer hield.

De oude Nokia-telefoon lag in het voorvak van haar koffer. Ze had haar telefoon niet meer gecheckt sinds ze op Røst was aangekomen. Nu stond er op het scherm dat ze vijf niet-gelezen berichten had.

Had Leo ze voor of nadat hij op Røst kwam verstuurd? Had hij haar gewaarschuwd? Verzoening voorgesteld? Of was het misschien een mindgame-variant waarin hij schreef dat hij klaar met haar was? Dat er geen berichten meer van hem zouden komen, om daarna onverwacht in haar kamer op te duiken.

Noora opende geen enkel bericht. Ze pakte de telefoon en liep naar de begane grond en daar de aanlegsteiger op.

De regen kwam in vlagen, vormde een chaotisch patroon van druppels in het kanaal. Ze was alleen met de drieteenmeeuwen, die zich niets aantrokken van de regen of de wind. Ze trok de capuchon over haar hoofd. Wist dat ze zich zou bedenken als ze nog iets langer zou aarzelen.

Ze gooide haar mobiel in het kanaal tussen de twee aanlegsteigers. De Nokia wentelde traag door de lucht. Een paar meeuwen doken naar het vliegend object voordat het mobieltje het oppervlak raakte met een nauwelijks hoorbare splash. Toen Noora zich omdraaide om naar binnen te gaan, ontdekte ze een gedaante voor een van de ramen op de eerste verdieping. Leo's gezicht was uitdrukkingsloos.

Behalve zijn ogen.

Die waren zwart.

Vol haat.

52

Jakob

'Ik kreeg net het antwoord waarop we hebben gewacht.'

Jakob wreef in zijn ogen terwijl zijn hoofd de stem aan de telefoon probeerde thuis te brengen. Hij had nog in zijn halfslaap opgenomen. De wekker op het nachtkastje wees tien over halfzes aan. Hij had twee uren geslapen.

'Ronald?' mompelde Jakob.

'Wie anders?'

'Ben je al op het werk?'

'Kom net van Maskinisten. Was zo dom om mijn mail te checken voor ik even zou gaan liggen. Er was een bericht van het lab.'

'De analyse van de speekselmonsters?'

'Klopt', antwoordde Ronald.

Jakob ging rechtop op bed zitten. Hij voelde zich groggy – het gevoel dat je krijgt wanneer je een paar glazen wijn hebt gedronken vlak voordat je naar bed gaat.

'Voor ik op details inga...' zei Ronald. 'Kun je voor me beschrijven hoe Bjørn Hanssen, Stein-Jarle Lie en Casper en Otto Jahrberg reageerden op het verzoek om speeksel af te staan?'

Jakob woelde door zijn haar. Hij stak zijn voeten in de pantoffels die bij het bed stonden en navigeerde zich door de donkere slaapkamer naar het bureau.

'De geüniformeerden vertelden me dat Bjørn Hanssen hen zonder verdere vragen het monster af liet nemen. Stein-Jarle schold hen uit, maar gaf ze ten slotte waar ze voor gekomen waren.'

'En de familie Jahrberg?'

'Voor Otto en Casper moesten we naar de advocaat van de familie.

Zeiler leek afwijzend toen ik contact opnam. Maar slechts een paar minuten later belde ze terug en liet mij weten dat zowel vader als zoon vrijwillig speeksel wilde laten afnemen. Haar boodschap was dat de familie hiermee wilde laten zien dat ze volledig samenwerken met de politie.' 'Zelfverzekerd, met andere woorden', antwoordde Ronald.

'Typisch Otto', antwoordde Jakob. 'Maar nu moet je het niet langer rekken. Wat is de uitkomst?'

'De monsters stellen vast dat het bloed op Iselins trui van Casper is.'

'Zonder twijfel?'

'Zonder twijfel', antwoordde Ronald. 'Daarom vroeg ik me af of de familie Jahrberg had geprobeerd om eronderuit te komen.'

'Dat kan alleen maar betekenen dat Otto niet weet dat zijn zoon erbij betrokken is.'

'Waarschijnlijk.'

'Maar er is ook nog een andere mogelijkheid.'

'Wat dan?'

Jakob vertelde Ronald wat Fine en hij eerder hadden besproken: een alternatieve theorie over hoe het bloed op het shirt van Iselin was beland. Ronald luisterde zonder te onderbreken. Ten slotte zei de technisch rechercheur: 'Mijn eerste ingeving was dat je een eenvoudige vondst ingewikkeld maakt. Maar ik denk warempel dat je iets op het spoor bent. Wat doen we nu?'

'Ik denk dat we de betreffende persoon een bezoek moeten brengen. Fine zit alleen thuis met een ziek kind, dus ik hoop dat jij tijd hebt om mee te gaan naar een confrontatie.'

'Wanneer dan?'

'Nu, meteen. Ik pik je zo op.'

'Dan moet je wel koffie meenemen.'

Ronald stond voor de flat in Hunstad op hem te wachten. Het was hem duidelijk aan te zien dat hij een nacht overgeslagen had. Ronald ging zitten en opende het deksel van de thermosbeker die aan zijn kant in de houder stond.

'Thee! Een grapje zeker?' Ronald keek ontevreden in de beker.

'Je moet een open oog hebben voor iets nieuws. Het is lapsang souchong. Echte mannenthee.'

Ronald nam voorzichtig een slok. 'Smaakt naar kampvuur en geolied water.'

'Ongeveer als kookkoffie, met andere woorden.'

'Niet grappig.' Ronald dronk nog een beetje voordat hij het deksel erop draaide en de beker met een demonstratieve zucht terugzette in de houder.

'Nog nieuws van Røst?'

'Gisteravond, terwijl wij naar Iselin zochten, vroeg Armann om toestemming voor een huiszoeking. De basis is zwak, en dat weet hij. We hebben een betere onderbouwing nodig dan dat Aslak Nilsen zich bij Simon Michalsen ophoudt.'

Jakob draaide de hoofdweg af in de richting van de zee. Regenbuien dreven over de Saltfjorden, lieten een regenboog verschijnen en weer verdwijnen in het sporadische licht van de ochtendzon.

'Op weg hiernaartoe heb ik met Fine gesproken. Ze had een idee; ik heb haar gevraagd dat met de staatsadvocaat te bespreken. Hopelijk kunnen we Armann in de loop van de ochtend groen licht geven.'

'Laten we het hopen. We hebben een doorbraak nodig.'

'Dat is een mild understatement.'

Ronald draaide zich naar Jakob. 'Als jij gelijk hebt met jouw theorie over het bloed op het shirt, is dat ernstig voor het onderzoek.'

'Mee eens. En in dat verband heb ik zin om een andere theorie te ventileren. Een die haaks staat op de actie tegen Simon en Aslak die we van plan zijn.'

'Wat dan?'

Jakob vertelde Ronald over de inval die hij had gekregen toen hij de foto's van de vier verdwenen meisjes bestudeerde.

'Het gebeurt zelden dat een moordenaar zo lang als negenentwintig jaar stopt met moorden. Zelden, maar niet onwaarschijnlijk.'

'Ik heb zo'n vermoeden dat jij een concurrerende theorie hebt', antwoordde Jakob.

'De theorie over twee daders is steekhoudend. Maar ik denk dat er sprake kan zijn van een copycat op Røst: iemand die heeft gelezen wat er met Iselin is gebeurd, en geïnspireerd is geraakt. Misschien handelde de persoon in kwestie spontaan en ontvoerde hij Marte toen de gelegenheid zich voordeed.' Ronald draaide het deksel van de thermosbeker en dronk. Trok een grimas, alsof hij al was vergeten dat er thee, geen koffie, in de beker zat. 'Zo'n scenario past immers ook beter bij de leeftijd van Aslak en Simon. Ze kunnen nog niet erg oud zijn geweest toen de Lofotenvrouw werd vermoord.'

Het past ook met Kjartan Engelstad, dacht Jakob. Hij besloot om naar de fotodokter op Røst te kijken als het Armann en Noora niet lukte Aslak en Simon te koppelen aan de zaak.

Jakob draaide de parkeerplaats op en zette de motor uit. Hij bladerde snel door het notitieboekje met de vragen die hij had voorbereid.

'We wachten toch nergens op, wel?'

Siri-Else Straumsnes opende de deur in een gele ochtendjas over een witte body. Ze had wallen onder haar ogen. De tabakslucht kwam achter haar aan de gang in.

'Ja?' Jakob liet zijn ID-kaart zien.

'Jakob Weber. Dit is mijn collega Ronald Janook.'

'Ik weet wie je bent, Jakob. Je was hier eergisteren.' Siri-Else trok haar ochtendjas strakker om zich heen. Ze maakte geen aanstalten om hen binnen te willen laten.

'We zijn hier om met Mona te praten.'

'Om kwart over zeven in de ochtend?'

'Er is iets wat ik haar moet vragen. Dat kan hier thuis bij jullie, of we nemen Mona mee naar het bureau.' Siri-Else hield Jakobs blik een paar seconden vast voor ze hun de rug toekeerde en de flat in liep zonder de deur te sluiten.

Jakob wachtte in de woonkamer samen met Ronald tot Mona, samen met haar moeder, verscheen. Siri-Else had een spijkerbroek en een eenvoudig zwart truitje aangetrokken. Mona droeg een grijze stretchbroek met hoge taille en een wit overhemd. Ze zag er nerveus uit, vond Jakob. Maar dat deden de meesten die onverwacht de politie aan de deur kregen.

'Hoi Mona. We hebben elkaar een paar dagen geleden gezien.'

Ze knikte. Keek naar de vloer.

'In verband met Iselins verdwijning zijn er een paar dingen die ik graag met jou wil ophelderen.'

'Wat dan?'

'Je hebt ons verteld dat Iselin op de avond voordat ze verdween bij jou was. Jullie aten pizza en keken naar een film.'

'Netflixserie. *Jessica Jones.*'

'Precies. En dat was de laatste keer dat je haar hebt gezien?'

'Ja. Dat heb ik je collega al verteld.'

'Dat klopt.' Jakob bladerde in zijn notitieboekje, vooral om een stilte te laten vallen tussen de formaliteiten en wat hij zag als het begin van het eigenlijke verhoor.

'Wat je ons niet vertelde, is dat Casper de dag erna bij jou op bezoek kwam. Dezelfde dag dat Iselin verdween dus. Ik wil wedden ergens vóór de lunch. Klopt dat?'

Mona gaf geen antwoord.

'Mona?' Siri-Else kruiste haar armen voor haar borst. 'Geef de politie antwoord.'

'Oké. Hij was hier dus. Wat is daar zo belangrijk aan?' vroeg Mona recalcitrant. 'Iselin is verdwenen, niet Casper.'

'Ik zal je vertellen wat er volgens mij gebeurd is vanaf het moment dat Iselin bij jou op bezoek was tot ze verdween', begon Jakob. 'Je kunt me op elk moment onderbreken als ik het fout heb.'

Mona haalde haar schouders op. Een stil *whatever*. Het viel Jakob op hoe Siri-Else haar dochter bestudeerde. De rimpel tussen de ogen. De eerste twijfel.

'Op de dag voordat Iselin verdween, was ze dus hier op bezoek. Jullie aten pizza en keken *Jessica Jones*. Per ongeluk liet Iselin, zoals je voor Noora beschreef, een stuk pizza op de bank vallen. Ik denk dat Iselin ook pizza op haar T-shirt morste. Jij leende haar een van jouw shirts en toen Iselin was vertrokken, verstopte je het vervuilde shirt hier ergens.'

Mona stopte hem niet. Kwam niet met correcties. Draaide haar vingers in elkaar. Bleef strak naar de grond kijken.

'De dag daarna kwam Casper langs. Op een bepaald moment vertelde hij dat hij en Iselin plannen maakten om naar Oslo te verhuizen. Jij was gekwetst en werd kwaad en sloeg naar hem. Je raakte hem op zijn neus en hij begon te bloeden.'

Mona schokte. Ze tilde haar hoofd op. Haar ogen waren smalle streepjes. 'Casper is een gore klootzak! Twee weken geleden vertelde hij dat het uit was tussen Iselin en hem. Hij kwam hier kort nadat mama naar haar werk was vertrokken. We gingen met elkaar naar bed. Daarna maakte ik ontbijt voor hem klaar. En toen, vlak voordat hij zou vertrekken, vertelde hij mij tussen neus en lippen door over het Oslo-plan. Dat hij en Iselin weer samen waren.'

'En toen sloeg je hem?'

'Ik had hem moeten vermoorden!'

'Mona!'

'Houd je kop, mama!'

Door de kracht van Mona's woorden deinsde haar moeder terug. Mona ademde zwaar. Balde haar vuisten. Kreeg haar zelfbeheersing terug. Jakob wachtte af of ze verder zou gaan, maar Mona zei niets meer.

'Nadat Casper vertrokken was, poetste je Caspers neusbloed weg met Iselins T-shirt. Misschien zag je dat toen je een emmertje water haalde en dacht je dat het een passende lap was om Caspars troep mee schoon te maken. Daarna stuurde je Iselin via Messenger een bericht en vroeg haar om elkaar te zien. Ik neem aan dat je met haar wilde praten over zijn dubbelspel. Maar Iselin zou gaan hardlopen, dus jullie spraken af elkaar later te treffen.'

Mona was terug in de uitdrukkingsloze modus. Ze reageerde niet op wat Jakob zei. In elk geval niet op zo'n manier dat het aan de buitenkant te merken was.

'Toen Iselin vermist werd gemeld, zag jij je kans schoon om je op Casper te wreken. Je fietste naar Maskinisten en legde het bloederige T-shirt weg in de buurt van de steenslagweg naar de Keiservarden.'

Jakob wachtte een paar seconden voor hij eraan toevoegde: 'We hebben in de buurt van het T-shirt het spoor van een fietsband gevonden. We zullen de afdruk van het bandenprofiel vergelijken met dat van je moeders fiets. Ik ben er vrij zeker van dat we een match hebben.'

'Is dat waar?' fluisterde Siri-Else. Ze stond met haar hand halverwege uitgestrekt naar de schouder van haar dochter. Wist niet of ze haar aan moest raken of niet. Liet haar arm vallen. Jakob had met haar te doen.

'Ik was zó kwaad...' Mona zei niets meer en een speciale stilte verspreidde zich in de kamer. Zwaar. Drukkend. Alsof er overdruk in de flat ontstaan was.

'Moet ik nu naar de gevangenis?' Mona's stem was dun. De razernij van eerder was weg.

'Daar ga ik niet over', antwoordde Jakob. 'Maar wat je gedaan hebt, is ernstig. De middelen die wij hebben ingezet om de omgeving van het bloederige T-shirt te doorzoeken, hadden gebruikt kunnen worden om naar Iselin te zoeken.'

'Nemen jullie...' Siri-Else zocht naar woorden. Haar gezicht was bleek. 'Moet Mona met jullie mee?'

'Nee, dat is nu niet nodig.' Jakob draaide zich om naar Mona. 'Je zult worden opgeroepen voor een formeel verhoor op het politiebureau. Tot dat moment wil ik dat noch jij noch je moeder met anderen hierover spreekt. Zijn we het daarover eens?'

'Natuurlijk', antwoordde Siri-Else namens haar dochter. Ze legde haar arm om Mona's schouder en stuurde haar in de richting van de keuken. Toen Jakob het gepruttel van het koffiezetapparaat hoorde, begreep hij dat moeder noch dochter terug zou komen naar de kamer.

'En zo zijn we terug bij af', zei Ronald toen ze weer buiten stonden.

'Zo goed als', gaf Jakob toe. 'Maar we hebben massa's tips die nog niet nagetrokken zijn. En ik ben er evenmin zeker van of Stein-Jarle Lie ons alles verteld heeft wat hij weet.'

'Ik begrijp haar op de een of andere manier wel', zei Ronald toen ze naar de auto liepen.

'Mona?'

'Ja. Toen ik zeventien was, koos het meisje op wie ik hopeloos verliefd was, ervoor om verkering te hebben met mijn vriend. Ik fantaseerde erover om hem te wurgen. Ik zou hem misschien uitnodigen om te gaan vissen en hem verdrinken. Die brandende hartstocht die plotseling verduistert – het is een soort gekte.'

'Hoe ging het verder met hen?'

'Geen Hollywood-einde. Ze dumpte mijn vriend een paar maanden later voor een vent met een auto en een salarisrekening. Kreeg haar eerste kind toen ze negentien was. Scheidde op haar tweeëntwintigste. We lachten er toen om, mijn vriend en ik. Nu vind ik het alleen maar triest.'

Terug in de auto checkte Jakob zijn mobiel, die hij tijdens het gesprek met Mona op stil had gezet.

'Drie oproepen van Fine', vertelde hij Ronald.

Hij belde terug. Fine reageerde onmiddellijk en begon meteen. 'De staatsadvocaat heeft zowel voor de huiszoeking als de arrestatie toestemming gegeven. Armann en Noora zijn op dit moment in actie.'

'Dat betekent dat je gelijk had met je aanname?'

'Ja. We kunnen zowel Simon Michalsen als zijn camper in Bodø plaatsen op het moment dat Iselin Hanssen verdween.'

'Is het mogelijk dat we toch met maar één moordenaar van doen hebben?' mompelde Ronald. Jakob wist niet of het een vraag aan hem was of dat de technisch rechercheur tegen zichzelf sprak. Maar één ding was zeker: Ronald klonk niet helemaal overtuigd.

53

Armann

Armann wuifde een opdringerige daas weg. Hij zat verscholen achter de schuur op Peder Skarvheims erf. Vanaf die hoek had hij vrij zicht op het huis en de garage van Simon Michalsen. Voor de actie had Thorsen Peder gebeld en hem en zijn moeder gevraagd om tot nader order binnen te blijven. Bij een paar gelegenheden had Armann beweging gezien in de gordijnen voor het raam op de bovenverdieping van de Skarvheim-woning. Moeder en zoon volgden de gebeurtenissen ongetwijfeld op de voet.

'Hoe is de situatie bij jullie?' vroeg hij via het communicatiesysteem.

'Hier is het helemaal rustig', antwoordde Leo. 'Ik zie geen beweging, niet in en niet buiten het huis.'

'Goed. Houd je gereed. Het duurt nu niet lang meer.'

Hij pakte zijn kijker en onderzocht de omgeving voor zich. Simons huis lag rustig en donker aan het eind van de weg. De garagedeur was gesloten en overal waren de gordijnen dichtgetrokken. Onderaan het huis, aan de zeekant, lagen Leo en twee agenten van de uniformdienst verscholen achter een paar struiken. Daar zouden ze blijven liggen tot Armann opdracht gaf om in actie te komen.

Leo was nog steeds de enige van Kripos op Røst. De rest van zijn team werd niet eerder dan over enkele uren verwacht. Armann waagde het er niet op om op versterking te wachten.

Marte kon nog steeds in leven zijn.

Armann liet de kijker zakken en trok zich terug achter de hoek van de schuur waar Noora, Thorsen en Odd-Arne zaten. Helemaal achter in de rij stond Kjartan Engelstad. Met grote innerlijke twijfel had

Armann de arts gevraagd om mee te gaan. Gezien Kikki's verhaal was het verzoek problematisch. Maar als er iemand gewond raakte tijdens de actie, zouden ze Engelstad hoe dan ook nodig hebben. In Armanns ogen was de aanwezigheid van de arts een noodzakelijk kwaad.

Hij keek op zijn horloge en bevochtigde zijn lippen. Hield de portofoon weer voor zijn mond.

'We komen in actie over een minuut.'

Hij telde in gedachten de seconden. Het was jaren geleden dat hij aan een actie als deze had deelgenomen. Armann voelde hoe hij zijn gewicht ritmisch verplaatste van de ene voet naar de andere. Te veel energie. Nervositeit. De spanning. De wens om het achter de rug te hebben. De vrees voor wat ze zouden vinden in het huis aan het eind van de weg. De ijver om te beginnen. Alles tegelijk.

'Nu!'

Armann liep de hoek van de schuur om en de weg af naar Simons huis. Noora volgde direct achter hem. Hij naderde de trap tegelijk met Leo, die uit de andere richting kwam. De twee gingen naast elkaar staan op de onderste tree, Noora een stap achter hen. Ze waren allemaal bewapend, maar vooralsnog zaten de wapens in de holsters.

Zoals Armann hen vooraf had geïnstrueerd, doorzochten Odd-Arne en Thorsen eerst snel en rustig de garage. Toen de twee opdoken aan de achterkant van het gebouw, stak Odd-Arne de duim omhoog. In de garage was niemand.

Armann liep de trap op naar de voordeur en belde aan. Hij gaf de mensen binnen weinig tijd om te reageren en knikte naar Leo, die de trap op sprong en zich eerst met zijn schouder tegen de deur wierp. Armann timede zijn eigen trap zo dat zijn voet tegelijk met Leo's schouder de deur raakte.

'Politie!' brulde Armann. 'Houd je handen zichtbaar boven je hoofd.' Voordat hij zijn boodschap kon herhalen, hoorden ze het geluid van brekend glas. 'Dat komt uit de keuken', riep Armann en hij trok zijn pistool. Leo volgde zijn voorbeeld.

'Loop rond het huis', hoorde hij Noora Odd-Arne instrueren voordat ze Leo en hem het huis in volgde.

'Het stinkt hier naar kattenpis', fluisterde Leo. De stank was sterk, maar Armann vond dat het eerder naar rotte eieren rook, of ander biologisch materiaal dat langzaam in ontbinding was.

Nachtmerriebeelden van Marte Moi verschenen op zijn netvlies. Maar het was nog maar 24 uur sinds Marte was verdwenen. Zo snel begon een lichaam niet te stinken. Toen trof een andere gedachte hem: wat als Marte niet de enige was? Als Simon en Aslak ook achter de verdwijning van Iselin Hanssen zaten, kon er dan sprake zijn van meer meisjes? Dat betekende meer dode lichamen in verschillende stadia van ontbinding.

'Stop, nu!' Leo's uitroep rukte Armann uit zijn innerlijke schrikkabinet. Leo stond een eindje de keuken in met zijn wapen gericht op een persoon die op zijn knieën op het aanrecht zat, gereed om door het kapotte raam naar buiten te springen.

Armann greep de ontsnapte bij zijn kraag en trok hem op de vloer. De rug van de man raakte de vloer het eerst. Hij stootte een holle kreet uit voordat hij probeerde zich te bevrijden uit de houdgreep. Armann bonkte zijn hoofd zo hard tegen het aanrecht dat er barsten in het kastdeurtje kwamen. De kerel gaf het gevecht daarna op.

Aslak Nilsen. Zonder twijfel. Armann herkende hem van de foto's van zowel de politie als het hotel. Hij ging op zijn hurken voor hem zitten.

'Waar is Marte?'

'Huh?' Het leek of Aslak moeite had om te focussen. Hij zag er bedwelmd uit. De ontmoeting met het aanrecht had vast niet geholpen, zeker niet.

'Waar is Marte Moi? Het meisje dat jullie ontvoerden.'

Nog steeds geen reactie. 'En Iselin Hanssen? Wat hebben jullie met haar gedaan?' Aslak draaide met zijn ogen. Staarde hem aan. Zag Aslak hem überhaupt wel? Armann wist niet zeker of Aslak begreep wat hem werd gevraagd. Hij probeerde een ander trucje. 'Vertel me waar Simon Michalsen is.'

De pupillen in het midden van Aslaks gele irissen trokken zich een klein beetje samen. Een teken dat hij meekreeg wat hem gevraagd werd. Dat hij waarschijnlijk het antwoord wist.

'Nu praat je, jij vuile vissersmeerlap.' Leo greep de kraag van Aslaks jack en tilde hem de lucht in. Aslak greep in de lucht met zijn handen, en zwakke geluiden alsof hij naar adem hapte kwamen uit zijn mond. De stof van het jack zat strak rond zijn hals, maakte het hem moeilijk om adem te halen.

'Genoeg!' De uitroep kwam van Noora. Ze stond in de deuropening met een vastberaden trek op het gezicht. Leo zond haar een woedende blik, maar liet Aslak los, die op de grond gleed – weer op ooghoogte met Armann die nog steeds op zijn hurken zat.

'Simon Michalsen', herhaalde hij alsof het ingrijpen van Leo en Noora slechts een onderdeel was van een ingestudeerd spel van hen beiden.

'De kelder', rochelde Aslak.

Leo duwde Noora opzij en liep naar de gang. Die vent heeft er te veel zin in gekregen, dacht Armann. Wist dat hij zich had laten meeslepen toen hij de aanrechtdeurtjes als bastrommel gebruikte met behulp van Aslaks schedel.

'Ga niet de kelder in!' riep hij Leo na voordat hij door het raam Odd-Arne naar binnen wenkte.

'Sla hem in de boeien', commandeerde hij Odd-Arne zodra die de keuken binnenkwam. 'Noteer alles wat hij zegt, doet er niet toe hoe onsamenhangend het ook mag zijn.'

Leo had niet helemaal Rambo gespeeld. Noora en hij wachtten op Armann bij de kelderdeur. Toen Armann ze daar zag staan, zo ver van elkaar af als maar mogelijk was in deze ruimte, brak het besef bij hem door dat hij het nog steeds tegoed had om hen samen te zien praten. Voor twee vroegere collega's gedroegen ze zich onmiskenbaar merkwaardig.

De kelderdeur was steviger dan de andere deuren in het huis en minstens zo hoog en een beetje breder dan de voordeur. 'Kijk daar eens', zei Noora en ze wees naar de strip tussen het deurkozijn en de muur. 'Helemaal dicht. Wat er in de kelder gebeurt kun je hier boven niet horen.'

'Dan is het omgekeerde ook het geval', zei Armann. 'Simon weet waarschijnlijk niet dat hij bezoek heeft.'

Armann duwde de kruk naar beneden en trok de deur naar zich toe. Er kwam hun zo'n stank vanaf de trap tegemoet stromen, dat ze alle drie hun handen voor hun mond en neus hielden. Het rook naar verrotting. Het stonk dood.

Dode lichamen.

54

Noora

'Gatverdamme.' Noora deinsde achteruit terwijl ze haar tranen wegknipperde. De stank omhulde haar. Maakte dat ze zich vanbinnen en vanbuiten onrein voelde.

Bij de kelderdeur viel Leo op zijn knieën en braakte, terwijl Armann een klein glazen potje opende, zijn vinger erin stak en de inhoud onder zijn neus smeerde. 'Tijgerbalsem', zei hij met schorre stem en hij gaf het potje aan Noora.

Noora smeerde een klodder onder haar neus en gaf het potje door aan Leo, die weer overeind was gekomen.

De tijgerbalsem hielp, maar de lucht die ze inademde voelde zwaar en kleverig.

Leo wierp Engelstad het potje toe, die nu achter hen aan het huis was binnengekomen. De arts ving het op, maar schudde zijn hoofd.

Hij vormde met zijn lippen de woorden *heb het niet nodig.*

Het eerste geluid dat Noora vernam toen ze de kelderdeur naderde, was een zwak, maar diep gebrom – het soort geluid dat van een elektrische machine of een transformator komt. Over Armanns schouder probeerde ze zich een indruk van de kelder te vormen. Maar hiervandaan zag ze niets anders dan een kale achtermuur. Pas toen ze onderaan de trap kwam, begreep ze wat de grote ruimte bevatte.

Vier werktafels met kolven, metalen reservoirs en verschillende maatbekers stonden langs de ene muur. De tafels werden verlicht door lichtarmaturen die met staaldraden aan het plafond hingen. Naast de werktafels stonden vier plastic tonnen met verschillende symbolen voor chemicaliën. Een van deze, waarop met zwarte letters ACETON en daaronder het symbool voor brandgevaarlijk materiaal stond, had geen kurk. Maar wat werkelijk Noora's aandacht trok, was de aluminium tank in het midden van de ruimte. Die had de grootte van een tank van een microbrouwerij.

Maar de kelder onder Simon Michalsens huis was noch een kleine brouwerij, noch een verboden alcoholdestilleerderij. Ook al had Noora nog nooit zoiets gezien, ze wist toch wat ze hadden gevonden: een laboratorium voor het vervaardigen van methamfetamine. Een crystalmeth-lab. De rottende lucht in huis kwam van het productieproces.

'Niet te geloven.' Leo liep de ruimte in terwijl hij om zich heen keek. Engelstad wilde hem volgen, maar Armann hield de arts tegen met een scherp 'Wacht hier.'

Leo streek met zijn handpalm over de aluminium tank. Hij draaide zich om en wilde net iets tegen hen zeggen toen het licht in de kelder uitging.

Ze stelden zich in op het complete donker voor hun ogen, zodat de contouren van tafels en kasten weer zichtbaar werden in het licht dat binnenkwam via de open kelderdeur. Het licht was scherp genoeg voor Noora om Leo's gestalte bij de tank te zien, maar niet de ruimte daarachter. Ze liep langzaam naar hem toe.

'Wacht even. Ik heb een zaklantaarn bij me.' Armann tilde zijn jack op en morrelde aan iets aan zijn riem. Hij had de lamp nog niet uit de lus kunnen trekken toen een verwrongen schreeuw die in hun oren sneed, weergalmde door de kelder.

Uit het donkere deel van de kelder stortte zich een gedaante het halfdonker in. De persoon in kwestie droeg alleen een stevige rubberschort en een paar zwarte laarzen. Een doorzichtig ademhalingsmasker bedekte het hele gezicht. In zijn rechterarm, boven het hoofd geheven, had hij een breekijzer, klaar om te slaan.

Leo reageerde snel en draaide zijn lichaam in de richting van de aanvaller, maar de arm met het breekijzer was al op weg naar beneden.

Noora wierp zich voorover. Tackelde Leo onder de knieholte. Hij viel en het breekijzer sloeg een gat in de lucht waar eerst zijn hoofd was. Hij viel opzij met zijn hoofd tegen de aluminium tank.

Noora rolde naar voren. Kwam overeind. Dook in elkaar. De aanvaller draaide rond. Hij hief het breekijzer naar haar op. Noora sprong opzij. Ze schopte de vent in het middenrif, maar de kracht van de schop werd grotendeels geabsorbeerd door de dikke schort.

De man wankelde achteruit, maar kwam opnieuw op haar af. Deze keer dwong Noora zichzelf te blijven staan. Zijn aanval was een beetje voorspelbaar. Hij zwaaide het breekijzer niet naar voren en achteren, maar van boven naar beneden. Ze had gelijk. Het patroon herhaalde zich. Het breekijzer kwam haar slaande tegemoet. Net voordat het haar trof, deed Noora snel een stap opzij en ze gaf hem een knietje onder zijn kin.

Het geluid van krakende tanden was duidelijk te horen. De man verloor zijn evenwicht zonder zich te kunnen opvangen. Hij bleef roerloos liggen, terwijl Armann en Engelstad de nog steeds verdwaasde Leo overeind hielpen. Daarna boog Engelstad zich over de man en verwijderde zijn masker. De aanvaller was Simon Michalsen.

Noora haalde opgelucht adem. Ze hadden beide verdachten onder controle.

'De kaak lijkt heel, maar hij heeft boven en onder wel een paar nieuwe voortanden nodig.' Armann draaide Simons handen op zijn rug en maakte de handboeien vast. Hij kreeg wat grommende geluiden als antwoord. Simon was op de terugweg naar de wereld van de bij bewustzijn zijnden.

Armann en Noora tilden de man naar boven. Leo had voor het moment genoeg aan zichzelf en werd door Engelstad de trap op geholpen.

'Nu moeten we alleen deze klootzakken nog aan de praat krijgen', zei Armann tegen Noora.

'Ze worden beschuldigd van ontvoering, drugsproductie en geweld tegen de politie. Ze hebben er veel bij te winnen als ze praten', antwoordde Noora.

Maar Aslak en Simon praatten niet. Ze hielden tweestemmig stijf hun lippen op elkaar. Om de beurt vroegen Noora, Leo en Armann hen naar Marte, naar Iselin, naar het crystalmeth-lab. Het resultaat bleef hetzelfde. In afzonderlijke verhoorkamers ontkende zowel Simon als Aslak iets met de verdwijning van doen te hebben. Alle vragen over het crystalmeth-lab werden met stilte beantwoord. Zo nu en dan keek Engelstad de kamers in. Waarschijnlijk om zich ervan te verzekeren dat de arrestanten geen 'Armann-behandeling' kregen zoals eerder. Maar leek Engelstad niet ook een beetje rusteloos? Of was dat slechts een natuurlijke reactie op wat hij zojuist had meegemaakt?

Na nog een verhoorronde nam Armann Noora apart. 'Wat is jouw oordeel?' vroeg hij.

'Het lijkt op afgesproken spel', antwoordde Noora. 'Ze ontkennen wat niet bewezen kan worden, en houden hun mond over het crystalmeth-lab.'

'Zo ziet het er helaas wel uit. De klootzakken. Ik heb zin om...' Armann sloeg met zijn gebalde vuist op zijn handpalm. Noora begreep precies wat hij bedoelde.

Langzamerhand werd ook iets anders Noora duidelijk: Leo vermeed haar aan te kijken. De enkele keren dat ze met elkaar praatten, vestigde hij zijn blik op een punt boven haar hoofd. Ze had hem gered in de kelder. Hem zware verwondingen, misschien de dood bespaard. Leo wist dat dit zo was en probeerde dat waarschijnlijk te verwerken. Noora zag geen reden om het hem gemakkelijker te maken.

Tijdens de voorlopige verhoren doorzochten Thorsen en de agenten het huis en de garage in de hoop een spoor van de vermiste meisjes te vinden of iets dat hun een vingerwijzing zou geven waar ze verborgen waren. Tot dusver leverde de huiszoeking even weinig resultaat op als de verhoren.

Na nog een frustrerende verhoorronde nam Noora een pauze. Ze vulde een glas met water uit de keukenkraan en nadat ze dat leeggedronken had, pakte ze haar telefoon en belde ze Jakob.

Toen hij opnam, praatte ze hem bij over de situatie.

'De arts was dus bij de actie aanwezig?' vroeg hij nadat hij eerst Noora gevraagd had te verduidelijken hoe de kelder eruitzag.

'Hij hield zich op de achtergrond. Zowel Armann als ik weet dat het op het randje is, gezien wat wij van hem weten, maar we dachten dat dit het veiligst was. Engelstad liet zich graag uitnodigen.'

'Noora?' Thorsen wenkte haar vanaf de keukendeur om naar hem toe te komen.

'Ik moet gaan', zei Noora tegen Jakob. 'Ik neem aan dat Armann je belt zodra hij klaar is met de verhoren.'

'We hebben iets interessants gevonden in Simons auto', vertelde Thorsen Noora toen ze bij de buitentrap kwam.

'Deze lag op de passagiersstoel, open en bloot.' Odd-Arne wees naar een boek. Marte Mois autobiografie. Die zag er stukgelezen uit.

'Niemand heeft die aangeraakt?'

'Niemand', bevestigde Odd-Arne.

'Mooi.' Noora trok een paar latexhandschoenen aan en hoesjes over haar schoenen. Opende de deur van het woongedeelte. Bekeek de ruimte. 'Jullie zijn hier geweest?'

'Ja', antwoordde Thorsen. De deur van de camper was niet afgesloten. 'Marte bevond zich uiteraard niet in de auto. We hebben evenmin sporen van haar gevonden.'

Noora stapte naar binnen en sloot de deur achter zich. Ze kon beter denken als niemand naar haar keek.

De ruimte was goed onderhouden en netjes – pas schoongemaakt, op de geur afgaand. Ze opende laden en kastjes. Vond geen interessante zaken. Maar dat Martes boek op de passagiersstoel lag, moest toch iets betekenen? Of was dit wensdenken?

Boven het gecombineerde zit- en eetgedeelte hing een bed aan het plafond. Noora vond het mechanisme waarmee het naar beneden kwam. Net zoals de rest van het interieur was het bed schoon en goed onderhouden. laken en deken waren verwijderd. De matras was overtrokken met alleen een dunne, beige hoes. Noora streek met de handschoen over de matras, voelde hoe de moedeloosheid zich weer meldde. Ze merkte amper de lichte bobbel, de kleine oneffenheid, in een hoek van de matras op.

Ze tilde de hoes op. De roze wandelsok viel snel op tegen de witte oppervlakte van de matras. Ze pakte de sok tussen duim en wijsvinger en stopte die in een doorzichtig zakje met zipsluiting. Opende de deur, liep langs Thorsen en Odd-Arne. Negeerde hun vragen. Ging in een van de civiele politieauto's zitten, startte de motor en reed weg. Voelde de camerablikken van de pers op haar gericht toen ze de versperring passeerde die voor de inrit naar Simon Michalsens huis was aangebracht.

Ascension, Martes assistent, zat alleen in het restaurant met een kop koffie voor zich. Haar gezicht was vertrokken, de huid onder de ogen dun en doorzichtig. Ze had direct haar toevlucht op haar kamer gezocht toen de pers naar Røst kwam. Nu het mediacircus zich had verplaatst naar de versperring bij Simons huis, waagde ze zich weer naar buiten.

Noora ging tegenover haar zitten en legde het zipzakje met de sok tussen hen in op tafel. Ascension ademde snel. Strekte haar arm uit naar het zakje, maar raakte het niet aan.

'Si, si', knikte ze voor ze in het Noors zei: 'Dit is Martes sok. Ik heb gezien dat ze precies zo'n paar aantrok voordat ze ging hardlopen.'

55

Jakob

'Een meth-lab op Røst. Wie had dat gedacht?'

'Dat is wel een beetje het punt', opperde Fine. 'Niemand zou dat gedacht hebben. Het toezicht daar is minimaal en een deel van de chemicaliën voor de drugsproductie kon net zo goed gestolen worden van de vis- en verwerkingsindustrie. Met een bachelor in chemie wist Simon waar hij naar moest zoeken.'

'*Breaking Bad* op de Lofoten', zei Ronald droog.

'Het is hartstikke slim. Niemand controleert een camper op de veerboot tussen Røst en het vasteland. En vanaf Bodø hebben Aslak en Simon handelsbetrekkingen met de rest van het land: of ze leveren de waar zelf, of ze versturen het spul met een binnenlands vliegtuig of de trein.'

Jakob leunde met zijn heup tegen het aanrecht. Hij overwoog of hij nog een kop koffie zou inschenken, maar zag ervan af. Het was nog niet eens lunchtijd en hij zat al bijna op een liter ondanks dat hij de dag begonnen was met thee.

'Ik sprak met Armann een half uur nadat Noora had gebeld. Zowel Simon als Aslak ontkent betrokkenheid bij Marte Moi of Iselin Hanssen. Maar Aslak is nog onder invloed, en Simon kreeg een paar flinke tikken tegen zijn hoofd tijdens de arrestatie.'

'Misschien worden ze wat spraakzamer als de mentale mist optrekt', zei Ronald.

Jakob haalde zijn schouders op. 'Ik ben niet zo optimistisch als jij. Misschien is het plan om tijd te rekken – hopen dat de politie uiteindelijk een deal aanbiedt. Waar Marte en Iselin verborgen worden gehouden, is de enige troefkaart die ze hebben. Maar ik vind het raar dat ze allebei even volhardend blijven na de vondst van Martes sok.'

'Ik ben het met Jakob eens', zei Fine. 'Martes sok in Simons auto laat zich moeilijk wegredeneren.'

'Wat ik niet begrijp...' zei Ronald opeens. 'Waarom hebben ze Marte überhaupt gekidnapt? Ze moeten hebben geweten dat zoiets veel aandacht zou trekken, zeker in zo'n kleine plaats als Røst.'

'Je hebt het er zelf over gehad', reageerde Jakob. 'Dat het een inval kan zijn geweest. Misschien koesterde Simon een ziekelijke fascinatie voor haar. Martes boek lag immers in zijn camper.'

'Ja, maar dat was voordat ik wist dat die twee kerels ook drugsbaronnen waren.'

'De deur van Råkstads kantoor ging open. Jakob had niet meegekregen dat de hoofdinspecteur op zijn kantoor zat. 'Goed werk', zei hij tegen hen allemaal. 'Zowel op Røst als de opheldering over Mona's rol gekoppeld aan het bebloede T-shirt.'

'Iets waar we eerder antwoord op hadden gekregen als Casper de waarheid had verteld over zijn beschadigde neus toen Armann en Fine de dag na de verdwijning met hem spraken', antwoordde Jakob.

'Dat is waar. Maar we moeten ons verhouden tot de wereld zoals die is.'

Jakob keek op naar Råkstad. Alledaagse filosofie was een schaars goed van die kant.

'Ik heb met de staatsadvocaat gesproken', ging Råkstad verder. 'Zij wil niet hard oordelen over het achterhouden van informatie door zowel Mona als Casper. Er is sprake van een boete. Niet meer.'

Jakob hield zijn mond. Hij wenste noch Casper noch Mona kwaad toe, maar hij betwijfelde of Råkstad zich net zoveel ingezet zou hebben als Casper niet Otto Jahrbergs zoon was geweest. Macht en positie speelden altijd een rol. Maar als Casper ervanaf kwam met een tik op de vingers, moest voor de schone schijn Mona dezelfde behandeling krijgen.

'Hoe gaat het met het Kripos-team?' wilde Råkstad weten.

'Met uitzondering van Leo Korshamn heeft het team Røst nooit gehaald voordat de situatie werd opgehelderd', antwoordde Jakob. 'De tactische recherche blijft in Bodø om ons te helpen met de verhoren, terwijl de technisch rechercheurs met Ronald op Røst zijn om Simon Michalsens huis en camper grondiger te doorzoeken.'

Råkstad knikte. 'Goed. Ik informeer Telle over de stand van zaken. De politiechef geeft om één uur een persconferentie. Daarvoor wil zij graag foto's van het meth-lab in de kelder. Vraag Armann of hij een paar geschikte foto's naar Åge van de mediasectie stuurt.'

'Dat was zeker meer lof dan we van die kant konden verwachten', mompelde Fine nadat Råkstad vertrokken was.

'Heb hem in lange tijd niet zo monter gezien', voegde Ronald eraan toe.

'Opgelucht', zei Jakob. 'Hij lijkt nog het meest opgelucht.'

'Niet zo vreemd', antwoordde Fine. 'Råkstad heeft onder een heftige stress van de tegenstrijdige invloeden van Telle en de staatsadvocaat gezeten.'

En Otto Jahrberg, dacht Jakob zonder het te zeggen.

Ronald nam afscheid en ging naar zijn kantoor om zich voor te bereiden op de reis naar Røst.

Jakob ging bij de centrale tafel staan waarop Fines laptop de voorkant van Gudruns FB-pagina over Iselins verdwijning liet zien.

'Het is prettig dat Råkstad ons prijst. Maar Marte en Iselin zijn nog steeds vermist. De zaak is nog niet opgehelderd zolang zij niet zijn gevonden. Nu vastgesteld is dat Simon in Bodø was in de desbetreffende periode, moeten we proberen zijn route in kaart te brengen.'

Jakob hield een stapel post-it-papiertjes omhoog. 'Heb je tussen al deze tips iets van belang gevonden?'

'Feitelijk heb ik dat', antwoordde Fine.

Ze trok een dichtbeschreven bladzijde uit haar notitieboekje en gaf die aan Jakob.

'Gisteren sprak ik met een man die Njål Ree heet. Hij werkte bij de rijksdienst voor cultuur in de gemeente Bodø, maar is nu gepensioneerd en woont meestal in zijn hut in Løp. Op dezelfde dag dat Iselin verdween, heeft hij twee personen gezien op de helling onderaan de berg. Ik denk dat het de moeite waard is om nader te onderzoeken.'

'Løp, zei je?'

'Ja. Njål bezit een van de vissershutten in de kleine botenhaven.'

Jakob liep naar de kaart van Bodø die naast het whiteboard hing. 'Dat is maar een paar honderd meter verwijderd van de plek waar het Oekraïense meisje werd gevonden.'

56

Noora

Noora zag de helikopter verdwijnen in het wolkendek boven Vedøya ten zuidoosten van Røst, met Armann, Leo en de verdachten aan boord. Was het werkelijk minder dan zevenentwintig uur geleden dat ze hier aankwam? Voor Noora voelde het als een week.

Armann stelde geen vragen over haar keuze om nog enkele uren te wachten op het avondvliegtuig naar Bodø. Hij had immers gezien hoe slecht ze zich op haar gemak voelde tijdens de helikoptervlucht. Hij kon niet weten dat het nu vooral om iets anders ging: niet de helikoptervlucht, maar Leo.

De gebeurtenis in Simon Michalsens kelder had een zekere balans tussen hen tweeën tot stand gebracht. Maar Noora geloofde niet dat dit blijvend zou zijn. De gedachte om terug naar het vasteland in dezelfde krappe cabine te zitten als Leo, zijn ogen op haar lichaam, was erger dan een nukkige windvlaag.

Was het nu voorbij? Ze hoopte het, maar verwachtte niets. Noora had nog steeds niet naar de telefoon gezocht die ze in zee had gegooid.

Een windvlaag liet haar jack fladderen. Ze liep terug door de wachtkamer. Enkele VG-journalisten zaten aan een van de tafels. Ze hadden foto's geschoten van Aslak en Simon, geboeid op weg naar de helikopter. Waarschijnlijk was alleen al het beeld van de arrestanten de hele reis waard.

Noora knikte naar de bewaker van de veiligheidscontrole en opende de uitgangsdeur. Ze ging in de auto zitten die Thorsen haar had geleend. De civiele auto's waarin Odd-Arne en de agenten van de ordepolitie waren gekomen, stonden nog geparkeerd bij het hotel, zodat Ronald en de technische recherche die konden gebruiken als ze vanavond aankwamen.

Noora pakte het stuur beet. Ze voelde dat haar hart tekeerging alsof ze zojuist een steile helling op gerend was. Een verlate stressreactie op de gebeurtenissen in de kelder misschien? Ze hadden de daders gegrepen, maar Marte en Iselin waren nog steeds vermist.

Noora twijfelde er niet aan dat Simon en Aslak vroeg of laat zouden gaan praten. De meeste partners in crime deden dat in de regel. Ze zouden zich tegen elkaar keren. Onthullen waar ze de meisjes hadden verborgen in ruil voor strafvermindering. Of misschien ook niet – in het geval dat ze iets met de jonge meisjes hadden gedaan dat de situatie erger zou maken voor hen? Het hart vervolgde zijn eenzame sprint in de borstkas.

Nora voelde zich misselijk. Niet goed genoeg.

Nutteloos.

Voor het hotel wachtte Thorsen op haar. De oudere politieman zag er ellendig uit zoals hij daar stond met zijn rug naar de wind uit de Vestfjord. Zo had hij zich de laatste weken voor zijn pensioen vast niet voorgesteld.

'Wat een teringzooi', was het eerste wat hij zei toen ze uit de auto stapte. Noora wist niet precies op welke zooi Thorsen doelde, maar knikte toch. Er was genoeg.

'Kikki vroeg zich af of jullie de vergaderzaal nog willen gebruiken.'

'Dat laten we Ronald bepalen als hij aankomt. Waarschijnlijk zal hij vragen om lokalen in het schoolgebouw; dat staat nu in de zomervakantie toch leeg. De technici hebben heel wat spullen bij zich.'

Noora gaf hem de autosleutels.

'Laat die maar in het contact zitten', zei hij en hij tuurde naar de wolken die zijwaarts langs de hemel dreven. 'Je vertrekt vanavond?'

'Ja. Met Widerøe. Zelfde vliegtuig als waarmee de technische recherche komt. Je denkt toch niet dat de vluchten geannuleerd worden?'

'Dan moet het wel erger worden dan dit. Maar ik maak me een beetje ongerust over het wolkendek. Het gebeurt zelden dat ze zo laag hangen als het waait. Slecht zicht is de meestvoorkomende reden voor annuleringen.'

Noora informeerde Kikki over de vergaderzaal en zei dat ze van plan was nog diezelfde avond terug te gaan naar Bodø. 'Dan vind ik dat jij en de lensmann wat moeten eten voor je vertrekt', stelde de hoteldirecteur voor. Noora voelde zich niet speciaal hongerig, maar Thorsen zei 'ja, graag', en het zou onbeleefd zijn om hem alleen te laten eten.

Ze vonden een tafeltje bij een raam met uitzicht op het kanaal. Terwijl ze op de bediening wachtten, boog Thorsen zich naar Noora en fluisterde: 'Het is niet zo dat Kikki ons op het eten trakteert. Ze was zelfs een beetje verbolgen toen Armann en zijn groep zo snel verdwenen. Kikki kennende, stuurt ze de politie een rekening waarop ze zowel dit eten als een paar dagen meer voor de kamer berekent.'

Het hoofdgerecht bestond uit in boter gebakken kabeljauw met bacon, nieuwe aardappelen en roergebakken groene asperges. De geur maakte Noora hongerig. De laatste dagen had ze grotendeels geleefd op broodjes en de een of andere chocolade. En koffie. Liters koffie.

'Is het niet een beetje merkwaardig?' zei Noora voor zich uit terwijl ze met een stukje witbrood de laatste sausrestjes van haar bord veegde.

'Wat dan?'

'Dat niemand Simons camper heeft gezien toen hij Marte kidnapte? Zo moet haar sok toch in het bed terecht zijn gekomen. Zijn camper is nou niet bepaald klein.'

'Ik vind het niet zo raar', zei Thorsen. Hij nam een tandenstoker uit het doosje op de tafel en stak het in zijn mondhoek. 'Het was 's ochtends vroeg en er waren hevige regenbuien. Als Simon Marte overvallen heeft tussen het hotel en zijn eigen huis, was het een kwestie van een paar minuten rijden voordat hij in de garage kon parkeren.'

Noora liet het stukje brood op het bord liggen. Thorsen had een punt. Ze dacht nog steeds dat ze in Oslo was – een stad waar een criminele handeling vaak werd waargenomen door minstens een, vaak meer getuigen, in aanvulling op te worden gevangen door bewakingscamera's.

Maar toch, Simons camper was groot. Iemand moest die hebben gezien. Ze zou Jakob voorstellen dat de politie een nieuwe buurtonderzoek zou houden waarbij ze concrete vragen over de camper zouden stellen.

'Evald?' Kikki gebaarde naar hen vanaf de deur naar de keuken. Ze had een vaste telefoon in haar hand, de leiding bungelend aan de blauwgekleurde hoorn. 'Het is voor jou.' Thorsen klopte op zijn broekzakken. 'Ik heb mijn mobiel in de vergaderzaal laten liggen', zei hij verontschuldigend en hij liep naar Kikki.

'Ja, lensmann Thorsen', hoorde Noora hem antwoorden voordat hij de deur achter zich sloot. Ze kon zich voorstellen dat Thorsen zich soms 'hoofd van het politiestation' had genoemd.

Noora pakte haar mobiel, zocht Ellens nummer. Ze schreef: *Vanavond thuis?*

Ze kreeg onmiddellijk antwoord: *Yep. Verwacht ook geen bezoek;)* Noora begreep dat Ellen haar wilde vertellen dat ze de gebeurtenis met Remi achter zich gelaten had. Zelf vond ze het nog steeds pijnlijk om daaraan te denken. Maar haar lip deed tenminste geen pijn meer.

Wijn en kletsen?, stelde ze voor.

Graag. Hoe laat ben je thuis?

Noora wist nog steeds niet zeker of ze zich in Bodø thuis voelde, maar ze verlangde evenmin terug naar Oslo.

Ongeveer halftien als het vliegtuig op tijd is.

Geweldig! Ik leg een rode wijn in de koelkast (nee, ik heb geen smaak)!

Noora stuurde een opgestoken duim en stopte de mobiel weer in haar zak.

Berichtjes uitwisselen hoorde bij het leven van alledag. Normaal. Gewoon. Het bracht haar in een goed humeur. Ze besloot om een Peppes-pizza te kopen om mee te nemen. En een paar tabletten chocolade. Ze zou haar spijkerbroek verruilen voor een ruimzittende trainingsbroek en samen met Ellen op de bank kruipen.

'Noora.' Thorsen stond bij de tafel. Friemelde met het notitieboekje in zijn hand. Hij zag er radeloos uit.

'Ja?'

'Er is zojuist weer iemand vermist gemeld. Hier. Op Røst.'

57

Jakob

Het kostte hem niet meer dan vijf minuten extra om even langs huis te rijden voor hij verder reed naar Løp en het gesprek met Njål Ree. Ola was niet op zijn kamer, dus stuurde Jakob hem een sms om te zeggen dat hij Garm meenam.

Onderweg belde Armann hem.

'Jij bent terug van Røst?'

'Yep', bevestigde Armann. 'Had gehoopt je op het bureau te vinden.'

'Ik ben over een uurtje terug,' zei Jakob, 'tenzij er iets is wat haast heeft. Dan kan ik wel even langskomen.'

'Nee, het kan wel even wachten.'

Jakob hoorde iets van een aarzeling in Armanns stem. Het was duidelijk dat zijn collega iets wilde delen.

'Nog nieuws over de arrestanten?'

'Min of meer. Simon is eindelijk gaan praten. Onderweg in de helikopter vanaf Røst.'

'O?'

'Ik zat naast hem. Zette hem onder druk met de vondst van Martes sok in de camper en het feit dat hij in Bodø was op het moment dat Iselin verdween. Deed mijn best om hem ervan te doordringen hoe ernstig de zaak was. En opeens explodeerde hij gewoon.'

'Echt?'

'Hij noemde de aanklacht over de ontvoering een justitiële dwaling. Zei dat de sok in de auto neergelegd moest zijn. Riep: "Waar zou ik anders moeten zijn dan in Bodø als ik de veerboot naar Røst moet nemen?"'

'Wat is jouw oordeel?'

Stilte. Door de telefoon hoorde Jakob op de achtergrond een deur dichtslaan. Kantoorgeluiden. 'Ik weet het niet zeker', gaf Armann toe. 'Het is mogelijk dat maar één van hen beiden iets met de verdwijning te maken heeft. Dat we hier met een soort Baneheia-scenario te maken hebben.'

'Je denkt aan Aslak?'

'Ja.'

'Maar Aslak werkte in het hotel op de dag dat Iselin verdween', bracht Jakob hem in herinnering.

Armann antwoordde niet. Jakob dacht terug aan de vorige nacht, toen hij erover peinsde of Martes verdwijning gekoppeld kon worden aan de moord op de Lofotenvrouw. Zoals Ronald hem erop had gewezen, was zo'n verband niet erg waarschijnlijk. En toch... Het lukte Jakob niet zijn gedachte in woorden te vangen.

'Wat gebeurt er nu op het bureau?'

'Leo Korshamn, de Kripos-rechercheur, haalt Simon en Aslak door de papiermolen. In de tussentijd breng ik de tactische recherche van Kripos op de hoogte van de zaak. Op die manier heeft iedereen dezelfde informatie wanneer we met de verhoren beginnen. Het wordt een lange nacht.'

'Goed. Neem Fine ook mee naar de briefing. Ze is al het papierwerk goed zat.'

'Geen probleem. Tot later.'

Boven op de top van de steile helling opende Jakob een raampje. De lucht hier aan Nordsida, zoals de meeste Bodø-oudgedienden het gebied noemden waar Skivika en Løpsmarka lagen, was anders. Het zonlicht drong in sfeervolle strepen door het wolkendek. Het ene moment schitterde de zee tussen het vasteland en Landegode als zilver, het volgende rolden de golven grijs en levenloos aan land.

Tussen de wolken ving Jakob een glimp op van Kjerringøy. De laatste keer dat Lise en hij deze oude handelsplaats bezochten, hadden ze elkaar beloofd hier snel weer terug te komen. Kjerringøy had iets. Het was een van die plaatsen die een blijvende indruk achterlaten en in de herinnering groter worden dan ze in werkelijkheid zijn.

De vissershutten bij de haven van Løp lagen een paar honderd meter voor de camping. Jakob sloeg af bij het Bremnes-fort, waar Galyna Ivanova dood werd gevonden. Ronald had het sterfgeval met de nodige twijfel gecategoriseerd als zelfmoord, maar ze wachtten nog steeds op de bevestiging van de afdeling forensische geneeskunde in Oslo.

Hij wist Njål Rees adres niet, maar zijn vissershut was eenvoudig te herkennen omdat er buiten een NRK-auto naast stond. Dezelfde auto die Sigrid had gebruikt toen ze elkaar onlangs bij Maskinisten zagen. Wat deed zij hier? Jakob klopte op de deur.

Njål Ree zag eruit als een toneelspeler in een parodieserie over de Noorse bureaucratie: gedrongen, in een strakke V-trui met wat te korte mouwen die over zijn bolle buik spande. De broek was kakikleurig en had naar Jakob veronderstelde onbedoelde hoogwaterpijpen. Het zag eruit alsof Njål zijn kleren te heet had gewassen en niet had gezien of zich er niet druk over maakte dat ze gekrompen waren.

'Jakob Weber.'

Njål pakte zijn hand. Drukte die en nodigde Jakob uit in een kleine kamer op de bovenverdieping, waar Sigrid inderdaad op de bank zat met een kop koffie voor zich. Ze knikte naar hem, alsof ze hadden afgesproken elkaar hier te ontmoeten.

'Koffie?' vroeg Njål terwijl hij zijn handen waste met een desinfecterend middel.

'Ja, graag', antwoordde Jakob. Hij knikte terug naar Sigrid, wat hem het gevoel gaf dat hij onnodig stijfjes en formeel was, dus zei hij: 'Ik las je artikel over de vondst van Iselins horloge op de website van NRK. Ik vond het een gedegen stuk.'

'De truc is goede bronnen hebben', antwoordde Sigrid met een knipoog.

Njål kwam terug uit de keuken een zette een kop koffie voor Jakob neer. Hij ging in een leunstoel zitten aan de lange kant van de tafel. De stoel was zo hoog dat Jakob zich begon af te vragen of Njåls voeten nu wel of niet de grond raakten. Hij weerstond de verleiding om zijn nek uit te rekken om erachter te komen.

'Kun je me meer vertellen over de personen die je op de heuvel zag?'

'Het waren er twee', zei Njål. 'Trainingspak. In elk geval de voorste. De achterste droeg een donkergroen, of donkerblauw jasje en was zowel groter als steviger dan de voorste. Ik heb geen indruk van hun gezichten, maar als ik moet raden, zou ik zeggen dat het om een man en vrouw ging die samen wandelden.'

Njål wipte met zijn voeten. 'Nou ja, wandelen... Het terrein daar boven is behoorlijk lastig. Daarom vroeg ik me af wat die twee daar moesten.'

Jakob noteerde in steekwoorden wat Njål vertelde. 'Weet je nog meer?'

'Dus... Het blijven speculaties van mijn kant, maar vlak voordat ze achter een top verdwenen, pakte de achterste de arm van de voorste beet. Het gebeurde plotseling. Alsof de persoon voorop uitgleed en dreigde te vallen, of...'

'Of probeerde ervandoor te gaan?' opperde Sigrid.

'Precies', antwoordde Njål.

Jakob nam aan dat Njål Sigrid hier al over verteld had, maar dat maakte de informatie niet minder interessant.

'Kun je de top aanwijzen waarachter ze verdwenen?'

'Tuurlijk. Njål klom uit zijn stoel en opende de verandadeur. Over het uitzicht viel niet te klagen. Vanaf de veranda keek je uit over de plezierbotenhaven en de fjord. Op heldere dagen kon je met de verrekijker helemaal tot aan Henningsvær op de Lofoten kijken.

'Ik was die avond aan het barbecueën', legde Njål uit. 'Het regende een beetje, maar hier sta je onder dak. Ook al was het zwaarbewolkt, toch kwam de zon af en toe tussen het wolkendek tevoorschijn. Zo laat op de dag staat hij laag aan de hemel, en dan valt het licht recht op die kant van de berg. Zo ontdekte ik ze. De gedaantes vormden een contrast met de heuvel achter hen.'

Njål wees. 'Ietsje beneden de top, onder de naakte rotswand, is een heuveltop met een den.'

'Ik zie de boom', bevestigde Jakob. 'En volgens jou zijn ze achter de top verdwenen en niet weer opgedoken?'

'Ik verloor ze uit het zicht achter die top', antwoordde Njål. 'Of ze weer opgedoken zijn aan de andere kant, dat weet ik niet. Ik heb er niet veel aandacht aan besteed. Pas toen ik hoorde over Iselins verdwijning, herinnerde ik me het voorval.'

Jakob maakte een foto van de heuveltop gezien vanaf Njåls veranda en bedankte hem. Sigrid bleef op de bank zitten. Het leek er niet op dat zij al klaar was met haar boodschap. Op weg naar de auto kreeg hij een sms van haar: *Leuk je te zien, Jakob. Njål belde mij. Iedereen wil graag zijn vijftien minuten, weet je. We spreken elkaar nog?*

Jakob antwoordde met een duimpje omhoog. Hij bedacht zich en voegde er ook een smiley aan toe.

Hij zocht op de gps en vond een bosweg die zigzaggend naar de heuveltop liep die Njål had aangewezen. Hij stopte toen hij het gras langs de onderkant van de auto hoorde strijken. Vijftig meter verderop eindigde de weg hoe dan ook. Daarvandaan was het nog drie-, vierhonderd meter naar de top, grotendeels over een moeilijk begaanbaar, steil terrein met dichte struiken. Gegarandeerd een dazen- en muggenhel.

Hij bleef in de auto zitten om zijn aantekeningen van het gesprek met Njål door te kijken. In de bagageruimte bewoog Garm rusteloos. Welke weg je ook koos, van boven naar beneden of van beneden naar boven, de tocht zou een waar gezwoeg worden. Het werd er niet eenvoudiger op als je iemand bij je had die tegenstribbelde. Jakob tikte met zijn pen op het notitieboekje. De cruciale vraag in elk onderzoek ging over het motief en de gelegenheid van de dader. Waarom en hoe.

Hij pakte zijn mobiel en belde Fine. In de bagageruimte blafte Garm ongeduldig.

'Maak je niet zo druk, je mag snel naar buiten.'

'Wist niet dat ik jou om toestemming moest vragen', antwoordde Fine.

Jakob moest lachen. 'Sorry. Garm en ik hebben een beetje onenigheid. Ik heb een korte vraag.'

'Brand los.'

'Weten we hoelang Simon Michalsen in Bodø was?'

'Wacht even.' Jakob hoorde toetsenbordgeratel voordat Fine zei: 'We zijn nog steeds bezig met het in kaart brengen van Simons bewegingen, maar tussen het tijdstip dat de camper geregistreerd werd door de verkeerscamera op de hoofdweg richting Bodø en het tijdstip dat hij de veerboot naar Røst op reed, zit twee uur en achtenvijftig minuten.'

'En dat valt binnen het tijdsbestek dat Iselin verdween?'

'Ja, nu we ook de data van Strava hebben, weten we dat Simon al een uur en zeventien minuten in de stad was op het moment dat haar horloge werd afgepakt, of dat ze het verloor.'

'Dat betekent dat Simon tijd had om naar Maskinisten te rijden, Iselin te overvallen en op een of andere manier ongezien met haar terug te gaan naar de auto. Daarna reed hij naar de veerboot naar Røst?'

'Het tijdschema is krap, maar het is niet onmogelijk. Een andere mogelijkheid is dat hij haar gedood heeft en daarna het lijk in het bos heeft verborgen.'

'Bedankt. Je hebt me erg geholpen.'

'Waar denk je aan, Jakob?'

'Het kan zijn dat het niets is. Moet alleen eerst even iets onderzoeken.'

Na het gesprek met Fine bleef Jakob nog even op zijn stoel zitten.

Garm was opgehouden met klagen. De hond begreep wel dat hij zijn broodheer niet moest storen.

Simon Michalsen was nog steeds verdachte nummer één. Maar als Njål Rees waarneming iets met Iselin te maken had, veranderde de situatie. Simon zou nooit de veerboot hebben gehaald als hij degene was die Iselin vanaf de plek waar haar horloge was gevonden, naar de top onder de berghelling had gebracht. En als Simon Iselin niet had ontvoerd, was het dan ook mogelijk dat hij niets te maken had met Martes verdwijning? Armann twijfelde immers al.

De ene gedachte lokte de andere uit. Jakob besefte dat hij nog een telefoontje moest plegen voordat hij ging onderzoeken wat Njål had gezien.

Rolf Kvist nam na twee keer op. 'Hoe is het in het land der levenden?' kon de oude rechercheur uitbrengen voordat een rochelend hoesten het overnam.

Jakob wachtte tot Rolf uitgehoest was, voor hij antwoord gaf. 'Alles goed hier. Heb je iets gehoord van Wegverkeer? Je weet wel, het kenteken van de camper?'

'Ik ben niet seniel, Weber. Natuurlijk weet ik dat nog. Was van plan mijn contactpersoon later vandaag te bellen.'

'Uitstekend', antwoordde Jakob. 'Ik heb een voorstel hoe de zoekopdracht begrensd kan worden. In eerste instantie ben ik alleen maar geïnteresseerd in voertuigen op Røst die passen bij de beschrijving van de camper die de getuige op de Lofoten zag, negenentwintig jaar geleden. Dat zou niet zo lang moeten duren.'

'Røst, zeg je?' Hij hoorde Rolfs zware ademhaling door de telefoon. 'Ik ken je, Weber. Je bent iets op het spoor. Ik bel mijn contactpersoon meteen.'

58

Noora

'Dokter Engelstad zou hier eigenlijk tot morgen zijn. Maar hij vertelde me dat een van zijn patiënten op Værøy had gebeld over pijn op de borst.' De verpleegkundige, een vrouw van midden vijftig met een naambordje VIGDIS boven het linkerborstzakje, klonk meer opgewonden dan bezorgd, vond Noora.

'Toen hij terugkwam van jullie politieactie, vroeg hij me een ambulancehelikopter uit Bodø te bestellen. Die zou eerst Kjartan in Røst oppikken voordat hij verder vloog naar Værøy.'

Vigdis aarzelde voor ze verderging. 'Ik houd er niet van om dit te zeggen, maar Kjartan is een warhoofd. Hij vergeet vaak de tijd wanneer hij buiten is en vogels fotografeert...'

'Maar je weet dus niet waar hij nu is?' vroeg Noora.

'Nee, en het is niets voor hem om zomaar te verdwijnen. De ambulancehelikopter landt over een halfuur op het vliegveld, en ik heb geen idee waar hij is gebleven. Door alles wat er hier op het eiland gebeurd is de laatste tijd, werd ik wel een beetje bezorgd.'

'Dat begrijp ik', antwoordde Thorsen. 'Maar Kjartan is, zoals je zegt, een warhoofd. Het is vast een misverstand.'

'Heeft de dokter hier in het verpleeghuis een kamer?' vroeg Noora.

Vigdis wees naar een deur die op een kier stond. Binnen zag Noora een volgepakte Bergans-rugzak tegen het bureau geleund staan. Ze opende de deur van de voorruimte en liep naar binnen. Op de tafel lag een draadloze headset, naast een leren creditcardhouder.

'Dus geen idee waar hij naartoe gegaan kan zijn?' hoorde ze Thorsen vragen.

'Ik weet het niet. Hij had vandaag twee visites. Maar aangezien hij jullie zou helpen, werden deze verplaatst naar morgen. Het kan natuurlijk zijn dat hij ze toch wilde afleggen. Maar ik weet het niet. Als ik hem bel, word ik direct doorgeschakeld naar de voicemail. Kjartan zet nooit zijn telefoon uit.'

Naar zijn kamer te oordelen, leek dokter Kjartan Engelstad een nette man, niet het warhoofd dat Vigdis hem wilde laten zijn. Schone oppervlaktes. Medische boeken en tijdschriften in alfabetische volgorde op de boekenplank. De muis midden op de muismat, het toetsenbord zonder ook maar één vlekje. Het papier op de onderzoeksbank was schoon. Noora trok de bureaustoel naar achteren en haar oog viel op de fototas onder de tafel.

In het voorkamertje zocht Vigdis iets op in de computer, terwijl Thorsen over de stoel gebogen stond en meekeek. Noora pakte de camera op, een digitale Olympus-spiegelreflex. Ze activeerde die, opende een map met de naam 'Vogels 1' en bladerde door de foto's met de navigatieknop.

Drieteenmeeuwen, aalscholvers, zeearenden, papegaaiduikers, een of andere grote meeuw en wat Noora dacht dat een jan-van-gent was, een meeuwachtige met opvallende vlekken aan het uiteinde van de vleugels.

De inhoud van de mappen 'Vogels 2' en 'Vogels 3' was vergelijkbaar. De enige map die de indruk wekte iets anders te bevatten, had de naam 'Diversen'. Noora opende die.

'Wel verd...'

Ze keek op om zich ervan te verzekeren dat de twee in het voorkamertje haar uitval niet gehoord hadden, en staarde toen naar het beeld op het scherm. De map 'Diversen' bevatte meer dan honderd foto's, en niet een ervan was van vogels.

Er werd een stoel verschoven. Vigdis was opgestaan om Thorsen een vel papier te geven. Noora zette de camera uit en stopte hem terug in de tas, die ze meenam.

'Ik denk dat we wel kunnen uitsluiten dat Engelstad aan het

vogels spotten is', zei Noora toen ze de deur uit kwam. Ze hield Engelstads fototas omhoog. 'Deze vond ik onder zijn bureau. De camera zit erin.' Vigdis kwam naar haar toe en opende het deksel van de tas. Alsof ze zich ervan wilde vergewissen dat Noora de waarheid zei.

'We nemen de camera mee', zei Noora tegen Vigdis. 'Het kan zijn dat sommige foto's ons een aanwijzing geven waar Engelstad is.'

'Mogelijk is het het beste dat we beginnen bij de patiënten waar Engelstad vanmorgen een huisbezoek zou afleggen', stelde Vigdis voor. 'Ik heb Thorsen hun namen gegeven.'

'Klinkt als een goed idee', antwoordde Noora voor hen beiden. 'In wat voor auto rijdt Engelstad?'

'Een blauwe Ford-stationcar', antwoordden Vigdis en Thorsen in koor.

De lensmann glimlachte en voegde eraan toe: 'Een oud model. De Ford is zo'n vertrouwd beeld geworden hier op het eiland dat hij niemand meer opvalt. Kjartans vader kocht de auto in Bodø toen hij toentertijd hier als dokter begon. Het is nu wel bijna een veteranenauto.'

Noora zei niets meer tot Thorsen en zij in de auto zaten. Toen haalde ze de camera uit de tas. 'Ik vroeg me al af waarom je hem meenam', zei Thorsen. 'Hebt je iets interessants gevonden?'

'Zo zou je het ook kunnen zeggen.'

Ze opende de map 'Diversen' en begon door de inhoud te bladeren. Foto na foto vulde het kleine schermpje, genomen met de telescooplens door ramen van privéwoningen.

Alle foto's waren van meisjes, vrouwen en oudere dames. De meesten deden alledaagse dingen zoals eten koken, tv-kijken, een boek lezen of telefoneren. Maar veel foto's waren van een meer intiem karakter.

Een paar vrouwen stonden naakt voor de spiegel, een paar klopten met een ontevreden trek op het gezicht op hun eigen buikvet, terwijl een andere vrouw op bed lag en zich met een zwarte vibrator bevredigde. De laatste foto's die Engelstad had genomen, waren van Lotte Ramnakken in haar huis op Grimsøya. Noora herkende de groene hoofddoek. De foto's op zich waren onschuldig. Lotte stond voor het raam en keek uit over de zee met een ernstige, misschien zorgelijke trek op haar gezicht.

'Ik weet niet wat ik moet zeggen', fluisterde Thorsen. Hij pakte de camera van Noora. Bladerde heen en terug. Keek wat langer naar sommige foto's. Vormde met zijn lippen geluidloos de naam elke keer als hij een van de vrouwen herkende.

'Weet je zeker dat...'

Noora draaide de camera om voordat hij zijn zin kon afmaken. Op het merkplaatje onder de camera stond het: *Kjartan Engelstad.*

Thorsen liet zijn handen op het stuur rusten. Hij draaide zich om naar Noora.

'Is het mogelijk dat Kjartan een goede reden heeft om deze foto's te nemen?'

'Nu moet je verdorie geen verontschuldigingen voor hem zoeken', antwoordde Noora. Ze zag hoe Thorsen ineenkromp. Dat moest hij maar kunnen hebben. 'Wat als het jouw kinderen waren geweest, je kleinkinderen of je vrouw die hij stiekem had gefotografeerd?'

Thorsen pakte een paar zakjes snus uit de doos. Duwde beide porties onder zijn lip. 'Laten we maar op zoek gaan naar hem.'

Op het briefje dat Vigdis Thorsen eerder had gegeven, stond: *Eirik Tofte en Gunlaug Skarvheim.* De verpleegkundige had geen adres en geen telefoonnummer opgeschreven. De oude lensmann wist natuurlijk wie ze waren en waar ze woonden.

Thorsen startte de auto. 'We rijden eerst langs Gunlaug. Ik sprak met Peder Skarvheim nadat Simon en Aslak opgepakt waren. Waarschuwde hem dat de journalisten wel bij hem zouden aankloppen om een *dramatische tijden*-reportage of zoiets te maken. Peder antwoordde dat hij en zijn moeder genoeg spanning hadden gehad.

Als de journalisten aan de deur kwamen, zouden ze voor een dichte deur komen te staan.'

Thorsen draaide de nu welbekende doodlopende weg op aan het eind waarvan Simon Michalsens huis lag. 'Wat Peder voor zijn moeder doet, dwingt respect af', ging Thorsen verder, alsof hij het onderwerp 'Engelstads foto's' voorlopig even wilde laten rusten. 'Gunlaug is bedlegerig de laatste twee jaar, maar Peder zorgt goed voor haar. Daarna gaan we naar Eirik.'

Noora antwoordde niet. Keek uit het zijraampje. Zag niets anders dan de foto's. De naakte intimiteit. De kwetsbaarheid.

Thorsen kuchte. 'Eirik is een beetje een type. Hij wordt in de volksmond "Erik de Oude" genoemd, als hij niet zelf in de buurt is en het kan horen.'

'Een zogenoemde "bekende van de politie"?' vroeg Noora om het gesprek nieuwe lucht in te blazen. Thorsen wilde echt liever niet over de olifant in de auto praten.

'Ja, dat kun je wel zeggen', antwoordde de lensmann. 'Eirik is een vechtersbaas en vrijbuiter van de oude stempel. Ik heb jullie toch verteld over de zaak met de sterkedrank waar Aslak Nilsen voor veroordeeld werd?' Noora knikte.

'Ik verdacht Eirik ervan dat hij de man achter de schermen was. Meer dan een vermoeden, eigenlijk. Ik weet nog steeds niet of het klopt. Maar ik heb het nooit kunnen bewijzen, en zowel toen als nu houdt Aslak zijn mond. Die wist heel goed dat Erik de Oude hem verrot zou slaan als hij hem verlinkte.'

'Zie je Eirik als een bedreiging?'

Thorsen haalde de tandenstoker uit zijn mondhoek waar die al sinds het eten in het hotel had gezeten en gooide die uit het raam. 'Nee, nu niet meer. Eirik lijdt aan longemfyseem. Hij raakt al buiten adem als hij een trap op loopt. Niet dat hij ongevaarlijk is. Eirik is nog steeds een sterke kerel. Hij weegt zeker honderdtwintig kilo, en het gerucht gaat dat hij zijn fitnessapparaat in zijn woonkamer heeft neergezet, zodat hij niet meer de keldertrap op en af hoeft om te gewichtheffen. Maar de laatste paar jaar ben ik geen zaken tegengekomen die aan hem gekoppeld kunnen worden.'

Die jij aan hem kon koppelen, dacht Noora en ze kreeg een beetje een slecht geweten. Thorsen was ondanks alles een goede vent. Deed wat hij kon met de krappe middelen die hij hier ter beschikking had.

Ze reden voorbij de schuur waar ze zich eerder achter verscholen hadden vóór de actie bij Simons huis, en draaiden het met steenslag bedekte erf op. Bij de oprit hing een gebutste brievenbus aan een scheve paal. Thorsen moest stevig aan het stuur draaien om een met water gevulde kuil te vermijden. Kjartan Engelstads auto was nergens te bekennen.

Noora had tot nu toe het huis van Skarvheim nog niet in zich opgenomen. Ze stelde vast dat het typerend was voor de oudere bebouwing op Røst. De muren waren bekleed met grijswitte eternietplaten; een aantal was gescheurd, zodat je de zwarte asfaltpap erachter zag. Midden onder de spitse nok zat een raam. Noora kon het interieur van de kamer voor zich zien: een klein kamertje, dacht ze. Het type kamer waar je alleen in het midden rechtop kon staan vanwege het schuine dak.

De deur naar de schuur stond op een kier, en Noora ving een glimp op van een brommobiel aan de binnenkant. Het weinige dat er nog over was van de rode verf op de schuur, klampte zich aan de planken vast als roest.

Misschien is Engelstad hier geweest en weer verder gegaan', zei Thorsen. 'Ik informeer even bij Peder. Ben zo terug.' Buiten de auto streek Thorsen met de rug van zijn handen over zijn heupen, voordat hij de vijf stenen traptreden op ging en op de deur klopte.

Een windvlaag veegde over het erf, besprayde de schuur met zandkorrels en vuil. Thorsen zette zijn kraag hoog op in de nek, klopte nog eens, wachtte even en ging toen naar binnen.

Ze zakte onderuit op de stoel. Pakte haar mobiel. Las de hoofdartikelen van de grootste internetmedia. Niet geheel verrassend hadden de meeste kranten een foto van Aslak en Simon in de handboeien terwijl ze naar de helikopter werden geleid.

De kop van VG, dat het nieuws bracht als hoofdartikel met rode letters op een zwarte achtergrond, luidde *De angstaanjagende camper*. Het had net zo goed de titel van een griezelfilm uit de jaren tachtig kunnen zijn, dacht Noora.

VG had een foto gemaakt van Simons openstaande garage. Ongetwijfeld met een telelens, gokte Noora. Ze hadden in elk geval op de een of andere manier de foto bewerkt, want op de foto stak het front van de auto uit de donkere garage als de kop van een monster. Ze checkte ook een paar internationale internetkranten. De Zweedse *Expressen* en Deense *Berlingske Tidende* besteedden de meeste aandacht aan het feit dat Marte en Iselin nog niet gevonden waren.

Ze legde de telefoon op het dashboard. Thorsen was nu tien minuten weg. De gordijnen boven voor het raam in de korte muur bewogen. Noora zuchtte. Ze moest een vliegtuig halen. Thorsen moest zijn sociale babbel en het koffiedrinken later maar afmaken.

Ze stapte uit de auto en klopte op de deur van het huis. Kreeg geen antwoord. Opende de deur op een kier. 'Hallo? Thorsen?' Een nieuwe windstoot duwde in haar rug. Noora glipte door de deuropening en sloot de deur achter zich.

59

Jakob

Jakob wrong zich tussen de twee korte, maar dicht op elkaar staande sparren die samen met de vele andere een barrière vormden naar het terrein erachter. Het jeukte in zijn hals en in zijn nek. Zweet of knutjes? Vast allebei.

Halverwege de helling moest Jakob pauzeren. Het zweet gutste van zijn gezicht. Hij was niet slecht in vorm, het was miserabel. Hij pakte zijn telefoon om te zien of Rolf al teruggebeld had, maar zag geen nieuwe oproep of nieuw bericht. Rolf was trouwens nooit een snelle geweest, maar nu deed hij het meeste in het tempo van een gepensioneerde.

Jakob mepte op een daas die op de mouw van zijn jack was gaan zitten. Het ondier was zo groot als het kleinste kootje van een wijsvinger. De daas tuimelde op de grond. Hij bleef ondersteboven op een getande, groene varen liggen, tot hij plotseling ontwaakte, ronddraaide en wegvloog. Taaie rotzakken! Jakob wist dat hij opgegeten zou worden door de insecten als hij bleef staan.

Het ritselde in de varens voor hem. Garm dook op met een kwispelende staart. De hond was duidelijk ergens klaar voor. Hij had vast lucht gekregen van een haas of een muis.

'Ik kom eraan, jongen.' Jakob volgde de hond de varens in. Hij gleed uit over een stam die verscholen lag onder de vegetatie en struikelde bijna. Toch deed het pijn. Waar was hij in godsnaam mee bezig? Hij had een van die nieuwe afgestudeerde atleten van de politieacademie moeten vragen om de tip te onderzoeken.

Ongeduldig blaffen verstoorde het zelfmedelijden.

'Ik kom!' riep Jakob terwijl hij door de varens ploegde. Aan de andere kant lag het laatste, steile hellinkje naar de top – zo'n steile helling dat Jakob zich moest vastgrijpen aan de dunne berkenstammen om niet achterover te vallen. Onderweg een steeds sterker wordend bruisen: het geluid van een waterval.

Boven op de top ging hij op zijn hurken zitten om uit te blazen. Hij kon de waterval niet zien, maar ver weg kon die niet zijn. Links voor hem rees een kleine heuvel op als een bochel. De den op de top was twee keer zo hoog als de heuvel, maar iel en vergeeld. Alleen de bovenste takken hadden groene naalden.

Garm stond bij het open terrein aan de achterkant van de heuvel. De hond blafte, hield de kop scheef en keek naar Jakob alsof hij wilde vragen: waar bleef je nou?

Hij stond op. Draaide zich om en werd bijna duizelig van het uitzicht. Het was alsof hij op de rand van een afgrond stond. De vissershutjes beneden in de haven leken legohuisjes. Hij kon een paar bunkers van het oude Duitse fort zien. Was het in een van deze bunkers dat het Oekraïense meisje gevonden werd? Jakob pakte zijn mobiel om een foto te maken. Hij zag dat Rolf Kvist geprobeerd had hem te bereiken. Jakob belde terug.

'Verdorie, Weber. Waarom neem je de telefoon niet op? Ben je helemaal ingekakt nadat ik gestopt ben?'

'Dat is overdreven', antwoordde Jakob. 'We hebben elkaar net nog gesproken.'

'Vergeet wat ik zei over lusteloosheid. Er is niets aan te merken op je intuïtie, om het zo te zeggen.'

'Wat heb je uitgevonden?' Jakob voelde een bekende siddering in zijn lichaam.

'Mijn kennis van de Rijksdienst Wegverkeer is onmiddellijk gaan zoeken.' Rolf nam een trek van zijn sigaret. De tabak knetterde zo luid dat Jakob zich de geur kon voorstellen.

'En?' vroeg hij ongeduldig.

'De man had beet op zowel het kenteken als het type. Het lijkt er sterk op dat de auto nog steeds op Røst is. De nummerplaat werd vijf jaar na de moord op de Lofotenvrouw verwijderd, maar niets wijst erop dat de auto naar de sloop is gebracht. Het zou mij niet verbazen als die daar nog steeds rondreed. Die oude Thorsen is iemand die zoiets wel door de vingers ziet.'

De zwijgende drie-eenheid van zwartharige vrouwen werd wakker in Jakob. Bleef in het donker achter zijn oogleden hangen. Alsof ze luisterden naar elk woord dat er gezegd werd.

'Heb je een naam voor me?'

'Dat heb ik', antwoordde Rolf en hij gaf hem die.

'Weet je het zeker?'

'Heel zeker. De auto heeft maar één eigenaar gehad.'

Jakob verbrak de verbinding en belde Noora. Met groeiende onrust hoorde hij het eenzame gehuil zich acht keer herhalen voordat hij overgezet werd naar de voicemail.

'Wat gebeurt er, Noora!' riep hij zo hard dat Garm zijn staart tussen zijn benen liet hangen. Hij probeerde het nog een keer, zonder resultaat. Noora nam de telefoon niet op.

Armann nam gelukkig na twee keer overgaan op. Jakob droeg de zaak aan hem over en sloot af met: 'Laat een helikopter naar Røst komen. Het kan me geen donder schelen wat het kost.'

Armann stelde geen vragen. Hij zei alleen 'Begrepen, baas' en hing op.

Jakob stopte de telefoon terug in zijn zak. Hij was halverwege de helling toen hij in de gaten kreeg dat Garm hem niet volgde.

'Ook dat nog...'

Hij klom de helling weer op. Garm stond nog steeds op de open plek voor de heuvel.

'Kom op, jongen. We moeten gaan.'

Garm bewoog niet. De hond liet een laag gegrom horen terwijl zijn nekharen omhoog gingen staan als een borstel.

60

Noora

Noora kwam in een kleine gang met een zwart-witfoto van een zwartharige vrouw met donkere, strenge ogen. De blik van deze vrouw was het eerste wat de bezoeker welkom heette.

Recht voor haar was de trap naar boven, rechts stond een deur open. Het rook muf en een beetje zuur hier binnen. Alsof iemand vochtig hout stookte in een open haard. Noora bleef staan luisteren. Ze hoorde niets anders dan de razende wind buiten en een zwak fluitend geluid, misschien van een gebarsten raam.

'Thorsen', herhaalde ze en ze voegde eraan toe: 'Peder?'

Deze keer kreeg ze antwoord in de vorm van een bons ergens in het huis. Alsof iemand met zijn voet stampte of iets op de grond liet vallen. Noora kreeg een raar gevoel in haar maag. Een moment van vertigo.

Achter de deur rechts bevond zich een spartaanse keuken. Een klaptafel met twee stoelen stond bij het keukenraam dat uitkeek op de zee en het huis van Simon Michalsen. In de vensterbank stond een kijker.

De keuken had geen afwasmachine of een ander elektrisch apparaat, afgezien van het fornuis, een beige vierkante met ronde, verhoogde kookplaten en een kleine oven. Ze opende het kastje onder het aanrecht. Deinsde terug toen de geur van rottend eten haar tegemoetkwam. Noora sloot het kastdeurtje met een voet. Ze keek besluiteloos rond.

Aan de andere kant van de keuken was een kleine wasgelegenheid met een wc-pot waarin constant water uit de spoelbak liep. Op de wastafel lag een stuk zeep en een scheerkrabber. De kale tl-buis boven de spiegel zond ongelijke morsecodes uit. Elke keer dat het licht aanging, werd Noora's blik naar de spiegel getrokken. Ze probeerde niet te denken dat er een gezicht achter haar op zou duiken.

Ze liep de keuken uit en zette haar voet op de eerste traptree naar de bovenverdieping. Ze luisterde. Hoorde ze stemmen? Een zacht mompelen. Thorsen en Peder, of misschien Gunlaug, in een rustig gesprek. Waar in vredesnaam was die oude lensmann mee bezig?

De derde tree maakte een scherp, krakend geluid. Noora bleef staan. Boven haar verstomde de stem, of de stemmen.

'Thorsen!' Haar uitroep schalde door het smalle trapgat. Noora nam de laatste treden naar boven.

Ze kwam uit op een smalle gang met een badkamer tegenover de trap en aan elke kant een deur. Twee slaapkamers, veronderstelde Noora. De deur links, van de kamer met het uitzicht op het erf, stond half open.

Noora klopte niet aan. Ze trok de deur naar zich toe zonder naar binnen te gaan. Zag het achterhoofd van een vrouw die in een bed zat. De permanentkrullen aan de linkerkant van het hoofd van het oudje werden bijeengehouden door een haarspeld met een blauwe siersteen in het midden van de boog. Boven het bed hingen een verkleurde plaat van Jezus en een eenvoudig kruis.

'Gunlaug?'

De vrouw antwoordde niet. Noora stapte over de drempel. Bleef staan alsof ze recht door een onzichtbare muur moest gaan. Kon haar blik niet van de vrouw afhouden, van de voorwerpen in het bed. Een ingevallen, vaalgrijs gezicht. Het meeste van de bovenlip was ineengeschrompeld of was weggevallen. Een eenzame voortand zat nog in het kaakbeen. Over de linkerwang liep een diepe, brede scheur tot in de mondhoek. De vrouw had geen neus. Die was allang weggerot en had een vergeelde krater van kraakbeen en bot achtergelaten. Het ergst waren toch de ogen: twee holtes met iets glanzends erin.

Ondanks de afschuw die ze voelde, boog Noora zich voorover om beter te kijken. Twee gouden knopen waren in de oogholtes van de gemummificeerde vrouw gedrukt. Ze fonkelden in het vluchtige licht dat binnenkwam tussen de donkere wolken door.

Noora slikte en slikte. Kon niet ademen. De poppenogen van de dode vrouw hielden haar vast. Ze zag het voor zich; het hoofd draaide zich langzaam naar haar toe. De uitgedroogde lippen vertrokken tot een brede, tandeloze grijns.

De knal van een deur achter haar verbrak de stilte. Noora draaide zich om. Zag een glimp van een gedaante die de trap af stormde.

'Stop!' Haar bevel had geen effect. Noora liep naar de trap. Ze hoorde iemand bewegen in de kamer rechts.

'Thorsen, ben jij daar binnen?' Noora trok de deur naar zich toe. Ze schrok toen ze de gedaante zag die de deuropening vulde – het lichaam omlijst door een gloeiende corona in het schijnsel door het raam achter hem.

Thorsen opende zijn mond. Probeerde haar iets te vertellen. Bracht het niet verder dan een kreun. Met zijn ene hand duwde hij tegen zijn keel. Lichtrood bloed stroomde tussen zijn vingers door. Het drupte op de vloer en vormde een plas rond zijn schoenen. Thorsen zette een wankele stap in haar richting. Hij knikte door zijn knieën.

Noora sprong naar voren. Probeerde zijn val tegen te houden. Zette zich schrap in haar knieën onder het gewicht van het slappe lichaam van de lensmann. Ze sloeg de armen om hem heen. Voelde hoe het warme bloed in haar trui en broek drong. Ze legde Thorsen behoedzaam op de vloer. Wrong zich uit haar windjack en trok haar trui uit. Duwde het zachte katoen tegen de gapende wond in de keel van de lensmann.

Steekwond, vertelde het analytische deel van haar brein haar.

'Houd vol. Ik ga hulp zoeken.' Met haar vrije hand zocht Noora haar mobiel. Ze schudde met haar jack. Herinnerde zich nu dat die op het dashboard in haar auto lag.

'Hier.' Noora greep Thorsens hand en duwde die op de trui die tegen zijn keel lag. 'Je moet druk op de wond uitoefenen. Ik ga om hulp bellen. Versta je me?'

Thorsen antwoordde niet. Hij hoorde helemaal niets meer. Zijn hand viel terug op de van het bloed glibberig geworden vloer met een zuigende klets. Zijn blauwe ogen staarden voorbij Noora naar iets dat zich buiten deze wereld bevond.

61

Jakob

'Wat doe je toch, Garm?' De hond antwoordde met gegrom. Niet tegen Jakob, maar tegen de heuvel. Jakob schudde zijn hoofd. Dit leek helemaal niet op Garm. Hij reageerde zelfs nauwelijks op een kat.

Hij liep rustig naar Garm toe, die bleef staan. De hond sidderde. Hij bewoog zich voor- noch achteruit.

'Wat is er toch?' Jakob streek Garm over zijn vacht. De hond bewoog niet. Hij bleef strak naar de heuvel staren.

Daar had hij geen tijd voor. Jakob maakte de riem vast en trok Garm mee. De hond reageerde door te gaan zitten. Hij vertikte het verder mee te gaan.

'Wat heb je toch?' Jakob belde Noora opnieuw. Hij duwde de mobiel tussen hoofd en schouder, terwijl hij aan de lijn trok. Acht keer overgaan en de voicemail.

'Jemig!'

Een mengeling van frustratie, angst en machteloosheid steeg tot het kookpunt. Garm staarde hem nerveus aan na deze uitbarsting, maar bleef toch zitten.

'Prima, dan doen we het op een andere manier...'

Jakob tilde de hond op. Hij droeg Garm naar de helling, toen hij een geluid hoorde. Een metalen geratel dat niet thuishoorde in het bos. Jakob keek om zich heen. Hij vond niet de bron van het geratel, maar ver weg kon het niet zijn. Dan zou de waterval het geluid overstemd hebben.

Hij zette Garm op de grond en liep terug naar de plek waar de hond zo-even nog had gestaan. Nu nam Jakob de tijd om de achterkant van de heuvel grondiger te onderzoeken. Een donkere contour in het gras viel hem op. Alsof iemand de groene halmen had bespoten met een kleur die bijna opging in het gras.

Jakob begreep al snel dat er geen sprake was van verf maar van een egale, vierkante verzakking. Een met gras bedekte deur om die moeilijk vindbaar te maken, op dezelfde manier gemaakt als een turfdak.

Het metaalgeluid herhaalde zich en nu twijfelde Jakob niet waar dat vandaan kwam. Voorzichtig, om zo min mogelijk geluid te maken, streek Jakob met de handpalm over het groene vierkant. Nu hij wist waarnaar hij zocht, vond hij het handvat snel.

De deurklink was vergrendeld met een eenvoudige schuifbalk. Jakob duwde die met zijn duim opzij en opende de deur.

Een scherpe lucht van natte aarde, zweet en urine stroomde de deur uit. Jakob kokhalsde en trok de hals van zijn shirt over zijn mond en neus. Deed een stap de donkere ruimte in. Bleef net over de drempel staan om zijn ogen aan het donker te laten wennen.

'Hallo. Is hier iemand?'

Achter hem piepte Garm. Binnen kregen de vale contouren van de ruimte vorm. Wat verder de ruimte in zag hij een brits. Jakob pakte zijn mobiel en klikte op de zaklantaarn.

Het koude led-licht veranderde de ruimte aan de binnenkant in een overbelichte zwart-witfoto. Het verlichtte een gestalte die opstond van het bed tegen de donkere aarden muur. Een gestalte die tot nu toe onzichtbaar was geweest en een plank boven haar hoofd hield.

Een naakte vrouw.

'Ik ben po...' Met een snelle reactie verhinderde Jakob dat hij de plank op zijn hoofd kreeg. Hij stak zijn arm met de mobiel omhoog. Blokkeerde de slag met zijn pols en voelde een felle pijn door zijn arm omhoogschieten. De mobiel kletterde op de grond en het licht ging uit.

Jakob wankelde achteruit. Struikelde over de drempel en viel naar buiten. Kon nog net zijn benen optrekken voordat de plank op de vloer kletterde, gevolgd door een hese schreeuw die plotseling werd afgebroken.

Hij kroop een eindje verder. Kreunde toen er weer een pijnscheut door zijn arm omhoogschoot. Hij tilde hem omhoog. De pols wilde de rest van zijn arm niet laten volgen. Die hing slap naar beneden. Jakob werd misselijk van alleen maar kijken naar de plaats van de breuk. Hij moest om hulp bellen. Maar de telefoon lag in het aardhol.

Hij kwam overeind en stak de beschadigde arm in zijn jack om die te ondersteunen.

'Iselin? Mijn naam is Jakob Weber. Ik ben van de politie.'

Hij wachtte. Hoorde het metalen geluid gevolgd door een snik.

'Je bent nu veilig. Mag ik binnenkomen?'

'Ja...' Het antwoord was zo zacht dat het bijna opgeslokt werd door het donker.

Jakob liep langzaam de ruimte weer in. Hij zag de omtrek van Iselin helemaal achter in de aarden hut. Hij bukte zich en raapte zijn mobiel op. Die werkte nog. Hij deed het licht aan en stelde het in op een gele gloed. Zelfs in het zwakke licht zag hij meer dan hem lief was. De halsband die met een stalen ketting aan de muur was bevestigd. De bevlekte matras en Iselins bloederige onderbroek.

'Ik dacht dat je hem was', zei Iselin en ze wees naar zijn gezicht. Toen pas realiseerde Jakob zich dat de kraag van het shirt nog steeds de helft van zijn gezicht bedekte. Hij trok het naar beneden en kreeg zijn jack uit, dat hij met één hand aan Iselin gaf. Toen belde hij Armann en Fine.

62

Noora

Noora drukte de trui tegen de wond in de keel van Thorsen. Kon niet loslaten. Wilde niet opgeven. Wist dat de dader nog ergens in het huis was.

Het was niet goed om Thorsen hier te laten liggen, doodgebloed en alleen.

Het was haar fout dat hij daar lag.

Was ze maar tegelijk met de lensmann het huis binnengegaan.

Was ze maar eerder naar hem gaan zoeken.

Was ze maar.

Beneden knalde de voordeur dicht. Het geluid bezorgde haar een elektrische schok vanaf haar nek langs de ruggengraat naar beneden. Een schok die haar lichaam mobiliseerde.

De razernij activeerde.

Ze liep de trap af. Sprong over de laatste drie treden en rende de gang uit. Was nog net op tijd bij het plateautje van de buitentrap om de schaduw van een gedaante in de schuur te zien verdwijnen.

Noora aarzelde, onzeker over wat ze zou moeten doen. Thorsen was dood. De dichtstbijzijnde politie bevond zich in Bodø. Moest ze wachten tot ze assistentie kreeg? Eerst aan haar eigen veiligheid denken, iets wat je in je hoofd gedrild kreeg vanaf de eerste dag op de politieacademie. Maar stel je voor dat Marte en Iselin nog in leven waren en de moordenaar nu ook met hen korte metten wilde maken, net zoals met Thorsen.

Noora opende het autoportier. Haalde de portofoon uit de houder. Herinnerde zich de zendercode niet. Switchte naar het gemeenschappelijke kanaal. ‘Politiebureau Bodø?’

Het antwoord kwam snel: 'Chef van dienst. Met wie spreek ik?'

Noora hield haar blik op de schuur gevestigd. 'Ik ben rechercheur Noora Sunde. Ik ben op Røst. Ik ben bij het huis van Peder Skarvheim. Lensmann Thorsen is vermoord door een onbekende dader. Ik heb onmiddellijk assistentie nodig.'

Het duurde even voordat er antwoord kwam.

'Verdomme. We hebben geprobeerd je te pakken te krijgen. Ben je in gevaar?'

Noora beantwoordde de vraag niet. 'Ik denk dat Marte Moi nog in leven is. Zij is in gevaar. Stuur versterking, ik ga me bewapenen.'

De dienstdoende agent reageerde onmiddellijk. 'De helikopter is al onderweg. Tot de versterking aankomt, houd je afstand van de verdachte. Dit is een bevel.'

Noora zag Thorsens lege blik voor zich. Ze ging zeker niet wachten nu ze wist dat er een ander leven op het spel stond.

'Kom zo snel mogelijk', zei ze alleen en ze verbrak de verbinding voordat de dienstdoende agent kon reageren.

Noora zette de portofoon terug in de houder en haalde de autosleutel uit het contact. Ze opende de wapenkluis met de sleutel die aan dezelfde bos hing, en haalde het dienstwapen, een Glock P30, uit de houder.

Ze trok het laadstuk van het pistool terug en zette het magazijn erin. Het gewicht van de zwarte Glock in haar hand maakte haar rustig.

Voor de deur van de schuur bleef ze staan luisteren. Ze hoorde zwakke, onregelmatige tokkelgeluiden. Als zacht pianospel.

Ze ging op haar knieën zitten en keek de ruimte in met het pistool voor zich in haar hand. De schuur lag in het halfdonker. Pijlen daglicht schoten naar binnen door de smalle gaten tussen het dak en de muren. Ze werden opgeslokt door de donkere aarden vloer.

Peders brommobiel stond direct bij de ingang geparkeerd. Daarachter zag ze een blauwe Ford-bestelauto. Kjartan Engelstads auto?

Ze liep een paar meter de schuur in en hurkte opnieuw. Ze probeerde zich een beeld te vormen van de grote ruimte.

Langs de zuidmuur stonden stapels kisten met verroest visgereedschap, touw en marinegroene glazen bollen. Aan de nokbalk in het dak hing een enorm visnet. Door de tocht wapperde het heen en weer, waardoor de zinkloden onderaan tegen elkaar stootten en atonale muziek voortbrachten.

Het deel van de ruimte dat achter het net lag, was niet goed zichtbaar. Noora kon details van de achtermuur zien. Die leek nieuwer dan de rest van de schuur. Misschien de eerste fase van een herstelproject dat nu stillag omdat er geen geld of motivatie meer was?

Noora liep gebukt naar de Ford. Keek door het raampje aan de chauffeurskant om er zeker van te zijn dat de auto leeg was. Herbeleefde hetzelfde onwerkelijke gevoel als boven in Gunlaugs kamer.

Kjartan Engelstad lag dwars op de passagiersstoel. Het ene oog van de arts was deels gesloten, het andere open en leeg. Een rode krater aan de linkerkant van de keel gaapte naar Noora.

Ze liet zich met haar rug tegen het portier naar beneden zakken. Probeerde normaal te ademen. Het kon niet anders of Peder Skarvheim zat achter deze moorden. Engelstad was gekomen om naar Gunlaug te kijken. Peder doodde hem voordat hij het huis binnen kon komen en de uitgedroogde schedel van de moeder ontdekte.

Peder had een hele samenleving in de luren gelegd met zijn brommobiel en krukken. Had zichzelf tot een halvegare gemaakt in de ogen van anderen. Was allesbehalve een goede zoon voor zijn moeder geweest. En nu had hij een steekwapen gebruikt bij twee mensen.

Peder leek geoefend met het mes, maar zij had een pistool. Zolang ze hem niet dicht bij haar liet komen, was ze veilig.

Ze kroop naar de achterkant van de auto en onderzocht nauwkeurig de schuur opnieuw. Ging systematisch te werk. Begon achterin bij de nieuwe muur en werkte daarvandaan terug naar waar ze zat. Peder was nergens te zien. Verborg hij zich tussen de kisten of ergens achter de visnetsluier? Was er een andere manier om de schuur te verlaten? Zou ze een reactie kunnen uitlokken?

'Politie!' riep Noora.

Iets suisde boven haar, gevolgd door een waarschuwende schreeuw. Noora kromp in elkaar. Ze hield het wapen omhoog. Een meeuw sloeg met de vleugels, vloog weg van een van de dakbalken en zeilde door een opening helemaal boven in de noordelijke muur naar buiten.

De hartslagen raasden in haar oren. Haar hele lichaam stond op scherp. Noora leunde tegen de koele carrosserie van de auto. Rook de geur van haar eigen zweet. Voelde de druppels die langs haar rug naar beneden liepen.

'Ik ben gewapend, Peder. Houd je armen boven je hoofd en laat je zien.'

Geen reactie. Geen vleugelslagen meer. De schuur voelde leeg. Als een mausoleum.

Ze kon hier niet blijven zitten. Als er een achterdeur was, riskeerde ze dat Peder om het gebouw sloop en haar in de rug aanviel. Maar als ze verder de schuur in ging, kon hij ergens verscholen op haar wachten. Toeslaan als ze zijn schuilplaats passeerde.

Je kunt nog steeds doen wat de chef van dienst je vroeg. Ga in je auto zitten. Rijd hiervandaan. Wacht op hulp.

Maar dit ging niet over haar, dit ging over Marte en Iselin. Noora stond zichzelf niet toe iets anders te denken dan dat ze nog steeds in leven waren. Ze liep verder de schuur in.

Het voelde alsof ze de drempel over ging naar een alternatief universum. Het heen en weer wapperen van het visnet en het aritmische klingelen van metaal overstemde de geluiden van buiten. Uit de harde aarden vloer steeg een zwakke geur op. De geur van diesel en bloed.

Noora bleef dicht bij de rijen met kisten die tegen de muur gestapeld stonden. Verzekerde zich ervan dat niemand zich verscholen hield in de ruimtes tussen de houten kisten. Schoof het net voorzichtig opzij. De stof voelde zacht aan haar huid; geen nylon maar linnen. Drie lagen met verschillende maaswijdtes. Oud, maar goed onderhouden.

Ze was tegelijk opgelucht en teleurgesteld over wat ze vond aan de andere kant van de linnen sluier. Afgezien van een slanghaspel die aan een van de zijmuren was bevestigd, was de ruimte leeg. Noora zag evenmin een andere uitgang. Waar was Peder gebleven?

Ze liep naar de achtermuur. Veegde met haar hand over het hout. Spaanplaat. Niet iets dat je voor een buitenmuur gebruikte. Ze keek naar het dak. Slechts de helft van de laatste balk stak uit de muur. Het leek wel of iemand een hap uit de schuur had genomen.

Noora kreeg geen tijd om te reflecteren over haar ontdekking, omdat een rommelend kabaal de ruimte vulde – het geluid van een machine dat overal en nergens vandaan kwam. Ze draaide zich om. Verwachtte uitlaatgassen te zien van de blauwe Ford van de dokter. Maar noch de motor van de Ford noch die van de kleine brommobiel draaide.

Noora hield het pistool voor haar gezicht. Liep terug terwijl ze langzaam ronddraaide. Probeerde alle hoeken en mogelijkheden van een aanval te dekken. Het motorgeronk werd sterker, zwol aan tot het een manisch, hoogfrequent gieren werd. Het lawaai blokkeerde de gedachten. Ze moest uit de schuur zien te komen. Op het erf zou ze overzicht hebben.

Meer kon ze niet denken, omdat de spaanplaatwand in de richting van de grote schuurruimte explodeerde. Een vuistgrootstuk vloog rakelings langs haar schouder, terwijl kleinere stukken op haar lichaam regenden. Noora knielde instinctief om zich te beschermen, maar richtte haar pistool op het gat in de muur. Over het pistool heen keek ze recht in een paar koplampen.

De camper raasde recht op haar af, het front was opvallend plat. Een oud model. Noora richtte op de schaduw achter het raam op de chauffeursstoel. Vuurde snel drie keer. De camper helde naar links. Noora wierp zich in de andere richting. Ze kon nog net haar benen optrekken voor haar buik voordat de rechterkant van de bumper, gevolgd door de zijspiegel, haar lichaam trof met een dubbele slag en haar achterover de ruimte in slingerde.

63

Noora

Ze ontwaakte midden in een elektrische storm. Hoorde eerst niets anders dan geknetter en gepiep. Haar hoofd zat vol blauw lawaai en voorbij het lawaai vermoedde ze de pijn. Het kloppen in haar heup. Het steken in haar ribben. Een versplinterende hoofdpijn.

Een pijn die toenam. Die nog lang niet het hoogwaterpeil had bereikt.

Noora besefte dat ze stond, ook al voelden haar benen doof. De bumper moest haar lichaam geraakt hebben en in het net geworpen dat aan de nokbalk hing. De hoofdpijn kwam van de zijspiegel die langs haar hoofd was geschampt.

Ze probeerde haar hand met het wapen uit het net te manoeuvreren. Deze kleine beweging zette de linkerkant van haar lichaam in brand, vanaf het borstbeen via de ribben naar de heup. Daar ging het bonzen over in een snijdende pijn. Alsof iets onder haar huid zich knagend een weg baande uit haar lichaam.

Wat gebeurde er met Peder Skarvheim? Was hij geraakt door de schoten?

De camper stond in elk geval scheef met de neus in de lange muur met de kisten. De motor was afgeslagen of verzopen, maar het rook nog steeds naar uitlaatgassen. Ze kon niet lang bewusteloos geweest zijn. Als ze geluk had, was Peder met zijn hoofd tegen de voorruit geslagen en buiten westen, of erger. De camper wiegde heen en weer, toen knarste het portier open. Twee voeten kwamen in de opening tevoorschijn. Ze bleven daar hangen, tot Peder plotseling buiten de auto stond. Hij bewoog zich als een robot in het stroboscooplicht in een nachtclub. Strompelend. Wiebelig. Noora knipperde en Peder stond voor de camper. Daarna halverwege haar. Haar bewustzijn strookte niet met wat er gebeurde. De wereld werd een milliseconde zwart.

Noora beet op haar tanden. Richtte haar pistool op Peder. Had het nog niet eens halverwege op hem gericht toen hij het wapen uit haar handen sloeg. Hij raapte het op en met een nieuwe stroboscooplichtflits voelde ze de loop van haar eigen wapen onder haar kin.

'Het probleem met teven zoals jij is dat ze hun plaats niet kennen.'

Peders gezicht was maar enkele centimeters van het hare verwijderd, zijn adem was warm en zoetig.

'Laat me gaan. Het is nog steeds niet te laat.'

Peder deed een stap achteruit; een mengeling van verbazing en vergenoegdheid lag op zijn gezicht. 'Te laat voor wat? Bevrijding? Vergeving?' Hij schudde zijn hoofd. 'Je begrijpt het niet. Dat doet niemand in het begin.' Peder streek over zijn slaap. Hij trok een grimas.

'Maar om jou uit te leggen hoe alles samenhangt, moet ik woorden gebruiken die waardeloos geworden zijn door Amerikaanse tv-series en goedkope misdaadromans.'

'Probeer het toch maar', hijgde Noora. Haar heup ging steeds meer pijn doen. Met elke minste beweging straalde de pijn uit door haar hele lichaam. Ze stelde zich stukken bot voor die tegen elkaar aan wreven. Die door zachte bloedvaten zaagden. Ze zag voor zich hoe het bloed er inwendig uit lekte, dat het haar van binnenuit verdronk.

'Ik heb geen woorden nodig. Alleen maar pijn. Jij kent het nu, nietwaar? De verlossing die zich achter de pijn verschuilt? De reiniging die komt.'

'Ja', mompelde Noora. Begreep niet waar Peder het over had. Wist alleen dat het belangrijk was om hem aan de praat te houden.

Peder grijnsde. Hij krabde zich op het voorhoofd met de loop van het pistool. 'Ik weet het als iemand alleen maar het spelletje meespeelt. Dat doen ze allemaal in het begin. Jij bent niet uniek. Geloof me als ik zeg dat het inzicht aan het eind komt. Ik ben alleen de deuropener.'

'Een deuropener naar wat?'

Peder stak de loop van het pistool tegen haar schouder, direct onder het sleutelbeen. Stevig genoeg om haar verder in het net te duwen. De pijn in haar heup explodeerde, stuurde spasmen door haar lichaam, die de pijn in haar ribben en hoofd verergerde.

'De reinigende pijn. Je kunt meer verdragen dan je denkt.' Ze zag Peder door haar tranen die onophoudelijk stroomden. Zijn gezichtsuitdrukking deed denken aan zorg.

Aan genade.

Toen haalde hij de trekker over.

Het schot trof haar als een boksstoot tegen de schouder. Een moment van verdoving, toen sloeg de pijn toe. De nieuwe pijn was snijdend en koud ondanks het warme bloed dat uit haar schouder naar beneden stroomde aan de binnenkant van haar jack. Haar lichaam brandde door het ijs en vuur in haar heup en schouder.

'Begrijp je het nu?' Peder hield het pistool langs zijn lichaam. Noora antwoordde niet. Kon niet meer dan de pijn doorstaan. Die ontwijken. Hem wegdenken. Onmogelijk op termijn. Hij was aandringend. Groeiend. Sterker dan zijzelf.

'Geef antwoord!' Peder sloeg haar met de vlakke hand. Noora hief haar hoofd op. Besefte dat ze een ogenblik weg was geweest. Knipperde de tranen weg die haar gezichtsveld vertekenden. Merkte iets anders op. Een beweging, achter Peder. Een onevenwichtig en wankelend iets. Een kwestie van enkele seconden voordat Peder het ook zou zien. Ze moest zijn aandacht vasthouden.

'Ik denk het', fluisterde ze.

'Wat zei je?' Peders gezicht was dicht bij het hare. Kleine zweetdruppeltjes vielen op haar wang.

'Ik zei...' Noora kantelde haar hoofd naar achteren en wierp zich voorover. Raakte Peder op zijn voorhoofd net boven zijn neus.

Door de botsing wankelde de wereld, helde over naar de afgrond en het donker. Noora bleef bij bewustzijn. Kreeg mee hoe Peder achteruitwankelde terwijl het bloed uit zijn neus spoot. Maar dat wat zich achter Peder had bewogen, was weg. Had ze zich het alleen maar ingebeeld? Noora draaide haar hoofd. Er was niemand in de schuur behalve zij en Peder.

Peder klemde met zijn rechterduim en -wijsvinger zijn neus dicht. Hij spuugde bloed. 'Jij wint', zei hij met een bloedrode tandenrij. 'Eén stijfkoppige slet is voldoende. Ik hoef er niet nog een.'

Hij hief het pistool. Bleef staan waar hij stond om niet binnen haar bereik te komen.

Ze zag hoe zijn hand zich om het pistool klemde – het rechteroog dat versmalde achter het vizier.

Versmalde en zich verwijdde.

Peder stootte een zwakke kreun uit voor het schot afging. De kogel sloeg voor haar in de grond neer. Stuurde een regen van zwarte aarde over haar broek.

Voor haar zwaaide Peder van voor naar achter. Het pistool viel uit zijn hand, toen pas zag Noora het slagersmes dat uit zijn zij stak. Net boven de broekband. Toen viel Peder voorover. Hij viel zonder een geluid en met een uitdrukking van ongeloof in de open ogen. De val onthulde de gestalte achter hem. Marte Moi. Naakt, bebloed en gewond.

In de verte vermoedde Noora het geluid van een helikopter.

64

Jakob

De vierde dag nadat de reddingshelikopter Noora en Marte van Røst naar het Nordlandziekenhuis had vervoerd, werd Noora van de intensive care naar de postoperatieve afdeling verplaatst. De dag daarvoor was Marte overgebracht naar het universiteitsziekenhuis in Oslo. Met haar vertrok ook het grootste deel van de pers zuidwaarts.

Iselin Hanssen lag op een beveiligde afdeling van het Nordlandziekenhuis. Fysiek herstelde ze snel, psychisch was ze erg aangedaan door de gebeurtenissen. Af en toe raakte ze in een catatonische toestand waarin ze verstijfde en ogenschijnlijk elk contact met de buitenwereld verloor. Bij een van de contacten tussen Bjørn Hanssen en de psychiater die zijn dochter behandelde, kreeg Bjørn te horen dat het wel weken, misschien maanden kon duren voor Iselin weer helemaal hersteld zou zijn.

Jakob zag hoe Bjørn vocht om zijn gevoelens in bedwang te houden. De grove ambachtsvuisten die zich balden en weer ontspanden. Zich balden en weer ontspanden.

Op de terugweg van de spreekkamer van de psychiater greep Bjørn Jakobs schouder en zei: 'Maar we hebben die klootzakken die dit deden opgepakt, toch?'

'Ja', antwoordde Jakob terwijl hij Bjørns blik vasthield. 'Dat hebben we gedaan.'

Later zat Jakob deze zelfverzekerdheid dwars. Hij wilde zo graag Bjørn de troost en genoegdoening geven dat er aan een vorm van rechtvaardigheid was voldaan. Persoonlijk twijfelde Jakob.

Als enige rechercheurs hadden Jakob en Fine twee keer met Iselin gesproken. Ze lieten haar foto's zien van Peder Skarvheim, Simon Michalsen en Stein-Jarle Lie. Ze speelden ook geluidsfragmenten met de stemmen van Stein-Jarle en Simon af. In haar verzwakte toestand deed Iselin haar best, maar ze was nog steeds niet in staat geweest om een van de drie als haar overvaller te herkennen.

Råkstad bekeek de wereld op een andere manier. 'We hebben twee jonge vrouwen die ontvoerd werden. Die beiden werden overvallen tijdens het hardlopen. Twee slachtoffers van sadistisch, seksueel geweld. We hebben een dode sadist. Soms spreken de feiten voor zich.'

Jakob en Fine wachtten in Noora's nieuwe kamer toen haar bed naar binnen werd gereden. Vooraf had de afdelingsarts hun de status van Noora's verwondingen gegeven. De kogel had haar spierweefsel vernield en pezen in de schouder en bovenarm afgesneden, maar, zo verzekerde hij hun, Noora zou na een grondige revalidatie haar beweeglijkheid terug kunnen krijgen. Jakob wist al het een en ander over revalidatie. De breuk in zijn eigen pols bleek gelukkig ongecompliceerd te zijn, maar elke keer als hij de vingers van de gewonde hand bewoog, had hij pijn.

Wat Noora's verbrijzelde heup betreft, was de arts wat gereserveerder. Ze zou weer normaal kunnen lopen, maar hij betwijfelde of Noora weer hard, of over grotere afstanden zou kunnen rennen. Een gebroken rib en scheuren in vier andere was de prijs die Noora moest betalen voor het niet oplopen van inwendige schade toen de camper haar raakte. 'Al met al', vatte de arts samen, 'heeft jullie collega veel geluk gehad.'

'Wat een ontvangstcomité.' Noora zat rechtop in bed, haar stem was droog en dun. Het wijde ziekenhuishemd verborg het verband. Boven het bed bungelde een infuuszak: antibiotica om bloedvergiftiging en andere infecties te voorkomen.

'Dat is wel het minste.' Jakob pakte haar gezonde hand in de zijne en drukte die zacht. 'Goed om je weer wakker te zien.'

‘Formele mannen.’ Fine duwde Jakob opzij en omhelsde Noora voorzichtig.

‘Hoe gaat het met Anna?’ fluisterde Noora.

‘Koortsvrij en op school’, antwoordde Fine.

‘En met jou?’ vroeg Jakob.

‘Groggy’, antwoordde Noora. ‘De pijnstillers vullen mijn hoofd met watten.’ Noora strekte haar hand uit naar Jakob, die hem pakte. Haar huid was droog en warm. ‘De arts vertelde me dat als jij dat met het nummerbord niet had uitgezocht en de helikopter niet naar Røst had gestuurd, ik het niet meer had kunnen navertellen.’

Jakob slikte. Hij wist dat als hij Rolf Kvist wat volhardender had benaderd, hij het kenteken eerder gekregen zou hebben.

‘Jij bent de held in dit verhaal.’

Noora schudde haar hoofd. Ze slikte. Jakob begreep dat ze aan Thorsen dacht.

‘Een jong meisje leeft dankzij jou.’

‘Dank je’, zei ze en ze kneep in zijn hand. Jakob glimlachte naar haar en deed een stap terug.

Noora veegde haar ogen droog en keek naar Fine. ‘Waar is Armann?’

‘Hij zit op het bureau en loopt voor minstens de vijftiende keer alle tips na die we in de zaak-Iselin hebben gekregen. Op Røst hebben Ronalds technisch rechercheurs Peder Skarvheims huis en schuur uitvoerig onderzocht, tot dusver zonder een spoor dat hem aan Iselin linkt.’

‘Weten we of Peder überhaupt wel in Bodø was toen Iselin verdween?’

‘Daar lijkt het niet op, maar helemaal zeker kunnen we niet zijn’, antwoordde Jakob. ‘Hij kan de veerboot van en naar Bodø hebben genomen zonder dat iemand dat opgemerkt heeft. Peder Skarvheim wist zo het een en ander over het leiden van een dubbelleven.’

Noora keek Jakob recht aan. ‘Maar jij gelooft niet dat het zo zit?’

‘Ik heb mijn twijfels.’

Fine nam het woord. ‘De mededeling van politiechef Telle aan de media was dat Peder Skarvheim de hoofdverdachte van de politie is. Op het bericht kwamen amper kritische reacties. Niet zo vreemd ook. Van de ene dag op de andere is Peder Skarvheim de boeman van de natie geworden.’

Noora trok een grimas. Alsof ze plotseling een vieze smaak in haar mond kreeg.

‘Wat is er met zijn moeder gebeurd?’

‘De patholoog-anatoom denkt dat Peder haar kort na de vorige gezondheidscheck heeft vermoord’, legde Jakob uit. ‘Waarschijnlijk door wurging, want haar tongbeen was gebroken. Gunlaugs slaapkamer was tochtig.’

‘Ik herinner me het fluitende geluid van de wind door het raam’, fluisterde Noora, alsof ze tegen zichzelf sprak.

‘Met het verstrijken van de tijd is haar lichaam gemummificeerd. Ze droogde als de kabeljauw op de droogzolder.’

Jakob zag hoe Noora in het bed in elkaar zakte. Hij herkende de reactie. Een vorm van overlevingsschuld. Thorsens dood en misschien ook die van Kjartan Engelstad zouden in de toekomst zwaar op haar gaan drukken. Maar Noora had Marte gered. Ze had hun een overwinning bezorgd in alle ellende. Bovendien had hij andere informatie die haar misschien zou opbeuren.

Hij knikte naar Fine, die een laptop uit haar schoudertas haalde en die op het tafeltje bij Noora’s bed zette.

‘Wat is dit?’

‘Terwijl de technisch rechercheurs van Ronald nog steeds bezig waren op Røst, vertrok Ronald zelf naar de Lofoten.’

‘Waarom?’ vroeg Noora geïnteresseerd.

‘Peder Skarvheim heeft eerder gedood. Bijna dertig jaar geleden. Dat was, voor zover we kunnen zien, ook de laatste keer dat zijn auto buiten Røst werd gebruikt.’

Hij opende een map op de laptop en klikte op een foto. Peder Skarvheims camper verscheen. Hij hoorde Noora snel ademhalen. Jakob had al besloten om te wachten met het laten zien van de foto's van het interieur van de camper – wat de technisch rechercheurs alleen maar de 'slachtkamer' noemden. Ze kreeg tijd genoeg om de foto's te zien als ze weer terug was op haar werk.

'Toen de auto werd onderzocht, ontdekten we een beschadiging links op de achterbumper.' Jakob opende een close-up van de bumper. 'Ook al is het jaren geleden dat de beschadiging ontstond, de technici vonden toch bastdeeltjes van een spar in de ingedeukte bumper. De bast gaf ons het onomstotelijke bewijs dat Peder Skarvheim ook gekoppeld kan worden aan een moord op de Lofoten. Waarschijnlijk aan nog meer, maar de zaak ligt nu bij het coldcaseteam van Kripos.'

'Over welke bewijzen hebben we het?' Jakob hoorde dat Noora nieuwsgierig werd. Precies wat hij gehoopt had.

Fine klikte op de videolink en Ronald Janooks gezicht verscheen op het scherm. Hij had de opname de vorige dag 's middags gemaakt. Op het scherm bevond de forensisch onderzoeker zich in een dicht sparrenbos met een selfiestick in zijn hand. Achter hem liep een karrenspoor het donker in.

'Hoi Noora. Fijn om te horen dat je aan de beterende hand bent. Ik weet dat Jakob je al de achtergrond heeft gegeven van waarom ik hier op de Lofoten ben, dus dat deel sla ik over.'

Ronald richtte de camera op een spar die vlak naast het karrenspoor stond. Een aluminium ladder stond ertegenaan.

'In het onderzoeksverslag dat werd opgesteld toen in dat stukje bos een jonge vrouw werd gevonden negenentwintig jaar geleden, staat een beschrijving van een recente beschadiging in de bast van de boom die je voor je ziet. Dit spoor is nooit nagetrokken. Niet hiervoor, in elk geval.'

Ronald liep naar de ladder. 'Met behulp van de botanici van de

Nord-universiteit in Bodø hebben we berekend hoeveel deze spar de afgelopen negenentwintig jaar is gegroeid. De berekening bleek zo nauwkeurig te zijn dat ik maar een halfuur nodig had om de oude beschadiging op de stam te vinden.'

Ronald klauterde de ladder op met één hand, terwijl hij de selfie-stang in de andere hield.

'We verwijderden de takken aan deze kant van de stam tot we vonden waarnaar we op zoek waren.' Ronald wisselde van hand en bracht de camera dicht bij een verse snee in de bast. 'Raad eens wat we ingekapseld in de stam van de boom hebben gevonden?'

Ronald laste een kunstmatige pauze in voordat hij uit zijn binnenzak een zipzakje haalde en voor de camera liet bungelen. 'Kleine lakdeeltjes van Peder Skarvheims camper.' Ronald glimlachte. 'Gefeliciteerd, Noora. Je hebt niet alleen Marte gered, maar met jouw ingrijpen en vindingrijkheid ook een moordenaar voorgoed gestopt.'

Fine sloot de laptop en stopte die terug in de tas. Noora bleef even liggen zonder iets te zeggen, haar ogen glommen. 'Bedankt, jullie twee.'

'Geen dank. We komen morgen terug', zei Jakob.

'En bel me als je iets nodig hebt', voegde Fine eraan toe. 'Of als je vragen hebt. Ik weet dat het nu allemaal veel is om te verwerken.'

In de wachtkamer ontdekte Jakob Ellen, Noora's vriendin, bij wie ze woonde. Hij knikte naar haar, blij dat Noora nog anderen in de stad had dan haar collega's. Nu hij erover nadacht, kon hij zich niet herinneren dat Noora het ooit over haar familie in Oslo had gehad, en volgens de afdelingsarts kreeg ze, behalve Ellen en haar collega's van de politie, ook geen ander bezoek. Dat moest maar een gesprek voor een andere dag worden.

Jakob had het al besloten. Het eerste wat hij zou doen als hij thuiskwam, was de foto's van Marte, de Lofotenvrouwen en de ongeïdentificeerde vrouw van de muur verwijderen.

Maar de foto van Iselin zou blijven hangen.

65

Stein-Jarle Lie

Het gesprek met de eigenaar van Sultana was onaangenaam geweest en werd afgesloten met een ultimatum. Stein-Jarle had niet anders verwacht. Toch maakte de manier waarop het ultimatum werd gebracht, indruk. Het leed geen twijfel dat als hij deze zaak niet zelf afhandelde, iemand anders dat voor hem zou doen – en dan zou hij zelf een deel van het probleem worden.

Maar een paar dagen na het telefoongesprek werd Iselin levend gevonden, en was iemand op Røst gedood tijdens een arrestatie in verband met de verdwijning van Marte Moi. De media, en uiteindelijk ook de politie, linkten deze twee verdwijningszaken aan elkaar. Stein-Jarle kon zijn geluk bijna niet op. De zaak was afgehandeld. De politie zou niet verder graven in Iselins verleden. Dat betekende dat het etablissement Sultana en zijn klanten veilig waren.

Hij vierde de gelegenheid door Veronika mee uit eten te nemen naar een van de chiquere restaurants van Bodø. Voelde, na de eerste fles wijn, een ongewone tederheid voor haar. Was zij misschien de ware? Degene met wie hij tot rust zou kunnen komen? De gedachte was nieuw. Verleidelijk, maar ook een beetje benauwend. Hij moest hier later nog maar eens over nadenken. Vanavond moest er gevierd worden.

De feeststemming werd bedorven toen hij langs het gebouw van *Avisa Nordland* liep. De voorpagina van de krant was geprojecteerd op een van de schermen voor het raam. De kop luidde: *Zij losten het verdwijningsraadsel op.*

De foto onder de kop was voor het politiebureau in Bodø genomen en toonde een groep mensen, bestaande uit plaatselijke rechercheurs, technisch rechercheurs, geüniformeerde politie en een paar mensen van Kripos.

De man die Stein-Jarle opviel, stond helemaal achteraan links. Ten dele verscholen achter iemand anders, alsof hij niet wilde dat zijn gezicht in de krant kwam.

Stein-Jarle had geen enkele twijfel. Het was dezelfde man als die hij in Sultana had herkend.

Een politieman.

66

Jakob

'De afdeling forensische geneeskunde in Oslo beoordeelt de waarschijnlijkheid dat de wonden in Galyna Ivanova's hals zijn veroorzaakt door een gelijksoortige nagelhalsband als de halsband om Iselins hals, als groot.'

'Gelijksoortig maar niet dezelfde?' vroeg Jakob.

'Ja, dat klopt', antwoordde Ronald. 'We hebben geen andere biologische sporen gevonden dan van Iselin op de halsband in de aardhut. En dat type is erg eenvoudig te bestellen via internet.'

'Maar het kan geen toevalstreffer zijn. Je hebt een zichtlijn vanaf de aardhut waar ik Iselin vond, naar de bunker waar Galyna werd ontdekt.'

'Ik ben het met je eens. Maar dat bewijzen is een andere zaak.'

Jakob bedankte Ronald voor de update. De klok wees een paar minuten over zeven aan. Fine en Armann waren naar huis gegaan, en Råkstad was naar Oslo vertrokken voor een vergadering morgenochtend. Het was negen dagen geleden dat ze Iselin en Marte vonden en sindsdien was de polsslag van politiedistrict Nordland weer naar normaal gezakt.

Morgen mocht Noora eindelijk het ziekenhuis verlaten en haar huis. Voor haar lagen weken van revalidatie, maar Jakob dacht dat het goed zou komen. Noora hupte al op krukken rond door de ziekenhuisgangen.

Ola, met Garm aan de riem, stond hem al op te wachten op de oprit. Jakob parkeerde de auto en trok zijn gympen aan. Ze hadden dit afgesproken, Ola en hij, vanmorgen bij het ontbijt.

Afgezien van twee oudere vrouwen op een bank waren ze de enigen op het kerkhof. Ola liet Garm los en volgde hem naar Lises graf.

Jakob zat op zijn hurken bij het graf en verwijderde droge bladeren uit het bed voor hij de bovenkant van de steen met een doek schoonveegde. 'Ze was mijn beste maatje', zei hij tegen Ola. 'Ik weet niet hoe ik haar anders voor je moet beschrijven: mijn beste maatje.'

Ola knikte ernstig. 'Ik heb de foto's van jullie tweeën in de kamer gezien. Ze leek erg aardig.'

'Ze was...' De plotselinge brok in Jakobs keel sloot de woorden af. Hij was altijd alleen naar Lises graf gegaan. Ola's eenvoudige beschouwing maakte de leegte die ze naliet minder donker. Bracht er een soort licht in.

'Ze zou zo blij geweest zijn om je te ontmoeten', zei hij – en hij wist dat het waar was. Lise zou Ola in haar leven hebben toegelaten alsof hij haar eigen kind was.

Nu is het aan jou.

Na een tijdje gingen ze naar huis. Ola verdween naar zijn kamer, terwijl Jakob besloot om nog wat papierwerk weg te werken dat er nog lag. Hij kwam er nu pas achter dat hij zijn schoudertas in de auto had laten liggen.

Hij opende de achterdeur en toen hij de tas eruit viste, viel zijn oog op Marte Mois boek. Sigrid had het hem op het vliegveld gegeven toen hij op Noora en zij op Marte wachtte.

Jakob sloeg het open. Zag onmiddellijk wat er in Sigrids handschrift op de titelpagina was geschreven. Herinnerde zich nu dat Sigrid hem in de nacht dat ze samen naar Maskinisten reden, had gevraagd of hij het boek had gelezen.

Zin om een keer een kop koffie te drinken?, stond er, gevolgd door Sigrids privénummer.

Een bericht van Sigrid aan hem van vóór de verdwijningszaken.

Niet van een journalist aan een rechercheur, maar van een bekende aan een ander.

Jakob wist niet hoe hij dat moest duiden.
Soms ben je echt een idioot, zei Lise tegen hem.
Hij pakte zijn mobiel en toetste het nummer in.
Liet de duim hangen boven de beltoets.
Besloot.

Slotwoord

Het was tijdens een rondje joggen op Røst in de coronazomer 2020 dat ik het idee kreeg voor wat *Iselin was bijna thuis* zou worden. Ik bleef staan naast de markante, rode torenspits op het kerkhof en keek om me heen. Røst is een vlak eiland. Het hoogste punt is elf meter boven zeeniveau. Vanaf waar ik stond, kon ik dus grote delen van het eiland zien.

Wat als ik gewoon verdween?

Waar de gedachte vandaan kwam, weet ik niet. Dat weet ik zelden. Dergelijke invallen en gedachtes komen altijd omhoog vanuit het onderbewuste en sommige, zoals deze, zetten zich vast. Vanaf dat moment bekeek ik het eiland met andere ogen, het oog van een schrijver. Later die zomer, toen mijn oom ons meenam op een wandeling vanaf Løpsmarka de Keiservarden op, kwam de rest van het verhaal bij me op.

Ik ben geboren en getogen in Bodø, maar heb me toch enkele geografische vrijheden veroorloofd. Zowel in mijn thuisstad als op Røst. Ik heb hulp en goede medewerking van verschillende mensen bij de politie gekregen, maar heb ook het een en ander verzonnen. Zo staat het politiebureau in Bodø bijvoorbeeld op de plek die ik in het boek beschreven heb, maar is het interieur hoofdzakelijk mijn fantasie.

Veel dank ook aan Eli, die niet tevreden was met het einde van het boek in de eerste versie van het manuscript, en dat ook heel duidelijk liet weten.

Ørjan Nordhus Karlsson
Skien/Oslo, augustus 2022

Colofon

This translation has been published with the financial support of NORLA

Published by agreement with Gyldendal
Oorspronkelijke titel: *Det siste stykket hjem*

Omslagontwerp: Riesenkind
Omslagbeeld: Anh Le | Pexels.com
Foto auteur: Julie Pike
Zetwerk: Mat-Zet bv, Huizen
Druk: Wilco

Eerste druk juni 2023

ISBN 978 94 6068 628 3
E-ISBN 978 94 6068 704 4
NUR 305, 331

Uitgeverij Marmer BV
Noorderstraat 55
3742 BB Baarn
T: +31 649881429
www.uitgeverijmarmer.nl
info@uitgeverijmarmer.nl